Helene Luise Köppel

Béatris
Kronzeugin der Inquisition

Historischer Roman

Liebe Frau Drescher!

Ein kleines Dankeschön für die stets vertrauensvolle Zusammenarbeit

von Ihrer

Helene Köppel

6.8.2017

Inhalt

Um den ketzerischen Sumpf im Pyrenäenvorland endgültig trockenzulegen, lädt der Bischof von Pamiers die ehemalige Kastellanin von Montaillou vor. Die noch immer schöne und lebenslustige *Béatris* soll ihren früheren Geliebten, den Pfarrer *Pierre Clergue*, belasten. Er gilt als »Wolf im Schafspelz«, weil er als Katholik ketzerische Thesen vertritt und ein Netz von Günstlingen über die Gegend gespannt hat.

Wird es dem Bischof gelingen, das aus Béatris herauszupressen, was sie so geschickt vor ihm zu verbergen sucht?

Nach einer wahren Geschichte, die sich im 14. Jh. in einem abgelegenen Winkel der Pyrenäen zugetragen hat.

ISBN 978-3-7448-5250-0

1. Auflage 2017
© Helene Luise Köppel
im Rahmen der HLK Sonderedition Töchter des Teufels

Alle Rechte vorbehalten:
Helene Luise Köppel,
Lindenstr. 9
97424 Schweinfurt

Lektorat: Hannes Stuber, Wien
Korrektorat: Renate Krause, Puchheim
Datenkonvertierung/Coverdesign/Fotos
Stefan René Köppel, Schweinfurt

Autorenwebsite:
www.koeppel-sw.de

Herstellung und Verlag: BoD-Books on Demand, Norderstedt

Car greu es pros dona c'adés
hom calque drut no li.n devi.

Eine Frau kann kaum edel sein, wenn man ihr nicht stets irgendeine Liebesbeziehung zuschreiben kann.

Raimon Vidal de Besalú, 13. Jh, Troubadour

VORWORT der Autorin

Zur Historie im Roman:

Anno Domini 1320: Nach Jahrzehnten blutiger Auseinandersetzungen (Albigenserkreuzzüge) ist die »teuflische Gegenkirche der Katharer« noch immer nicht besiegt. Vor allem die Menschen in den entlegenen Gebirgsdörfern lassen nicht von ihrem Glauben ab: »*Meines Vaters Haus in Montaillou ist wegen Häresie schon dreimal zerstört worden«*, erzählt ein Schäfer dem Gericht, »*und dennoch kann ich der Ketzerei nicht abschwören, ich muss dem Glauben meines Vaters treu bleiben.*«

Diese Zustände waren der römisch-katholischen Kirche nicht verborgen geblieben. Mit Hilfe des jungen, hochbegabten Vorstehers der Zisterzienserabtei Fontfroid, Jacques Fournier, startet man einen letzten Anlauf zur Ausrottung der Ketzerei. Nach seiner Erhebung zum Bischof von Pamiers installiert Fournier ein Inquisitionstribunal, mit dem Ziel, Pierre Clergue, den Pfarrer und Rädelsführer von Montaillou, für immer dingfest zu machen. Fast hundert Zeugen werden im Laufe der nächsten acht Jahre vorgeladen, inhaftiert und mehrfach verhört. Darunter auch die Kronzeugin der Inquisition, Béatris de Planissoles, die frühere Geliebte des Pfarrers.

Zum Glauben der Katharer:

Die Wurzeln des katharischen Glaubens - strenger Dualismus - gehen auf den persischen Propheten Mani zurück, der im 3. Jh. n. Chr. das Denken von Zoroaster, Buddha und Jesus zusammengefasst hat. Eine enge Übereinstimmung in der Lehre bestand auch mit den bogomilischen Kirchen in Bulgarien (z.B. asketische Weltabkehr der katharischen Perfekten).

Nach dem Kreuzzugsaufruf von Papst Innozenz III., den nachfolgenden Albigenserkriegen (1209-1229) und der Einsetzung der Inquisition

(1231) war die Macht des katharisch-gläubigen Adels weitgehend gebrochen, der einst unüberbrückbare Gegensatz von »Gut und Böse«, »Licht und Finsternis«, »Geist und Materie« aufgehoben. Insgeheim jedoch blieben viele Menschen dem Glauben ihrer Väter treu.

Um 1300 - ein letztes Aufbäumen des Katharischen Glaubens im ländlichen Bereich (u.a. in Montaillou) -, nicht zuletzt verursacht durch übertriebene Zehntforderungen des Klerus und fortdauernde Bespitzelung durch die Inquisition. In diese Zeit fiel der Montaillou-Prozess. Danach war das Katharertum - das zweihundert Jahre in allen sozialen Schichten beheimatet war - unwiderruflich am Ende.

Zum Roman:

Die von mir beschriebenen Ereignisse basieren zwar auf einer wahren Geschichte, aber nicht alle Vorkommnisse und zeitlichen Abfolgen entsprechen exakt den Fakten. Gedankliche Aufarbeitungen, Gespräche, Alltagsbegebenheiten usw. wurden von mir meist frei erfunden. Auf eine übertrieben altertümelnde Schreibweise habe ich verzichtet. Quellenhinweise s. Anhang.

Béatrice oder *Béatris?* Ich entschied mich für die okzitanische Schreibweise *Béatris.* Den meisten anderen Namen (auch Ortsnamen) habe ich die heute übliche französische Schreibweise zugrunde gelegt.

Um Verwechslungen zu vermeiden, wurden Namensgleichheiten entweder geringfügig verändert oder latinisiert.

Der Jude Baruch David Neumann, dessen Fall im Jahr 1320 parallel zum Montaillou-Prozess verhandelt wurde, ist nur eine Nebenfigur in meiner Geschichte, die aber zum Zeitverständis beiträgt.

Zu den handelnden Personen:

In all ihrer Widersprüchlichkeit waren meine Protagonisten Kinder ihrer Zeit und ihres Landstrichs, wobei mir *Béatris de Planissoles* im Laufe des Schreibens überraschend modern vorkam, fast zeitlos. Kaum, dass sie sich in ihren Grundbedürfnissen und emotionalen Reaktionen von uns heutigen Frauen abgrenzte. Gefühle, Freud und Leid, gehören jedoch schon immer zum Menschsein, sie unterscheiden sich nur durch die Art und Weise des Ausdrucks. Es musste also etwas anderes gewesen sein, das Béatris anhaftete. Vielleicht ein letztes Aufleuchten der höfischen *paratge*? Jener alten Katharer-Philosophie von der Gleichheit der Seelen, einer vergleichbaren Würde für jedermann? Oder lag es doch nur daran, dass die Frauen im Süden Frankreichs damals freier und besser gestellt waren als ihre Geschlechtsgenossinnen im restlichen Europa?

Von Vorteil war es jedenfalls für mich, dass ich Béatris nicht allein über Geschichtsbücher kennenlernen durfte, sondern auch über ihre eigenen Worte. Ihre Zeugenaussagen waren »das berühmte Sahnehäubchen obendrauf«.

Interessanterweise kam der französische Komponist Jacques Charpentier, der Béatris im Jahr 1971 eine Oper geschrieben hat, zu einer ähnlichen Beurteilung wie ich:

»Béatrice ist eine sehr moderne Frau, und ich musste mich nicht erst davon überzeugen, dass ihre Geschichte eine Oper werden könnte. Es war offensichtlich.«

Helene Köppel

EPISODE I

Sei wachsam, Wächter des Kastells,
solang das Allerbeste, Allerschönste
bei mir ist: bis zur Dämmerung.
Danach kommt gnadenlos der Tag.
Ein neues Spiel
vertreibt die Dämmerung, ja, die Dämmerung.

(Raimbaut de Vacqueyras L'alba - Die Morgendämmerung)

Die Vorladung
Varilhes und Pamiers, 23. Juli -
dem Tag vor dem Fest des Heiligen Jakobus -
im Jahre des HERRN 1320

Es kam nicht aus heiterem Himmel, nein. Pons Pole, der hiesige Notar, ganz rot im fleischigen Gesicht, hatte am Abend zuvor an ihre Tür geklopft, um sie zu warnen.

»Ein Gerücht?«, hatte Béatris erschrocken nachgefragt und unter Schaudern an den Tag vor zwölf Jahren gedacht, als sie schon einmal befürchten musste, ihr Name stünde auf einer der Inquisitionslisten. Hals über Kopf war sie damals geflüchtet - doch der Hinweis hatte sich im Nachhinein als falsch erwiesen. Und nun, keinen Tag nach Poles Warnung, schlugen unvermittelt die Gänse Alarm, und ein fremder Reiter ritt durch den offenen Torbau in ihren Hof.

Rasch befahl sie ihren Enkelsöhnen, die draußen Eier aufsammelten, ins Haus zu kommen. Die Knaben rissen die Köpfe herum, starrten auf die flügelschlagende Schar und den Fremden. Dann erst gehorchten sie, die Tür hinter sich zuwerfend.

Obwohl sich Béatris am liebsten selbst in Sicherheit gebracht hätte, verharrte sie weiter am offenstehenden Fenster, beobachtete, wie sich der Mann aus dem Sattel schwang. Spürbar pochte ihr Herz. Bei allen Heiligen, dachte sie, der Mann ist tatsächlich wie einer vom Gericht gekleidet! Überdies führte er ein Maultier mit sich, das keinerlei Last trug, dafür teures Sattelzeug. Dem Anschein nach handelte es sich um eines der seltenen weißgrau-geäpfelten, langohrigen Mulis, die einzig der Bischof von Pamiers züchten ließ. Alle wussten das, alle ...

Die Knaben stürmten in die Kammer, die herzförmigen Gesichter gerötet, die Augen ängstlich auf ihre Großmutter gerichtet. »*Granette*, was will der Mann von uns?«, rief der Größere der beiden, ungeduldig an ihrem Rock zerrend.

»Bringt den Eierkorb in die Küche«, antwortete sie barsch, »und bleibt dort, bis ich komme!«

Schon schlug laut und kräftig der Türhammer an. Béatris nahm sich zusammen, durchquerte Kammer und Flur, wartete nicht auf Sibilia, ihre Magd, sondern öffnete selbst.

»Was wünscht Ihr?«

Der Bote, der vor ihr stand, mit der bischöflichen Silberspange auf der Brust, schien erhitzt. Er streifte sich die Gugel vom Kopf. »*Adishatz!*«, grüßte er, nicht unfreundlich. »Donna Béatris? Witwe des Othon de Langleize?«

Béatris drückte ihre schweißfeuchten Hände an die Röcke. »Ja, das bin ich.« Über seine Schulter hinweg rief sie die Gänse zur Ordnung. Der Bote zog ein Pergament aus seinem Wams, rollte es auf und las ihr vor, weswegen er gekommen war und wer ihn schickte.

»*Arrè!* Haltet ein!«, unterbrach sie ihn mit heiserer Stimme. »Ich soll zum Verhör nach Pamiers? Zum Bischof? Das muss ein Irrtum sein!«

Doch der junge Mann schüttelte den Kopf. »Kein Irrtum. Packt Euer Bündel! Das Verhör ist in drei Tagen, wir reiten jedoch schon heute.«

Béatris konnte es nicht fassen. Gerade erst hatte sie ihr gewiss nicht einfaches Leben halbwegs gemeistert, und nun sollte sie ihrer Familie ein solches Ungemach bereiten?

»Lest mir die Punkte, um die es gehen soll, noch einmal vor, ich flehe Euch an. In meinem Kopf schwirrt es nur so.«

Der Gerichtsbote senkte die Mundwinkel, kam ihrer Bitte aber nach: »Blasphemie, Häresie und Hexerei«, las er.

Ein Frösteln lief ihr über den Rücken. Aus den Augenwinkeln heraus sah sie ihren Knecht Michel aus der Scheune kommen, mit großen Schritten, finsterem Gesicht und aufmüpfig geschulterter Mistgabel. Fauchend richteten die Gänse nun ihre Aufmerksamkeit auf ihn.

»Es hat alles seine Richtigkeit, Michel«, rief Béatris ihrem Knecht zu.

»Geh zurück an die Arbeit!«

Sie bot dem Reiter einen Becher Wein an und eilte in die Foghana, wo Sibilia, die vermutlich vom Flur aus gelauscht hatte, bereits den ledernen Schnappsack in der Hand hielt. Brot und Käse lagen auf dem Küchentisch. Hilflos, ja, verstört standen die Knaben daneben. Béatris drückte ihren Enkeln einen Kuss aufs dunkle Haar.

»Ängstigt euch nicht«, sagte sie. »Ich bin nur als Zeugin vorgeladen. Sibilia wird euch später nach Hause bringen.«

Die alte Magd jedoch, seit langem vertraut mit Béatris, ließ sich nicht täuschen. »Und was sage ich deinen Töchtern, wenn sie nach dir fragen?«

»Erzähle ihnen die Wahrheit. Auch Michel. Er muss das wissen, und ich vertraue ihm. Aber sie sollen den Mund halten. Spätestens in vier Tagen bin ich wieder hier.«

Der Gerichtsbote stand noch immer unter dem Türstock, als sie ihm den Weinbecher reichte. Den Schnappsack in der Hand, erklomm sie die Stufen, die hinauf zur Schlafkammer führten.

»*E Donna*, so beeilt Euch!«, rief er ihr hinterher, »sonst kommen wir noch in die Dunkelheit.«

Hastig riss sie die Truhe auf und sichtete ihre Kleidungsstücke. Sie entschied sich für ein taubenblaues Obergewand, zwei Unterröcke, zwei feine Leinenhemden und ihre gute lange Haube, deren Quaste ihr weit über den Rücken fiel. Zuletzt versteckte sie unter den Kleidern das doppelt genähte Tuch, worin sich allerlei Krimskrams, eine gut gefüllte Geldkatze, ein Spiegel und jenes kleine, scharfe Rasiermesser befand, das ihr ihre Schwester Gentile vor Jahren in Limoux zugesteckt hatte. Dann atmete sie tief durch und stieg, den Sack geschultert, nach unten, wo Sibilia sie besorgt umarmte.

»*Hören, Sehen, Schweigen ist ein guter Reigen!*«, raunte ihr die Magd ins Ohr.

Die geäpfelte Maultierstute des Bischofs war den Passgang gewohnt und erwies sich dennoch als störrisch. Der Gerichtsbote indes ließ mit sich reden: Auf Béatris' Wunsch hin mieden sie den Dorfplatz und ritten quer durch die Felder, wobei sie zwangsläufig am Schloss von Varilhes vorbeikamen. Dorthin, nämlich in die Kapelle, hatte sie, nach der gestrigen Vorwarnung durch den Notar, ihren Freund Barthélemy Amilhac bestellt. Doch sie verrenkte sich vergeblich den Hals nach Bartho, wie sie ihn nannte. Beim Weiterritt kam ihr jäh in den Sinn, ob er nicht vielleicht selbst vorgeladen worden war. Womöglich ging das Verhör auch um jenes Jahr, in dem sie in Sünde zusammengelebt hatten? Nun, sie schämte sich nicht dafür. Sie würde ehrlich ihre Sünden bekennen. Aber wie stand es mit Häresie, Hexerei und Blasphemie? Als Ketzerin durfte sie sich vor Gericht nicht ausgeben, nein, nicht in diesem Sinne. Es konnte sie Hals und Kragen kosten, wenn sie über ihre Jahre oben in Montaillou sprach. Sie war aber auch keine Hexe, ja, dieses Wort nahm sie nicht einmal in den Mund! Außer ... nun, einmal hatte ihr Bartho belustigt vorgeworfen, ihn verhext zu haben, weil sie ihn so heiß begehrte. Aber in diesem Fall wäre ja *er* der Hexer gewesen und nicht sie! Blieb der wirklich dunkle Anklagepunkt Blasphemie übrig, worunter sie sich, Heilige Mutter Gottes, einfach nichts vorstellen konnte! Ging es um üble Nachrede? Um Gotteslästerung?

Sie dachte an Michel, der kürzlich beim Sensendengeln in der Scheune schier außer sich gewesen war. Ein Verwandter war von der Inquisition verhaftet worden, weil er als Eigner einer großen Schafherde öffentlich gegen den bischöflichen Zehntvertrag mit seiner Dreifachbesteuerung gewettert hatte. Zuerst belege die Kirche das neugeborene Lamm mit Abgaben, hatte Michel geschimpft, dann nach jeder Schur das Wollvlies und zuletzt noch das, was vom Schaf verzehrt würde.

»Und nun belegt er auch noch den Käse und die Rüben mit dem Zehnt«, hatte er sich beschwert. »Das entspricht nicht unseren Gebräuchen, Donna Béatris! Auch wenn Fournier als Zisterzienser keiner der verfluchten *Domini canes* ist, bringt er mit der Zeit das halbe Land um. Ha! Natürlich unter dem Vorwand der Seelenrettung!« Richtig zynisch war

Michel geworden: »Oder habt Ihr schon einmal gehört, dass der liebe Gott einen Menschen exkommuniziert hätte? Bekanntlich steckt Gott auch keinem Sterbenden eine geweihte Kerze in den Mund, wie es die Priester tun. Wobei sich jedermann fragt, weshalb sie ihnen das Wachs nicht gleich ins Hinterteil schieben!«

Das war der Augenblick gewesen, an dem sie in schallendes Gelächter ausgebrochen war und sie hatte Michel beim Verlassen der Scheune augenzwinkernd vorgeworfen, zuviel sauren Wein getrunken zu haben.

»Spottet nicht«, hatte er ihr hinterher gerufen. »Vor dem Wolf und dem Bär kann der Mensch fliehen, aber vor dem Bischof gibt es kein Entkommen!«

Waren sie an diesem Morgen von einem der anderen Knechte belauscht und verraten worden? Béatris seufzte hörbar und schenkte dem Gerichtsboten, der sich augenblicklich nach ihr umdrehte, ein verzweifeltes Lächeln. Als er tatsächlich zurücklächelte, dachte sie bei sich, dass es wirklich ein Segen war, dass Gott ihr ein schönes Gesicht und ein nahezu furchtloses Herz mitgegeben hatte. Sie würde sich schon zurechtfinden, in Pamiers. Auch ein Bischof war nur ein Mann. Außerdem war sie ja nicht richtig verhaftet worden. Doch wie verhielt sie sich, wenn die Sache konkret mit ... Montaillou zu tun hatte? Besser nicht dran rühren! *Hören, Sehen, Schweigen ist ein guter Reigen!*

Verstohlen rieb sich Béatris den Rücken, der vom ungewohnten Seitsitz auf dem Muli schmerzte. Sie gähnte. Diese Hitze konnte einen richtig dösig machen. Der Himmel so bleiern wie die schräg hintereinander aufgereihten Berge, die er überspannte. Ob es ein Gewitter gab?

Selbst als die Dämmerung einsetzte, wich die Schwüle nicht. Rechts und links im dürren Gras lärmten die Zikaden. Der Saumpfad zog sich am felsigen Flussbett der wilden Ariéja entlang, bis hinauf zur Brücke, die in die Bischofsstadt führte. Othon und sie waren oft in Pamiers gewesen, meist auf dem Antoninus-Jahrmarkt, wo sie Bündel mit Wollvlies und Webware gegen Öl, Mandeln und Wein eingetauscht und danach gemeinsam auch die Heilige Messe besucht hatten. Damals hatte sie sich immer gefreut, wenn es gen Pamiers ging, doch heute war es anders: Je näher sie der Stadt kamen, desto dünner wurde Béatris' Lächeln.

Endlich bogen sie ab und schlugen den ihr ebenfalls vertrauten Weg ein, der mitten durch die Weinberge führte. Von weitem grüßten schon die Türme der Stadt. Zuvörderst der gefürchtete Bischofsturm, der wie ein weißer Zahn auf dem Castella-Hügel saß.

In der Herberge des am Stadtrand gelegenen Klosters Mas-Saint-Antonin, wohin der Bote sie brachte, wies man ihr eine staubdunkle Cella zu und reichte ihr ein karges Abendbrot. Doch Béatris stürzte sich nur auf den Krug mit Wasser. Hungrig war sie nicht. In der Nacht, als sie sich auf ihrer Pritsche hin und her wälzte, musste sie ständig an Michels Warnung denken: *Vor dem Bischof gibt es kein Entkommen!* Und wieder kam ihr Montaillou in den Sinn. Jetzt erst, als sie in Ruhe alles noch einmal überdachte, bekam sie Angst. Große Angst.

Jacques Fournier, Bischof von Pamiers
Pamiers, 23. - 26. Juli
im Jahre des HERRN 1320

Jacques Fournier hob die Brauen, als er vernahm, was ihm Arnaut Sicre, sein neuer *familiares*, offerierte.

»Und wie wollt Ihr das zustande bringen?«, fragte er den jungen, hochaufgeschossenen Mann, der wie ein Schuster gekleidet war.

Ein listiges Lächeln umspielte den Mund des Spions. Sicre verbeugte sich. »Die Gier der anderen ist meine Waffe, Euer Gnaden«, sagte er. »Setzt ein Kopfgeld aus.«

Der Bischof spitzte den Mund. Sicres Übereifer kam nicht von ungefähr. Seine Mutter war als Ketzerin verbrannt worden, das Familiengut konfisziert. Nur deshalb hatte ihm der junge Mann seine Dienste angetragen. Fournier dachte aber auch an die vielen Zeugen, die er sich in den letzten zwei Jahren bereits vorgeknöpft hatte. Die Häresie war wie ein bösartiges Geschwulst, das sich noch immer ausbreitete. *Not kennt kein Gebot*, ging es ihm durch den Kopf, gleichwohl ließ er seinen *familiares* noch eine Weile warten, tat, als müsse er die Angelegenheit besonders gründlich überdenken. Dann stemmte er sich aus seinem Scherenstuhl, trat zur Wand, öffnete die eisenbeschlagene Truhe, die dort stand, und entnahm ihr einen Lederbeutel mit fünfzig Silber-Tournois.

»Tut Euer Bestes, Sicre«, sagte er leise. »Gott ist auf unserer Seite.«

Am Abend, nach der Komplet, starrte er durch das offenstehende Fenster seines Gemachs auf die Wehrgänge und die Stadt hinaus. Wie die Tage zuvor war es gewittrig schwül. Der Schweiß klebte ihm das Hemd an den Rücken. Er sah dem Besuch von Galhardus de Pomiès entgegen, dem Stellvertretenden Inquisitor von Carcassonne, der auf sich warten ließ. Ob Galhardus ahnte, dass er ihm heute Abend eine »dicke Kröte« zum

Schlucken anbieten würde? Nachdenklich rieb sich Jacques das Kinn. Am besten *in medias res*, beschloss er, damit sich die Sache nicht hinzog.

Nahezu lautlos öffnete sich die Seitentür. Die Pagen kamen herein und stellten wie jeden Abend einen Krug mit Wein auf den Tisch, dazu zwei Becher, des weiteren Fladenbrot, Ziegenkäse und Feigen.

Und da klopfte es endlich.

»Darf auch ich eintreten, Euer Gnaden?«, fragte Galhardus. Er lächelte spöttisch und wies auf einen jungen, schwarzen Kater, der ungebeten mit ihm hereingeschlüpft war.

»Nur zu!«, lachte der Bischof, »Prudentius ist nicht der Sohn des Teufels, sondern allenfalls mein Vorkoster.«

Eigenhändig hatte Jacques den Kater, der ihm nun mit hocherhobenem Schwanz um die Beine strich, vor dem Ersäufen gerettet. Er bückte sich, um das Tier zu streicheln. »Nehmt schon Platz, Bruder Galhardus«, sagte er zum Inquisitor, »und schenkt Euch ein. Eine Frage vorweg: Ist die Kastellanin eingetroffen?«

Der Dominikaner, ein hagerer alter Mann, griff zum Krug. »Die Tochter des Teufels? Ja, Euer Gnaden, sie ist hier«, sagte er mit gewohnt näselnder Stimme. »Aber wir lassen sie bis Samstag zappeln. Gott hat die Welt auch nicht an einem Tag erschaffen ... Guter Tropfen!«, meinte er anerkennend, nachdem er den ersten Schluck genossen und dann Platz genommen hatte. »Erfrischend, angesichts der unerträglichen Schwüle heute ...«

Jacques setzte sich ihm gegenüber. »Samstag also. Soso ... Gut, einverstanden.« Er zerbröselte ein Stück Käse für Prudentius, der nicht von seiner Seite wich.

»Das Verhör wird nach der vorgegebenen Ordnung erfolgen«, sagte Galhardus. »Zwei, drei Verhandlungen im Abstand von einigen Wochen werden sie schon mürbe machen. Eine Frau von Adel ist auch nur eine Frau. Und diese besonders«, betonte er, die Augen verdrehend - worauf ihn der Kater, der es sich inzwischen auf dem breiten Schoß des Bischofs bequem gemacht hatte, anfauchte.

Nach der vorgegebenen Ordnung? Jacques räusperte sich. »Kommen wir ohne Verzug zur Sache, Bruder Galhardus«, sagte er. »Ich habe gründlich nachgedacht und auch bereits mit Jean de Beaune, Eurem Vorgesetzten, gesprochen. Er ist damit einverstanden, dass ich auch die weiteren Verhöre führe. Freilich in enger Abstimmung mit Euch«, fuhr er beschwichtigend fort, als er Galhardus' erschrockenes Gesicht sah. »Ihr sitzt vor Gericht an meiner rechten Seite, sozusagen als mein Berater und in Vertretung von Jean de Beaune.«

»Heiliger Ambrosius!«, stieß Galhardus hervor, »Ihr wollt die Verhöre erneut auf *roman* führen?«

Jacques Fournier lächelte verständnisvoll. »Das gefällt Euch nicht, ich weiß. In Eurem Kopf steckt der Spruch, der *alte* Fuchs wisse mehr als der Fuchs. Verglichen mit Euch, bin ich tatsächlich nur der Fuchs, Bruder. Aber ich kam, wie Ihr wisst, unweit von Toulouse zur Welt, auf dem Land. Ich bin ein Kind einfacher Leute. Ein hiesiger Fuchs, und die sind für ihre Schläue bekannt. Im Ernst: Wenn jemand den Zungenschlag der Dörfler versteht, wenn einer in ihre Köpfe und Herzen blicken kann, so bin das ich.«

Der Inquisitor verzog das Gesicht. »Aber Euer Gnaden«, spottete er, »wie erklärt Ihr Euch dann, dass ausgerechnet von Eurer Geburtsstadt das katharische Gift der Treulosigkeit ausging?«

Jacques lachte auf. »So beruhigt Euch wieder, Bruder. Ich werde den Lämmern schon zur Welt helfen.«

Die Diener kehrten zurück, um die Kerzen anzuzünden. Draußen begann eine Nachtigall zu schlagen.

»Ist das ... ist das Euer letztes Wort, Euer Gnaden? Und wie steht es mit der festgelegten Ordnung?«

»*Meine* Ordnung ist das *Decretum Gratiani*«, sagte Jacques ungerührt. »Ich höre mir die unterschiedlichen Meinungen der Zeugen an, entscheide mich aber erst am Schluss für eine Lösung. Rohe Gewalt verabscheue ich, wenngleich sie, zugegeben, manchmal der Abschreckung dient.«

»Aber Euer Gnaden, denkt an die Bulle *Ad abolendam!* Wir sind verpflichtet, die Ketzer mitsamt ihrer teuflischen Denkungsart auszurotten. Mit Feuer und Schwert, und gemeinsam mit der weltlichen Macht!«

»Was uns Kirchenleute vom König abhängig macht, vergesst das nicht, Bruder! Nun«, fuhr Fournier fort, »für mich muss sich die Rechtgläubigkeit im Vertrauen auf ihre Stärke *unbewaffnet* dem offenen Kampf stellen. Das Wort muss unser Schwert sein! Das Wort.«

Als Galhardus jedoch »wortlos« auf die neu verlegten Bodenfliesen starrte, um vielleicht so seinen Unmut zu äußern, tat es ihm der Bischof gleich. Er konnte warten, lauschte dem wehmütigen Klagen der Nachtigall ... Wie geheimnisvoll wieder die Fliesen im Kerzenlicht schimmerten! Ein warmes Gelb, die Farbe des Lichts, und im Wechsel dazu ein sanftes Grün, die Farbe der Hoffnung und der Unsterblichkeit. Der Töpfermeister hatte das Irdengut vor dem Brennen mit vielerlei Ornamenten versehen, darunter auch unzähligen Kreuzen. Wie hatte sich einer der Pagen ehrfürchtig vor dem ersten Betreten des Gemaches ausgedrückt? *»Eines Papstpalastes würdig!«* Das machte Jacques stolz.

Lächelnd hob er das Haupt. Sein Gegenüber sah noch immer stumm zu Boden. Oder ... hatte er just sein Leben ausgehaucht? Jacques beschloss, Galhardus noch eine Weile »zappeln« zu lassen ... Wo war er in Gedanken stehen geblieben? Bei den Kreuzen? Dass die Häretiker die Kreuze ablehnten, war *per se* nicht verwerflich. Sie eiferten bekanntlich den Urchristen nach, die Jesus als guten Hirten dargestellt hatten, nicht hilflos an seinem Folterhaken hängend. Aufs Kreuz zu spucken, konnte jedoch nicht toleriert werden. Andererseits trieben auch Katholiken oft Schindluder mit dem Kruzifix. Wie man hörte, gab es Mönche, die es sich in der Nacht auf ihre Genitalien legten, um feuchte Träume abzuwehren ...

Ein neuerlicher Blick auf den Dominikaner bewies, dass sich dieser tatsächlich an der »Kröte« verschluckt hatte. Nun eiferte er Lot nach, so erstarrt wie er im Sessel saß.

Jacques beschloss, den armen Mann zu erlösen. Er gab dem Kater einen Schubs, erhob sich, nahm den Krug in die Hand und füllte die Becher nach.

Endlich merkte Galhardus auf. »Verzeiht, Euer Gnaden«, sagte er, mit einem Mal wiederbelebt. Er zog ein Mundtuch aus der Tunika und betupfte sich damit die Stirn. »Wahrlich, die Hitze ... sie macht mir zu schaffen.«

Sie prosteten sich zu.

»Ich habe ebenfalls lange nachgedacht« fuhr der Alte fort, »und mich die ganze Zeit über gefragt, ob Ihr bei all Eurer Arbeit in Pamiers und der Diözese wirklich die Kraft für die anstehenden Verhöre aufbringen könnt, zumal sie höher zu gewichten sind, als die früheren Vernehmungen. Vor allem die Aussagen der Kastellanin sind für uns von größter Bedeutung. Und wir Dominikaner, Ihr wisst es doch, wir sind besonders geschult auf die Überführung der Abweichler. Ist Euch eigentlich bekannt, dass der Bruder der Kastellanin ein Erzketzer ist?«

»Der Hüter der Geheimen Worte? Nun, wir sind ihm vermutlich auf der Spur. Einer meiner *familiares* will ihn mir in Kürze ausliefern.«

Galhardus hob skeptisch die Brauen. »Etwa Sicard, das Mausgesicht?«

»So nennt Ihr ihn?«

»Das ist noch verniedlicht, Euer Gnaden! Dem traue ich nicht über den Weg. Seine Mutter, Ihr wisst schon!« Er machte eine Handbewegung, die aufsteigenden Rauch darstellen sollte. »Aber wenn er uns den Hüter ausliefert, soll's mir recht sein. Dieser Mann ist brandgefährlich. Theologisch geschult. Gleichzusetzen mit Esclarmonde, der Oberketzerin aus Foix.«

»Die seit nahezu hundert Jahren tot ist, Bruder Galhardus!« Jacques griff nach dem Becher.

»Schon, aber nicht ihre geistige Hinterlassenschaft! Und was die Hinterlassenschaft des Hüters betrifft ...«

»Hält er Kontakt zur Kastellanin? Sicre konnte es mir nicht sagen.«
Galhardus hob die Achseln. »Wenn ja, dann finden diese Treffen unter größter Geheimhaltung statt. Die Familie Planissoles wendet seit Generationen jegliche List an, ihre ketzerische Sippschaft zu schützen. Besser, wir lassen den Bruder vor der Teufelstochter unerwähnt, nicht dass er gewarnt wird.«

Drei Tage später ...

Überrascht hob der Bischof den Kopf, als die Gerichtsdiener die ehemalige Kastellanin von Montaillou hereinführten. Sie sei eine *puta*, eine Hure, und besitze *cilhards*, hochmütige Brauen, hatte man ihm anvertraut und vor ihrer Falschheit gewarnt.

Jacques Fournier kniff die Augen zusammen, um schärfer sehen zu können: Ein ansprechendes Äußeres, trotz der schlichten Kleidung. Das Gesicht ebenmäßig und in der Farbe wie ein reifer Pfirsich. Auch der schmale Hals wies noch kaum Alterszeichen auf. Ah! Plötzlich wusste er, was sein Spion mit den *cilhards* gemeint hatte: Donna Béatris besaß die Angewohnheit, ihre schwarzen Brauen in einer eigentümlichen Weise zusammenzuschieben, wie er es bislang nur einmal gesehen hatte. Er kam nur nicht darauf, bei wem ... Ob sie wirklich eine Hure war? Eigentlich stand in ihren schwarzen Augen, die ihn so unverwandt und doch besorgt ansahen, etwas anderes: Nicht Frechheit und Dummheit, nicht Stolz und Eitelkeit - sondern Klugheit und Aufrichtigkeit. Damit hatte er nicht gerechnet.

Um seine Gedanken zu ordnen, aber auch weil er spürte, dass Galhardus, der alte Dominikanerfuchs, ihn aus den Augenwinkeln heraus beobachtete, lenkte Fournier den Blick in die vor ihm liegenden Dokumente. Wahre Aktenberge hatte er zusammentragen lassen, ohne jemals Bernard Gui, den Obersten Inquisitor von Toulouse, zu Rate zu ziehen, obwohl ihn Galhardus ständig darum gebeten hatte. Gebeten? Gebettelt hatte er!

Erneut warf Jacques einen Blick auf die Zeugin. Die Frau hatte Angst; man konnte es sehen. Aber sie zeigte Haltung. Wie hatte wohl ihre Beziehung zu Pierre Clergue, »dem durchtriebensten lebenden Kleriker der katholischen Kirche«, wie Bruder Galhardus meinte, ausgesehen? Dass die Clergues korrupt waren, ja sogar noch immer mit Teilen der Inquisition von Carcassonne unter einer Decke steckten, war sattsam bekannt. Doch die Beweise gegen sie hatten nie ausgereicht. Fest stand: Toulouse und Carcassonne hatten versagt. Nun lag es an ihm, dem Bischof von Pamiers, alles besser zu machen!

Das erste Verhör
**Pamiers, Samstag, 26. Juli
im Jahre des HERRN 1320**

Béatris war bemüht, sich ihre Angst nicht anmerken zu lassen. Stets die Fassung zu bewahren, war auch der Rat ihres zweiköpfigen Gerichtsbeistandes gewesen, dem sie unten in der Halle vorgestellt worden war: Den Archidiakon von Mallorca, ganz in Schwarz gekleidet, hatte sie nie zuvor gesehen. Anders verhielt es sich mit Amiel, dem alten Pfarrer von Pelleport. Ihn kannte sie durch ihre Tochter, die dort wohnte. Als Wortführer hatte der Archidiakon sie auf einige heikle Fragen vorbereitet, ihr aber zum Schluss versichert, dass sie unvereidigt bleiben würde.

Während der Bischof offenbar Akten studierte, sah sie sich mit scheuem Bewundern um. Nicht nur die säulenbewehrte Eingangshalle des Turms, auch der Gerichtssaal selbst beeindruckte. Ganze acht steinerne Fensternischen mit aufgemauerten Sitzbänken, dazwischen Wandbehänge und prachtvolle Wappenschilder. Die Decke reich geschnitzt, mit roten und grünen Ornamenten versehen, teils in Gold gefasst. Auf der Estrade saß das Hohe Gericht, flankiert von den Tischen und Bänken der Notare, Übersetzer und Schreiber. Seitlich, im Halbrund aufgestellt, die Bänke für das Bischöfliche Gefolge und die Mönche der ansässigen Orden.

Wie man es ihr aufgetragen hatte, nahm Béatris zwischen dem Erzdiakon und dem Pfarrer von Pelleport auf der Anklagebank Platz. Abermals fiel ihr Blick auf den »Vater Inquisitor, Wächter über die Reinheit des Glaubens«, wie der Archidiakon den Bischof bezeichnet hatte. Sie müsse ihn stets mit »Euer Gnaden« anreden, hatte er ihr eingeschärft.

Jacques Fournier, wie er mit bürgerlichem Namen hieß, war jünger und größer als seine Beisitzer, doch neigte er zur Korpulenz. Die violette, bis zu den Ellbogen reichende Mozetta bedeckte allzu rundliche Schultern. Béatris Blick blieb auf dem breitkrempigen Bischofshut hängen, von dem die grünseidenen Quasten baumelten. Weshalb eigentlich trug er keine Mitra? Sein Gesicht? Die von tiefschwarzen Brauen umrahmten Augen hielt er gesenkt. Eine gerade Nase. Ein schmaler Mund ... Plötzlich bemerkte sie, wie der Bischof den Kopf hob und sie ansah. Sie versuchte ein zaghaftes Lächeln, das - was hatte sie eigentlich erwartet? - nicht erwidert wurde.

Die Beisitzer des Bischofs waren Dominikaner aus Carcassonne. Johannes de Stephani, spindeldürr wie eine Binse, ließ sie nicht aus den Augen. Seine eine Wange war starr, was den Mundwinkel grotesk nach unten zog. Desungeachtet versuchte er fortwährend, die drei hellbraunen Stirnlocken, die ihm bis fast auf die Nase fielen, mit dem Mund wegzublasen.

Vor dem anderen Beisitzer, Galhardus de Pomiès, hatte man sie gewarnt. Er wäre der Stellvertreter des Obersten Inquisitors von Carcassonne und nicht ungefährlich. Keinesfalls vom Knacken seiner Fingergelenke irritieren lassen!

Johannes de Stephani läutete die Glocke und winkte Béatris zu sich. Sie trat vor die Schranke und verbeugte sich wie vorgeschrieben. Aufgeregtes Scharren und Murmeln hinter ihr im Saal.

Der Bischof blätterte weiter gleichmütig in den Akten. Hatte er sich schlecht vorbereitet oder tat er das, um sie zu verunsichern?

Die Glocke läutete zum zweiten Mal. Endlich hob der Bischof den Kopf, jedoch nur, um Béatris mit wohlgesetzten Worten das zu bestätigen, was sie bereits wusste, nämlich, dass sie am heutigen Tag unvereidigt bleiben würde. Beide Beisitzer signalisierten Zustimmung, desgleichen die Verteidiger. Wieder läutete die Glocke, worauf der Bischof die vorgesehenen Eingangsgebete sprach, gefolgt von langatmigen kirchenrechtlichen Belehrungen und der abschließenden Ermahnung, die Wahrheit zu sagen. Dann endlich stellte er ihr die erste Frage - auf die man sie leider *nicht* vorbereitet hatte:

»Wisst Ihr, weswegen man Euch heute vorgeladen hat?«

»Ich ... ich bin als Zeugin geladen, Euer Gnaden.«

»Nun, jedermann, der vor dem Inquisitionstribunal aussagt, ob als Zeuge oder nicht, gilt als angeklagt. Ihr müsst also auch das aussagen, was Euch selbst belasten könnte. Habt Ihr das verstanden? Euer Geständnis kann ein erster Schritt zur Umkehr sein.«

Béatris war irritiert. Der Archidiakon hatte ihr bedeutet, sie müsse vor Gericht ihre Unschuld beweisen, aber es hatte nicht geheißen, dass sie sich selbst anklagen musste. »Ja, Euer Gnaden.«

»Der Name Eurer Geburt ist Béatris de Planissoles?«

»Ja.«

Der Bischof wartete, bis die Eintragung erfolgt war. »Man hat Euch wegen des Verdachts der Häresie vorgeladen«, sagte er brüsk, »was wisst Ihr über dieses Vergehen?«

Unmerklich hob Béatris die Schultern und schwieg - der Archidiakon hatte ihr geraten, bei bedenklichen oder unklaren Fragen besser den Mund zu halten.

Der Bischof wartete eine Weile, dann ermunterte er sie zu reden, wie ihr ums Herz sei, aber zugleich die volle Wahrheit zu sagen. Nachdem sie noch immer nicht wusste, was genau sie antworten sollte, drehte sie sich fragend nach ihren Beiständen um. Die Geistlichen nickten ihr freundlich auffordernd zu. Bedeutete das, sie sollte sich tatsächlich selbst beschuldigen?

Nachdem sie weiter schwieg, nur unruhig von einem Bein aufs andere trat, half ihr der Bischof über die Schwelle: »Ihr seid eine der Töchter des verstorbenen Grundherrn von Caussou, Philippe de Planisolles?«

»Ja, Euer Gnaden«, bekannte sie erleichtert, und dann sprudelte es nur so aus ihr heraus: »Aber ich habe meinen Vater kaum gekannt, denn ich verbrachte meine Kindheit bei der Familie Moulis, in Celles. Als junges Mädchen kam ich auf die Burg von Montaillou, wo ich später in der Kirche der Seligen Marie von Carnesses dem Kastellan angetraut wurde. Bérenger de Roquefort war sein Name. Das war im Jahr des HERRN

1291. Sieben Jahre später verstarb mein Gemahl.« Sie bekreuzigte sich.

»Wieviele Kinder habt Ihr ihm vor seinem Tod geboren?«

»Zwei Töchter. Condors und Esclarmonde, genannt Sclarmunda. Die jüngere starb im Kindesalter.« Abermals schlug sie das Kreuz. »Meinem nächsten Ehemann, Othon de Langleize - ich bin zweifach verwitwet - schenkte ich ebenfalls zwei Töchter, Ava und Philippa.«

Zunehmend beunruhigt beobachtete sie, wie der Bischof die Stirn runzelte und die Akten befragte.

Der Dominikaner Galhardus - als wenn er ihre Gedanken hätte lesen können - flüsterte mit dem Bischof. Und da kam das Befürchtete auch schon: Fournier hob den Kopf und blickte ihr streng in die Augen. »Aus welchem Grund verschweigt Ihr dem Gericht Eure Söhne, Donna Béatris? Hat man sie Gott dargebracht?«

»Leben sie in einem Kloster?«, setzte Galhardus nach.

Das Blut schoss ihr spürbar in die Wangen, und ihr Atem flog. *Hören, Sehen, Schweigen ist ein guter Reigen?* Schweigen ja, aber nicht Verschweigen! Sie hätte sich ohrfeigen können. Böser Anfang - böses Ende!

»Das kann ich Euch erklären, Euer Gnaden! Mein Schwager, also der ältere Bruder meines Gemahls, hat mir meine erstgeborenen Söhne gleich nach der Entwöhnung entzogen. Er war kinderlos. Sie sollten auf der Stammburg der Familie aufwachsen. Mein Zweitgeborener ist dort später gestorben. Am Ziehhusten, wie ich erfuhr. Meinen Ältesten habe ich nie mehr wiedergesehen.«

Der Bischof lächelte milde, während ihre Tränen flossen. »Eines verstehe ich nicht, Donna Béatris«, fuhr er fort, »Ihr seid doch selbst von Adel. Habt Ihr Euch etwas zuschulden kommen lassen, dass man Euch beide Knaben so früh wegnahm?«

»Nein, Euer Gnaden. Aber ich war noch sehr jung, und man dachte wohl, es sei das Beste für die Kinder.« Sie warf einen vorwurfsvollen Blick auf ihre Beistände, die sie auch auf diese Frage nicht vorbereitet hatten. Sie solle nur zusehen, hatte es geheißen, dass sie sich den Bischof nicht zum Feind machte.

»Ich glaube, Ihr redet Euch gerade die Wahrheit schön!«, rief Galhardus ungehalten.

»War es nicht vielmehr so«, fuhr der Bischof fort, »dass in dieser Zeit Euer Vater - *ein magnus hereticus!* - zum Tragen der Gelben Ketzerkreuze verurteilt worden ist, weil er in seiner Burg katharische Perfekte beherbergt hat? Standet deshalb auch Ihr im schlechten Ruf? Hatte die Familie Eures Gemahls vielleicht Bedenken, Ihr könntet Eure Söhne heimlich im häretischen Glauben erziehen? Seid Ihr eine Häretikerin? Antwortet!«

Béatris schluckte. Die letzte Frage, hart und scharf gestellt, hatte sie fast überrumpelt. Sprachlos gemacht.

Sogleich legten der Archidiakon und Pater Amiel Widerspruch ein, der Bischof jedoch beschwichtigte sie:

»*Absit omen*«, sagte er, die Handflächen hebend und den Kopf wiegend, wobei die Schnüre an seinem Hut schaukelten, »eine böse Vorbedeutung sei fern! Doch denkt daran, jeder gute Baum bringt gute Früchte hervor, ein schlechter Baum aber schlechte. Und jetzt antwortet mir, Donna Béatris, nach der Wahrheit!«

»Ich war und ich bin rechtgläubig«, sagte sie, bemüht, Festigkeit in ihre Stimme zu legen, »und ich weiß auch, dass mein Vater wieder seinen Frieden mit der Kirche gemacht hat. Aber ich gebe zu, dass ein gewisses Misstrauen in der Familie meines Gemahls vorhanden war. Ich habe sehr unter dem Verlust meiner Söhne gelitten.«

»Und was geschah mit Euch nach dem Tod Eures Mannes im Jahr des HERRN 1298?«

»Ich musste die Burg verlassen, ein neuer Hofverwalter des Grafen von Foix übernahm sie, und ich zog mit meinen Töchtern in ein Haus in Burgnähe, direkt unterhalb des Fontcanals.«

Wieder blätterte der Bischof in den Akten. »Habt Ihr auf Montaillou - oder auch auf Dalou, der Burg Eures zweiten Mannes - jemals die katharischen Perfekten Authiè aus Ax willkommen geheißen?«

Béatris - auf *diese* Frage war sie vorbereitet worden - nahm die Schultern zurück und hob den Kopf. »Willkommen geheißen? Die Notare? Nein, Euer Ehren, niemals. Allerdings bin ich den Authiès in Montaillou zweimal begegnet. Einmal, als sie bei einem Kaufvertrag meines ersten Gemahls mitwirkten - zu diesem Zeitpunkt standen sie noch nicht in dem Ruf, Häretiker zu sein. Es ging um eine Hypothek. Ich musste gegenzeichnen, weil auch meine *dos*, meine Mitgift, betroffen war, nicht nur das Vermögen meines Gemahls. Doch wenn ich mich recht entsinne, so hat einer der Brüder, ich glaube, es war Guilleaume Authiè, sogar auf unserer Hochzeit getanzt. Sicher bin ich mir nicht. Die zweite Begegnung fand erst nach dem Tod meines Gemahls statt. Ich ließ die Notare rufen, weil sich mein Schwager weigerte, mir meine Mitgift wieder auszuzahlen. Ich wusste damals nicht, an wen ich mich hätte wenden können. Ohne die Hilfe der Notare aus Ax wäre ich wohl völlig verarmt.«

Die Federn der Schreiber kratzten über das Pergament. Und schon ging es weiter:

»Nächste Frage. Wir haben hier die Aussage eines Zeugen, der vor ungefähr zehn Jahren - genauer kann er sich nicht erinnern - auf Dalou, der Burg Eures zweiten Gemahls Othon de Langleize, zu Gast war. Eure Töchter waren anwesend, sowie mehrere Personen, an deren Namen sich der Zeuge nur teilweise erinnert. Alle hätten ums Feuer herumgesessen, sagt er, und das Gespräch wäre auf die Priester gekommen und im besonderen auf das Heilige Sakrament des Altars. Ihr, Donna Béatris, hättet gelacht und gesagt, wenn Gott tatsächlich im Sakrament des Altars anwesend wäre, würde er niemals erlauben, von den Priestern - oder einem einzigen Priester - gegessen zu werden. Was sagt Ihr zu dieser Blasphemie?«

Blasphemie? Jetzt verstand sie. Dennoch erfasste sie für einen Augenblick ein Schwindel. Wieso konfrontierte sie der Bischof mit derart alten Dummheiten? Und auf welch verschlungenen Pfaden waren diese durchgesickert? Steckte Othons Nichte dahinter? Mabille, mit der sie seit langem im Streit lag?

»Könnte ... könnte ich einen Schluck Wasser haben, Euer Gnaden?«

Fournier nickte, einer der Gerichtsdiener eilte zum Gießfass, schöpfte und reichte ihr den Becher. Béatris trank wie eine Verdurstende, während sie sich überdeutlich an den verhängnisvollen Tag erinnerte, an dem sie die Blasphemie begangen hatte: Ihre Freundinnen Bernarde und Esperte waren nach Dalou gekommen, sowie deren Ehemänner, und auch die Schlange Mabille war anwesend gewesen. Sie hatten zusammen Käse und Nüsse gegessen, viel gelacht und Wein getrunken. Zuviel Wein! Und dann ...

Sie gab den Becher zurück, dankte. »Euer Gnaden, diesen Vorwurf kann ich nicht auf mir sitzen lassen, wortwörtlich habe ich das so nicht gesagt. Aber ich will Euch der Wahrheit nach erzählen, wie ich als kleines Mädchen Zeugin einer Verspottung des Leibes Christi in der Hostie wurde: Ich war sechs Jahre alt, *vel circa* - genau weiß ich es wirklich nicht -, aber ich lebte bereits in Celles. Da ging ich mit meiner Pflegefamilie in die Kirche, um den Leib Christi zu betrachten. Plötzlich hörte ich hinter uns Schritte. Ein Maurer folgte uns. Er lachte spöttisch und meinte, niemand müsse sich derart beeilen, um den Leib Christi zu sehen, denn selbst wenn er so groß wäre wie der Berg Margail, so wäre er schon mehrfach als Brot gegessen ... Also, und diese Worte haben sich mir als Kind eingeprägt, Euer Gnaden, vielleicht ... ja, ganz sicher, weil ich töricht war, weil ich sie nicht verstand. Später habe ich sie manchmal zitiert. Aus Dummheit. Oder im Scherz. Das gebe ich zu, und das tut mir auch leid. Aber der Vorfall, den Euer Zeuge erwähnt, liegt keinesfalls zehn, sondern mindestens zwölf Jahre zurück. Seither habe ich mich nicht mehr auf diese Weise versündigt.«

Da hörte sie erstmals die Fingergelenke des Inquisitors knacken.

Der Bischof runzelte die Stirn. »Könnt Ihr Euch noch an die Namen der Personen erinnern, die damals anwesend waren?« Er klang plötzlich gereizt.

Sie schüttelte bedauernd den Kopf. »Nein, Euer Gnaden, auch nicht an den Anlass dieser Zusammenkunft. Ich hatte viele Besucher in jener Zeit.«

»Das will ich glauben. Ein weiterer Zeuge behauptet nämlich, die verstorbene Cuq, die man eine Weissagerin und Hexe nennt, hätte Euch eines Nachts dort aufgesucht.«

Abermals schüttelte Béatris den Kopf. »Die Cuq war nie in meinem Haus, nicht am Tag und nicht in der Nacht! Aber ich selbst war einmal bei ihr, das gebe ich zu. Doch ich habe dort weder bösen Zauber erfahren, noch irgendwelche Weissagungen aus ihrem Mund gehört oder sonstigen Unflat. Sagt mir die Namen jener Leute, die diese falschen Zeugnisse abgelegt haben, Euer Gnaden. Ich bitte darum!«

»Es ist nicht Stil und Brauch der Inquisition, die Namen ihrer Informanten preiszugeben«, mischte sich der »Fingerzieher« mit näselnder Stimme ein, und wieder knackte es.

»Die Hexe hat Euch also nicht aufgesucht?«

»Nein, Euer Gnaden. Ich erinnere mich jedoch an eine getaufte Jüdin aus Prades d'Aillon, Na Ferreria war ihr Name, die eines Tages zu mir kam und mir magische Hausmittel anbot. Aber ich lehnte ab.«

Beunruhigt beobachtete sie, wie der alte Inquisitor dem Bischof etwas zuflüsterte. Dieser Mann war verschlagen. Das stand fest. Fournier jedoch lieh ihm eine ganze Weile sein Ohr, bevor er sein Augenmerk wieder auf Béatris richtete:

»Ein anderer Zeuge versichert uns, Ihr hättet nach dem Tod Eures Mannes Othon erst dann wieder die Messe besucht, als Ihr eine verbotene Liebschaft mit dem Vikar Barthélemy Amilhac eingegangen seid. Weshalb habt ihr Euch so lange dem Besuch der Heiligen Messe verweigert? Ihr wart doch nicht exkommuniziert, wie einige Eurer häretischen Freunde und Freundinnen!«

Béatris fühlte sich wie eine Biene im Honigglas, als sie einen Blick auf die lauernden Augen des alten Inquisitors warf. Das Knacken hatte er eingestellt.

»Auch das kann ich Euch erklären, Euer Gnaden«, sagte sie. »Nachdem ich zum zweiten Mal Witwe geworden war, erkrankte ich schwer. Für lange Zeit lag ich mit einem bösen Fieber darnieder, kaum dass ich ansprechbar war. Ich rang mit dem Tode. Aber als es mir etwas besser ging, habe ich wieder die Heilige Messe besucht, oft gemeinsam mit meiner Schwester Gentile.«

»Soso. Und wo soll das gewesen sein?«

»In Limoux. In der kleinen Kirche Notre Dame de Marceille. Dort habe ich all meine Sünden den Minderbrüdern gebeichtet und meine Gebete an die wundertätige Schwarze Madonna gerichtet, die mich daraufhin bald gesunden ließ.«

Da lehnte sich der Bischof zurück, fuhr sich mehrmals nachdenklich über sein glatt rasiertes, rundliches Kinn. »Einen Rat gebe ich Euch, Donna Béatris«, sagte er ernst, »verharrt nicht im Bösen, so Ihr eine Ketzerin seid, sondern gesteht frei und offen und bittet um Vergebung. Nur die außerhalb der Gnade Christi verharrenden Seelen werden der Verdammnis überantwortet.«

Béatris' Knie begannen zu zittern. »Aber ich kann doch nichts zugeben, was falsch ist, Euer Gnaden!«, sagte sie leise.

Fournier hob die Brauen und sah ihr prüfend ins Gesicht. »Nun, das Inquisitionsgericht in seiner Voraussicht und Güte wird Eure Aufrichtigkeit zu beurteilen wissen.« Damit brach er das Verhör ab und entließ sie in die Obhut ihrer Beistände.

Béatris atmete auf. Doch kaum, dass der Mehlsack leichter geworden war, zog er sie erneut zu Boden - denn Jacques Fournier beraumte nun einen weiteren Verhörtermin an, bei dem sie den Wahrheitseid zu leisten hätte, wie er sagte, und auf die Evangelien schwören musste.

Dienstag in drei Tagen.

Die Granette ist wieder da
Pamiers und Pellefort, Samstag, 26. Juli im Jahre des HERRN 1320

»Der Rabe«, wie Béatris den Archidiakon von Mallorca ob seines Aussehens und seiner schwarzen Robe insgeheim bezeichnete, schärfte Béatris beim Abschied ein, sich an die Auflagen des Gerichts zu halten und das Kirchspiel, in dem sie ansässig war, nicht zu verlassen. Zum Schluss vertraute er ihr bis zum Dienstag das Maultier an, worauf sie in Begleitung von Pater Amiel den Castella-Hügel wieder verließ, um die Heimreise anzutreten.

Die Erde glühte wie Irdenware, die gerade aus dem Brennofen kam. Doch Béatris nahm die Hitze nur am Rande wahr, denn sie schaute sich abermals die Augen nach ihrem Freund Bartho aus. Hatte ihn ihre Nachricht denn nicht erreicht? Oder hielt er sich irgendwo versteckt, im Schilf, um Pater Amiel, den er als Geistlicher ebenfalls kannte, nicht über den Weg laufen zu müssen?

»Hochwürden«, sagte sie zum Pfarrer, »ich komme mit Euch nach Pelleport, weil ich meine Tochter und meine Enkel sehen möchte. Einer der Knaben leidet an der Fallsucht, und ich mache mir Sorgen um ihn.«

Amiel legte ihr nur nahe, sich rechtzeitig am Montag Nachmittag, zur Non, bei ihm einzufinden. »Ich begleite Euch dann nach Pamiers«, sagte er. »Die nächste Verhandlung wird nicht einfach werden. Hütet Euch vor dem Bischof. Er lässt die Lämmer herausgehen, wenn Ihr wisst, was das bedeutet.«

»Dass er der Wahrheit auf den Grund geht, wie sehr es auch denen missfallen mag, die sie sagen, ja.« Sie nickte bedrückt. »Aber was will er denn noch von mir? Soll ich mein ganzes Leben vor ihm ausbreiten? All die Gespräche meiner Bekannten und meiner guten Freunde anzeigen? In aller Bescheidenheit, Hochwürden, das hat doch mit der Wahrheit nichts zu tun!«

Der alte Priester senkte den Blick und schwieg. An der Wegkreuzung verabschiedete er sich. »*Adishatz*, Donna Béatris«, sagte er leise, »ich bete für Euch.« Er zog am Mähnenkamm seines Rosses und ritt in Richtung Gotteshaus weiter.

»*Bon ser*, Hochwürden, bis Montag, und vielen Dank!« Béatris biss sich auf die Lippen. Amiel war nicht ihr Feind; sie hatte kein Recht, ihn zu bedrängen. Schließlich musste er reden und denken, wie es ihm die Kirche vorgab.

»*Granette* ist wieder da!«, riefen ihre Enkel, als sie in den Hof ritt. Wie Zicklein tollten sie um das Maultier herum und halfen ihr beim Absitzen. Sie führten Béatris an der Hand ins Haus, wo die ganze Familie auf sie zustürzte: Condors und ihr Mann Mateu, Ava, Philippa und die Magd Sibilia. Weinend fielen sie ihr um den Hals, wollten jedes Wort, das Fournier zu ihr gesagt hatte, hören, waren aufrichtig besorgt. Doch Béatris hielt sich zurück, auch weil die Kinder anwesend waren, dafür schilderte sie in der Guten Stube ausführlich den Gerichtssaal und das Aussehen des Hohen Gerichts.

»Stellt euch nur vor«, sagte sie zu ihren Enkeln, »auf dem rechten Zeigefinger des Bischofs sitzt ein riesiger Ring. Ein Achat. Ich habe ihn mir genau betrachten können.«

»Ein Siegelring?«, fragte der ältere Enkel neugierig.

»Ein Schmuckring. Zwei Köpfe sind darin eingeschnitten, das Haupt von Jesus Christus und das der Jungfrau Maria. Gefasst ist der Stein mit prachtvollen Rubinen. Mindestens zwanzig an der Zahl. Die haben nur so geblitzt und gefunkelt.«

Der Jüngere, den Kopf schwer auf seine Hände gestützt, die Wangen glühend vor Aufregung, seufzte. »Zwanzig Rubine! Ist der Herr Bischof denn sooo reich?«

Bevor Béatris antworten konnte, klatschte Condors fahrig in die Hände und bat zu Tisch. Aber es war Ava - die Anspannung stand auch ihr ins Gesicht geschrieben -, die Béatris vom Stuhl aufhalf, sie abermals umarmte, küsste, und sich dann bei ihr unterhakte. »Reich, ja«, flüsterte sie ihr auf dem Weg in die Küche ins Ohr, »an Hoffart und Macht. Doch die Pein der Menschen ist dem Bischof fremd. Ich habe Angst um dich, meine liebe *mair*. Große Angst!«

»Bitte macht euch keine Sorgen«, meinte Béatris tapfer, als sie die dicke Gemüsesuppe aus dem Boule schöpfte und sie auf drei Schüsseln verteilte. »Es gibt zwar keine Sicherheit im Leben, aber ich bin unschuldig und voller Gottvertrauen; folglich wird mir der Bischof nichts tun.«

Nach dem Essen schickte Mateu seine Söhne ins Bett und bat auch Ava und Philippa, auf ihre Kammer zu gehen. »Condors und ich möchten mit dir allein sprechen, *bèlamair!*«, sagte er ernst. Béatris stutzte. Ihr Schwiegersohn war für gewöhnlich auf Harmonie und Ausgleich bedacht, ein zuverlässiger, treusorgender Ehemann und Vater. Nie hatte sie von ihm ein böses Wort vernommen, im Gegensatz zu Condors, die nach ihrem Vater, dem aufbrausenden Bérenger kam. Doch nun, als sie in der Stube beisammen saßen, machte auch Mateu ihr harsche Vorwürfe:

»Nie reißt ihr Planissoles das fruchtbare Samenkorn ernsthaft aus, das in eurer Familie vor mehr als hundert Jahren aufging«, rief er mit einer Heftigkeit, die Béatris erschütterte.

»Aber nein, du liegst falsch, mein lieber *gendre!*«, wehrte sie sich, allerdings nur halbherzig, um den Streit nicht ausufern zu lassen. »Ich selbst bin keine Ketzerin, aber ich bin davon überzeugt, dass Gott uns allen einen Kopf zum Denken gegeben hat.«

»Und was ist mit deinem Bruder, der sogar unter falschem Namen reisen muss? Nein, leugne es nicht, *bèlamair*, die Häresie liegt euch Planissoles im Blut, und ihr kämpft nicht gegnügend dagegen an. Diese Schwäche hat dich vor Gericht gebracht!«

Nun sprang Condors auf, sichtlich mit den Tränen kämpfend. Doch überraschenderweise stellte sie sich hinter ihre Mutter: »Aber das ist doch irrwitzig, Mateu!«, entgegnete sie ihrem Mann empört.»Wäre dein *papeta* bucklig gewesen, würdest du doch auch nicht täglich deinen Rücken gerade klopfen, oder?«

Der Streit wogte eine Zeitlang hin und her, bis Mateu zugab, das die Angst ihn ritt.»Wusstest du eigentlich, dass es sich bei deinem Gerichtsbeistand, jenem Archidiakon von Mallorca, um den Zehntkommissar des Bischofs handelt? Überall sitzen seine Spitzel. Ich sehe es schon kommen, die Angst wird zukünftig Dauergast in unserer Domus sein. Ich sorge mich aber auch um Philippa und Ava«, behauptete er,»die unter meinem Schutz stehen. Du hast auch sie in Gefahr gebracht!«

»Ich verstehe dich ja, Mateu«, sagte Béatris, noch immer um Ruhe bemüht,»aber es hat dich niemand gezwungen, sie in deine Obhut zu nehmen. Oder geschah schon das aus Angst, sie könnten in meiner Nähe auf den falschen Weg geraten? Misstraust du mir so sehr?«

»Aber nein«, gab Mateu ihr unwirsch zu verstehen. Er lehnte sich zurück.»Du kennst doch den Grund, *bèlamair:* Die Hochzeiter deiner Töchter sind mit mir verwandt. Und ich bin derzeit der einzige Mann in der Familie. Bis zur *Maridatge* lasse ich die beiden nicht aus den Augen. Ava und Philippa haben es gut bei mir. Sie achten mich und Condors.«

Béatris fühlte sich beschämt.»Sie achten auch mich, ihre Mutter!«

»Das musst jetzt *du* verstehen, *mair*«, meinte nun Condors händeringend.»Philippas Zukünftiger studiert die Rechte und sein Onkel ist Abt. Da darf kein Schatten auf unsere Familie fallen. Aber jetzt lasst uns aufhören zu streiten, wir sind alle müde und erschöpft. Danken wir Gott dafür, dass du wieder hier bist.«

Béatris jedoch dachte an Dienstag, und es wurde ihr schwer ums Herz. Sie stand auf und machte sich auf die Suche nach Sibilia. Die Magd saß noch in der Foghana und verlas im Schein eines rauchenden Öllichts Linsen.

»Komm schnell rein, Béatris! Ich hab schon auf dich gewartet«, sagte sie ungeduldig, und dann leiser:»Dein *capelan* befindet sich im alten

Kloster von Mas-Vieux. Sein Laufbursche hat mir die Nachricht überbracht. Er wartet dort auf dich. Im Haus des Mönchs.«

Erleichtert ließ sich Béatris auf die Küchenbank fallen. Nun kamen ihr die Tränen. »Sibilia«, sagte sie, als sie sich beruhigt hatte, »füttere zur Nacht noch einmal das Maultier des Bischofs. Ich reite vor Sonnenaufgang los. Ich muss mit Bartho sprechen, unbedingt!«

Daran, dass das Kloster von Mas-Vieux gar nicht zum Kirchspiel gehörte, in dem sie unter Hausarrest stand, dachte sie in diesem Augenblick nicht. Es wäre ihr auch einerlei gewesen.

Tod oder Taufe
**Pamiers, Sonntag 27. Juli
im Jahre des HERRN 1320**

Alles war geordnet nach einem Weltenplan - an dem derzeit die Stadt Pamiers prosperierte. Mit Weinhandel reich geworden - selbst der König von Frankreich liebte die hiesige Rebe -, hatten sich neben der bischöflichen Residenz vier große religiöse Ordenshäuser niedergelassen. Böse Zungen behaupteten, den größten Aufschwung erführen seitdem die Badehäuser und Tavernen der Stadt.

Als Jacques Fournier nach der Abendmesse die Kirche Notre Dame de Mercadal verließ und in seine Sänfte stieg, flammten in den Gassen gerade die Lichter auf. Es roch nach Gebratenem und Wein, von überall her klapperten die Würfel. Machtlos hob Jacques die Schultern. Müßiggang war zwar der Feind der Seele, aber ausgerechnet dem Volk von Pamiers diese eine Belustigung zu verbieten, wäre schlecht beraten. Denn es gab hier wahre Meister darin, eine bestimmte Anzahl Würfel hochzuwerfen und sie mit dem Handrücken wieder aufzufangen. Selbstgerecht behauptete allen voran Bruder Galhardus, dass das Würfelspiel die Leute vollends gottlos mache, und er führte als Beispiel eine Handvoll Mönche an, die diesem Spiel verfallen waren. Freilich, die Kirche hatte das Würfeln von je her verboten, was mit den römischen Soldaten zu tun hatte, die unter dem Kreuz Christi um dessen Kleider gewürfelt hatten. Aber gab es nicht verderblichere Leidenschaften?

Der Turm war schon in Sichtweite, als Jacques Fournier unter dem ausladenden Walnussbaum Galhardus de Pomiès erkannte, der dort offenbar auf ihn wartete. Der Bischof befahl den Sänftenträgern anzuhalten. Er stieg aus und trat auf den Inquisitor zu.

»Gott zum Gruße, Bruder!«, sagte er aufgeräumt. »Wie schwül es heute wieder ist! Ich fürchte, es wird ein Gewitter geben. Aber das wäre nur gut für Mensch und Vieh. Lasst uns einen Becher Wein zusammen trinken, bevor die Märchen des Juden Baruch unsere Aufmerksamkeit beanspruchen. Soviel Zeit muss sein!«

Galhardus, einem guten Tropfen nie abgeneigt, lachte fröhlich. »Zumal vor dem HERRN tausend Jahre wie ein Tag sind!«, antwortete er übermütig.

Beim Wein sinnierten sie eine Weile darüber nach, ob die Häretiker tatsächlich Majestätsverbrecher wären, weil sie sich gegen Kirche und Papst stellten. Viele hingen unbeirrt dieser Meinung an, auch Galhardus de Pomiès. Jacques zweifelte, suchte aber den Konsens: »Auch wenn seit Innozenz die Häresie offiziell als Beleidigung Gottes gilt, sollte es uns vordringlich um die Rettung der Seelen jener Verirrten gehen. Es gilt, die Wahrheit und die Lüge besser zu unterscheiden, und zwar mit Hilfe des Verstandes. So wie dies seinerzeit Ramon Llull darlegte«, setzte er nach, hob jedoch verteidigend die Hände. »Ich bin gewiss nicht Llulls Freund, Bruder, der Katalane ist zu Recht umstritten, aber in diesem Punkt stimme ich ihm zu.«

»Natürlich, Euer Gnaden. Mit Hilfe des Verstandes. Da ist Euch beizupflichten. Darf ich Euch an dieser Stelle einen Rat geben?«

»Für den anstehenden Prozess? Für Montaillou? Sprecht offen, Bruder!«

Galhardus beugte sich über den Tisch. »Nun, so kreist sie ein, die Kastellanin«, raunte er, »setzt sie schrittweise unter immer größeren Druck. Frauen sind gewieriger und willfähriger als Männer, selbst die Schamlosen, die gewohnt sind, ihren Trieben zu folgen.«

Fournier nahm die Kappe ab und strich sich nachdenklich über die Tonsur. Er war kein Wortklauber und kehrte Galhardus gegenüber auch nur ungern seine Autorität hervor. Er dachte an das eigentümliche Lächeln, das die Frau ihm geschenkt hatte.

»Ihr glaubt, sie hat hitziges Blut?«

»Nun ja, kaum Witwe, schon hat sie einen Liebhaber«, meinte der

Inquisitor. »Jahre später den zweiten, und wieder einen Geistlichen.«
»Vielleicht ist das tatsächlich ihre Natur. Sie ist zwar von Adel, aber ein Kind des Landes. Wir werden sehen. In Sachen Häresie muss ich allerdings strenger sein mit ihr. Am Dienstag werde ich ihr unmissverständlich klarmachen, dass sie sich um ein Geständnis nicht herumdrücken kann. Sie kommt mir unter Eid.«
Galhardus war zufrieden.

Die Befragung des Juden Baruch - ein Fall, der fortan kaum weniger Raum einnehmen sollte als der Montaillouprozess - fand kurz darauf im kleinen Refektorium statt, wo sich bereits eine beträchtliche Anzahl an Zeugen, Übersetzern und Schreibern eingefunden hatte. Zur Schwüle, die auch hier herrschte, gesellte sich ein unangenehmer Qualm, die Diener hatten Fackeln aufgesteckt und Öllichter angezündet. Alles schnatterte und hustete wild durcheinander, verstummte erst, als die hohe Geistlichkeit eintrat.

Der Jude, der - obwohl inzwischen getauft - noch immer die vorgeschriebene Tracht trug, nahm den spitzen Hut ab und verbeugte sich. Baruch David Neumann, wie er mit vollem Namen hieß, galt als reputierter Kenner des Alten Testaments, der judaistischen Gesetze und des Talmuds. Er war in Deutschland verfolgt worden und hatte sich nach Toulouse geflüchtet. Aus diesem Grund, aber auch weil die Möglichkeit bestand, dass sich der Jude ins Gebiet der Dogmen vorwagen könnte, hatte Fournier ihm den Übersetzer David de Troyes zur Seite gestellt.

»Beginnt am besten von vorne, Meister Baruch«, schlug ihm Fournier freundlich vor, »oder meinethalben auch mit dem Tag, an dem Ihr in Toulouse das Sakrament der Taufe empfangen habt. Wie ist es zu diesem Ereignis gekommen?«

Der Jude hob die Hände: »Was der Taufe voranging? *Oi jojoj*«, sagte er leidenschaftlich, »die Pastoureux fielen ein! Junge Leute, die sich Hirten nennen. Aber das sind sie nicht, Hirten, behaupte ich, eher sind sie mit einer ansteckenden Krankheit zu vergleichen ...« Blumig und weit ausschweifend erzählte er, wie vierzigtausend dieser »Hirten« mit langen Messern, fliegenden Fahnen und Geschrei in Toulouse eingedrungen seien. »Alles schlugen sie *kapores*«, klagte er, nachdem David de Troyes übersetzt hatte. »Gewiss, Euer Gnaden, man hat uns darauf vorbereitet, wir wussten, dass sie unterwegs waren, aber niemand wusste genau, warum.«

»Hat man euch wieder der Vergiftung der Brunnen und Weiden bezichtigt?«

»Ja doch! Nur beschuldigt man in dieser Angelegenheit längst auch die Cagoten, die Aussätzigen in den Lagern vor der Stadt.«

»Die Cagoten behaupten hingegen, dass ihr Juden euch ihrer bedienen würdet, damit sie für *euch* die Brunnen vergiften! Zu dieser infamen Tat hätte euch der König von Granada angestiftet. Nun, was sagt Ihr zu dieser Anschuldigung?«

Baruchs Mundwinkel wanderten nach unten. »Davon ist mir nichts bekannt.«

»Soso. Nie gehört. Nun, keine Angst, Meister Baruch, wir glauben nicht jedem Gerücht!« Fournier warf einen Seitenblick auf Galhardus, der den Faden bereitwillig aufnahm:

»Man sagt auch, jene Cagoten stünden ebenfalls auf der Liste der Schafskreuzfahrer?«

Baruch schnalzte mit der Zunge. »Die Pastoureux schrecken eben auch vor geschwollenen Gesichtern nicht zurück. Sie kennen ganz allgemein keine Angst. Sie glauben, durch ihre Taten das Himmelreich erlangen zu können.«

Fournier merkte auf. »Und wodurch genau? Wie meint Ihr das, Meister Baruch?«

»Na, indem sie Juden massakrieren! Oder auch die Cagoten. *Ale di zelbe!* Vorzugsweise lassen sie ihre Enttäuschung aber am *jid* aus.«

»Das verstehe ich nicht. Ihr meint, die Hirten sind enttäuscht, weil sie arm sind und ihr Juden ... reich?«

»Ah, nicht nur das! Ihre Wut erstreckt sich auch auf den König. Der Lange Philipp, wie sie ihn nennen, scheint sich geweigert zu haben, sie anzuhören, geschweige denn, sie irgendwo zu treffen.« Baruch grinste verschmitzt. »Wo sie sich doch sooo erhofft hatten, dass er sie auf ihrem Weg nach Jerusalem anführt!«

Der ganze Saal lachte.

»Bei allen Heiligen, sie gedachten in ihrer Einfalt tatsächlich Jerusalem zu erobern?«, rief Galhardus, ebenfalls erheitert. »Mit des Königs Hilfe? Das darf doch nicht wahr sein!«

»Nun, mit der Wahrheit hat noch keiner die Welt erobert«, meinte Baruch lapidar. Obwohl sehr gelehrt, verfiel er abermals in seine Mundart: »Nach dieser Abfuhr, also ungefähr *nach acht togn*, schlug ihr Zorn auf den König in blinde Wut um, und es traf halt den *jid*. Wen sonst! Wie Ihr wisst, Euer Gnaden, ist es uns erst seit kurzem wieder erlaubt, uns hier niederzulassen, und seitdem gelten wir wohl als ... Günstlinge des Königs.«

Fournier wartete geduldig, bis Ruhe eingekehrt war und David de Troyes übersetzen konnte.

»Ein Rachefeldzug also«, sagte er endlich. »Nun, für manche Menschen wird weder in der Hölle noch im Himmel Platz sein - und auch nicht in Jerusalem. Doch wie ging es weiter? Die Gerichtsbarkeit der Stadt Toulouse sah sich offenbar außerstande, euch Juden zu schützen?«

Baruch drehte erneut die Handflächen nach oben. »*Oi jojoj*«, ging es wieder. »Als wir hörten, dass das Gesindel auf seinem Weg bereits fünfhundert Juden in einen Turm eingekerkert und lebendig verbrannt hat, ergriffen aus unserer Judaria viele die Flucht. Am darauffolgenden Sonntag ging erstmals die Kunde, man hätte die schuldigen Pastoureux verhaftet und in vierundzwanzig Karren fortgebracht. Die Judaria atmete auf. Doch als die Gefangenen ausgerechnet nach Toulouse gebracht wurden, begann der Zores: Diejenigen Hirten, die in den hintersten

Karren saßen, schrien plötzlich um Hilfe. Sie plärrten, man würde sie ins Gefängnis stecken, obwohl sie doch den Tod von Christus hätten rächen wollen.«

»Und was geschah daraufhin?«

»Nun, einige aus der Menge der Tolosaner schlugen sich auf die Seite der Pastoureux. Sie durchtrennten die Seile, mit denen die Hirten gefesselt waren. Derart losgebunden sprangen die Teufel heraus und fingen sofort an zu schreien: ´Tötet sie, tötet sie, man soll die Juden töten!`«

»Und dann zogen sie ins Jüdische Viertel der Stadt ...«

Baruch nickte. »Ein Tohuwabohu! Wie ich es eingangs beschrieben habe. Mit Messer und Dolch, mit Schwert und Axt, Waffen, die ihnen die Tolosaner zusteckten. Damit massakrierten sie jeden *jid*, der sich nicht auf der Stelle taufen ließ. Tod oder Taufe, hieß es. Mir selbst schlugen sie fast den Schädel ein.«

Ein Raunen ging durch den Saal, als Baruch das lange Haar teilte und seine verkrustete Wunde zeigte. »Es verlohnt sich nicht der Mühe, Euch noch weitere Schandtaten zu schildern, die ich an diesem Tag sah, Euer Gnaden«, fuhr er fort. »Die Niedermetzelung und Ausplünderung der Juden dauerte bis spät in die Nacht, Toulouse war vom Feuer erhellt, und allerorten heulten die Hunde. Über und über mit Blut besudelt, gab ich es schließlich zu, dass man mich taufte. *Amen* - so ist es gewesen.«

»Genauer, Meister Baruch! Wo hat man Euch gefasst und wo wurde die Taufzeremonie vollzogen?«

»Nun, die Wilden - sie trugen auf ihren Gewändern Kreuze aus Ziegenhaar - drangen bei mir ein, stahlen mein Hab und Gut, zertrampelten und zerrissen meine Bücher. ´Lass dich taufen, Jud`, schrien sie, ´oder wir klopfen dir sämtliche Buchweisheiten aus dem Kopf`. Sie ergriffen mich, schlugen mich, bis das Blut rann, und zerrten mich mit sich. Quer durch die Stadt. Ich sah die Feuersäulen aus der Judaria, und überall lagen Leichen. Die meisten schwer verstümmelt. Vor der Kathedrale Saint-Étienne, wo die Taufe vollzogen wurde, lag auf einem Eckstein – ein Anblick, der mich selbst versteinern ließ, Euer Gnaden! – ein blutiges Herz, das viele Schaulustige bestaunten. Man sagte mir, es sei das Herz eines Juden, der sich nicht hätte taufen lassen. Vor meinen Augen schlachteten sie den Juden Ascher ab. Er war erst zwanzig Jahre alt gewesen. Als zwei Priester aus der Kathedrale gerannt kamen, hielt ich sie an und bat um Schutz. Vergeblich. Die ´Hirten`zerrten mich in die Kirche. Dort brannten überall Kerzen. Juden lagen auf den Knien, die blutverschmierten Hände zum Gebet erhoben. Ich wandte mich an meine Widersacher, bat um einen Aufschub. Ich wolle auf meine Söhne warten, sagte ich, doch als diese nicht kamen, stellte man mich endgültig vor die Wahl: Taufe oder Tod. Da stimmte ich zu, mich taufen zu lassen. Man zog mich zum Taufbecken, stieß meinen Kopf ins Wasser, so dass ich schon dachte, man würde mich darin wie einen Hund ertränken wollen. Danach vollzog einer der Priester die notwendigen Zeremonien. Ein anderer flüsterte mir dabei ins Ohr, ich müsse laut bestätigen, dass ich mich *freiwillig* der Taufe unterzogen hätte, sonst würde ich umgebracht. So bekräftigte ich, dass ich alles aus freiem Willen getan hätte, obwohl es genau umgekehrt war. Man gab mir den Namen Johannes und eine Frau nähte auch mir ein Kreuz aus Ziegenhaar auf die Brust.«

Der Bischof dankte. »Wir wissen«, sagte er, »dass der Heilige Vater inzwischen die Order erteilt hat, den unseligen Schafskreuzzug aufzuhalten. Wollen wir hoffen, dass es bald gelingt. Zurück zu Eurer Taufe. Seid Ihr hier in Pamiers, wohin man Euch unter Gewaltandrohung gebracht hat, wieder zum Judentum zurückgekehrt, gemäß den Formen und Riten des mosaischen Glaubens?«

»Nein, bei einer Zwangstaufe braucht nicht nach der Vorschrift des Talmud verfahren zu werden, da die Taufe als nichtig gilt.«

»Ihr behauptet also noch immer, sie sei nicht rechtens.«

Baruch nickte. »Es ist eine Sünd für einen *jid*, sich taufen zu lassen, Euer Gnaden! Auch unter Druck.«

Ein Windstoß stieß eines der Fenster auf und ein nachfolgender Donnerschlag ließ alle zusammenfahren.

»Soso, eine Sünd ...«, sagte Jacques Fournier, nachdem die Diener die Läden zugezogen hatten. Der Qualm brannte in seinen Augen. Er atmete flach und wischte sich zum wiederholten Mal den Schweiß von der Stirn. Als er einen prüfenden Blick in die Runde warf, sah er Unmut in den Mienen einiger Geistlicher. Mehrere flüsterten miteinander, anderen stand sehr deutlich im Gesicht geschrieben, dass sie wohl selbst gern den »*jid*« totschlagen würden.

»Ich mache Euch einen Vorschlag, Meister Baruch«, fuhr er nach kurzer Beratung mit Galhardus de Pomiès und David de Troyes fort, »es ist schon spät, ein langer Tag liegt hinter uns, bald läutet die erste Gebetsglocke. Auch Ihr braucht Zeit, um noch einmal gründlich über den Sinn Eurer Worte nachzudenken. Wir beenden diese Beratung und lassen Euch wieder rufen.«

EPISODE II

Spähe, Freund, und wache, schreie, brülle!
Ich bin so reich, hab alles Meist-Begehrte
und bin doch feind der Dämmerung.
Die Schwermut, die der Tag uns antun wird,
bedrückt mich
mehr als die Dämmerung, ja, die Dämmerung.

(Raimbaut de Vacqueyras L'alba - Die Morgendämmerung)

Im Kloster Mas-Vieux
Mas-Vieux, Sonntag, 27. Juli
im Jahre des HERRN 1320

Tau lag auf dem Gras, als Béatris das Haus ihres Schwiegersohns verließ und hinüber in die Scheune eilte, wo sie dem Maultier das Zaum- und Sattelzeug auflegte. Im Schattendunkel seiner vorkragenden Fachwerkhäuser verließ sie, das Tier am Zügel, heimlich das Dorf. Erst außerhalb der Mauern stieg sie auf und schnalzte ungeduldig mit der Zunge, um das Muli anzutreiben. Bald befand sie sich wieder auf dem Saumweg in Richtung Pamiers. Sibilia, die im ersten Morgengrauen mit ihr aufgestanden war, hatte ihr viel Glück gewünscht. »Pass gut auf dich auf, Béatris!«, hatte sie unter Tränen zu ihr gesagt.

»Das will ich tun. Und du erzähl den Mädchen, ich sei nach Hause geritten, nach Varilhes, auch um Mateu aus dem Weg gehen. Seine Vorwürfe haben mir zugesetzt. An Schlaf war kaum zu denken.«

Abermals war allein das stete Rauschen der Arièja ihr Begleiter. Doch als die Frühnebel aus den Flussauen flohen, stieg eine Lerche auf, die Sonne zu begrüßen ... Béatris' einziger Lichtblick war, dass Bartho sie offenbar noch immer lieb hatte. Im anderen Fall wäre er wohl nicht bereit gewesen, auf sie zu warten. *Hélas,* dachte sie bei sich, *ich sollte besser nichts beschreien!*

Als die Klosterkirche von Mas-Vieux in ihr Blickfeld geriet -, sie lag inmitten von Weinbergen und die Arièja floss nahe an dem Grundstück vorbei -, entdeckte sie ihren Freund: Groß, schlank, dunkelhaarig stand Bartho vor einem Machangelstrauch und trat unruhig von einem Fuß auf den anderen. Sein Priestergewand hatte er gegen Wams und Beinlinge eingetauscht.

Béatris legte sich Gelassenheit auf, band das Maultier in aller Ruhe an eine Tamariske, damit es im Schatten stand, streichelte kurz dankbar seine weichen Nüstern, und schritt dann auf Bartho zu, jedoch ohne ihn wie früher zu umarmen.

»*Bonjorn!* Ich danke dir, dass du gekommen bist«, sagte sie. »Ich brauche deinen Rat. Es geht um Leben und Tod.«

»Übertreib nicht so, Béatris!«, antwortete ihr früherer Liebhaber. »Lass uns zuerst im Mönchshaus essen. Ich bin hungrig. Wir reden später.«

»Im Mönchshaus? Wir beide? Vor aller Augen? Wie stellst du dir das vor?«

Barthélemy Amilhac machte eine wegwerfende Handbewegung. »Es gibt nur noch einen Mönch hier, und der ist mein Freund. Außerdem ist er halbblind und taub.«

Sie konnte nicht sagen, dass Barthos Worte sie beruhigten, tat aber, was er wünschte, obwohl sie selbst keinen Hunger verspürte. Doch beim Essen war es dann wie ein Wunder: Der Saibling, den ihnen der alte Mönch auftischte, mundete vorzüglich ... Sie leerten den Krug mit Wein, dann verließen sie das Kloster. Hoch hinauf in die verwilderten Weinberge stiegen sie, über Fels und Stein, ringsum ein Meer an Sträuchern, Blüten, Düften. Schmetterlinge und Insekten umschwirrten sie, und kleine Eidechsen brachten sich vor ihrem Tritt in Sicherheit. Im Schutz einer Schlehdornhecke blieb Bartho unvermittelt stehen, zog Béatris zu sich heran und küsste sie. Béatris genoss die Zärtlichkeit, sagte jedoch: "Für ein Liebesspiel bin ich nicht hierhergekommen, sondern, dass du mich vor der Inquisition bewahrst.«

Er lächelte. »Du bist doch wieder da, und ich sehne mich so nach dir.« Er presste sie an seinen Leib, so dass sie sein Geschlecht spürte, stöhnte leise, rieb sich an ihr, streichelte ihre Brust und schob schließlich seine Hand unter ihren Rock.

»Heilige Mutter Gottes, Bartho! Mein Hals wird ganz eng«, stieß sie hervor.

»Und dein Schoß feucht!« Ein eitles Auflachen, dann drückte er sie zu Boden, wo sie sich unter freiem Himmel liebten, begleitet vom aufreizenden Geschrei der Zikaden.

»Und nun erzähl mir, was los ist«, meinte er, nachdem sie ihre Kleider wieder geordnet hatten. Sie gingen ein paar Schritte, lehnten sich dann aber an den Stamm einer ausladenden Pinie.

»Häresie, Hexerei und Blasphemie«, sagte Béatris leise. »Jemand hat mich denunziert, das steht fest. Ich habe Mabille in Verdacht, Othons Nichte. Sie hasst mich, weil Othon alles *mir* vererbt hat. Jetzt hat mich der Bischof ein weiteres Mal vorgeladen. Am Dienstag muss ich in Pamiers sein. Ich hab Angst!«

Barthélemy schob das Kinn vor. »Hm, schwerwiegende Vorwürfe«, sagte er, als ob es um eine Fremde ginge. »Mir ist zu Ohren gekommen, dass der Bischof in Sachen Montaillou ermittelt. Und wenn es sich so verhält, ist Othons Nichte unschuldig.«

»Du bist dir sicher?«

»Nun, sie haben den Pfarrer verhaftet, diesen Pierre Clergue.«

Béatris riss den Kopf herum. »Seit wann hast du davon Kenntnis?«

»Seit einer Woche. Weshalb fragst du?«

Béatris biss sich auf die Unterlippe. »Du weißt doch, ich kannte ihn ...«

»Ja, er war dein Liebhaber. Insofern musst du dich am Dienstag beim Bischof auf einiges gefasst machen. Das tut mir leid für dich.«

»Bartho, ich verstehe das nicht ... Pierres Name fiel gestern kein einziges Mal. Außerdem hätte man auch dich verhaften müssen. Du bist ebenfalls Priester und warst mein Liebhaber.«

»Aber ich bin kein Ketzer. Das ist doch wohl ein Unterschied. Aus meinem Mund kommen keine Kröten. Oder hast du vor, mich zu denunzieren?«

»Aber nein, Bartho! Was denkst du nur!«

»Was ich denke ...«, er hielt inne, und strich sich mit der Hand übers gefurchte Kinn. »Lass mich dir einen Rat geben: Sei klug und zeige am Dienstag diesen Clerque an, und mit ihm all die anderen Ketzer von

Montaillou, so du ihre Namen kennst. Aus freien Stücken!«

Béatris erschrak. Das hatte sie nicht hören wollen. »Du redest nicht weniger klug daher, Bartho, und weißt dennoch nicht das Geringste.«

»Ist das meine Schuld? Du hast dich doch immer geweigert, mir von deinen Jahren in Montaillou zu erzählen. Rede jetzt. Wir haben Zeit.«

Béatris hielt nach dem Stand der Sonne Ausschau. »Nun ja, ein wenig schon. Aber ich muss spätestens bis Einbruch der Dunkelheit in Varilhes sein. Sonst sucht man mich.« Sie lachte bitter auf. »Nach Pelleport kehre ich jedenfalls nicht zurück. Mein Schwiegersohn hat Angst, mich zu kennen!« Sie trat aus dem Schatten in die Sonne, pflückte einen Stängel Isenkraut und hielt ihn sich unter die Nase. Der bittere Geruch vertrieb die aufsteigenden Tränen.

»Was genau willst du wissen?«

Barthélemy zuckte die Achseln. »Die Wahrheit.«

»Mein Gott, wo fange ich bloß an? ... Als ich seinerzeit in Montaillou ankam, war ich blutjung«, erzählte sie widerstrebend. »Vierzehn Jahre oder fünfzehn, *vel circa*. Und ob du mir das glaubst oder nicht, Bartho, schon damals sprang die Häresie von Domus zu Domus. Wie die Flöhe. Es gab häretische und katholische Häuser und solche, denen ein gespaltenes Herz nachgesagt wurde. Als Kastellanin verkehrte ich in *allen* Häusern, vor allem aber bei den Clergues, die die größte Domus im Dorf besaßen. Dort war immer viel los und Pierres Zunge klapperte für gewöhnlich so schnell wie der Schnabel eines Storches.«

»Wieso sprichst du in der Vergangenheit? Klappert sein Mundwerk vor dem Bischof heutzutage etwa nicht mehr? Das könnte ich verstehen ...«

Sie gab sich alle Mühe, Barthos zynischen Tonfall zu ignorieren. »Sein Vater hieß Pons«, fuhr sie fort, »die Mutter Mengarde. Ich verstand mich mit allen gut, auch mit seinem Bruder Bernard, der später Ortsvorsteher wurde, also *bayle*. Im Haus der Clergues lebten auch noch zwei uneheliche Kinder aus der Bruderfamilie des alten Pons, Fabrisse und Pathau.« Béatris lachte leise auf. »Nun, so angesehen und einflussreich Pons und

Mengarde waren, so glaubensfest waren sie. Katharer wie auch ihre Nachbarn, vor allem die Familien Belot, Benet und Rives.«

»Von den Rives habe ich bereits gehört«, sagte Barthélemy. »Ihr Haus, so erzählt man sich, soll der geheime Versammlungsort der Ketzer von Montaillou gewesen sein.«

Béatris zuckte die Achseln. »Möglich. Viele brachten aber auch nur ihr Brot dorthin zum Backen. Oder gesalzene Speckseiten zum Räuchern, denn die Rives hatten, wie auch die Benets, einen geräumigen Kamin. Zu der Zeit, in der ich in Montaillou lebte, besaßen sie ein schönes Eckhaus, das terrassenförmig angelegt war und über einen Altan verfügte, wo im Herbst das geerntete Obst und Gemüse gelagert wurde. Dort haben wir jungen Leute uns gern getroffen.«

»Eines verstehe ich nicht. Hat dein Gemahl, der Kastellan, diese Besuche denn geduldet?«

Béatris zuckte die Achseln. »Bérenger war oft auf Reisen. Er stand wie die Clergue-Brüder in Diensten des Grafen von Foix.«

»Foix! Erzketzer!«

»Ich weiß«, sagte Béatris, »aber meinen Gemahl scherte es wenig, was andere glaubten.«

»Guter Gott, du meinst, er hat das Treiben in Montaillou geduldet?«

»Mehr oder weniger. Jedenfalls hat er mir gegenüber nicht davon gesprochen. Er hat überhaupt kaum mit mir gesprochen. Das war so seine Art.«

»Ich fasse es nicht. Und dieser Clergue vertrieb dir also die Zeit während der Abwesenheit deines Gemahls? Wann bist du seine *druda* geworden?«

»Seine *druda!* Wie sprichst du von mir! Nein, wir trafen uns erst nach Bérengers Tod. Doch ich war beliebt im Dorf. Ich war stets lustiger Dinge und jung und ... wir waren alle jung.«

»Wie schön! Und alle öffneten der bezaubernden Kastellanin ihre Türen und hießen sie willkommen.«

Barthos Hohn machte ihr das Herz schwer. »Aber so war es«, entgegnete sie trotzig. »Betrat ich die Häuser, legten die Leute die Kardätschen nieder, oder das, mit dem sie sich sonst gerade beschäftigten, und wir unterhielten uns. Im Sommer traf ich mich mit meinen Freundinnen entweder an der Laviera, wo die Frauen ihre Wäsche wuschen, oder am Fontcanal. Dort war es schön kühl. Wir saßen auf dem moosigen Brunnenrand, sangen mehrstimmig die alten Lieder oder plauderten miteinander. Waren die Frauen in Eile, nahmen sie nur rasch die Krüge vom Kopf und füllten sie auf. Doch auch dabei flogen die Scherze hin und her - wie die Mehlschwalben!« Sie lachte auf. »Ich war beim Weben zugegen, beim Flachsbrechen und beim Hecheln des Hanfes. Oder beim Spinnen, Brotbacken, ja, sogar beim Räuchern der Schinken. Während der Winterruhe, nun, da lasen wir uns manchmal gegenseitig die Läuse und Flöhe ab. Meist vor dem Feuer der Benets. Im Sommer gingen wir dazu hinauf aufs flache Dach.«

»Und worüber habt ihr beim Entlausen gesprochen?«

Béatris seufzte. »Über die Liebe natürlich, was denkst du denn! Über die Kinder, die Krankheiten, den Tod, die Ernten, das bevorstehende Kirchweihfest. Wir lachten und weinten miteinander, je nach Anlass. Wir mochten uns. Überwiegend.«

»Und nie habt ihr über geheime Glaubensfragen gesprochen? Das soll ich dir abnehmen?«

Béatris blies die Wangen auf. »Was fragst *du* mich darüber aus, Bartho? Hat man dich inzwischen zum Oberinquisitor ernannt? ... Freilich wurde auch über das Katharertum geredet, aber es hieß nur, es handle sich um den Glauben nach der Art der Apostel Petrus und Paulus. Es hat mich kaum interessiert. Ich wollte damals leben, lieben, lachen, lustig sein ... Nur einmal, da fragte ich meinen maulfaulen Gemahl bei seiner Rückkehr, wie ich mich zukünftig verhalten solle, weil ich mir keinen anderen Rat wusste.«

»Was war geschehen?«

»Ich hatte zur Zeit, als sie im Dorf die Trauben pressten, das Kommen und Gehen eines der ketzerischen Authiès beobachtet. An einem Abend stieg der Perfekt heimlich auf den Dachboden der Benets, am anderen Tag sah ich ihn zufällig wieder, wie er bei Einbruch der Dunkelheit das Dorf verließ. Doch mein Gemahl, der jenen Notar sehr schätzte, wenngleich nicht seinen Glauben, hieß mich, darüber den Mund zu halten. Die Benets seien keine Katharer, meinte er. Ich bezweifelte dies, denn Guillemette Benet, die so alt war wie ich, sprach oft, wenn ich bei ihr in der Foghana saß, von ihrer großen Angst vor den Schmerzen des Flammentodes.«

»Die Benets waren also ganz sicher Katharer?«

»Ganz sicher? Aber nein. Ich konnte doch weder in ihre Herzen noch in ihre Köpfe sehen. Andererseits waren sie durch Heirat mit den Authiès verwandt.«

»Pierre Clergue hast du hingegen Einblick in *dein* Herz gewährt.«

Béatris schüttelte den Kopf. »Damals noch nicht, das sagte ich doch schon. Erst Jahre später. Zum Zeitpunkt, als mein Mann noch lebte, da bedrängte mich allerdings tatsächlich einer.«

Bartho sah plötzlich ganz wild aus. »Sein Bruder? Bertrand Clerque? Sag mir den Namen! Was ist passiert?«

Sie schüttelte den Kopf. »Eine dumme Sache ... Du sollst sie erfahren, aber danach müssen wir über das anstehende Verhör reden! Versprichst du mir das? Ernsthaft!« Sie packte ihn beim Arm.

Amilhac nickte. »Ja, ich verspreche es.«

Béatris schöpfte tief Luft, dann breitete sie die üble Geschichte vor ihm aus ...

Es war alles ruhig auf der Burg
Montaillou, Sommersonnenwende
im Jahre des HERRN 1297

Ich war Anfang zwanzig und zum vierten Mal schwanger, als ich am Sonnwendtag auf die Wehrplattform des Donjons stieg, um von oben einen Blick auf die Wiese der Comba del Gazel zu werfen, die zu dieser Zeit geradezu übersät war von blauem Enzian und gelben Lilien. Mit einem Mal hörte ich hinter mir ein Geräusch. Ich drehte mich um und blickte in die schwarzen Wieselaugen von Raymond Roussel, dem Verwalter unserer Burg. Er trug ein weißes Leinenhemd und grüne Beinlinge, an denen Hundehaare hingen. Unbemerkt hatte er sich die Wendeltreppe heraufgeschlichen.

»Steigt Ihr mir nach, Raymond? Oder was sucht Ihr hier oben«, fragte ich ihn mit fester Stimme.

Er blieb auf der letzten Stufe stehen, druckste eine Weile herum. Dann jedoch meinte er, er müsse mit mir reden. Es sei ernst.

Ich erschrak. »Geht es um meinen Gemahl? Kam ein Reiter aus Foix? Es ist ihm doch nichts zugestoßen?«

Er schüttelte den Kopf, und dann brach es aus ihm heraus: »Lasst uns nicht um den heißen Brei herumreden, Donna Béatris. Dass man Euch die Knaben wegnahm, war Unrecht. Euer Gemahl hätte Euch das nicht antun dürfen. Und es sind doch auch seine Söhne! Tag um Tag, Stunde um Stunde, musste ich zusehen, wie Ihr unglücklicher wurdet. Dabei seid Ihr noch so jung, und der Herr ... nun, er hat die Fünfzig schon überschritten. Außerdem lässt er Euch ständig allein, ist in Geschäften unterwegs.«

Ich runzelte die Stirn. »Ihr sprecht in Rätseln, Raymond!«

»Nun, jeder in Montaillou weiß, dass Eure Familie zu den Guten Christen hält, nicht wahr? Wir beide haben ähnliche Wurzeln. Ich gehöre ebenfalls zu den Katharern, insgeheim.«

Ich bekam ein flaues Gefühl im Magen. In ganz Montaillou wäre es niemandem in den Sinn gekommen, mit mir über die Glaubensvorstellungen meiner Familie zu reden. Privates aus der Vergangenheit war tabu. Weder die Benets, noch die Rives oder gar die Clergues hätten sich so weit hervorgetraut. Ich fühlte mich den Dörflern zwar zugehörig, aber ich war für sie die Kastellanin, wurde von ihnen respektiert.

»Weshalb erzählt Ihr mir das, Roussel? Ihr wisst doch, es ist gefährlich, darüber zu reden.«

Roussel war ganz blass geworden und seine Hände zitterten. »Es fällt mir auch nicht leicht, Euch ohne Vorbereitung mein Ansuchen zu unterbreiten, aber ich tu's, weil Euer Gemahl erst in einer Woche zurückkehrt: Lasst uns zusammen die Burg verlassen und uns in der Lombardei offen den Katharern anschließen!«

»Was?« Ich traute meinen Ohren kaum. »Seid Ihr verrückt geworden«, herrschte ich ihn an. »Habe ich Euch je einen Anlass gegeben, zu denken, ich wollte mit Euch fliehen? Überdies bin ich wieder schwanger. Was würde da wohl mit meinem ungeborenen Kind.«

Raymond Roussel sah mich mitleidig an. »Mit Verlaub, Donna Béatris, hat es Euch Euer Vater nicht erklärt, dass die Seelen von Männern und Frauen durch neun Körper wandern, bis sie einen Guten Christen finden und durch ihn das ewige Heil erlangen?«

Für einen Herzschlag dachte ich, der Mann sei wirklich verrückt geworden. Doch dann strömten die Worte nur so aus mir heraus: »Was Ihr erzählt, ist heller Unsinn, Roussel! Wie sollte der Geist eines gerade verstorbenen Mannes oder einer toten Frau durch den Mund einer Schwangeren in den Körper ihres Ungeborenen gelangen.«

Er lachte ein unfrohes Lachen und behauptete danach allen Ernstes, dass der Geist über jeden beliebigen Teil des Körpers in eine Frau eindringen könne. Dabei sah er so ... durchgeistigt aus, als wenn ihm der Engel Gottes persönlich in der Nacht diese Botschaft überbracht hätte.

»Nein, nein, das kann ich nicht glauben«, parierte ich. »Warum sprechen dann die Kinder nicht sofort nach der Geburt, wenn sie doch eine alte Seele haben?«

»Gottes Ratschluss ist unergründlich, Donna Béatris«, entgegnete Roussel. Offenbar war dem Engel Gottes nichts Entsprechendes eingefallen. »Denkt über meinen Vorschlag nach. Verweilt nicht länger auf einer Burg, in der man keine Guten Christen duldet.«

»Weshalb hält es dann *Euch* hier, Roussel«, spottete ich, »wenn Ihr doch ein Guter Christ seid? Niemand hindert Euch in die Lombardei zu ziehen.«

»Ich bin nur Euretwegen noch da, Donna Béatris. Ich habe seit langem auf einen günstigen Zeitpunkt gewartet, um mit Euch zu reden. Ich kann Euch nur den einen Rat geben: Packt Eure Habseligkeiten und folgt mir. In der Lombardei seid Ihr in Sicherheit.« Unbeweglich wie eine Statue stand er da und versperrte mir den Treppenabgang.

»In Sicherheit bin ich auch hier. Mir tut keiner was. Ich bin mit allen gut Freund. Würde ich hingegen mit Euch fliehen, wäre mein Leben zu Ende, wenn man mich ergreift. Dass es in diesem Fall auch Euren Kopf kosten würde, müsste Euch eigentlich zu denken geben.«

»Das ficht mich nicht an, Béatris«, sagte er dreist. »Flieht mit mir«, drängte er ein weiteres Mal, »und denkt nicht an Euer Ungeborenes, für das der Teufel längst eine Zwangsjacke bereithält, zur Gefangenschaft seiner Seele.«

Ich war entsetzt. »Bei allen Heiligen, Raymond Roussel«, beschwor ich ihn, »ich will und kann nicht mit Euch fliehen, man wird glauben, ich sei Euch verfallen!« Um Zeit zu gewinnen, denn ich wusste von den Erzählungen meiner Freundinnen, wie gefährlich abgewiesene Verehrer werden konnten, bedeutete ich ihm, dass ich einige Tage darüber nachdenken und ihm dann Bescheid sagen würde. »Und jetzt gebt die Treppe frei!«

Roussel jedoch machte keine Anstalten zu weichen, so dass ich schon drauf und dran war, die Wachen zu rufen.

»Was fällt Euch ein! Geht endlich zur Seite«, zischte ich.

»Ich mache Euch einen Vorschlag«, sagte er ungerührt, ließ mich aber durch. »Wenn Euch Euer Ruf so viel bedeutet, so beschaffe ich Euch eine oder zwei Reisebegleiterinnen. Ich denke dabei an die Schwester von Na Mengarde. Was haltet Ihr davon?«

Ich drehte mich noch einmal zu ihm um. »Nichts!«, schleuderte ich ihm ins Gesicht. »Nichts halte ich davon. Lasst mich in Frieden.« Mit diesen Worten stieg ich weiter die Treppe hinab. Mein Herz klopfte wie verrückt. Ja, ich war unglücklich in meiner Ehe. Ja, ich sehnte mich unendlich nach meinen Söhnen, aber ich hatte inzwischen wieder Freude am Leben. Außerdem trug ich Verantwortung für Condors und das Ungeborene in meinem Leib.

Zwei Tage darauf - Raymond Roussel, Sibilia und ich hatten zusammen zu Abend gegessen und von unbedeutenden Dingen gesprochen; ich glaube, es ging um das Brunnenseil, das ersetzt werden musste. Danach erledigte ich meine Haushaltsangelegenheiten, küsste die kleine Condors, die schon schlief, und suchte mein eigenes Schlafgemach auf. Es war bereits alles ruhig auf der Burg, nur die Hunde schnarchten auf dem Flur und die Schritte der Wachsoldaten auf der Ringmauer waren zu hören. Ich war müde und schlief rasch ein. Doch mit einem Mal wurde ich wieder wach. Ich dachte zuerst an eine Fledermaus, die sich in meiner Kammer verirrt hatte, doch dann spürte ich etwas Warmes an meinem Rücken. Mit einem Schrei fuhr ich hoch: Raymond Roussel lag in meinem Bett. Nackt. Und er war nicht eben erst hereingekommen, denn ich hatte den Riegel vorgeschoben - er musste sich bereits nach dem Abendessen unter meinem Bett versteckt haben, und nun wollte er mich haben.

»Was soll das, Roussel!«, schrie ich laut, worauf er aufsprang und mir den Mund zuhielt.

»Seid still, Béatris«, bat er mich, »seid still! Ich flamme wie eine Fackel für Euch!«

Doch das interessierte mich nicht. Ich biss ihn in die Handkante.

»Elender Bauer«, schrie ich, als er mich endlich freigab, »wie soll ich denn still bleiben, wenn ... « Da kamen auch schon meine zwei anderen Mägde angelaufen, die in der durch einen Verschlag abgeteilten Kammer schliefen.

»Kommt schnell«, rief ich ihnen zu, laut wie eine Wahnsinnige, »ein Mann wollte in mein Bett!«

Als Roussell das hörte, stürzte er, nackt wie er war, zur Tür und verließ mein Gemach.

Am nächsten Morgen kam er auf Knien zu mir, um sich zu entschuldigen. Er hätte sich vergessen, sagte er, es würde nicht wieder vorkommen.

Ich verwarnte ihn: »Ich sehe jetzt klar«, sagte ich, »dass sich hinter Eurem scheinheiligen Vorschlag wegzugehen, um uns den Guten Christen anzuschließen, einzig die Absicht verbarg, mich zu besitzen und mit mir eine geschlechtliche Beziehung einzugehen. Wenn ausgeschlossen wäre, dass mein Gemahl den Verdacht haben könnte, ich hätte Euch ermutigt oder tatsächlich mit Euch Schändliches getrieben, würde ich Euch auf der Stelle in den tiefsten Kerker werfen lassen!«

Roussel verließ noch am selben Tag die Burg und zog mit seiner Frau, die unten in Prades lebte und eine glühende Anhängerin der Katharer war, nicht etwa in die Lombardei, sondern in einen anderen Ort in der Nähe. Ich habe ihn nie wiedergesehen.

Im Schatten der Tamariske
Mas Vieux, Sonntag, 27. Juli
im Jahre des HERRN 1320

»Es gab natürlich weitere Versuche von Leuten aus dem Dorf, mich, die Kastellanin, zu den Guten Christen zu ziehen«, fuhr Béatris fort. »Aber ich war keine leicht zu beeindruckende Seele, und das Erlebnis mit Roussel hatte mich vorsichtig gemacht.«

»Gibt es auch weitere Namen?«, fragte Barthélemy.

Sie seufzte. »Nun, eines Tages, meine Sclarmunda war gerade zur Welt gekommen, klopfte Ala Rives an die Burgtür und bat um Einlass und um Essig. Ihre Tochter stünde vor der Geburt, sie wünsche mich zu sehen... Ala war die Schwester des schon damals von der Inquisition gesuchten Perfekten Prades Tavernier, der sich insgeheim auf seine Flucht nach Katalonien vorbereitete. Jeder wusste davon. Wenigstens erzählte man es sich hinter vorgehaltener Hand. Ala war wesentlich älter als ich und hatte mich schon früher mehrmals um ein Gespräch unter vier Augen gebeten. Aber ich hatte den Braten rechtzeitig gerochen und meine Besuche im Hause Rives irgendwann ganz eingestellt. Ich ließ Ala ausrichten, dass ich selbst noch im Wochenbett läge. Den Essig könne sie haben, empfangen könne ich sie derzeit nicht. Aber meine Neugier war geweckt, und ich fragte mich die ganze Zeit über, was sie von mir wollte. Nachdem der Blutfluss versiegt war - es hielt mich nie lange im Wochenbett -, fertigte ich eine schöne Taufkerze für mein Kind an und verließ mit Sibilia erstmals wieder die Burg, um in der Wallfahrtskapelle der Heiligen Frau von Carnesses für mein Kind zu beten. Kennst du Montaillou?«

Barthélemy schüttelte den Kopf. »Ich war nie dort oben gewesen.«

»Nun, diese Kapelle liegt ein beträchtliches Stück unterhalb des Dorfes. Unterwegs traf ich zufällig auf jene Ala Rives, die gerade zwei Gänse nach Hause trieb. Wieder versuchte sie, mich in ihre Domus zu locken, doch ich widerstand. ´Ich bin auf dem Weg in die Kapelle, wie du siehst`, sagte ich zu ihr. ´Was willst du denn von mir?`« Da zog mich Ala ein Stück zur Seite, damit meine Magd nichts mitbekam. ´Mein Bruder ist hier und möchte mit dir sprechen, Béatris!`, flüsterte sie. ´Er hat eine Botschaft von Stephania de Châteauverdun für dich erhalten.` Als ich dies vernahm, bekam ich es mit der Angst zu tun. Ich wusste, dass die genannte Adlige eine gefährliche Erzketzerin war, die eng mit Alas Bruder Prades Tavernier in Verbindung stand. Ich schüttelte also abermals bedauernd den Kopf, verweigerte ein Zusammentreffen mit dem Ketzerperfekten im Hause der Rives. Danach ließ man mich in Ruhe. Das Blatt wendete sich erst, als mein Gemahl schwer erkrankte, Pierre Clergue die Pfarrstelle antrat und sein Bruder Bernard das Amt des *bayle*. Dennoch ... «

»Was ist? Weshalb hältst du inne, Béatris? Ala Rives und dieser Verwalter, der dir den ketzerischen Floh ins Ohr setzte, sie mögen in der Hölle schmoren! Doch welchen Rat soll ich dir erteilen, wenn ich nicht alles über dich und diesen Pierre weiß?«

Abermals hielt Béatris Ausschau nach dem Stand der Sonne und dem Maultier des Bischofs, das jedoch noch immer friedlich im Schatten der Tamariske graste. »Wenn du dich damals nicht so hässlich benommen hättest, Bartho«, gab sie ihm zur Antwort, als sie zur Pinie zurückkehrte, »würdest du Pierre Clergue längst kennen.«

»*E Donna!* Das war doch nur ein dummer Streit. Nichts weiter. Hättest mich nicht gleich davonjagen müssen.«

Sie stemmte die Hände in die Hüften. »Ein dummer Streit? Hast du vergessen, wie du mich genannt hast? *Eine alte, verdorrte Kuhhirtin!* Weshalb hätte ich je wieder den Wunsch verspüren sollen, mit dir zu reden?«

Barthélemy schaute sie verdutzt an, dann hielt er sich die Hand vor Augen und grinste. »Ich bin ein Esel, ich weiß. Aber ich hatte das nicht so gemeint. Du bist noch immer eine verführerische Frau und ...«

»Ich denke, ich bin mehr als das ... Nun gut, ich vergebe dir«, sagte sie rasch, denn sie wollte es sich nicht mit ihm verderben, »doch die Geschichte mit Pierre erzähle ich dir ein anderes Mal. Mich treiben die Sorgen um. Ich muss jetzt von dir wissen, ob du mir zur Seite stehst. Sprich!«

Barthélemy rutschte langsam mit dem Rücken den Stamm hinunter, bis zum Boden. Dann zog er die Beine an den Körper und umschlang sie mit seinen Armen. »Selbstverständlich helfe ich dir, wenn ich kann«, sagte er, doch seine Stimme flatterte. Überhaupt kam er ihr verändert vor; er war nicht mehr der Bartho von früher, und das lag weder an seinem hageren Gesicht noch an dem lichter gewordenen Haar.

Sie fasst sich ein Herz. »Man hat mir erzählt, du lebst seit geraumer Zeit mit einer anderen Frau zusammen? Liebst du sie, Bartho? Sag mir die Wahrheit.«

Er starrte wortlos auf seine Knie. »Alles in allem«, meinte er nach einer Weile, »wenn man es recht bedenkt, war jeder Tag ohne dich vergeudete Zeit, Béatris.«

»Das freut mich. Jetzt fällt mir meine Bitte leichter: Flieh mit mir!«

»Fliehen?« Mit einem Satz sprang er auf. »Etwa in die Lombardei? Bist jetzt du verrückt geworden? Du musst am Dienstag nach Pamiers! Und ich ... mich ruft die Pflicht. Außerdem würden wir wohl nicht weit kommen. Wen die Inquisition sucht, den findet sie auch.«

»Das mag sein. Ich trete jedoch keinesfalls mehr vor den Bischof. Ich verschwinde.«

Barthélemys Augen weiteten sich. »Weißt du eigentlich, was du da sagst, Frau?« Er packte sie grob bei den Armen und schüttelte sie.

»Lass mich los! Es ist mein Ernst, Bartho. Bis Dienstag bin ich über alle Berge.«

»Aber wieso denn? Die Irrwege deines Vaters können sie dir nicht anlasten. Er hat gesühnt, ist außerdem längst tot, wie auch deine Mutter, und du selbst bist den Ketzern, wie du sagst, tapfer aus dem Weg gegangen. Hast deine Töchter katholisch erzogen. Weshalb solltest du dich fürchten? Sag dem Bischof die Wahrheit. Erzähle ihm, was du über die

Umtriebe der Katharer von Montaillou weißt. Nur das ist ihm wichtig, danach lässt er dich wieder laufen. Fournier hat nämlich bald alle Hände voll zu tun. Neben dem Montaillou-Prozess läuft ein Verfahren gegen einen Juden aus Toulouse, der von seiner Zwangstaufe nichts mehr wissen will. Und dieser Jud scheint einen ziemlichen Dickschädel zu haben ...«

Béatris bückte sich nach ihrer Haube, stülpte sie auf den Kopf und stopfte ihr langes Haar hinein.

Weil sie nicht antwortete, meinte Bartho hinter ihrem Rücken spitz: »Ich verstehe. Es geht dir noch immer um diesen Pierre, nicht wahr?«

Sie drehte sich zu ihm um. »Ich denke schon«, antwortete sie. »Obwohl ich ihn seit gut zwölf Jahren nicht mehr gesehen habe. Aber am Dienstag, da stehe ich unter Eid ... verstehst du. Unter Eid!«

»Beim Heiligen Hieronymus«, rief er zornig, »zwölf Jahre habt ihr euch nicht mehr gesehen? Dann hat er dich längst vergessen! *Clergue se fan pastors«*, begann er halb spöttisch, halb verzweifelt zu singen, *»et son aucizedor, e par de gran sanctor, qui los vei revestir* ... Man nennt ihn einen Wolf im Habit, einen Ketzer im Priestergewand ...«

»Das ist mir gleich. Ob zwölf Jahre oder zwölf Tage - ich sage nichts aus, was jemandem schaden könnte«, entgegnete Béatris mit fester Stimme. »Aber ich will auch nicht als verstockte Ketzerin brennen. Verstehst du die Zwickmühle, in der ich mich befinde? Also bleibt mir nur die Flucht. Und jetzt möchte ich, bevor ich heimreite, von dir wissen, ob du mit mir kommst oder nicht. Gib mir eine klare Antwort.«

Doch als sie in Barthos Augen sah, die sich zu Schlitzen verengt hatten, befürchtete sie ernsthaft, er liefe ihr sogleich davon.

»Du verrennst dich, Béatris«, antwortete er dumpf. »Du *musst* der Vorladung Folge leisten. Der Bischof wird dir kein Unrecht tun, wenn du unschuldig bist.«

»Das mag sein, doch auch einer meiner Rechtsbeistände, der Pfarrer von Pellefort, hat mir bedeutet, dass niemand vor dem Zugriff des Bischofs sicher sei. *Niemand*. Also bitte, versteh: Ich *kann* nicht zurück nach

Pamiers. Ich weiß zuviel über die Vorgänge in Montaillou.«

»Deine Sturheit ist es, die dich irgendwann auf den Scheiterhaufen bringt, nicht der Bischof«, zischte er. »Tut mir leid, Béatris, ich bin in Mézerville unabkömmlich. Ich muss am Tag der Auffindung des Stephanus dem Pfarrer, in dessen Dienst ich stehe, beispringen.«

In ihrem Herzen zerbrach etwas. »Na gut«, sagte sie leichthin, obwohl sie den Tränen nahe war, »dann reite ich morgen früh eben allein nach Limoux. Abseits der Hauptstraßen.«

Barthélemy riss die Augen auf. »Was willst du denn in Limoux?«

»Dort lebt meine Schwester Gentile. Sie weiß einen geheimen Weg, der über Perpignan nach Katalonien führt. Dort wäre ich in Sicherheit.«

»Ich verstehe«, sagte er, doch er sah geradezu erschüttert aus. »Gib mir ... gib mir eine Nacht Bedenkzeit.«

Béatris atmete auf. »Die gebe ich dir. Ich reite jetzt zurück nach Varilhes, um zu packen und Geld aufzutreiben. Auf meinen Knecht Michel ist Verlass. Er wird sich um alles kümmern. Morgen Vormittag, sobald ich irgendwo in der Nähe von Mézerville untergeschlüpft bin, lasse ich dir eine Nachricht zukommen. Dann reden wir weiter.«

Jünger des Teufels
**Pamiers, Sonntag, 27. Juli
im Jahre des HERRN 1320**

Im Gemach des Bischofs, nach der gemeinsamen Rückkehr von der Abendmesse:

»Endlich Regen! Seht nur, Euer Gnaden, die Bäume schütteln sich geradezu im Wind.« Frohgemut verließ Galhardus de Pomiès seinen Ausguck vor dem offenstehenden Fenster und kehrte an den Tisch zurück. »Nun, eines ist gewiss«, eröffnete er das abendliche Zwiegespräch, um das er selbst vor der Messe nachgesucht hatte, »Pierre Clergue ist einer der Gefallenen Engel, und er wird brennen wie seinerzeit Peire Authiè, der Ketzerpapst, mit dem er jahrelang konspiriert hat.«

Ein zaghafter, womöglich letzter Donnerschlag unterstrich seine Worte.

Jacques Fournier, breit kauend, denn er hatte den ganzen Tag über gefastet, lachte auf. »Ketzerpapst? Jetzt übertreibt Ihr aber, Bruder!«

Der Dominikaner hüstelte. »Ja doch, Euer Gnaden, die Katharer haben es nicht so mit den Päpsten. Eher schlüpfen sie, wie es jener ... Ketzerpapst gern tat, in Weiberkleider, um uns zu foppen. Habt Ihr damals Authiès Rede vernommen, im Anblick seines Scheiterhaufens und der Tausenden von Gaffern?«

»Nun, Ihr werdet es mir gleich erzählen ... Greift doch noch einmal zu, der Käse ist heute vorzüglich!«

Jacques selbst hatte zum Abschluss der Nachtmahlzeit zwei kleine, dünne Eierpfannkuchen gegessen, gefüllt mit einem Mus aus gehackten weißen Rosenblättern, Milch, Honig und Schwarzem Pfeffer. Obwohl er satt war, nahm er sich noch eine Handvoll getrockneter Weinbeeren und steckte sie genüsslich nacheinander in den Mund. Die Süße tat ihm gut. Der Wein indes hatte ihn heute müde gemacht, so dass er kurz mit dem Gedanken spielte, sich unter einem Vorwand vom »alten Fuchs« zu verabschieden. Doch nachdem er, Jacques, ausgerechnet heute bei der Messe über das Gleichnis von den anvertrauten Talenten gesprochen hatte, kam ein Davonlaufen vor der Pflicht nicht infrage.

Der Inquisitor dankte zwar, ignorierte aber den Käse. Abermals schwer unter dem Redefluss seines zunehmenden Alters leidend, fuhr Galhardus fort: »Dieser elende Authiè rief in die Menge, dass er sie alle zu seinem Glauben bekehren würde, wenn es ihm nur erlaubt wäre, frei zu sprechen. Welche Vermessenheit, Euer Gnaden! Welcher Hochmut! Sie rühmen sich ihrer Tugend, diese Perfekten, ihrer Reinheit. Das lammfromme Gehabe zielt jedoch nur darauf ab, uns Kleriker in ein schlechtes Licht zu rücken. Und wenn ich Euch jetzt erzähle, dass ...«

Während sich der Inquisitor weiter ereiferte - ohne sein tatsächliches Ersuchen auch nur anzureißen! -, legte der Bischof das lästige Pileolus ab, das Haupt und Ohren bedeckte, streifte heimlich die Schuhe von den Füßen und schlüpfte in seine Korkpantoffeln, die noch vom Nachmittag unter dem Tisch standen. Vorsichtig streckte er die Beine aus, ohne Prudentius, der längst auf seinem Schoß schlief, zu stören. Ein- zweimal gähnte Jacques verhalten, dann lehnte er sich zurück und schloss ebenfalls die Augen ...

Nur zu genau erinnerte er sich an jenen Tag, an dem der Notar aus Ax der Inquisition in die Falle gegangen war. Am Schilfufer der Garonne, in der Nähe von Toulouse, hatten sie ihn geschnappt. Authiè im teuren Kambrik-Hemd und taubenblauen Mantel. Nun, die Zeit, in der die Perfekten in Sack und Asche gingen, Schwarz und Bärte trugen, war vorüber. Der Perfekt war in Begleitung einer jungen Frau gewesen, die angeblich bei ihm in die Lehre gegangen war. Wenige Tage später hatte man ihn verbrannt ... Jacques hielt den Atem an. Mit außergewöhnlicher Schärfe stand ihm auch dieses Spektakel vor Augen, denn er war dabei gewesen: Der Notar, gefesselt am Brandpfahl. Zuerst hatten die Flammen die Casula zerstört, das Opfergewand, dann hatten sie die langen weißen Haare des Ketzers gefressen. Und nur wenig später war mit einem hässlichen Geräusch der nackte Leib geborsten. Unauffällig stieß Jacques die angehaltene Luft wieder aus. Zugegeben, dieses Verrecken war schändlich, aber es war um das Überleben der Heiligen Mutter Kirche gegangen und um Abschreckung. Später hatten auch der Bruder des Notars und einer seiner Neffen gebrannt. Verbohrte, verhärtete Häretiker, gewiss, gewiss, aber ...

Mit einem Mal vernahm Jacques, wie der Inquisitor mitten im Satz verstummte, sich dann unter leisem Stöhnen aus dem Sessel stemmte - und hinausschlich.

»Jünger des Teufels!«, hörte er ihn noch raunen, da schoss erschreckt der Kater hoch, dem Mann hinterher.

Jacques rührte sich nicht. Er hielt die Augen geschlossen, fragte sich allerdings, wem dieser »freundliche Abschiedsgruß« gegolten hatte? Dem Notar aus Ax? Prudentius? Oder gar ihm, dem Bischof von Pamiers? Erneut dachte er an das Gleichnis mit den Talenten, schmunzelte. »*Wem viel anvertraut ist, von dem wird man um so mehr fordern*«, flüsterte er.

Der Ritt nach Belpech
Belpech, Montag, 28. Juli
im Jahre des HERRN 1320

In Varilhes verteilte sie ihre Wäsche, Kleider, Erb- und Erinnerungsstücke auf mehrere Satteltaschen. Dann zog sie noch einmal die Geldkatze aus dem doppelt genähten Tuch und ergänzte ihren eisernen Bestand mit jenem Geld, das sich in der kleinen Truhe unter ihrem Bett befand. Es war nicht viel. Othons Reichtum lag in den Scheunen und Kellern, auf den Wiesen und Äckern. Ohne Verdacht zu erregen, konnte sie außer der Zeit noch nicht einmal zehn oder zwanzig Schafe am Stück verkaufen. Ein Grund mehr, Gentile aufzusuchen, bevor sie das Land verließ. Schon einmal hatte sie bei ihrer Schwester Schutz gesucht und gefunden.

Michel, ihr Knecht, war wie versteinert, als er von ihrer geplanten Flucht hörte. *Er* gab ihr nicht den Rat, nach Pamiers zurückzukehren, sondern empfahl für einen ersten Unterschlupf den Weiler Belpech, in der Nähe von Mézerville.

»Gut. Dorthin will ich reiten«, antwortete sie. »Vorweg aber muss ich mich von meinen Töchtern verabschieden. Sie sollen denken, ich ritte auf dem Muli vorzeitig nach Pamiers. Bring du mir gegen Abend meine Stute und das Gepäck nach.«

Michel nickte. »Dann seht aber zu, dass Ihr in Belpech das Maultier gegen ein Packpferd tauscht!«, riet er ihr besorgt. »Es ist zu auffällig, um es mit auf die Flucht zu nehmen.«

Condors, die schon auf den Beinen war, erschrak, als ihre Mutter auf den Hof ritt. *»Bonjorn, mair!«*, rief sie, »ich dachte, du und der Pater würdet erst zur Non aufbrechen?«

»Ich hatte keine Ruhe mehr und fürchte die Hitze am Nachmittag. Sag dem Pater doch bitte Bescheid. Er kennt ja das Kloster, wohin ich mich begebe. Dort möchte ich mich in aller Ruhe auf das Verhör vorbereiten. Und nun *Adishatz*, meine liebe Tochter! Ich bin in Eile. Grüße deinen Mann und Sibilia und umarme Ava und Philippa sowie die Knaben.«

Heiße Tränen stiegen Béatris in die Augen, nachdem sie Condors verlassen hatte. Es war ein fremdartiges, ein schmerzhaftes Gefühl, einfach so davonzureiten und nicht zu wissen, für wie lange, geschweige denn, wohin.

Den stillen Morgennebel, der über dem Land lag, begrüßte sie jedoch als gutes Omen für ihre Flucht. Hinderlich hingegen war, dass das Muli nur schwer vorankam, weil der nächtliche Gewitterregen das Erdreich aufgeweicht hatte. Sie war gespannt, wie der Fluss aussah. War die Furt überhaupt begehbar? Oder würde sie einen Umweg nehmen müssen, bis hinauf zur Brücke, die nach Pamiers führte?

Als sie das Ufer erreichte, stieß sie erleichtert ein Dankgebet aus. Zwar toste das Wasser, aber zumindest die erste Sandbank war zu sehen. Dennoch würde es kein leichtes Unterfangen sein, den Fluss zu überqueren. An der mit einem Steinhaufen gekennzeichneten Stelle saß sie ab, beruhigte das Muli, schürzte die Röcke und schnappte sich einen der langen Stöcke, die neben den Steinen bereitlagen. Sie atmete tief durch und watete in den Fluss. Das eiskalte Wasser, das ihr sonst bis zu den Knien reichte, stieg an diesem Tag bis zu ihren Hüften hoch. Mit dem Stock in der Rechten spürte sie die Untiefen auf, mit der Linken zog sie das Muli hinter sich her - das sich jedoch sträubte. »Brüh-ia, brüh-ia«, klagte es. Zwar gedämpft vom Rauschen des Flusses, hörte sich das Geschrei dennoch an wie das eines Schweines vor dem Schlachten. Béatris ließ sich davon nicht beirren. Unentwegt schräg stromaufwärts stochernd, peilte sie die erste Sandbank an. Dort hielt sie kurz inne. Ihre Beine waren nahezu taub vor Kälte, gleichwohl fühlte sie sich wie aufgekratzt. Um die Sandbank und die zahlreichen Felsbrocken herum, die aus dem Fluss ragten, teilte sich wirbelnd das Wasser, bevor es sich als weiße Gischt wieder vereinigte. Béatris warf einen skeptischen Blick zur zweiten, größeren Sandbank hinüber, die endlich aus dem Nebel aufgetaucht war. »*Devem anar, Mula!*«, lockte sie das Maultier, »wir müssen weiter!«

Alles ging gut. Am gegenüberliegenden Ufer angekommen, legte sie den Stock beiseite, streichelte das Tier und ließ es eine Weile grasen. Während sie ihre triefenden Röcke auswrang, sah sie sich vorsichtig um. Der Nebel war allzu trügerisch.

Kurze Zeit später ritt sie weiter und erreichte schon bald jenes ausgedehnte Waldgebiet, das ihr Michel beschrieben hatte. Wie empfohlen, ließ sie es links liegen und folgte dem Maultierweg, der an einem sanften Wiesenabhang vorbeiführte. Dort weidete eine Schafherde. Der Schäfer, der ihr Kommen offenbar beobachtet hatte, winkte ihr zu. Béatris grüßte zurück.

Endlich kam das Flurkreuz in Sicht, an dem sie ein weiteres Mal abbiegen musste, um nach Belpech zu gelangen. Da zerriss plötzlich der schrille Warnschrei eines Vogels die Stille. Béatris blieb vor Schreck fast das Herz stehen, sie zügelte das Maultier, das sofort wieder seine Klagelaute ausstieß. Abermals sah sich um. Weit und breit niemand zu sehen.

Beunruhigt band sie die Zügel ans Wegkreuz und kletterte auf einen mit gelbblühendem Ginster bewachsenen Hügel. Oben angekommen, hielt sie erneut Ausschau. Zuerst in Richtung Wald. Alles ruhig. Dann nach Osten, wo der Nebel gerade aufriss. Da! Mein Gott, was war das? Die ersten Sonnenstrahlen fielen in weiter Ferne auf ein ... auf ein Gebilde, das aussah wie eine gelbbraune, hochaufgeschossene Morchel von der Art, wie man sie manchmal auf feuchten Waldwiesen findet. Plötzlich kam ihr ein Verdacht: Handelte es sich vielleicht um den neu erbauten Turm der Inquisition? Das schreckliche Gefängnis *Les Allemans*, von dem alle redeten? Heilige Gottesmutter, der Vogel hatte sie gewarnt! Ritt sie auf dem von Michel beschriebenen Weg weiter, würde sie geradewegs dort vorbeikommen. Das fehlte noch, dass ausgerechnet einer der Wachsoldaten auf das geäpfelte Maultier aufmerksam wurde! Besser, sie kehrte um und ritt quer durch den Wald.

Im Wald troff es nur so von den Zweigen, aber der mit Wurzeln durchzogene Trampelpfad war trittfester als der breite Weg draußen. Sie war noch nicht weit gekommen, da drohte schon das nächste Ungemach: Gesang drang an ihre Ohren. Wieder sprang sie vom Maultier, wollte sich seitlich durchs Buschwerk schlagen, da erkannte sie das Lied, vielmehr den Kehrvers:

Herru Sanctiagu! Got Sanctiagu e ultreia, es sus eia! Deus adiuvanos!

Pilger! Und schon kamen sie auf sie zu, erkenntlich an ihren langen Stöcken. Sieben Männer in kniekurzen wallenden Gewändern und mit nackten Waden, die Jakobsmuschel am Hut. Die Schar führte eine Leiche mit sich. Einer ihrer Gefährten war in der Nacht während des Gewitters am Schlagfluss gestorben, erzählten sie. Aus krummen Ästen hatten sie bereits eine Bahre angefertigt, um ihn bis zum nächsten Friedhof mitzuschleifen. Béatris bekreuzigte sich beklommen und wies den Pilgern den Weg über die Furt nach Pelleport. Dann ritt sie weiter. Ihre Unruhe hatte noch einmal zugenommen. Auch der Zweifel. War es nicht Dummheit, davonlaufen zu wollen, wenn am Ende des Lebens ohnehin der Tod wartete?

In Belpech angekommen, klopfte sie zielstrebig am Haus des Pergamentherstellers Mole an, den ihr Michel empfohlen hatte, bat um eine Unterkunft und einen berittenen Boten für den Weg nach Mézerville. Die Streu in der Kammer, die sie bezog, war schmutzig, auch das Bettzeug ließ zu wünschen übrig. Aber sie beschwerte sich nicht, auch um nicht aufzufallen. »Ich würde mein Maultier gern gegen ein ordentliches Packpferd tauschen«, sagte sie stattdessen zu Mole.

Der Mann runzelte die Stirn. »Ihr wollt auf einem Packpferd weiterreiten?«

»Aber nein. Jemand bringt mir am Abend meine Stute und mein Reisegepäck. Mehrere Satteltaschen.«

Weil sich jedoch in Belpech kein Packpferd auftreiben ließ, legte ihr Mole nahe, im Morgengrauen nach Mas-Saintes-Puelles zu reiten, wo ein großer Pferdemarkt stattfände. Das Muli würde er ihr abkaufen, sicherte er ihr zu, und auch ihr Gepäck nach Puelles bringen lassen. »Ihr könnt es ja vor Eurer Weiterreise im Torhaus auslösen.«

Béatris zögerte. Noch ein Schlupfwinkel vor der eigentlichen Flucht? Andererseits brauchte sie ein Packpferd. Es sei denn ... Nein, sie würde sich *nicht* vor dem Bischof demütigen, ihn *nicht* anwinseln. Stolz verpflichtet, das war auch Mutters Wahlspruch gewesen. Sie hatte die Worte noch immer im Ohr. Stolz.

Mit wachsender Ungeduld - warten war nie ihre Stärke gewesen - starrte sie aus dem Fenster der Kammer auf die ausladende Krone einer Drosselbeere, deren Früchte sich gerade röteten. Wieder und wieder atmete sie tief durch. Nichts schien den Frieden dieses schönen Sommertages zu stören, außer vielleicht das müde Klapp-Klapp eines Mühlrads, irgendwo in der Nähe. Nichts - außer der Angst, die sie im Herzen trug und von der ihr zunehmend die Ohren sausten. Als die Abenddämmerung einsetzte, erschien Michel mit ihrem Pferd und den Taschen. Er hielt sich nicht lange auf. Zuhause wartete die Arbeit.

Es war schon fast dunkel, als endlich Barthélemy eintraf. Erleichtert und dankbar fiel sie ihm um den Hals. Er hatte kalte Käseküchlein mitgebracht, sowie eine Handvoll Silbertournois.

»Für dich«, sagte er, »falls du noch immer an eine Flucht denkst.«

»Woher hast du das Geld?«

Er zuckte die Achseln. »Ich hab etwas von Wert verkauft. Ein Buch. Das war alles, was ich für dich tun konnte. Ich selbst bin unabkömmlich. Ich kann dich nicht begleiten.«

»Das habe ich mir schon gedacht, trotzdem danke«, antwortete sie einsilbig. Sie kauften Mole einen Krug Wein ab, aßen zusammen zur Nacht und teilten sich dann das schmale Bett.

»Jetzt aber erzähl mir von Pierre, deinem Ketzer«, meinte er, nachdem sie sich wie früher geliebt, aber nicht mehr zusammen gelacht hatten.

Es widerstrebte ihr seltsamerweise noch immer, offen über Pierre zu reden, aber wer wusste schon, ob sie Bartho jemals wiedersehen würde. Vielleicht starb sie über kurz oder lang in der Fremde, wie der Pilger im Wald. Sie setzte sich auf, starrte durch die offenstehende Dachluke zum Himmel hinauf, der mit Sternen übersät war, atmete tief durch. »Eigentlich ... eigentlich fing alles mit seinem Vetter Pathau an.«

»Pathau Clergue? Hat auch er versucht, dich zu bekehren?«

Erneut zögerte sie. »Nein. Ich glaube nicht, dass ihm danach der Sinn stand. Pathau war wie alle männlichen Clergues ein gutaussehender junger Mann, aber faul und aufsässig. Mich starrte er immer frech an.«

»Und du? Du hattest wohl nur Augen für Pierre!«

»Pierre war damals noch in Toulouse, beim Studium.«

Da lachte Barthélemy bitter auf. »Er hätte besser Bauer werden sollen, um den Ochsen und Schafen zu predigen!«

»Nun, auch ich habe mir oft die Frage gestellt, weshalb ausgerechnet Pierre Priester wurde.«

»Er hatte wohl wenig Heiligmäßiges an sich?«

»Gott im Himmel! Pierre war tatsächlich alles andere als ein ... Frömmler. Er hatte den Kopf stets voller Pläne, sang und scherzte gern, lachte lauthals über seine eigenen Witze, fluchte unchristlich, wenn ihm etwas misslang. Kurz: Es war Leben im Hause Clergue, besonders wenn er da war. Das Leben, das ich mir heimlich wünschte, denn ich war jung, und an der Seite meines Gemahls ließ alle Fröhlichkeit die Blätter hängen.«

»Verstehe«, sagte Bartho mit belegter Stimme. »Und was war nun mit Pierres Vetter, diesem Pathau mit dem frechen Blick?«

»Er hat mich einige Wochen vor dem Tod meines Gemahls vergewaltigt.«

Nun setzte sich Barthélemy abrupt auf. »Was erzählst du da?«

Béatris nickte beklommen, mit einem Mal stand der ganze Schrecken wieder vor ihren Augen ...

Der Novembernebel
Montaillou, November
im Jahre des HERRN 1298

Eingehüllt in feuchtkalte Schwaden, war ich den Berg hinabgerannt, als ich plötzlich irgendetwas hinter mir hörte. Jäh blieb ich stehen, kam jedoch im Lehmdreck ins Rutschen; ich ruderte mit den Armen und wäre fast der Länge nach hingeschlagen. Nachdem ich mich wieder gefangen hatte, pochte das Blut in meinen Schläfen. Vorsichtig drehte ich mich um, aber da war nur eine graue Wand. Der hinterhältige Novembernebel hatte nicht nur die umliegenden Berge verschluckt, auch die Burg, das Dorf und der Weg nach unten waren fort. Natürlich wusste ich genau, wo ich mich befand: Links die Felder von Golel, auf deren fetten Erdschollen um diese Zeit gern die Raben stolzierten, rechts die Wiesen, die man A-la-Cot nennt. Zum wiederholten Mal wischte ich mir mit meinen frostklammen Fingern die Tränen fort, dann zog ich den warmen Umhang fester um den Hals und stapfte vorsichtiger weiter, um nicht nochmals den Halt zu verlieren.

Ich hätte dennoch oben auf der Burg bleiben sollen. Mitten im Nebel und allein auf weiter Flur wurde mir noch viel schwerer ums Herz. Was sollte ich bloß tun, wenn Bérenger starb? Und er würde sterben. Schon bald! Das Geschwür saß bereits wie ein überreifer Granatapfel auf seinem Schenkel, sonderte einen fauligen Geruch ab, der nur schwer zu ertragen war. Und heute war die erste Todesbotin erschienen: Eine besonders große Elster hatte sich auf dem Fenstersims niedergelassen. Ja, Bérengers Wochen waren gezählt. Gegen die Schmerzen half nichts mehr. Kein Theriak. Kein Fieberrindenwein. Nichts. *O, Madonna, gnädige Frau - verzeih, dass ich in meiner Not nach der Jüdin Ferreria schicken ließ, weil ich auf deren Kräuterzauber hoffte! Ich hätte das nicht tun sollen, aber ...«*

Am Gottesacker angekommen, stieß ich weit das Tor auf und klopfte meine mit Lehm beschmierten Stiefel ab. Dann eilte ich, die Gräber links liegen lassend, auf die Pilgerkapelle zu. Vor dem steinernen Fußabdruck Mariens ließ ich mich auf die Knie fallen. Ich weinte laut und beklagte abermals mein schweres Schicksal, obwohl ich doch eigentlich nur für das Seelenheil meines Gemahls und meines kleinen Sohnes Jaufré hatte beten wollen, der am Fest aller Heiligen urplötzlich gestorben war. Nur durch Zufall hatte ich gestern Abend davon erfahren, nach dem überraschenden Eintreffen meines Schwagers. Ich mochte Arnaldus nicht. In seinem teigigen Gesicht saßen falsche Augen und er hatte offenbar - wie die Elster - einen Packt mit dem Tod geschlossen. Weil man mich hinausschickte, ich aber wissen wollte, was Arnaldus Bérenger zu sagen hatte, versteckte ich mich in der Nebenkammer, in der ich früher Jaufré in den Schlaf gewiegt hatte. Durch einen dürren Spalt hörte ich von dem Unglück. Erstickt war mein schönes Kind, erstickt! Um nicht vor Schmerz aufzuschreien, biss ich mir in die Faust, bis das Blut rann. Jaufre, ach Jaufre! Gerade diesen Knaben hatte ich doch so sehr geliebt ...

»Heilige Jungfrau«, heulte ich, den Fußabdruck küssend, »ein einziges Mal hätte ich ihn noch auf den Arm nehmen und herzen mögen. Warum bloß ...«

Da öffnete sich mit einem knarzenden Geräusch die Kapellentür. Eine Gestalt im dunklen Kapuzenumhang trat ins Freie. Rasch sprang ich auf. Der Mann stutzte bei meinem Anblick, dann zog er gelassen die Tür hinter sich zu. Beim Näherkommen stellte ich fest, dass es sich um Pathau handelte, den Vetter der Clergue-Brüder. Ich war verblüfft, ihn hier vorzufinden, aber auch irgendwie erleichtert.

»E Donna!«, rief er überrascht und lüftete die Kapuze. »Was treibt Ihr hier draußen bei diesem Wetter?« Die warme wohlklingende Stimme Pathaus war das Beste an ihm, denn im ganzen Dorf galt er als unzuverlässig. »Wollt Ihr Euch den Tod holen?«, setzte er nach.

»Kommt es darauf an?«, antwortete ich mit einer wegwerfenden Handbewegung. Ich klopfte meinen pelzbesetzten Umhang ab, bis das

Wasser spritzte.

»Wie meint Ihr das? Wollt Ihr sterben?«

»Stirbt der Kastellan, ist auch mein Leben vorüber.«

Pathau hob die Brauen. »Steht es so schlecht um ihn? Man erzählt sich, ein fremder Reiter sei gestern in der Burg eingetroffen?«

Um meine Tränen vor Pathau zu verbergen, warf ich durch das Geäst der alten Ulme hindurch einen Blick zum Himmel hinauf. »Seltsam, es wird schon dunkel«, sagte ich unbestimmt, denn es war mir im Nachhinein peinlich, dass ich mich vor Pathaus Ohren so hatte gehen lassen.

»Schnee! Es riecht nach Schnee«, meinte er. »Nach Mengardes Prophezeiung wird es noch heute Nacht schneien.« Er zog sich die Kapuze ein Stück tiefer ins Gesicht. »Und was die Alte sagt, das stimmt.«

Ich erhob keinen Einspruch, als Pathau mich wie selbstverständlich auf dem Rückweg begleitete, schließlich lag die Domus seiner Familie auf dem Weg. Stumm gingen wir nebeneinander her, bis wir das Anwesen der Clergues erreicht hatten. Doch Pathau kehrte dort nicht ein, sondern begleitete mich weiterhin.

»Ich bringe Euch noch hinauf«, sagte er, »der neue Verwalter hat mich gebeten, ihm bei der Reparatur eines der Schindeldächer zu helfen. Den großen Bohrer für die Holzzapfen, das *taratrum*, hat er sich schon bei mir geholt.«

Ich nickte, hielt dann aber, in der Nähe des Fontcanals, also vor der letzten Kehre, inne, denn - *taratrum* hin oder her - es war mir mit einem Mal unangenehm, mit Pathau an der Seite heimzukehren. Was, wenn mein Schwager nach mir Ausschau hielt!

»Geht voraus, Pathau«, sagte ich, »ich will mir noch kurz mein Austragshaus ansehen.« Ich zog den Schlüssel aus meiner Filztasche, den mir Bérenger am Morgen, kurz nach dem Auftauchen der Elster, feierlich überreicht hatte, und eilte auf das neu errichtete Steinhaus zu, in das ich wohl oder übel nach Bérengers Tod mit meinen kleinen Töchtern einziehen musste.

Das zweistöckige Haus lag in Sichtweite der Clergue-Domus und war wie diese tief in den Hang hineingebaut worden. Zur Talseite hin besaß es einen kleinen Balkon, der nach Osten wies. Ich ließ die Eingangstür offenstehen und stieg die Treppe hinauf, wo das große Kaminzimmer lag. Es war kalt im Haus, es schauerte mich, trotzdem öffnete ich einen der Läden, um ausreichend Licht zu haben. Es war nur ein kleiner Trost für mich, dass man bei gutem Wetter vom Doppelfenster aus bis hinüber zum Pass der Sieben Brüder sehen konnte.

Um einen zeitlichen Abstand zwischen Pathaus und meiner Rückkehr zu setzen, nahm ich auf dem einzigen Möbelstück Platz, das die Diener bereits hierher geschafft hatten: meine alte Aussteuertruhe, in der bereits der Holzwurm bohrte. Mit einem Mal vernahm ich erneut ein Geräusch. Ich hatte kaum Zeit, aufzustehen und nachzusehen, als unvermittelt Pathau unter der Tür stand. Ohne seinen Umhang und mit bloßen Füßen, wie ich sah, hatte er sich zu mir heraufgeschlichen. In meiner Kehle wurde es eng, und mein Herz begann heftig zu klopfen. »Was ist los?«, stieß ich hervor, »war der Verwalter nicht da?«

»Ihr wisst doch längst, was mit mir los ist«, antwortete Pathau mürrisch, und ehe ich mich versah, kam er auf mich zugestürmt und schloss mich, obwohl ich ihn sofort von mir stieß, in seine Arme. »Ich will dich, Béatris, ich will dich!«

»Bist du verrückt geworden? Wie sprichst du mit mir! Verschwinde! Lass mich sofort los!«, schrie ich ihn an, da presste er schon seine Lippen auf meinen Mund, und ich fühlte seine Hand unter meinen Röcken. Wie wild schlug und trat ich auf ihn ein, doch er war stärker. Schritt für Schritt, wie es die Gänse vor dem Paaren tun, drängte er mich zurück, bis ich das Gleichgewicht verlor und mit dem Kopf rückwärts auf die Truhe schlug. Mir wurde schwarz vor Augen.

Als ich wieder aufwachte, war Pathau bereits in mich eingedrungen. Ich war entsetzt, und mir fehlte die Kraft, mich zu wehren. Nachdem er mit mir fertig war, richtete er wie unbeteiligt seine Bruche, die Beinlinge und sein Wams. Dann reichte er mir die Hand und half mir auf.

»Das war nicht bös gemeint, Béatris«, sagte er. »Es hat mich überkommen. Ich liebe dich wirklich!« Er ergriff meine Hand und küsste sie.

Ich zog die Hand zurück, als wäre sie dem Feuer zu nahe gekommen. »Wenn dir was an deinem verfluchten Leben liegt, Pathau Clerque«, stieß ich hervor, »dann verschwinde aus Montaillou. Noch in dieser Stunde, und am besten für immer. Im anderen Fall wird dich mein Gemahl im Morgengrauen aufknüpfen lassen. Soviel steht fest!«

Es war zu dunkel im Zimmer, um Pathaus Gesicht, das nach meiner Drohung erblasst sein musste, zu beobachten. Er verfiel jedoch nicht in Selbstmitleid, Bitten oder Klagen, wie dies Roussel getan hatte, sondern stand ganz ruhig vor mir, mit gespreizten Beinen und nackten Füßen, und meinte gelassen: »Ich habe keine Angst. Der Kastellan wird mir kein Haar krümmen, weil du ihm die Sache verschweigen wirst.«

»Sei dir da nicht so sicher, Unseliger!«, rief ich.

»O doch, denn die Schande fiele ja gleichermaßen auf dich. Schließlich hast du mich in dein Haus gelockt, um mich zu verführen, nachdem dein Gemahl seinen ehelichen Pflichten nicht mehr nachkommen kann. War es nicht so? Worauf dein Schwager dir wohl auch die Töchter entziehen würde, nicht wahr? Schweigst du allerdings gegenüber jedermann, so habe ich dir nach dem Tod des Kastellans etwas anzubieten, nämlich meinen Schutz und meine Liebe, die sich natürlich auch auf deine Kinder erstrecken würden.«

»*Perdon?*« Ich war fassungslos. Auch hatte ich Pathau noch nie so lange am Stück reden hören. Mich dünkte, er hatte sich das schon Tage zuvor zurechtgelegt und nur noch auf einen günstigen Augenblick gewartet. Abermals forderte ich ihn auf, zu verschwinden, was er nun tat. Er solle sich keine falschen Hoffnungen machen, rief ich ihm hinterher. Ich würde es niemals zulassen, dass er sich auf solch üble Weise in mein Leben stahl.

Als ich im Schutz der Nacht endlich das Haus verließ, mit schmerzenden Gliedern, durchgefroren und zitternd, kamen mir schon die Fackelträger entgegen. Mein Schwager und Jakobus Alsen, der neue Verwalter, ließen nach mir suchen. Als man mich fragte, wo ich gewesen sei, zuckte ich bloß die Achseln; denn ich schämte mich in Grund und Boden. Ich ließ mir von meiner Magd Sibilia ein heißes Bad richten, blieb viel zu lange im Zuber liegen, und anderntags war ich krank.

Ein Quartier für die Nacht
Mas-Saintes-Puelles, Dienstag 29. Juli
im Jahre des HERRN 1320

Nachdem Béatris die beschämende Geschichte zu Ende gebracht hatte, bemerkte sie, dass Barthélemy bereits schlief. Am nächsten Morgen - dem Tag, an dem sie sich in Pamiers hätte einfinden müssen - gelang es ihr immerhin, ihn zu überreden, sie nach Mas-Saintes-Puelles zu begleiten.

»*Porqué no*«, hatte er auf ihre Bitte hin schulterzuckend gesagt.

Ihr Weg führte an Feldern mit Färberwaid vorüber. Der zweite Stich stand gerade an, und überall waren die Bauern mit dem Waideisen bei der Arbeit. Obwohl sie keinerlei Aufsehen erregten, litt Barthélemy unter dem Zwang, sich ständig nach Verfolgern umdrehen zu müssen.

»Was hast du nur, Bartho? Niemand achtet auf uns!«

»Es will mir nicht gefallen, wegen eines Packpferdes nach Puelles zu reiten«, brummte er mürrisch. »Es war ein Fehler. Außerdem hat man sich über dieses Ketzernest noch nie was Gutes erzählt. Es heißt, sie hätten seinerzeit die Attentäter auf ihrem Weg nach Avignonet beherbergt.«

»Aber das ist doch schon ewig her«, entgegnete Béatris, nun ebenfalls gereizt. »Bestimmt siebzig Jahre oder mehr!«

»Mag sein, aber der Mord an den Inquisitoren ist unvergessen, und den Leuten von Puelles sagt man nach, sie verehrten, noch vor der Heiligen Jungfrau, die beiden Ketzerinnen Gersande und Galharduse, die sich damals am Fuße des Montségur singend in die Flammen gestürzt haben.«

Seine Worte liefen Béatris eiskalt den Rücken hinab, aber sie ließ nicht locker, Barthélemy zu beruhigen. »Gerade in einem Ketzernest können wir uns sicher fühlen. Der Bischof ist doch nicht dumm. Nie und nimmer rechnet er damit, dass ich mich dort aufhalte. Genausowenig wird er mich bei meiner Schwester in Limoux vermuten.«

Bartho lachte. »Und wo denkst *du*, dass er dich suchen wird?«

»Bei uns in Varilhes erzählt man sich, er lässt die Schäferpfade nach Katalonien kontrollieren. Die einfachen Wege. Der Weg, den meine Schwester kennt, ist hingegen ein Geheimweg.«

»Gut, wenn du meinst, das ist so, dann will ich mich in Puelles zuerst nach einem Packpferd umsehen und dir danach ein Quartier für die Nacht suchen. Mehr kann ich für dich wirklich nicht tun. In Mézerville wartet man auf mich.«

»Ach!«, rief sie und legte ein letztes Mal all ihre Eier in den gleichen Korb: »Du kannst es wohl nicht erwarten, die alte Kuhhirtin loszuwerden. Dabei hatte ich so gehofft, dass du noch eine einzige Nacht mit mir verbringst.«

»Hör auf, so zu reden und hör auf zu heulen! Du könntest schon über alle Berge sein. Aber nein, du rennst lieber in dein Unglück, als auf deine Gewänder zu verzichten. Gestern mussten die Taschen nach Belpech gebracht werden, heute soll Mole sie nach Puelles ins Torhaus bringen. Auffälliger geht's nicht mehr! Ich rate dir ein letztes Mal, noch ist es nicht zu spät: Reite nach Pamiers und entschuldige dich beim Bischof. Sag ihm, sein Maultier hätte gelahmt, und dann bring das Verhör hinter dich. Du musst dich doch nicht selbst belasten!«

»Ach nein?«, rief sie empört. »Danke, da reite ich besser zweimal nach Limoux! Und meine Gewänder brauche ich, um mich in der Fremde nicht selbst aus den Augen zu verlieren.«

»Beim Heiligen Hieronymus, aber weshalb überhaupt die Flucht?« Barthélemys Stimme überschlug sich vor Verzweiflung.

»Weil ich fort *muss!*«, stieß sie barsch hervor, dann jedoch versöhnlicher: »Wer besitzt denn schon die Stärke, sich singend in die Flammen zu werfen? Vielleicht Gersande und Galharduse aus Puelles. Ich nicht! Ich kannte eine Frau aus Montaillou, die sich aus Angst vor dem Scheiterhaufen einen Trank aus Waldgurkensaft und Glassplittern zubereiten ließ; und für den Fall, dass das Gift nicht wirkte, hatte sie sich zusätzlich eine lange Nähnadel besorgt, um sich damit ins Herz zu stechen. Nein, Bartho«, verzweifelt schüttelte sie den Kopf, »ich will nicht aufs Holz!«

Sie verließen den Feldweg und kamen auf die Straße, die nach Puelles führte. Aus den Augenwinkeln heraus beobachtete sie, wie Bartho nachdenklich auf die blonde Mähne seines Rosses starrte. Kein Wort kam über seine Lippen, und im ersten Sonnenlicht sah sein Antlitz seltsam fahl aus. Dachte er gerade daran, wie er sich fühlen würde, wenn man ihn wegen Häresie, Blasphemie und Hexerei vor die Bischofskammer zitierte? Zuviele hatte es schon erwischt, allen voran die Notare Authiè aus Ax, an die sich Béatris entgegen ihrer Aussage vor dem Bischof so gut erinnerte, als hätte sie sie erst gestern kennengelernt ...

Die "ric borzes"
**Montaillou, Januar
im Jahre des HERRN 1299**

»Gott segne dich, Béatris«, flüsterte mein Gemahl Bérenger am Morgen des Tages, an dem er gegen Abend verstarb, ohne noch einmal die Augen aufgemacht zu haben. »Gib auf dich und die Töchter gut acht. Und merke dir eines: Manchmal glaubt man, an ein Schaf zu geraten, doch dann steht man vor einem Bock!« Er krallte seine schweißfeuchten Hände in meine Unterarme, zog mich mit wohl letzter Kraft auf sein Lager und küsste mich auf den Mund. Ich kämpfte abermals gegen den Brechreiz an, der mich seit Wochen in Bérengers Nähe überfiel. Dass er mit dem ´Bock` Pierre Clerque gemeint haben könnte - der zu dieser Zeit gerade die Pfarrpfründe in Montaillou übernahm -, kam mir nicht in den Sinn, schließlich hatte Bérenger ihn sogar zum Paten unserer Sclarmunda bestimmt. Auch an Pathau dachte ich nicht; die Notzucht hatte keine Folgen nach sich gezogen und ich ging ihm aus dem Weg. Der einzige Mensch, von dem ich an diesem Morgen glaubte, dass er mir gefährlich werden konnte, war mein Schwager Arnaldus, und den konnte Bérenger eigentlich nicht gemeint haben.

Schon auf unserer Hochzeitsfeier vor acht Jahren, über deren reiche Ausstattung das ganze Land sprach, hatte mich Bérengers Bruder mit giftigen Blicken bedacht, obwohl ich der Familie stets höflich und zuvorkommend begegnet war und mir nichts hatte zuschulden kommen lassen.

Nun, Bérenger war noch nicht kalt, als Arnaldus - das Teiggesicht -, mich regelrecht aus der Burg schmiss. Von einem Tag auf den anderen musste ich mein Bündel packen. In meiner Dummheit verzichtete ich auf die Herausgabe meiner Mitgift, einer beachtlichen Summe Geldes. Ich zog also nahezu mittellos mit den Mädchen in das Austragshaus. Nun musste in diesen Jahren in Montaillou niemand hungern. Es gab auch keine Bettler in den Gassen; aber es waren ausgerechnet die Clergues, die mich unterstützten. Na Mengarde, deren Haar schon damals schlohweiß war, während auf ihrer Oberlippe ein tiefschwarzer Flaum saß, lud mich, Sibilia und die Mädchen oft zum Essen ein. Leider forderte sie bei einer dieser Gelegenheiten ausgerechnet den faulen Pathau auf, uns beim Anlegen eines eigenen Gemüsegartens behilflich zu sein. Zwar trat er mir nicht mehr zu nahe, zog diese Arbeiten jedoch unverhältnismäßig lange hinaus und suchte danach oft das Gespräch mit mir. Und weil das Ohr bekanntlich der Weg zum Herzen ist, war ich nach einiger Zeit bereit, Pathau, der mir so viele Wege abnahm, zu verzeihen und ich ließ ihn gelegentlich nachts in meine Kammer. So stahl er sich über die Gewohnheit zum zweiten Mal in mein Leben. Nach einer dieser Nächte schlug er mir vor, wegen meiner Mitgift die Notare aus Ax einzuschalten. Ich weiß bis heute nicht, wer ihm das eingeflüstert hatte. Möglicherweise steckte auch hier Na Mengarde dahinter, die in geschäftlichen Dingen ziemlich ausgefuchst war.

»Aber Pathau«, protestierte ich, »du selbst hast mir erzählt, die Brüder Authiè seien inzwischen ordiniert und die führenden Köpfe der Katharischen Kirche. Wenn ausgerechnet sie meinen Schwager auf Herausgabe der Mitgift drängen, so wird er alles daran setzen, mich zu vernichten - und die Notare ebenfalls.«

»Mit den Authiès legt sich so schnell keiner an«, widersprach Pathau mürrisch. »Sie zählen noch immer zu den *ric borzes*, den wohlhabendsten Leuten im Land, und der gesamte Adel ob klein, ob groß, ob katholisch oder katharisch, lässt seine juristischen Angelegenheiten von ihnen erledigen. Auch dein Schwager Arnaldus. Lass mich nur machen ...«

In der Woche darauf kamen tatsächlich die Notare in mein Haus, jedoch erst nach Einbruch der Dunkelheit, das hatte ich mir ausbedungen. Für meine Töchter hatten sie schön herausgeputzte Pouparts mitgebracht, kleine Docken aus Holz, die aus der Lombardei stammten.

Unter ihren dunklen Tuchumhängen trugen die Authiès weiße Leinenhemden mit weiten Ärmeln, Beinlinge aus Samt und hohe Lederstiefel. Ich bot ihnen Wein, Käse und Nüsse an - die katharischen Perfekten essen ja weder Fleisch noch Schinken oder gar geräucherte Würste -, und der Ältere, Peire, studierte im Schein der Öllampe gründlich den Ehevertrag, den sein Bruder Guillaume vor acht Jahren aufgesetzt und den ich auf väterlichen Rat hin nie aus der Hand gegeben hatte. Äußerlich waren die Brüder recht verschieden: Guillaume klein und kahl, Peire hochgewachsen und überschlank. Er trug sein Haar in der Mitte gescheitelt, es war glatt und weiß wie Seide und fiel ihm bis weit über die Schultern. Dass beide Männer auffällig bleich aussahen, führte ich auf die *trapassar* zurück, die strengen Bußhandlungen der Katharer.

»Nun, die seinerzeit ausgehandelte *donatio propter nuptias*, also die Heimfallrechtsklausel, ist rechtens«, versicherte mir der Ältere nach einer angemessenen Weile des Studiums. »Ihr seid Witwe geworden, Donna Béatris, und Euer Schwager muss Euch das Geld auszahlen. Er muss. Wir regeln das für Euch.«

»Ich danke Euch, dass Ihr gekommen seid, um mir zu helfen, meine Herren Authiè«, sagte ich beim Abschied zu ihnen, worauf sie sich auf höfische Art vor mir verbeugten.

Vor der Tür drehte sich Peire Authiè noch einmal zu mir um: »Wir wissen um die Verbundenheit Eurer Familie mit der *entendensa del be*, unserem Verständnis vom göttlichen Guten«, gab er mir zungenfertig zu verstehen. »Wir haben Euren Vater nicht vergessen.«

Der Ritt nach Mas-Saintes-Puelles
Mas-Saintes-Puelles, Dienstag, 29. Juli
im Jahre des HERRN 1320

»Kanntest du eigentlich auch die Brüder Authiè?«, fragte Barthélemy, als der Kirchturm von Puelles in Sichtweite war.

Béatris erschrak. Konnte Bartho Gedanken lesen?

»Ja«, antwortete sie. »Wären sie nicht gewesen, würde ich heute wohl am Bettelstock gehen.« Doch sie fasste sich kurz, als sie ihm die Geschichte erzählte.

»Du hast also gewusst, dass sie der Ketzerei anhingen und sie dennoch rufen lassen?«

»Heilige Mutter Gottes! Sie waren ja nicht gekommen, um meine Seele zu retten, sondern um mir zu meinem Recht zu verhelfen! Als Notare waren sie seinerzeit unangreifbar und als Perfekte von allen geachtet. Zugegeben, Na Mengarde übertrieb es mit der Verehrung ... Bernard Clergue nannte seine Mutter im Zorn sogar einmal eine alte häretische Vettel, die in Bälde auf dem Scheiterhaufen landen würde ...«

Da lachte Barthélemy gehässig auf. »Sind die Clergue-Brüder nicht selbst häretisiert?«

Béatris zügelte ihre Stute, weil sich der Weg verengte. »Vielleicht ja, vielleicht nein. Das weiß ich nicht genau.«

»Und wer von beiden hielt damals die Fäden in der Hand?«

»Eindeutig Pierre, der Pfarrer. Bernard hing an Pierres Lippen, er tat stets, was dieser vorgab. Ich weiß, dass sie jahrelang gemeinsam die Zehntabgabe für die Lämmer hintertrieben haben. Das hat ihnen über Montaillou hinaus großes Ansehen eingetragen. Nun war es früher so, dass der alte Graf von Foix die Bauern ermutigt hatte, sich dem Zehnten zu verweigern. Der junge Graf hingegen macht sich vom König abhängig und von der Kirche. Mein Knecht sagt, die Welt wird von vier Teufeln regiert: dem Papst, dem König von Frankreich und dem Bischof von Pamiers.«

»Das sind aber nur drei!«

»Nun, der vierte Teufel soll die Inquisition von Carcassonne in seinen Klauen halten: die Dominikaner.«

»*In nomine Patris* ...« Barthélemy bekreuzigte sich, aber Béatris sah, dass er dabei schmunzelte. »Pass bloß auf«, fuhr er fort, »dass dein Knecht nicht bei der Zunge gefangen wird. Bei uns in Mézerville empören sich die Leute übrigens aus entgegengesetztem Grund. Dort ärgert man sich über die Katharerweiber, weil sie ihr Getreide an die katholischen Frauen zum doppelten Preis verkaufen.«

»Tja, jeder Mensch bevorzugt offenbar seinesgleichen.« Ein plötzlicher Windstoß blies Béatris fast die Haube vom Kopf, worauf Barthélemy laut lachte.

Béatris blieb das Lachen in der Kehle stecken, denn auf der Straße kam ihnen ein Trupp Mönche entgegen. Weißer Habit, weißes Skapulier, weiße Kapuze - und ein schwarzer Radmantel. Dominikaner! Rasch zog sie die Haube tiefer ins Gesicht, blies die linke Wange auf, hielt sich die rechte und machte eine verkniffene Miene, ganz so als ob sie Zahnschmerzen hätte.

Ich wünsche, als Jude zu leben
Pamiers, Montag, 28. Juli
im Jahre des HERRN 1320
Fortführung des Prozesses gegen den Juden Baruch

Anwesende Zeugen: Der Archidiakon von Mallorca, der Jude Meister David von Troyes, der Magister Bernhard Faissessier, sowie der Notar Guillaume Peyre-Barthe.

Jacques Fournier eröffnete die Befragung, nachdem ihm Baruch unter vier Augen erneut seinen Zwiespalt geklagt hatte:

»Nach Eurem Gesetz oder dem Talmud glaubt Ihr also, dass ein Jude nur gerettet werden kann, wenn er auch als getaufter Christ weiterhin das jüdische Gesetz achtet?«

Baruch hob die Achseln und wiegte zweifelnd das Haupt mit dem rostfleckigen Haar. »Es gibt für ihn die Möglichkeit der Umkehr zum mosaischen Glauben. Man schneidet ihm mit einer scharfen Schere an Händen und Füßen die Nägel ab, schert ihm das Haar und wäscht seinen Körper mit Quellwasser, so wie nach dem Gesetz Körper und Seele einer Fremdstämmigen gereinigt werden, die einen Juden ehelicht ... Ich habe es bereits gesagt, Euer Gnaden: Ich glaube in meinem Fall nicht, dass meine Taufe eine gültige Taufe war, weil sie zum einen unerwartet kam - man hat mich im Hausgewand zur Kirche geschleppt - und ich zum anderen im Herzen nicht dabei war.«

»Ist es denn eine größere Sünde für einen Juden, der glaubt, nur im Judentum gerettet werden zu können, wenn er sich taufen lässt, um nicht getötet zu werden? Oder ist die Sünde geringer, wenn er sich töten lässt, statt der Taufe?«

»*Oi joijoijoi* ... Es ist eine größere Sünde, sich taufen zu lassen«, antwortete Baruch.

»Ihr selbst habt aber die Taufe dem Tod vorgezogen. Wie steht es heute mit Euch: Möchtet Ihr in Zukunft als Jude oder als Christ leben? Habt Ihr darüber gründlich nachgedacht?«

Baruch trat unruhig auf der Stelle. Dann jedoch sagte er mit fester Stimme: »Ich wünsche, als Jude zu leben und nicht als Christ, denn es scheint mir so zu sein, dass ich kein Christ bin. Ich erhielt die Taufe nur in der Hoffnung ...«

Fournier gebot ihm Einhalt. »Ich ermahne Euch, Meister Baruch, es hieß Tod oder Taufe. Ihr habt Euch für die Taufe entschieden, habt sie also nicht durch Gewalt erhalten, auch wenn die Notwendigkeit Euch zu diesem Schritt gedrängt hat. Die Taufe ist gültig. Sie verpflichtet Euch, nach dem Gesetz und der Vernunft zu handeln. Weshalb setzt Ihr Euch freiwillig der Gefahr ketzerischer Gedanken aus?«

»Weil ich in Frieden mit mir selbst, nicht mit der Welt leben will.«

»Erklärt Euch, Meister Baruch!«

Da reckte der Jude stolz das Haupt. »Ich habe fünfundzwanzig Jahre Medizin studiert, Euer Gnaden, und bin keine geringe Autorität für die Juden in dieser Region. Da ich jedoch unwissend bin, was die Christen glauben und warum sie es glauben, ziehe ich es vor zu sterben, außer Ihr, Herr Bischof - oder ein anderer - beweist mir und zeigt mir nach dem Gesetz das, was die Christen glauben. Stelle ich fest, dass der Glaube und der Ritus der Juden in unserer Zeit nicht mehr heilsam sind, bin ich bereit, das Judentum für immer zu verlassen und nach dem Glauben der Christen zu leben.«

Fournier schwieg lange Zeit. Er überdachte den laufenden Montaillou-Prozess und die zusätzliche Arbeit, die auf ihn zukam, wenn er den Juden retten wollte.

»Nun, das will ich tun, mit Gottes Hilfe!«, sagte er schlussendlich. »Lasst uns wieder zusammenkommen und einen ausführlichen Disput über den christlichen Glauben beginnen.«

EPISODE III

Gaita ben, gaiteta del chastel,
quan la ren que plus m'es bon e bel,
Ai a me trosqua l'alba,
El jorns ven e no-n l'apel.
Joc novel
Mi tol l'alba, l'alba, oc l'alba!

(Raimbaut de Vacqueyras L'alba - Die Morgendämmerung)

Südfranzösischer Troubadour aus dem 12. Jahrhundert.

Wer sein Huhn allein isst ...
Mas-Saintes-Puelles, Dienstag, 29. Juli
im Jahre des HERRN 1320

Das Castrum von Mas-Saintes-Puelles lag unweit der alten Handelsstraße auf einem Hügel. Vor dem Torhaus hatte sich bereits eine Menschenschlange gebildet, in die sie sich unauffällig einreihten. Hoch über ihren Köpfen knatterte die rote Fahne, die den Markttag anzeigte. Das Geschrei all der Händler, Hökerer und Quacksalber, die in die Stadt strömten, kam Béatris gerade recht. Nach der unvorhergesehenen Begegnung mit den Dominikanern, die sie glücklicherweise kaum beachtet hatten, war ihr an neugierigen Blicken nicht gelegen.

Die Pferde am Führstrick, machten sie sich auf die Suche nach einer Unterkunft. In einer Töpferei wurden sie fündig. Den Erlös für das Maultier im Geldsack, suchte Barthélemy den Pferdemarkt auf. Béatris ließ in der Zwischenzeit Wein, Brot, Käse und Schinken in die geräumige Dachkammer bringen, wusch sich am Gießbecken die Haare und ließ sie unter der offenstehenden Fensterluke in der Sonne trocknen. Danach streifte sie sich eines der feinen Leinenhemden über, die sie mit sich führte. Sie wollte Bartho gefallen, fragte sich aber wiederholt, ob sie überhaupt das Recht hatte, ihn in ihre Schwierigkeiten hineinzuziehen. Sie waren doch nur ein Jahr beisammen gewesen. Ein einziges Jahr! Seit ihrer Trennung lebte sie auf eigenen Beinen, befolgte die allbekannte Richtschnur, die da lautete: *Wer sein Huhn allein isst, muss auch sein Pferd allein satteln!*

Weil Bartho nicht zurückkam, stellte sie sich auf einen Schemel, um hinauszuschauen. Doch außer Mauerzinnen war nichts zu sehen, und als unten jemand ein Fass mit Fäkalien aus dem Hof rollte, schloss sie schnell die Luke.

Unruhig lief sie in der Kammer auf und ab. Wo blieb Bartho? War er ohne Abschied nach Mézerville zurückgeritten? Wie sollte es dann mit ihr weitergehen?

Irgendwann hielt sie das Warten nicht mehr aus. Sie entledigte sich des feinen Hemdes und schlüpfte wieder in die staubigen Reisekleider. Ums Haar band sie ein Tuch, dessen Enden sie geschickt über der Stirn knotete. Dann kletterte sie die Stiegen hinab und huschte zur Tür hinaus. Der falschen! Denn plötzlich stand sie im Hof der Töpferei, wo auf dem Erdboden und auf langen Schragentischen Irdenware aufgebaut war: Hunderte von Krügen, Tellern, Trinkgefäßen und Öllampen. Ein gutes Dutzend Frauen, mit Körben am Arm, beugte sich über die Tische, staunend, vergleichend, feilschend. Andere standen vor dem Kassentisch in einer Schlange. Und wo befand sich nun der Ausgang? Unauffällig schloss sich Béatris drei Kundinnen an, die gerade die Töpferei verließen. Niemand beachtete sie.

Das Geschrei der Händler und Sattler und das aufgeregte Wiehern und Schnauben der zum Verkauf stehenden Rösser führten sie zielsicher zum Pferdemarkt. Dort kletterte sie auf eine der umliegenden Balustraden, um von oben nach Bartho Ausschau zu halten. Doch sie konnte ihn nirgends entdecken. Hatten sie sich unterwegs verpasst? War er vielleicht durch den Vordereingang in die Töpferei gekommen, während sie ratlos im Hof stand? Und wo hatte er das Packpferd untergestellt? Kopfschüttelnd und mit einem unguten Gefühl im Bauch, verließ sie die Balustrade und umrundete einmal den Platz, wobei sie von der Menge hin und her geschubst wurde. Auffällig war, dass es hier in Mas-Saintes-Puelles nicht wenige Menschen gab, die wie ihr Vater das Ketzerschandmal trugen, also das aufgenähte einfache oder gar doppelte gelbe Kreuz. Doch einmal an den Vater gedacht, ging er ihr nicht mehr aus dem Kopf. Bittere Tränen hatte sie vergossen, als er sie bei Nacht und Nebel aus der Burg von Cassou nach Celles in Sicherheit gebracht hatte ...

Gänzlich unvermittelt entdeckte sie ihn doch noch. Bartho stand, das Gesicht ihr zugewendet, auf den Treppenstufen, die zur Kirche hinaufführten. Er befand sich im Gespräch mit einem Mönch, der zwei Stufen unter ihm stand. Rasch trat sie in den Arkadenschatten eines Kaufmannsgewölbes, um die beiden von dort aus zu beobachten. Bei dem Fremden handelte es sich um einen Augustiner, wenn der Augenschein sie nicht trog: Schwarzer Habit, eine Kapuze, die bis zur Körpermitte reichte, ein eng geschnürter Ledergürtel. Wegen seiner Magerkeit hatte sie unwillkürlich zuerst an einen Franziskaner gedacht, einen Bettelmönch, doch diese trugen braune Kutten.

Was wollte der Mönch von Bartho? Und das Wichtigste: Wo war das Packpferd? Es konnte doch nicht sein, dass er hier keines gefunden hatte?

Da! Anscheinend hatte Barthélemy sie auch gesehen, denn er hob ganz kurz die rechte Hand in ihre Richtung. Nicht zum Gruß, nein - eher zur Abwehr? Seltsam ... Irritiert blieb Béatris stehen. Der Mönch, der seine Hände in den Ärmeln der Kutte verbarg, hatte offenbar nichts mitbekommen. Schier unablässig redete er auf Bartho ein. Nun, Barthélemy war der Pfarrverweser von Mézerville. Weshalb sollten sich die beiden nicht kennen ...

Hélas, jetzt tat sich was! Das Gespräch war scheinbar beendet, denn der Mönch bekreuzigte sich, sprang dann wie eine Ziege die restlichen Stufen bis zum Portal hinauf, wo er kurz innehielt, um hernach im schmalen Nebeneingang der Kirche zu verschwinden. Wie vom Donner gerührt, verharrte Barthélemy an Ort und Stelle. Endlich nahm er Blickkontakt mit Béatris auf, schüttelte jedoch den Kopf. Dann setzte auch er sich in Bewegung und schritt eilends davon.

Béatris wusste nicht mehr, was sie denken sollte. Dieses sonderbares Verhalten ließ doch nur eine Deutung zu: Er wollte oder durfte nicht mit ihr gesehen werden! Ein Schwindelgefühl erfasste sie. War ihre Flucht bereits entdeckt worden?

Sie bekämpfte den Drang, Bartho hinterherzulaufen, folgte ihm erst, als er knapp außer Sichtweite war. In ihrer Aufregung stieß sie mit einem Ausschreier zusammen, der mit kostümierten Schauspielern unterwegs war, was ihr eine üble Beschimpfung eintrug. Besser, sie zügelte ihre Ungeduld. Beim Passieren eines Fleischerladens jedoch, aus dem der süßlich dumpfe Geruch frisch gebrühter Blutwürste drang, vernahm sie hinter sich Schritte. Eilige Schritte. Rasch drückte sie sich an die Hauswand, streifte dabei die Innereien, die dort an eisernen Haken hingen. Zwei, drei Tropfen Blut klatschten auf ihre Wange. Sie senkte den Blick. Ihr Herz hämmerte. Der vermeintliche Verfolger entpuppte sich jedoch als Spielmann, der sein scheinbar wertvolles Rebec schützend über den Kopf hielt und ohne sie zu beachten, an ihr vorüber eilte.

In der Straße, an dessen Ende sich die Töpferei befand, kaufte sie rasch einer alten Frau ein Säckchen mit süßen Mandeln ab. Hundert Schritte weiter, sah sie sich abermals gezwungen, in einer Wandnische Zuflucht zu suchen: Doch Wunder über Wunder! - Bartho stand breitbeinig unter dem Torbogen ihrer Unterkunft, offenkundig im Gespräch mit einem Pferdehändler, einem stämmigen Mann mit Glatze und fuchsfarbenen Brauenbüscheln. Der Fremde öffnete gerade das Maul des kräftigen Pferdes und präsentierte Bartho die Zähne. Ein Handschlag besiegelte das Geschäft. Geld wechselte den Besitzer. Der Händler verabschiedete sich und ging seines Weges.

Béatris verfolgte noch, wie Barthélemy das Ross in den gegenüberliegenden Mietstall führte, wo sich auch ihre anderen Pferde befanden, dann nahm sie die Beine in die Hand, betrat die Töpferei und stieg die zweiundzwanzig knarzenden Stufen zur Kammer hinauf. Schwer atmend wischte sie sich das Blut aus dem Gesicht und tauschte die Reisekleider gegen das leichte feine Hemd aus Kambrik. Endlich vernahm sie Schritte auf der Treppe. Sie riss die Tür auf.

»Was war los? Wo warst du denn so lange?«, empfing sie Barthélemy, ungeduldig zitternd. »Das Packpferd scheint kräftig zu sein. Wie alt ist es? Hat das Geld gereicht? Und was wollte der Mönch von dir? Ging es um mich? Erzähle!«

Barthos Gesicht war eine einzige Gewitterwolke. Er zog die Stiefel aus und warf sich wortlos auf den Strohsack, so dass das Leintuch, das sie darüber gebreitet hatte, verrutschte. »Kirchenschmutz«, sagte er. »Nichts von Bedeutung.«

Béatris runzelte die Stirn. Bartho log. So gut kannte sie ihn. Hatte es mit seinem Vorgesetzten zu tun, dem Pfarrer von Mézerville? Da war das wertvolle Buch, das Bartho verkauft hatte. Für *sie* verkauft hatte!

Sie reichte ihm einen Becher Wein. »Trink, dann geht es dir vielleicht besser. Ich habe auch Schinken und Käse hier. Und süße Mandeln. Die magst du doch. Wir können es uns gutgehen lassen. Ein wenig ausruhen, bevor ...«

Barthélemy setzte sich auf, griff nach dem Becher und leerte ihn auf einen Zug. »Du hast recht, Béatris«, sagte er seufzend. »Ruhen wir uns aus. Wir haben Zeit bis zum Morgengrauen. Dann jedoch, tut mir leid, dann trennen sich unsere Wege endgültig. Ich muss nach Mézerville zurück. Es geht nicht anders!«

»Ja? Ist doch etwas vorgefallen in Mézerville? Ich sehe es dir an. Da stimmt was nicht! Hat dieser Mönch, mit dem ich dich gesehen habe, nach dir gesucht?«

»Es ist ... nun, angeblich fehlt ein kleiner goldener Reliquienschrein.«

Sie traute ihren Ohren kaum. »Wie bitte? Und was befand sich darin?«

Barthélemy verzog geringschätzig den Mund. »Und was befand sich darin?«, äffte er sie nach. »Das will ich dir sagen: der rechte Zeigefinger Willhelms von Gellone. Der Mönch hat tatsächlich mich gesucht, doch dass wir hier in Puelles aufeinandertrafen, war Zufall. Reiner Zufall.«

»Und was sollst du mit dieser Reliquie zu schaffen haben?«

»Nichts. Man wirft mir einzig vor, dafür verantwortlich gewesen zu sein. Verantwortlich, ha! Was kann ich dafür, wenn untreue Mönche die Kirchenschätze plündern. Andererseits wäre das alles nicht passiert, wenn du ... wenn du nach Pamiers zurückgeritten wärst«, setzte er nach. »Aber mit dir ist ja nicht zu reden ...«

»Sei still, Bartho«, rief sie aufgebracht. »Ich trage an dem Diebstahl die geringste Schuld, und auch dich wird man nicht ernsthaft bezichtigen, schließlich bist du ein Geistlicher, ein Pfarrer Roms.«

Er lachte zynisch auf. »Ein Pfarrer Roms? Redet man in deinen Kreisen so?« Er setzte sich an den Tisch, schenkte sich nach, zog sein Messer hervor und schnitt Brot und Käse. »Behaupten sie nicht auch, die römischen Pfarrer saufen und fressen? Die römischen Pfarrer reiten Weiber und sogar Kinder? Betrügen und stehlen?«

Wütend drehte er sich zu ihr um: »Alles Anschuldigungen, die deine sauberen Freunde, die Katharer, gegen uns erheben, meine Liebe! Nicht wahr? Deine reinen Freunde und *Liebhaber*, wie diese verfluchte Clergue-Sippe. Du wirst mir jetzt alles über Pierre Clergue erzählen, den falschen Hund. Was hat er getan, um dich derart hörig zu machen?«

Hätte ihr jemand in diesem Augenblick den Roten Hahn aufs Dach gesetzt, wäre ihr Entsetzen nicht geringer gewesen. »Hörig?«, rief sie. »Aber nein, das war ich zu keiner Zeit! Ihr Priester und Prioren jedoch, ihr Äbte und Bischöfe und Kardinäle, ihr seid wirklich die Schlimmsten! Ihr sündigt mehr im Fleische und begehrt die Frauen mehr als andere Männer!«

»Und du? Du bist dem Pfarrer von Montaillou noch heute verfallen, denn wäre es anders, würdest du jetzt in Pamiers sitzen und gegen ihn aussagen. Erzähl schon, was mit dem Hurensohn los war! Du bist es mir schuldig. Habe ich dir nicht all deine Wünsche erfüllt?«

All ihre Wünsche erfüllt? Beim Gedanken an die möglicherweise von ihm selbst entwendete Reliquie spürte Béatris, wie es ihr die Schamesröte ins Gesicht trieb.

»Ich werde nicht gegen Pierre aussagen«, meinte sie leise. »Denn man wirft kein Unkraut, das man auf dem eigenen Feld findet, auf das des Nachbarn.« Sie griff nach dem Krug, schenkte sich ein und trank.

»Ich höre!«, drängte er weiter, ihr seltsam fremd gegenüber sitzend. »Wie war das mit diesem Mann?«

Béatris stellte den Becher ab und schloss die Augen. Sofort sah sie ihn wieder: Pierre, der ihr ganzes Leben durcheinandergewirbelt hatte. Pierre, mit dem sie nicht nur in der Liebe sondern auch im Geiste eins gewesen war. Widerstrebend begann sie zu erzählen ...

Ein geraubter Kuss
Montaillou, zweiter Fastensonntag Oculi
im Jahre des HERRN 1300

»Wucherer!«, rief Pierre Clergue über die Köpfe seiner Gemeinde hinweg, während Jean, sein neuer Messdiener, noch an ihm herumzupfte. Erst nachdem der Junge die Falten der weißen Albe neu geordnet hatte, nahm der Pfarrer den Faden wieder auf. »Wucherer«, wiederholte er, nun etwas leiser, »man nennt sie auch Cahorsianer oder Lombarden, sind wie Flöhe und Läuse. Ungeziefer, das bekämpft werden muss.« Um die Aufmerksamkeit auch noch des letzten Gemeindegliedes auf sich zu ziehen, unterbrach er abermals die Homilie, wobei er geschäftig die violette Stola zurechtrückte, so dass die auf ihr angenähten Glöckchen leise klingelten. Dann allerdings fuhr er mit umso dringlicherer Stimme fort: »Wer Geld gegen Zins verleiht, bestiehlt Gott, denn er verkauft Zeit! Zeit, über die allein der Gute Gott im Himmel verfügt, Zeit, die allen Geschöpfen gemeinsam ist. Schon der Kirchenvater Augustinus sagt, jedes Geschöpf muss sich selbst hingeben: Die Sonne muss sich hingeben, damit es hell wird. Die Erde muss alles hingeben, was sie erzeugen kann. Ebenso das Wasser. Doch nichts gibt sich selbst auf naturgemäßere Weise hin als die Zeit. Da also der Wucherer verkauft, was notwendig *allen* Geschöpfen gehört«, donnerte er, wobei seine Stimme von den kalten Steinwänden zurückhallte, »so schädigt er die Geschöpfe im allgemeinen. Geld darf sich nur durch Arbeit vermehren, nicht durch Zins! Der Wucherer handelt also dem Gesetz Gottes zuwider.«

Ich selbst dachte in diesem Augenblick an meinen Schwager, den »Kinderdieb«, wie ich ihn damals nannte. Es waren hässliche Gedanken, wie sie nur der Zorn eingibt. Seufzend setzte ich Sclarmunda auf die andere Hüfte und zog Condors, die unruhig hin und her trippelte, näher zu mir heran, wobei die Kleine unvermittelt aufstöhnte, und zwar so laut, dass die vor uns Stehenden die Köpfe herumrissen. Raymonde Vital verdrehte empört die Augen, die anderen Frauen lächelten.

Pierre Clergue predigte sich an diesem Morgen rote Wangen und leuchtende Augen an. Von den Wucherern leitete er über auf jene Priester, die - kein Jota besser! - ganz auf ihre Herkunft vergessen hätten. »Geistliche, die sich mit schimmernden Gewändern kleiden, zählen darunter«, behauptete er (obwohl ihn selbst oft die Sünde der Eitelkeit heimsuchte), »oder aber Geistliche, die sich mit maurischen Wohlgerüchen umgeben. Sie alle sind Gesellen des Teufels.« Wieder nickten die Dörfler, wissend, schließlich hatte sein Vorgänger, Petrus de Spera, recht unkeusch nach Rosenwasser gerochen. Als Pierre seine Stelle angetreten hatte, waren zuerst nicht alle Dörfler damit einverstanden gewesen, zumal das Gerücht umging, die Notare aus Ax hätten den Wechsel betrieben. Für einige wenige war es unvorstellbar, dass die Authiès, als Katharer, so viel Einfluss besaßen.

Alles war am Sonntag Oculi also wie immer - bis ich an die Reihe kam, zu beichten. Unvermittelt trat Jean, der Messdiener, vor mich hin.

»Geduldet Euch bitte bis zum Schluss, Donna Béatris«, raunte er mir zu. »Der Herr Pfarrer muss was Wichtiges mit Euch bereden.«

Stirnrunzelnd nahm ich auf der Sünderbank Platz, direkt neben Ala Rives und im Schatten der Statue der Maria Magdalena. Nach und nach leerte sich das Gotteshaus. Ich zerbrach mir den Kopf, was Pierre Clergue wohl von mir wollte. Hatte sich etwa sein Vetter Pathau über mich beschwert? Es hatte Streit gegeben zwischen uns. Wieder einmal. Pathau war und blieb ein dummer Bauer, der nicht einmal lesen konnte, geschweige denn Latein, obwohl die Clergues viele Bücher besaßen ... Irgendwann schickte ich Sibilia mit meinen Töchtern nach Hause und wartete weiter. Ala Rives, die es noch immer nicht aufgegeben hatte, mich auf die Katharerseite zu ziehen, wurde vor mir aufgerufen. Nach der Beichte warf sie mir einen warnenden Blick zu, dann verließ auch sie die Kirche. Mit gesenktem Kopf trat ich hinter den Altar, wo der Pfarrer auf dem mit Rosen geschnitzten Beichtstuhl saß und auf mich wartete. Ich kniete vor ihm nieder.

»*Confiteor Deo omnipotenti*«, begann ich das lange Schuldbekenntnis aufzusagen, doch als ich mich wie vorgeschrieben bei den Worten »*mea culpa*« an die Brust schlug, nahm mir der Pfarrer unvermittelt die Hand weg und hielt sie fest.

»Dein Herz ist zerknirscht genug, Trice«, sagte er leise, aber seltsam fahrig. »Du musst es nicht übertreiben. Ich spreche dich auch so los von deinen Sünden. Meinetwegen auch förmlich: *Im Namen Gottes und des Sohnes und des Heiligen Geistes.* Erheb dich jetzt von den Knien und setz dich mir gegenüber auf den Hocker. Wir wollen ein wenig plaudern.«

In meiner Brust herrschte eine beklemmende Enge, denn Pierre Clergue hatte bei seinen Worten nicht nur meine Hand, sondern auch meine Augen eingefangen. »Wenn Ihr mich freigeben würdet, Hochwürden ...«, sagte ich mit belegter Stimme.

Er ließ meine Hand los, forderte mich aber nochmals auf, Platz zu nehmen.

»Wie stellst du dir Gott vor, Béatris?«, fragte er mich wie ein Blitz aus heiterem Himmel. »Als alten weisen Mann?«

»Ich weiß es nicht«, antwortete ich wahrheitsgemäß. »In der Heiligen Schrift heißt es, er hätte uns nach seinem Vorbild erschaffen.«

»Das ist Unsinn! Wahre Christen wissen, dass der Gute Gott keinerlei Gestalt hat. Er ist die Liebe und so weit über unser Denken erhaben, dass es unseren Verstand sprengen würde, gingen wir der Sache auf den Grund. Mit dem, was hier auf Erden geschieht - auch zwischen Mann und Frau - hat er nichts zu tun. Gott steht über den Dingen.«

Ich hob die Brauen. »Der Gute Gott? Auch in Eurer Predigt habt ihr diesen Namen benutzt. Ihr seid Pfarrer, Katholik, und sprecht dennoch wie ...«

»Wie die *boni christiani*, die Guten Christen? Das eine schließt das andere nicht aus, mein Kind. Blinder Glaube bringt niemanden ans Ziel.

Aber ich studiere den Katharismus nur. Ernsthaft bereite ich mich nicht auf das *consolamentum* und ein Leben im Geiste vor, wie das beispielsweise ... Prades Tavernier tut, Ala Rives Bruder. Ihr redet doch manchmal miteinander, du und Ala? Was erzählt sie dir denn über die Katharer? Sie, oder die anderen Frauen im Dorf? Guillemette Benete vielleicht, oder die Belote?«

»Eigentlich nichts«, sagte ich, schulterzuckend, denn es war mir unangenehm, Gespräche zu wiederholen, an denen ich nur deshalb teilgenommen hatte, weil man mir vertraute. »Es wird über alles Mögliche geredet in den Häusern, über die Ernte, das Kochen, die Mägde und Knechte. Die Kinder.«

»Du weichst mir aus. Hast du etwas zu verbergen?«

»Wird das jetzt ein Verhör statt einer Beichte?«

Er hob die Brauen. »Mein Bruder und ich, wir haben es in der Hand. Wir können Ketzer beschützen oder ausliefern. Das bedeutet nicht, dass wir so verfahren. Versteh' mich nicht falsch. Es zeigt eine Möglichkeit auf. Es ist keine Drohung.«

Ehrlich gesagt, ich hatte das Gefühl, mich auf brüchigem Eis zu befinden und das Ufer nicht mehr zu sehen. Aber ich konnte nicht einfach aufstehen und fortgehen. Das geziemte sich nicht. »Nun, einige Leute sagen, Gott hält unser Schicksal in Händen, ob es nun gut sei oder schlecht, andere schieben alles Übel dem Teufel zu. Aber dann müsste es ja zwei Gottheiten geben, was für mich« - ich bekreuzigte mich - »unvorstellbar ist.«

Der Pfarrer stand auf, legte die Stola mit den Glöckchen ab und danach sein Messgewand. Dann rief er nach seinem *scholar* Jean, den er als einzigen Knaben im Ort in Latein unterrichtete, und schickte ihn mit der Albe und dem Auftrag nach Hause, die Magd Bruna möge das Gewand waschen.

»Jetzt sind wir unter uns, Béatris«, sagte er, als er im Hemd und in Beinkleidern wieder im Beichtstuhl Platz nahm. »Dennoch schlage ich dir vor, unser Gespräch unter das Beichtgeheimnis zu nehmen, also *sub rosa*. Du kannst daher frei sprechen, ohne Angst. Und sag Pierre zu mir, wie früher, nicht Hochwürden!«

»Aber wir befinden uns im Haus Gottes«, warf ich ein. »Hier seid Ihr für mich der Pfarrer.«

»Ich bin darüber hinaus auch ein Mann, Béatris«, meinte er geheimnisvoll. Er strich über seine schmalen Wangen, die allzu dunkel schimmerten, obwohl sie glatt rasiert waren. »Ein Mann, der auch Gefühle hat. Bedürfnisse. Träume. Verstehst du das?«

Mir wurde abermals ganz komisch zumute. Ich verstand natürlich, was er sagte, aber ich begriff nicht, was das mit mir zu tun haben könnte. Oder dachte er daran, mich zur *focaria* machen zu wollen, zu seiner *concubina*? Gefielen ihm die Damen nicht länger, die er sich unten in Ax suchte, wann immer er dort heiße Bäder nahm? Das halbe Dorf redete darüber. Wieder erzwang er meinen Blick, doch in seinen Augen glitzerte es belustigt. Da fiel mir die Warnung meiner Magd ein. Zwar bewunderte Sibilia Pierres Belesenheit und seinen Witz, auch meinte sie, er sei durchaus tüchtig und zuverlässig. Das Netz von Verbindungen jedoch, das er seit seinem Amtsantritt mit Hilfe seines Bruders über die halbe Grafschaft Foix geknüpft hätte, sei nur seinem guten Aussehen und seiner einschmeichelnden Stimme zu verdanken ... Plante Pierre vielleicht, mich, als Adelige, in dieses Netz einzubinden? Aber ich hatte doch kaum Einfluss auf Leute meines Standes!

»Ich weiß nicht, ob ich Euch verstehe ...«, sagte ich zögerlich.

Eine ganze Weile lächelte er mich nur an. In seinen dunklen Augen freilich lag etwas, das mich zutiefst beunruhigte. Plötzlich stieß er einen Seufzer aus. »Trice«, rief er feurig, die Handflächen nach oben gerichtet, »ich liebe dich mehr als jedes andere Weib auf der Welt! Ich wünschte mir nur eines: dich schlafend vorzufinden, um dir einen Kuss zu rauben!« Und ehe ich mich versah, beugte er sich zu mir herüber - ich drehte noch den Kopf, um ihm auszuweichen - da trafen sich schon unsere Lippen.

Eine flüchtige Berührung nur, aber das Herz schlug mir danach bis zum Hals herauf.

»Was fällt Euch ein!«, rief ich vorwurfsvoll. »Das ist Sünde, denn Ihr seid Priester. Dem Pfarrer sind Weiber verboten, wie ... wie den Eseln das Vaterunser!«

»Ah, ein geraubter Kuss hat keine Bedeutung«, gab er mir mit einer lässigen Handbewegung zur Antwort. »Dein Vater war Ritter, ein Mann von hoher Ehre. Ist seine Sünde kleiner gewesen, als er dich als junges Ding dem hochbetagten Sire de Roquefort angetraut hat? Inzwischen bist du Witwe und unglücklich - leuge es nicht, ich sehe es dir an. Aber du bist noch so jung, du bist schön und gesund. Und auch alles andere als dumm. Willst du nicht fortan meine Geliebte sein? Die Dame meines Herzens? Oder bin ich dir vielleicht ... gleichgültig?«

Ich umkrampfte mit den Händen meinen Lederbeutel, der am Gürtel hing, drehte ihn aus Verlegenheit zweimal im Kreis. Dann stand ich wortlos auf und verließ das Gotteshaus. Gleichgültig? Oh, nein, nein, im Gegenteil, ich begehrte diesen schönen, lustigen, unterhaltsamen Mann. Aber gerade das machte mir Angst. Raymond Roussel hatte sich unter meinem Bett versteckt, um mit mir zu schlafen, Pathau mich sogar mit Gewalt genommen. Was unterschied denn ihr Verhalten von der zungenfertigen Dreistigkeit Pierre Clergues als Pfarrer?

Über diese Frage dachte ich auf dem Rückweg ins Lilienhaus nach. Heute weiß ich die Antwort: Pierres »Antrag« war trotz des geraubten Kusses aus dem Feuer seines Herzens gekommen, aber mit Gefühl *und* Respekt - wie es die *paratge* und die alte Höfischkeit erforderte. So war er eben. So lebte und so liebte er. Dennoch hatte er mich mit seinen Worten und seinem Kuss in ein Wirrwarr der Gefühle gestürzt. Zumal ich zu diesem Zeitpunkt befürchtete, von Pathau schwanger zu sein ...

Beim Heiligen Ambrosius
**Pamiers, Dienstag, 29. Juli
im Jahre des HERRN 1320**

»Zwei elende Jahre sitzen wir nun seit der Gründung des Ketzergerichtes hier zusammen«, zürnte Jacques Fournier auf dem Weg zum Verhörsaal, als er nach der Terz von der Abwesenheit der Kastellanin hörte. »Allein siebzig Verhandlungen haben wir in diesem Jahr hinter uns gebracht. Gegen Katharer und Waldenser gleichermaßen, auch wenn letztere einfacher zu verstehen und zu verurteilen sind, weil ihnen die Seelenwanderung der Manichäer fremd ist.«

»Nicht zu vergessen, der Baruch-Prozess!«, warf Galhardus de Pomiès schweratmend ein. Immer wenn der Bischof so schnell ausschritt, hatte er Mühe, ihm zu folgen, und heute war es besonders schlimm, denn er hatte Schmerzen und ging mit einem Stock. Dennoch lag über dem sonst so wächsernen Fleisch seines Gesichtes ein rosiger Schimmer. »Der verstockte Jud behauptet neuerdings, zur Freiheit des Glaubens gehöre auch der Zweifel.«

»Warum so kleingläubig, Bruder Galhardus! Wie der Heilige Paulus den halben Areopag bekehrt hat, so werden wir auch den Juden zu überzeugen wissen. Dass jedoch ausgerechnet die Buhlin des Pfarrers von Montaillou glaubt, mit mir Katz und Maus spielen zu können, das erbost mich sehr. Weiß denn niemand, wo sie steckt?«

Der ebenfalls im Gefolge befindliche Pfarrer von Pellefort raufte sich den Bart. »Ihre älteste Tochter hat mir in die Hand versichert, dass sie bereits gestern Morgen, noch vor Sonnenaufgang, nach Pamiers aufgebrochen sei. Aber sie ist weder im Kloster eingetroffen, noch hat sie sich bei mir oder dem Archidiakon gemeldet. Vielleicht ist ihr etwas zugestoßen? Ich mache mir große Sorgen. Ich verstehe das nicht.«

»Was gibt es da zu verstehen, Hochwürden?«, entgegnete ihm ungehalten der Inquisitor. »Eure Mandantin ist geflohen! Ein Schuldeingeständnis ersten Ranges.«

»Aber, aber! Sie ist noch immer Zeugin, keine Angeklagte«, widersprach Amiel heftig, »und sie schien mir recht gefasst, als ich mich am Samstag von ihr verabschiedet habe.«

»Beim Heiligen Ambrosius, wenn sie sich nur als simple Zeugin versteht« - Galhardus verdrehte die Augen -, »dann hätte sie ja erst recht keinen Grund zur Flucht. Nicht wahr? Oder haben wir ihr etwa die Folter angedroht? Nein! Wir haben sie im Gegenteil freundlich ermahnt und dann für drei Tage auf freien Fuß gesetzt. Sogar das Maultier haben wir ihr zur Verfügung gestellt, damit die Adelige nicht nach Hause laufen musste. Und wie vergilt sie es uns?«

Beim Heiligen Ambrosius? Fournier runzelte die Stirn. Wann immer der Inquisitor den Kirchenvater anrief, nahm seine Stimme einen honigsüßen Klang an. Doch Galhardus' Bienenkorb, das wusste jeder, enthielt für gewöhnlich mehr Stacheln als Honig.

Noch auf der Treppe zum Verhörsaal entließ der Bischof Pater Amiel, schickte kurz darauf auch den Archidiakon von Mallorca nach Hause, dann den dürren Johannes de Stephani und all die Notare, Schreiber und Mönche, die sich bereits oben versammelt hatten. Endlich zog er den Alten zur Seite. »Sagt, ist Euch etwas über die Leber gelaufen, Bruder Galhardus? Kritisiert Ihr meine Verhandlungsführung? Bin ich Euch zu entgegenkommend?«

»Aber nein, Euer Gnaden«, antwortete dieser, jetzt geradezu aufgekratzt, um nach kurzem Zögern hinzuzufügen: »Obwohl - wie die Saat, so die Ernte. Aber ich kann Euch beruhigen, was den Verbleib unserer wertvollen Zeugin betrifft: *Ich* habe meine Arbeit getan. *Ich* weiß, wo sich die Frau aufhält. Es sollte aber noch eine Weile unter uns bleiben ...«

Fourniers Gesicht verfinsterte sich. »Macht es kurz! Wo steckt sie?«

»Ganz in der Nähe. In Mas-Saintes-Puelles. Der Vikar von Mézerville ist an ihrer Seite.«

»Barthélemy Amilhac, ihr letzter Liebhaber? Wie lange wisst Ihr das schon?«

»Wir haben ihn in der Hand«, sagte Galhardus bedeutungsvoll, ohne auf die Zeitfrage einzugehen. »Reliquien! Diebstahl von Kircheneigentum ist immer noch ein todeswürdiges Delikt. Habt ein, zwei Tage Geduld, Euer Gnaden, dann ist sie wieder hier, die Kastellanin.«

Jacques Fournier war kein Springkraut, in diesem Moment aber nahe daran, die Beherrschung zu verlieren. Galhardus' Eigenmächtigkeiten, seine Heimlichtuerei und seinen mangelnden Respekt empfand er als unerträglich. Doch er wusste auch, dass der erste Schritt zur Langmut Zurückhaltung war.

»Geduld? Nun, Gott allein kennt den besten Zeitpunkt«, sagte er, »und wir haben uns bislang noch immer darauf verstanden, den ...«

»... den Lämmern zur Welt zu helfen!«, ergänzte Galhardus de Pomiès frech. Mit diesen Worten hinkte er im Nachstellschritt davon.

Gefolgt von den Pagen, nutzte Jacques die gewonnene Zeit, um sich in seine Bibliothek zurückzuziehen. Im halbrunden Saal, dessen schmale Fenster mit Alabaster verschlossen und mit Vorhängen aus smaragdfarbener Seide geschmückt waren, verbrachte er seine wenigen Musestunden. Hinter dem überlangen Pult mit den angeketteten Büchern ließ er sich nur ungern stören. Hier wurde er lästige Gedanken los, verflog sein Ärger. Doch heute gingen ihm Galhardus' Worte nicht aus dem Kopf: Barthélemy Amilhac, ein Reliquiendieb? Wie ernst war dieser Vorwurf zu nehmen? Oder hatte Galhardus dem Vikar eine Falle gestellt, um an weitere Informationen über den Pfarrer von Montaillou zu kommen?

Nachdenklich zog er den Traktat des Guibert de Nogent hervor. Dem lange verstorbenen Abt fühlte sich Jacques in der Denkweise verbunden - primär, was den Reliquienkult betraf. Er hatte noch keine zwanzig Seiten studiert, als es draußen klopfte. Ohne aufzusehen, schüttelte er den Kopf. Die Pagen, die den Zugang bewachten, verstanden. Die Tür blieb zu.

Nogents Kritik bezog sich unter anderem auf die wundersame Vermehrung von Heiligen-Reliquien. Zwar hatte das IV. Laterankonzil diesem Missbrauch, dieser heidnischen Wundergläubigkeit, einen Riegel vorgeschoben, doch die Bauern und die weniger Gebildeten fielen noch immer auf die erdichteten Wunderzeichen und falschen Reliquien herein. Es war eine Schande, fand auch Jacques, eine Verhöhnung Gottes! Aber die »verpesteten Wunder«, wie Nogent schrieb, spülten eben reichlich Geld in die Kirchenkassen. Daher war es wenig überraschend, dass das Volk über die *ehrlichen* Steuern, wie er, Jacques, sie erhoben hatte, murrte.

Abermals klopfte es. Dieses Mal lauter, dringlicher.

Jacques seufzte ungeduldig. »Nun seht schon nach, wer Einlass begehrt!«

Einer der Pagen öffnete die Tür. Mit siegesfroher Miene stand Galhardus de Pomiès im Türrahmen. »Darf ich Euch noch einmal stören, Euer Gnaden?«

»Nur, wenn es wichtig ist ...«, sagte Jacques mürrisch, ohne vom Traktat aufzusehen.

»Aber ja, Euer Gnaden, das ist es. Im anderen Falle würde ich es nie wagen ...« Galhardus humpelte näher, nahm ungebeten Platz und klemmte sich fröhlich den Stock zwischen die Beine.

»Zu Eurer Beruhigung: Ich habe soeben alles in die Wege geleitet, um Eure Geduld nicht unnötig zu strapazieren. Morgen schon schnappen wir sie uns. Die Kastellanin *und* den Reliquiendieb.« Er verzog vielsagend den Mund. »Weglaufen ist eine Schande, aber oft auch nützlich!«

»Wie meint Ihr das?«, Fournier klappte die Handschrift zu und legte sie zurück.

»Nun, Barthélemy Amilhac wird uns noch vor Prozessbeginn mit neuen Informationen über Montaillou versorgen. Das Verfahren kann dadurch abgekürzt werden, und Ihr, Euer Gnaden, seid endlich ein Stück weit entlastet.«

»Dann seht zu, dass die beiden nach ihrer Verhaftung keinen Kontakt mehr haben«, antwortete Fournier - die von Galhardus ersehnte »Entlastung« ignorierend. »Und weil Ihr schon hier seid - was habt Ihr herausgefunden über die alten Seilschaften zwischen den Clergues und der Inquisition von Carcassonne? Eure Geheimniskrämerei gefällt mir nicht. Redet!«

Galhardus nickte, nun betrübt. »Meine Untersuchungen sind noch immer nicht abgeschlossen, Euer Gnaden. Eine mehr als heikle Angelegenheit. Doch die Anzeichen mehren sich, dass die Clergues sich schon frühzeitig Jacques Polignac gefügig gemacht haben, den Gefängnisaufseher von Carcassonne. Pater Polignac scheint sogar - es ist unfassbar, Euer Gnaden! - eine der fettesten Spinnen in ihrem Netz gewesen zu sein.« Er hüstelte. »Diese Händel waren uns Inquisitoren nicht bekannt. Leider. Aber inzwischen überkommt uns die Lust, Polignac *und* die Clergues in die Klemmschere der Sarazenen spannen zu lassen.«

»Nicht bekannt? Soso.« Der Bischof lehnte sich zurück, ließ für eine Weile die Zunge in seiner Mundhöhle kreisen. »Weshalb hat man Polignac und seine Sippschaft nicht verurteilt? Hatten sie sich denn nicht am eingezogenen Vermögen der Häretiker bereichert? Von einem Schloss war damals die Rede gewesen, von mehreren Meierhöfen und sonstigen Ländereien, die sie veräußert haben sollen, darunter Wein- und Obstgärten.«

Galhardus hob entschuldigend die Hände. »Bei meiner Treu, man hat ihnen eben nichts anlasten können. Ihr wisst doch: Wer gern schwört, der schwört gern falsch. Zugegeben, es lag auch an d'Ablis, dem früheren Inquisitor von Carcassonne. Bruder Geoffrey war schwach, konnte sich nicht durchsetzen. Nun, er spuckte als Kind Blut ... Andererseits haben die Polignacs ihre jahrelangen Betrügereien nur mit Unterstützung der ketzerischen Clergues vornehmen können. Und letztere müssen endlich brennen, Euer Gnaden!«

»Aber wieso hat Jean de Beaune - oder auch Ihr - der Familie Polignac abermals die Aufsicht über die Gefangenen erteilt? Da soll es einen Neffen geben, der alles daran setzt, in die Fußstapfen seines berüchtigten

Oheims zu treten. Wie steht Ihr persönlich dazu?«

»Ah, ich halte mich in all diesen Fragen an Bruder Gui, der sagt, der Zweck der Inquisition ist die Vernichtung der Ketzerei. Die Ketzerei könne aber nicht vernichtet werden, wenn nicht die Ketzer, ihre Beschützer und Begünstiger vernichtet werden, was auf zwiefache Weise geschehen müsse: indem nämlich die Ketzer entweder zum wahren katholischen Glauben bekehrt oder aber dem weltlichen Arme zur leiblichen Verbrennung ausgeliefert werden. Man kann Bernard Gui wirklich nur zustimmen, Euer Gnaden: Keine Handlung ist gerechter als die Verbrennung eines Ketzers!« Schweratmend hielt Galhardus inne.

Fourniers Augen hatten sich bei diesem erneuten Ablenkungsversuch zu Schlitzen verengt. Schon wieder Gui, dachte er, dessen Hände stets »rein« waren, weil er sie unter weißen Handschuhen verbarg. Bezeichnend, dass Galhardus, das intrigante Schwatzmaul, seinen höchsten Vorgesetzten aus Toulouse wie einen Heiligen verehrte. Einen »falschen Heiligen«, würde wohl der Abt von Nogent dazu sagen ...

»Wollt, könnt oder dürft Ihr meine Frage nach den Polignacs nicht beantworten, Bruder Galhardus?«

Mit einem Krachen fiel der Gehstock des Inquisitors zu Boden.

»*Ignoscite!*« Umständlich bückte sich der Alte. »Nun, unter uns«, antwortete er, nachdem er sich ächzend wieder aufgerichtet hatte, »der Apfel fällt fürwahr nicht weit vom Stamm. Hugues de Polignac, der Neffe des betrügerischen Paters, soll kürzlich sogar Bauholz und Ziegel der Krone beiseite geschafft haben, um sich selbst ein Haus zu bauen. Sodom und Gomorha ...«

»Ja, Sodom und Gomorrha - in unseren eigenen Reihen!«, brach es da aus Fournier heraus. »Priester, geschwätzig wie die Raben, Priester, die sich bestechen lassen oder gar Reliquien stehlen, Priester, die sich an Novizen vergehen. Dreitausend heimliche Sodomiten sollen allein hier in Pamiers leben, dreitausend!«, empörte er sich. »Und die Inquisition - eine Brutstätte der Gesetzlosigkeit! Erst gestern hat mir einer meiner Späher

Unglaubliches aus Eurer Stadt Carcassonne berichtet: Stirbt ein Katharer in der Haft, halten die Schliesser und Kerkerwächter - darunter Euer sauberer Hugues de Polignac - die Meldung zurück, um das wöchentliche Zehrgeld der Angehörigen in die eigene Tasche zu stecken. Bruder Galhardus, diese Zustände sind nicht länger hinnehmbar!«

»Das ist nur allzu wahr«, seufzte Galhardus mit niedergeschlagenen Augen. »Satan lehrt die Menschen die schrecklichsten Dinge. Aber spätestens am Jüngsten Tag wird Gott den Weizen von der Spreu trennen.«

»Das wenigstens unterliegt keinem Zweifel!«, antwortete Fournier trocken.

Galhardus gab sich freilich nicht so schnell geschlagen.

»*Sid venia verbo* - Euer Gnaden«, begehrte er auf, »mit Verlaub, man übt auch an Euch Kritik. Vorzugsweise an Eurer *carnalagia*. ´Uns rupft man und der Adel geht frei aus`, so schimpfen die Dörfler und der Archidiakon von Mallorca, Euer Zehntkommissar, trägt das Seine dazu bei, indem er jeden Aufwiegler exkommuniziert.« Mit einem zynischen Lächeln legte Galhardus den Kopf schief, worauf Fournier ihm *keine leise* Rache unterstellte.

»Ich weiß sehr wohl, dass die Schafhaltung dank der Wolle oft die einzige Einnahmequelle der Armen ist«, entgegnete Jacques temperamentvoll. »Dennoch fürchte ich mich nicht vor einem Aufstand der Zehntverweigerer. Ich rede stets mit den Leuten, wenn ich sie in ihren Dörfern besuche, erkläre ihnen, dass wir eben keine Geistkirche sind, wie sie Joachim von Fiore vorschwebte. Wir sind eine Papst- und Machtkirche, deren Unterhalt kostet. Allein der Bau unseres Kerkers in Les Allemans hat Unsummen verschlungen. Dann die geplante Universität ... Nein, das Volk darf uns die zusätzlichen Abgaben nicht verweigern. Wir brauchen Geld. Aber *ehrliches* Geld!«

»Ich gebe Euch recht, doch manche Leute sehen in Euch dennoch einen Räuber.«

Jacques Fournier schöpfte tief Luft. »Das mag sein. Aber dieser Druck ist schlechtweg notwendig. Ich will es Euch erklären: Bernard Saisset, der erste Bischof von Pamiers, hat sich jahrelang mit dem König gestritten und sein Bischofsamt wie ein billiger Krämer verstanden. Mit welchem Ergebnis? Die seinerzeit von ihm ernannten jungen Priester erwiesen sich in der Vielzahl als Hurenböcke. Bestes Beispiel: Der Pfarrer von Montaillou. Wer weiß, wieviel die Clergues an Saisset für die Pfründe bezahlt haben! Bischof Pelfort de Rabastens wiederum, mein direkter Vorgänger, hat sich ganze zwei Jahre lang leidenschaftlich mit den Domherren um die Aufteilung jener Pfründe gezankt. Mit welchem Ergebnis? Der Katharismus bekam durch diese Schwächen neuen Aufwind. Ich bin aus anderem Holz geschnitzt. Obwohl ich mich namentlich als Seelenhirten sehe, greife ich, wenn notwendig, hart durch. Das gilt im übrigen auch für den Juden Baruch.«

»Richtig, Euer Gnaden! Lehrt ihn Mores«, sagte Galhardus, längst unruhig auf seinem Sessel hin und her rutschend. »Nicht, dass er sich noch mit unseren Feinden verbündet. Schon Gregor und Innozenz hatten die Juden in Verdacht, gefährlichen Verkehr mit den Häretikern zu pflegen. Zu Recht!«

»Ach was«, unterbrach ihn der Bischof unwirsch, »wie Ihr selbst wisst, lehnen die Katharer das Alte Testament ab. Und die Schriften der Schwindler, Wahrsager, Geldschneider und Mucker sollten *wir* nicht so ernst nehmen.«

Galhardus hob entsetzt die Hände. »Aber die Zauberer, Euer Gnaden, die Zauberer! Eine große Menge Menschen ergibt sich heute der Magie.«

»Trügerische Visionen. Nur das Taborlicht, das Licht der zukünftigen Welt, kann wahrgenommen werden«, antwortete der Bischof. Er stand auf und schob entschlossen seinen Sessel zurück. »*Das* müssen wir den Menschen predigen!«

Das Lilienhaus
**Mas-Saintes-Puelles, Dienstag, 29. Juli
im Jahre des HERRN 1320**

»Du hast dein Haus Lilienhaus genannt?«, fragte Barthélemy mit belegter Stimme, als sie mit dem Erzählen fertig war. Béatris konnte sein Gesicht der Dunkelheit wegen nicht sehen, aber sie kannte ihn gut genug, um zu spüren, dass er eifersüchtig war. »Ist dir denn nicht bekannt«, fuhr er mit allzu hoher Stimme fort, »dass die Lilie in der Hand des Engels Gabriel den Samen Gottes gefiltert hat, damit er über das Ohr in den Körper der Mutter Gottes eindringen konnte? Ich weiß wirklich nicht mehr, was ich von dir denken soll.«

Den Engel Gabriel hätte sie damals jedenfalls nicht im Sinn gehabt, gab sie ihm trocken zur Antwort. Sie erhob sich und tappte zum Tisch hinüber. Im Krug musste sich noch ein Rest Wein befinden, das viele Reden hatte sie durstig gemacht. Merkwürdig: Nie zuvor hatte sich Bartho derart für ihre Vergangenheit interessiert, für ihre Jahre oben in Montaillou, geschweige denn für die Lilien auf dem Felde. Allenfalls für die Engel Gottes ... Béatris trank und legte sich zurück aufs Bett.

»Weshalb Lilienhaus?«, ging sie dennoch auf seine Frage ein, »nun, unterhalb des Balkons lag eine Wiese, übersät mit gelben Lilien, die ich jeden Frühling vom obersten Turmfenster aus bewundert hatte. Die Blumen nach meinem Umzug in meiner Nähe zu wissen, versöhnte mich mit dem Schicksal. Manchmal habe ich noch heute den süßen Duft in der Nase.«

»Und? Warst du schwanger von Pathau?«

»Nein. Wir sind auch nicht oft beisammen gewesen. Vielleicht drei oder vier Mal in dieser Zeit.«

»Und dann hast du wohl deine Wahl getroffen? Wie ging es weiter mit deinem ... brünstigen Pfarrer?«

Béatris setzte sich auf. »Barthélemy, ich gestehe dir nicht das Recht zu, so abfällig über ihn zu reden!«

»Es ... es tut mir leid, Béatris. Aber diese Angelegenheit nimmt mich mehr mit, als ... Erzähl weiter, bitte! Schlafen kann ich heute Nacht sowieso nicht.«

»Nun, noch in der Fastenzeit besuchte mich Pierre ab und an und jedesmal warb er um mich ...«

Ihr Kirchenmänner macht uns Menschen irre!
Montaillou, österliche Bußzeit
im Jahre des HERRN 1300

»Jeder Beischlaf ist Sünde, Béatris, nicht nur in der Fastenzeit«, belehrte mich Pierre Clergue mit völlig ernster Miene. Wir saßen nebeneinander auf meinem Balkon, tranken Wein und aßen Nüsse. Die Sonne stand schon tief und mich fröstelte. »Vor allem aber ist der Beischlaf mit dem eigenen Ehemann Sünde.«

Ich lachte auf. »Das kann doch nicht Euer Ernst sein. Wie meint Ihr das?«

»Nun, in einer kirchlich geschlossenen Ehe fehlt das Sündenbewusstsein, wenn man beieinander liegt. Man glaubt, das fleischliche Erkennen in der Ehe ist von Gott gewollt und damit zulässig, auch wenn der Akt nicht der Zeugung dient. Doch das ist ein Trugschluss.«

Ich fasste mir ein Herz: »Sprecht Ihr gerade abermals von zwei Göttern? Dem guten Gott, dem alles Irdische fremd, und dem bösen, der für die Fleischeslust zuständig ist? Ich bin entsetzt. Wie könnt Ihr als katholischer Pfarrer so reden? Die Kirche lehrt doch gerade, dass Gott die Ehe als das früheste Sakrament bereits im Paradies eingesetzt hat.«

Pierre schmunzelte und legte beschwichtigend seine Hand auf die meine. »Und wenn Gott Adam und Eva geschaffen hat, weshalb hat er dann nicht verhindert, dass sie sündigten?«

Ich nickte. »Genau! Das will ich wissen.«

»Nun, ich kann es dir erklären. Die Kirchenleute sagen viele Unwahrheiten, um von den Gläubigen respektiert und gefürchtet zu werden. Auch alle Schriften - außer dem Evangelium und dem Vater Unser - sind irgendwann hinzuerfunden worden.«

Beim Aufspringen fegte ich meinen Becher vom Tisch. Er zersprang in Scherben. »Was erzählt Ihr da bloß für einen Unsinn!«, rief ich, »ihr

Kirchenmänner macht uns Menschen wirklich irre! Geht, geht«, ich wies zur Treppe, »ich will heute nichts weiter von Euch hören!«

Doch Pierre blieb sitzen. »Vertraust du mir denn nicht, Béatris?«

»Kein bisschen!«

»Nun, dann gehe ich«, sagte er ungerührt, während ich die Scherben auflas. »Aber ich komme wieder, meine Trice! Nach der Fastenzeit, dann reden wir weiter.«

Geschickt kletterte er rückwärts die Hühnerleiter hinab. Unten, auf der Wiese angekommen, benutzte er denselben Trampelpfad wie sein Vetter Pathau, um nahezu ungesehen zur väterlichen Domus zu gelangen. Dort erklomm er die Außentreppe, die, im Vergleich zu meiner, breit und stabil war. Auf dem Balkon drehte er sich noch einmal zu mir um und hob die Hand. Nur zögerlich grüßte ich zurück, denn ich sah von weitem Arnaud Vital, den Flurwächter, über die Felder heimkommen und fühlte zugleich Condors und Sclarmundas Händchen an meinen Hüften. Unbemerkt von Sibilia hatten sie sich herangeschlichen.

»Der Herr Pfarrer ist schon fort?«, fragte Condors. Ich drehte mich zu ihr um. Tränen standen in ihren Augen. Die Kleine hätte einen Vater gebraucht, nachdem weder Bérenger noch Pathau sie je beachtet hatten. Pierre jedoch scherzte mit meinen Kindern und brachte ihnen oft kleine Geschenke mit: Etwa *zacara* aus Ax, »einem verzauberten Ort mit heißen Quellen, umgeben von hohen, hohen Bergen«, wie er den Kindern erzählte, als sie die Süßigkeit bewunderten. (Wobei er so tat, als befände sich Ax im Heiligen Land, was wiederum nicht ganz aus der Luft gegriffen war, denn die dortigen Bäder hatte der Heilige Ludwig für heimkehrende, vom Aussatz befallene Kreuzritter erbauen lassen.) Einmal hatte Pierre den Mädchen selbstgeschnitzte Holzpferde mitgebracht, mit Augen aus meerblauen Steinen. Diese Pferdchen drückten sie seitdem jeden Abend nach dem Schlafengehen liebevoll an ihr Herz.

»Er kommt ja wieder, meine Kleinen«, sagte ich. »Er kommt wieder ...«

In bösen Zeiten muss man zusammenstehen
Mas-Saintes-Puelles, Mittwoch, 30. Juli
im Jahre des HERRN 1320

»So hat sich Pierre Clergue also über deine Kinder in dein Herz geschlichen«, sagte Barthélemy bitter. »Und seinen Worten nach ist er tatsächlich ein Ketzer. Ich wusste es. Ein Betrüger obendrein. Beseelt vom Bekehrungseifer, versündigt er sich an Gott, der Kirche und an den Menschen. Er hat sich auch an dir versündigt. Daran besteht kein Zweifel. Béatris«, er packte sie an den Schultern und schüttelte sie, »du *musst* nach Pamiers reiten und gegen ihn aussagen! Der Bischof wird den Verrecker ans Kreuz nageln und dieses in Brand stecken.«

»Schweig!«, erwiderte sie scharf und enzog sich seinen Händen. Ihr Herz klopfte wild. Beinahe hätte sie sich vergessen und Bartho geschlagen. «Ich bereue zutiefst, dass ich dir das anvertraut habe. Weshalb hast du mich bloß dazu gedrängt? Du hast kein Recht, dich über Pierre Clergue zu stellen. Du bist ebenfalls Priester, zweifelst mindestens genauso oft an deinem Glauben und an deiner Kirche, und du hast genauso Schuld auf dich geladen, wann immer du mit mir geschlafen hast.«

»Ich bin mit dir eine Ehe eingegangen! Schon vergessen? Eine Ehe, die *er* dir nie angeboten hat. Das zeigt doch seine Wertschätzung dir gegenüber«, höhnte Barthélemy.

»Aber das war ehrlicher! Das weiß ich jetzt.«

»Mich dünkt, er hat dich nie geliebt. Gott im Himmel, es war sein *carall*, der nach dir verrückt war, sein Schwanz!«

»Sei nicht so vulgär«, schrie sie, dann drehte sie ihm den Rücken zu. »Und jetzt lass mich schlafen, morgen steht mir ein harter Tag bevor.«

Doch der Schlaf wollte sich nicht einstellen. Nach einiger Zeit spürte sie, wie sich auch Barthélemy hin und her wälzte. Er wird sich um den verschwundenen Zeigefinger von Gellone sorgen, dachte sie bissig, und sie fragte sich, woher seine plötzliche Neugierde auf Pierre kam. Da schoss ihr ein hässlicher Gedanke durch den Kopf: Steckte etwa der Augustinermönch hinter Barthos Verhalten? Stand der Kerl im Auftrag des Bischofs? Wenn ja, dann musste Mole sie verraten haben! Nur der Pergamenthersteller kannte ihren Aufenthaltsort. Und die Taschen? Befanden sie wirklich im Torturm? Sie hätte sich vergewissern müssen ...

»Was ist los?!«, fragte Barthélemy nach einer Weile mürrisch. Er setzte sich auf. »Kommst wohl nicht zur Ruhe, denkst noch immer an ihn!«

Béatris fuhr hoch. »Es reicht! Was interessiert dich eigentlich meine Vergangenheit, wenn du mich sowieso morgen früh verlässt?«

In einer Ecke fiepte eine Maus.

»Vielleicht ... nun, ich ...«

»Ja?«

»Béatris, ich habe nachgedacht. In bösen Zeiten muss man zusammenstehen. Wir hatten beide wenig Glück im Leben. Vielleicht sollten wir neu anfangen. Zusammen! ... Ich mache dir einen Vorschlag: Du versteckst dich für einige Tage in Mézerville - ich kenne da einen Müller, der mir verpflichtet ist -, derweilen bringe ich heimlich das Packpferd mit deinen Taschen nach Limoux zu deiner Schwester und lasse mir von ihr den sicheren Schleichweg nach Katalonien erklären. Später kommst du nach. Mit der Hilfe Gottes und unserem Verstand, sollte uns die Flucht gelingen; zumal wir keine Ketzer sind ... auch wenn man dich auf Montaillou offenbar umerzogen hat.«

Béatris konnte es kaum fassen. War es die Erschöpfung, dass ihr Misstrauen mit einem Mal davonflog wie ein Vogel auf leichten Schwingen? Sie fiel Bartho um den Hals. »Das würdest du wirklich für mich tun?«

»Für uns beide, Trice ...«

»Du sagst plötzlich ... Trice zu mir?«

»So hat er dich doch immer genannt, dein Pierre. Stimmt's? Wieso eigentlich gerieten sich Pathau und Pierre nicht in die Haare? Sie waren doch gewissermaßen Rivalen.«

»Du meinst, meinetwegen?« Sie schmiegte sich fester in Barthos Arm. »Heilige Mutter Gottes, die beiden haben sich gegenseitig fast totgeschlagen!«

Jeder Beischlaf ist Sünde
**Montaillou, vor dem Pfingstfest
im Jahre des HERRN 1300**

»Meine teure Trice«, sagte Pierre bei seinem nächsten Besuch, kurz vor Pfingsten, »du bist die schönste Frau im ganzen Land. Lass mich nicht länger warten. Ich sehe doch, dass du mir gewogen bist.«

Ich seufzte und schüttelte den Kopf, obwohl meine Eitelkeit gerade ein Honigbad nahm. »Wie könnt Ihr mich dauernd auffordern, Eure Geliebte zu werden? Betreiben wir beide nicht Inzest miteinander, nachdem Euer leiblicher Vetter mich gehabt hat? Pathau würde außerdem alles aufdecken!«

»Weil er mit mir blutsverwandt ist? Aber nein«, gab mir Pierre zur Antwort, »du bist sehr töricht. Am Anfang der Welt war es sogar Bruder und Schwester erlaubt, aneinander Freude zu haben. Doch dies hat zu Morden geführt und wurde deshalb von der Kirche verboten. Pathau ist außerdem nur mein Halbvetter - und meinetwegen kannst du ihn auch weiter in dein Bett lassen. Wenn er dir Ablenkung verschafft, soll mir das recht sein.« Er schlug in einer hässlichen Geste beide Handflächen aneinander. »Wir können uns deine Gunst auch gerne teilen. Allerdings zerreist man sich unten in Ax schon seit längerem den Mund über die Liebschaft der ... verwitweten Kastellanin mit einem dummen Bauern. Ich könnte dir nützlicher sein als er, auch wenn ich dich nicht zur Frau nehme. Ich bin angesehen. Ich besitze die Macht, dich und deine Kinder zu beschützen. Mein Bruder und ich, wir haben weitreichende Verbindungen, sowohl hier im Ort als auch unten im Tal.«

Als ich hörte, dass man schlecht über mich redete, wurde mir ganz heiß. Doch ich versuchte, mir nichts anmerken zu lassen.

»Habt Ihr Euch wieder mit Pathau geprügelt?« Ich deutete auf die bereits verschorfte Wunde an seiner Stirn. »Ala Rives spricht von nichts anderem mehr ...«

»*Hélas!* Dieses Mal war es nicht so schlimm. Er ist und bleibt ein Bastard. Fertig. Lass uns über dich reden, meine geliebte Trice! Über dich und unsere Zukunft.«

Ich verzog den Mund. »Besser darüber, dass Ihr mit der Frau Eures eigenen Bruders fleischlich verkehrt. Man hat es mir hinterbracht.«

»Wie ich dir schon erklärt habe«, sagte er achselzuckend, »für Gott ist es dieselbe Sünde, egal um welche Frau es sich handelt, eine fremde oder die eigene. Jeder Beischlaf ist Sünde, jeder.«

»Wieso glaubt Ihr dann, *mich* für diese Sünde gewinnen zu können?«

»Es steht im freien Ermessen des Menschen, nach seinen Neigungen zu handeln, so lange - und nun merke auf, meine liebe Trice - so lange er am Ende seines Lebens in den Glauben der Guten Christen aufgenommen wird. Keine Beichte, keine Bußhandlungen, allein die Geisttaufe, das *consolamentum*, im Beisein eines Perfekten, ist die Gewähr für unser Seelenheil. Kommt der Tod unangekündigt, nun, dann wird der Mensch auf diese Welt zurückgeschleudert.«

Ich schluckte. »Wiedergeboren, ich weiß. Mit einem Hahnenkamm oder Eselsohren, so man früher viel Unzucht getrieben hat. Stellt Euch schon mal darauf ein, Pierre. Ehrlich, Eure Worte klingen wie die eines eingefleischten Ketzers, aber ich vermute, Ihr benutzt den Glauben der Guten Christen nur, um Euer fleischliches Begehren vor Euch selbst zu rechtfertigen.«

»Gib auf deine Worte acht, Béatris de Roquefort!«, fauchte er plötzlich, dann jedoch, als er sich gefasst hatte, erzählte er mir »die einzige Wahrheit«, wie er sich ausdrückte, auf die sich der Glaube der Katharer stützen würde, nämlich die Geschichte vom Engelfall. Ich kannte sie längst, tat aber so, als würde ich sie zum ersten Mal hören, denn ich liebte seine Stimme.

»Der Weg zurück in den Himmel ist steinig, Trice«, behauptete Pierre am Schluss seiner Ausführung, »er bedeutet die völlige Abkehr von allem

Irdischen. Doch diese Welt ist und bleibt des Teufels, und nicht jeder hat in seinen jungen Jahren die Kraft zu einem heiligmäßigen Leben, übrigens auch nicht jeder Perfekt. Ich selbst kann und mag kein Ehemann und kein *paterfamilias* werden. Ich gebe auch mein Amt nicht auf. Ich bleibe, was ich bin: ein katholischer Priester. Denn nur wenn man Rom kennt, kann man Rom besiegen!«

Eine andere Welt dort oben
**Mas-Saintes-Puelles, Mittwoch, 30. Juli
im Jahre des HERRN 1320**

»*Nur wenn man Rom kennt, kann man Rom besiegen?*«, Bartho sprang aus dem Bett, lief im Dunkeln auf und ab, dann stellte er sich unter die offenstehende Dachluke. Seine Stimme zitterte hörbar. »Das hat er wörtlich so gesagt, dein Pierre?«

»Ja, er meinte, es gäbe viele Priester im Land, die so dächten wie er.«

»Bei allen Heiligen! Wer sich einer solchen Todsünde schuldig macht, wird auf ewig in der Hölle braten.«

»Nun, Pierre hat sich nicht einmal vor dem Teufel gefürchtet«, sagte sie schnell. »In Montaillou hatten eigentlich nur die kleinen Leute Angst. Einmal war ich bei Einbruch der Dämmerung zufällig im Haus der Witwe Azéma. Dort sah ich, wie deren Sohn sich zum Weggehen bereit machte, die Taschen voller Brot. Ich fragte ihn nach seinem Weg, dachte mir nichts dabei. Da warf mir seine Mutter vor, eine Schnüfflerin zu sein. Erst als ich den beiden in die Hand versprach, zu schweigen, erklärte man mir, dass der junge Mann ein *passeur* war.«

»Einer derjenigen, der die Ketzerperfekten über die gefährlichen Pässe begleitet?«

»Hm. Aber jetzt: *E cric e crac - mon conte es acabat!* Meine Geschichte ist erzählt. Lass uns schlafen, es wird bald Tag. Alles weitere erfährst du morgen früh, bevor du mich in dein Versteck bringst.«

Wortlos kroch Barthélemy ins Bett zurück, aber Béatris spürte nach einer Weile, dass er nur so tat, als ob er schlief. Verstohlen fasste sie nach seiner Hand. »Ich freu mich so, dass du mich begleitest. Mir ist nun ganz leicht ums Herz, Bartho ...«

Das sagte sie zu ihm, doch es war gelogen. Ihr Herz fühlte sich jetzt wieder so schwer wie ein Mühlstein an. Sie hatte Angst. Um sich, um

Bartho, aber auch um Pierre Clergue, der ihr mehr als einmal eingeschärft hatte, ihr Mundwerk im Zaum zu halten: »Es gibt unter den Menschen Verräter«, hatte er gesagt, »die besitzen so gute Ohren, dass sie sogar das Wachsen der Wolle auf den Schafen hören.«

Sie gähnte wie unter Zwang ... Nun, es war eine andere Welt gewesen, dort oben in Montaillou. In ihrer Vorstellung zogen die hintereinander aufgereihten, teils schneebedeckten Berge vorüber, die dunklen Wälder, die Wiesen und Felder, dann all die schindelgedeckten Häuser, der Fontcanal - die Gesichter ihrer Freundinnen und Freunde ... Schemenhaft sah sie sich plötzlich auch selbst wieder, wie sie im langen, weißen Gewand und gegürtet mit dem Schwert ihres Gemahls auf ein Podest stieg, um zu singen. Fünf, sechs Jahre lang hatte sie sich auf Bérengers Wunsch hin zu Weihnachten verkleidet und vor allen Gästen und Bediensteten, im Zwielicht der Kerzen und unter Herzklopfen, ein Lied aus dem alten Singspiel der Seherin Sybille vorgetragen. In der mit reichlich Tannengrün geschmückten, zugigen Burghalle war es in der geweihten Nacht immer nur um den Untergang der Welt gegangen. Kaum zu glauben. Wie köstlich waren dagegen die Stunden mit Pierre gewesen ...

Ohne Musik ist eine Feier nichts
Montaillou, im Monat Juli
im Jahre des HERRN 1300

Erst im Juli darauf gab ich Pierres Drängen und meinem eigenen Verlangen nach. Ich richtete es so ein, dass wir in einer bestimmten Nacht allein im Lilienhaus waren. Die Kinder hatte ich meiner Magd Sibilia anvertraut und sie, zusammen mit dem Mädchen, das uns manchmal im Haushalt half, hinunter nach Prades geschickt. Dort besaß meine Familie ein kleines Anwesen. Mein Bruder Simon, der die Vormundschaft für meine Töchter übernommen hatte, hatte mir das Haus vor kurzem überschreiben lassen. (Selbstverständlich über die Notare Authiè aus Ax, denen auch Simon vertraute.) »Unten im Tal hast du bessere Möglichkeiten, einen standesgemäßen Ehemann zu finden«, hatte mir mein Bruder bei einem unserer seltenen Treffen nahegelegt, ohne zu ahnen, vor welch weitreichender Entscheidung ich oben in Montaillou gerade stand.

»Richte das Haus her, Sibilia«, hatte ich meiner Magd aufgetragen und ihr Geld in die Hand gedrückt. »Vielleicht ziehen wir bald alle um nach Prades.«

Als ich nun auf meinem Balkon stand und auf Pierre wartete, warf ich einen Blick zur Burg hinauf, wo der Vize-Kastellan an diesem Abend ein Fest feierte. Wie zu erwarten, waren die Clergue-Brüder eingeladen worden, mich hatte man ignoriert. Eine weitere Kränkung, die ich als Witwe und ehemalige Kastellanin hinnehmen musste. Wie zum Trotz hatte ich mir mein schönstes Gewand angezogen: eine langärmelige blaue Tunika und ein Surcot aus dunkelgrüner Seide, auf dem unterhalb der linken Schulter eine Zikade aufgestickt war, wie sie für gewöhnlich die Troubadoure und Troubairitz trugen. Seit ich im Lilienhaus wohnte, hatte ich dieses Gewand nicht mehr getragen. Mein Haar, das ich sonst in der Mitte teilte, in zwei Zöpfe flocht und unter die schlichte Haube der

Dörflerinnen steckte, ließ ich an diesem Abend frei fallen, bedeckte es jedoch mit einem güldenen Netz - dem Hochzeitsgeschenk einer Adeligen aus dem Hause Foix.

Weit beugte ich mich übers Geländer. Auf der zinnenbekrönten Burgmauer waren, unterbrochen vom Turm mit der Barbakane und zwei kleineren Wachtürmen, Fackeln aufgesteckt. Auch sah ich die Köpfe einzelner Wachsoldaten. Der Donjon war hell erleuchtet, selbst mein früheres Gemach. Sogar auf der Wehrplattform unterhalb des Pyramidendaches, die Bérenger noch zu Lebzeiten mit neuen Holzpalisaden hatte verkleiden lassen, brannten Fackeln. Fröhliches Gelächter drang aus den Zwillingsfenstern der großen Halle. Ich hörte eine Sackpfeife aufjaulen, gefolgt von mehreren Trommeln und einer schrillen Gralla. Wehmütig dachte ich an den schönsten Tag, den ich oben in der Burg verbrachte hatte: Meine Hochzeit. Ein prachtvolles Fest, das sich, unter der Mitwirkung von mehreren Spielleuten, Akrobaten und Jongleuren ganze drei Tage lang hinzog. Als Braut hatte ich die Farandole anführen dürfen und war, begleitet von einem Meister der Doppelflöte, in ausgelassenen Schlangenlinien durch die Reihen der bunten Gästezelte getobt, wobei sich der Spielmann ein Bein brach, denn auf dem Burghof gab es allzu viele felsige Stellen.

Das Stampfen der Tänzer war noch zu hören, als unter meinem Balkon der Kies knirschte. Ich hielt den Atem an, lauschte. Ja! Da schälte sich jemand aus der Dunkelheit. Pierre! Schon machte er sich an der Hühnerleiter zu schaffen. Mein Herz hämmerte ... Oben angelangt, zog er die Leiter ein, entledigte sich seines Umhangs, den er leichtsinnigerweise wie eine Fahne über die Balkonbrüstung hängte, dann drehte er sich zu mir um. Im Mondlicht leuchtete sein Hemd wie Silber.

»Wie schön du bist, Trice«, flüsterte er. Wir küssten uns. Zuerst zärtlich, dann immer leidenschaftlicher, bis ich an meinem Leib spürte, dass Pierre mich kaum mehr erwarten konnte. »Zieh dich aus, mein Liebes«, drängte er, »ich will dich nackt sehen.«

»So wie der Teufel mich geschaffen hat?«, spottete ich. Folgsam löste ich die Schleifen.

»Sprich nicht von Teufel, wenn die Engel unterwegs sind«, sagte Pierre schlicht. Hemd und Beinlinge flogen zur Seite, dann gab es lustigerweise Schwierigkeiten mit den Schnüren seiner Bruche, wobei Pierre höchst unchristlich fluchte. Als es endlich soweit war und ich ihn betrachtete, wusste ich, dass dieser Mann mir niemals allein gehören würde. Er war ... ehrlich gesagt, ich weiß nicht, was er war. Mir fehlen bis heute die Worte. Vielleicht lag es daran, dass er im Gegensatz zu meinem verstorbenen Ehemann jung war. Und im Gegensatz zu Pathau war er ein Mann mit Frohsinn *und* Verstand. Erneut schloss er mich in seine Arme. »Lass es uns hier draußen, unter freiem Himmel, tun, Trice!«, drängte er.

»Damit uns die Engel sehen können?«, fragte ich beklommen. Ich spürte, wie ich ganz feucht vor Lust wurde.

Er lachte auf. »Hast du etwa schon das Rauschen ihrer Flügel im Ohr? Ja, sie feiern Hochzeit mit uns. Sie freuen sich über unsere Liebe.«

Wie zwei Verschwörer zogen wir das Bettzeug auf den Balkon und ließen uns darauf nieder. Pierre streichelte meine Brüste, meinen Leib, dann nahm er meine rechte Hand und legte sie auf sein Geschlecht. Leise begann er zu singen: *»Wer sagt, dass Liebe Sünde sei, bedenke wohl, was ihn verdrießt. Es wohnt ihr manche Ehre bei, die man aus rechter Lust genießt ...«*

Unter die Wölfe und Hunde
Mas-Saintes-Puelles, Mittwoch, 30. Juli
im Jahre des HERRN 1320

Als mit einem unschönen Krachen die Tür aufflog und drei Soldaten hereinstürmten, fand Béatris nicht gleich aus dem Schlaf heraus. Doch als man sie mit roher Gewalt aus dem Bett zog, schrie sie entsetzt auf.

»Bartho!«, rief sie. Aber ihr Gefährte, der, wie sie im Fackellicht sehen konnte, bereits seine Beinlinge trug, schüttelte nur verzweifelt den Kopf.

»Es tut mir leid, ich kann dir nicht helfen«, stammelte er, ohne sie anzusehen. Der Fackelträger mahnte grob zur Eile. Die anderen Soldaten ließen sie, nackt wie sie noch immer war, nicht aus den Augen.

»Wohin bringt Ihr mich«, stieß sie hervor, während sie sich hastig ankleidete.

»Nach Les Allemans«, antwortete der mit der Fackel. »Alle beide. Eure Satteltaschen, die im Torturm stehen, nehmen wir später mit.«

Béatris taumelte. Heilige Gottesmutter - die Soldaten wussten von ihrem Gepäck? Das ließ nur den einen Schluss zu: Der Pergamenthersteller Mole hatte sie tatsächlich verraten. Er. Nicht Bartho! Aber warum bloß? Hatte jemand in Belpech das Maultier zu Gesicht bekommen und Schlüsse gezogen?

»Nach Allemans? Das ist gewiss ein Irrtum«, rief sie, während sie mit Schrecken an die gelbbraune »Morchel« dachte, die sie unterwegs gesehen hatte. »Beim ersten Verhör hat mir der Bischof eine Zelle im Kloster zugewiesen. Ich bin von Adel und habe das Recht ...«

»Macht geht vor Recht«, meinte der Soldat achselzuckend, und trieb sie abermals zur Eile an. »Wir haben Befehl, Euch ins Gefängnis zu bringen.«

Als ihnen auf dem untersten Treppenabsatz ein randvoll mit Wasser gefüllter Bottich im Weg stand, spürte sie, wie Bartho sie mit seiner

Fußspitze berührte. »Sag dem Bischof die Wahrheit«, raunte er ihr auf Latein zu, damit die Soldaten ihn nicht verstanden. »Das bist du mir schuldig.«

Sie nickte, blind vor Tränen. Ihr war, als fieberte sie.

Der kürzeste Weg von Mas-Saintes-Puelles nach Pamiers führte ausgerechnet durch Mézerville. Nicht nur das Federvieh und die Schweine, das halbe Dorf lief beim Anblick der Soldaten zusammen. Viele feixten, als sie ihren Vikar erkannten, andere schüttelten fassungslos den Kopf. Die Soldaten gestatteten Barthélemy, dass er vor der Kirche Saint-Etienne den herbeigeeilten Pfarrer von seiner Festnahme unterrichtete.

Weiter ging es in Richtung Belpech, wo sie erst tags zuvor aufgebrochen waren. Als Béatris Moles »kummervolles« Lächeln sah, bestätigte sich ihr Verdacht. Man nahm ihr die Stute ab und befahl ihr - die Demütigung hätte kaum größer sein können! -, wieder auf das Maultier des Bischofs zu steigen. Herrgott im Himmel, fuhr es ihr durch den Kopf, war die Welt wirklich vom Fürsten der bösen Geister erschaffen? Und hatte Pierre nicht recht gehabt, als er bei ihrem Abschied von Montaillou geklagt hatte: *»Jetzt hab ich dich verloren, Trice, jetzt gehst du hinunter ins Tal, unter die Wölfe und Hunde!«*

Im Reich der Blauen Schatten
Pamiers, Mittwoch, 30. Juli
im Jahre des HERRN 1320

»*Nunc dimittis servum tuum Domine* ...« Beim Loblied des Simeon schloss Jacques Fournier die Augen. Er lauschte den getragenen Stimmen der Mönche, dachte dabei jedoch an das vorangegangene Gespräch mit dem Juden. Es könne nur einen einzigen Gott geben, hatte Baruch hartnäckig insistiert: »Es heißt nämlich: *Ich bin dein Gott, nicht sei dir andere Gottheit neben meinem Angesicht.*« Wer das dennoch glaube, so Baruch, der leugne das Grundprinzip, denn dieses sei es, von dem alles andere abhinge. Die Gotteskraft sei nicht die eines Körpers, und weil Gott kein Körper sei, erscheine er auch nicht als Körperform und könne daher auch nicht von etwas geschieden werden.

»Meister Baruch, wie kommt es dann«, hatte Jacques nachgefragt, »dass es in der Tora heißt: ... *unter Seinen Füßen* oder aber ... *geschrieben mit dem Finger Gottes?*«

Baruch hatte geseufzt und zungenfertig, ohne auch nur einmal in seine Mundart zu verfallen, erklärt, dass die Tora in der Redeweise der Menschen spräche, die kein anderes Begriffsvermögen als den Körper kennten: »Unser Lehrer Moses«, führte er als Beispiel an, »sah Gott auf dem Meere wie einen kämpfenden Helden - und auf dem Sinai wie einen Vorbeter, in seinen Gebetsmantel gehüllt.« Und das bewiese gerade, sagte er händeringend, dass Gott weder eine Form noch eine Gestalt habe, dass es Moses nur im Schauen so vorgekommen sei. »Die Wirklichkeit kann der menschliche Verstand weder erfassen noch ergründen, Euer Gnaden«, fuhr er leidenschaftlich fort. »Auch Mosche ben Maimon sagt: *Ich bin vollkommen überzeugt, dass der Schöpfer, gelobt sei sein Name, kein Körper ist, dass auf ihn die Eigenschaften eines Körpers nicht anzuwenden sind, dass es nichts gibt, mit ihm zu vergleichen* ... oder zu teilen.«

Das war der Zeitpunkt gewesen, an dem Baruch begonnen hatte, mit dem Oberkörper mehrmals vor und zurückzuschaukeln. Dabei hatte er laut in den Saal gerufen: »Der Ewige, unser Gott, der Ewige ist einzig! Selbst Satan ist Gottes Diener.«

Dann, wieder still stehend und zum Bischof gewandt: »Die Anerkennung dieser Tatsache ist für uns Juden ein Gebot, Euer Gnaden, das tief in unserer Seele verankert ist. Ihr Christen hingegen haltet daran fest, dass Jesus von Nazaret der Sohn Gottes ist. Das ist in unseren Ohren ungeheuerlich. Blasphemie. Aus diesem Grund seht Ihr in uns Feinde Gottes, die wir aber gar nicht sind.« Ein Tumult sondergleichen war bei seinen Worten ausgebrochen ...

Jacques Fournier richtete sich auf, um Ausschau nach den Blauen Schatten zu halten - die freilich meist sofort hinter den gedrungenen Säulen und Pfeilern der Krypta verschwanden, wenn man sie näher in Augenschein nahm. Ah, da waren sie wieder, die Geister der Vergangenheit, die offenbar nur er in der Lage war zu sehen! Jacques freute sich ... Mystisch, rätselhaft war diese Gruft unterhalb der Mercadal-Kirche. Sie ähnelte der von Vézelay. Beide Krypten waren sehr alt, stammten aus der Zeit der Karolinger, verbargen mehr als sie offenbarten. Und so rochen sie auch. Dessen ungeachtet fühlte sich Jacques hier unten wohl. Leichtsinnigerweise hatte er nach seiner Installation den Auftrag erteilt, den Boden ein Stück tiefer zu legen und das Kreuzkraftgewölbe mit zusätzlichen Säulen zu stützen. Nun, das Wagnis war gelungen. Die Kritiker waren längst verstummt. Wie erleichtert er gewesen war, dass die Baumaßnahmen die Blauen Schatten nicht vertrieben hatten! Nun tanzten sie wohl auf ewig.

Der Mönchsgesang, der trotz seiner Monotonie gerade hier unten, im alten Gewölbe, Jacques Ohren ergötzte, näherte sich seinem Ende: »... *quia viderunt oculi mei salutare tuum ...*«

Der Bischof warf einen forschenden Blick auf seine Beisitzer, die beide ähnlich gedankenverloren ihm gegenüber saßen. Johannes de Stephani ließ träge die Perlen seines Rosenkranzes durch die Finger gleiten; Galhardus de Pomiès starrte auf das spärliche Licht der einzigen Altarkerze. Er sah müde aus, hatte ebenfalls mit Baruch gerungen, ihm mehrfach dargelegt, dass Jesus nicht gekommen sei, das Gesetz und die Propheten aufzuheben, sondern es zu erfüllen. Der Jude hatte aber nicht nachgegeben. Kein Jota! So waren sie zwar nicht im Zorn, aber völlig uneins auseinander gegangen ...

»... *lumen ad revelationem gentium, et gloriam plebis tuae Israel* ...«

Nun aber still mit den Gedanken! Die Novizen traten vor den Altar, um die Weihrauchfässer zu schwenken und weitere Kerzen zu entzünden - die Flammen der Glaubensglut -, worauf die Blauen Schatten sich zurückzogen. Während der Verlesung der Psalmen - der Jude ging ihm einfach nicht aus dem Kopf! - erinnerte sich Jacques plötzlich daran, dass es vor Jahren im Kloster Cluny eine ähnliche Disputation gegeben hatte, zwischen mehreren Geistlichen und einem Juden. Freilich: *Kein Licht, keine Herrlichkeit für Gottes Volk Israel!* Im Gegenteil. Die Cluny-Auseinandersetzung hatte für den starrsinnigen Jud böse geendet. Ein Ritter, ein tapferer Heimkehrer aus dem Heiligen Land, war aufgestanden und hatte ihm seine Krücke um die Ohren geschlagen, worauf Blut geflossen war. Augenblicklich hatten die anderen Juden ihren schwerverletzten Meister gepackt und fortgetragen. Als dem Heiligen Ludwig der Vorfall zu Ohren gekommen war, hatte er in seiner Weisheit gemeint, dass einer, der nicht ein *sehr guter* Gottesgelehrter sei, einfach nicht mit Juden disputieren dürfe! Vernehme ein Laie hingegen die Schmähung eines Juden gegen das christliche Gebot, so solle er es mit dem Schwert verteidigen, es ihm in den Bauch stoßen, so tief es hineingeht ... Jacques stöhnte leise. War es also Torheit gewesen, den Glaubensdisput mit Baruch überhaupt zu beginnen? Beim Abschied hatte der Jud nach einem tiefen Seufzer gemeint: »Ach, die einzige Gemeinsamkeit zwischen uns Juden, den Anhängern Mahumeds und Euch Christen besteht wohl darin, dass wir *alle* Kinder Gottes sind.« Dieser Satz hatte versöhnlich klingen sollen; aber nun wusste er, Jacques Fournier, einfach nicht mehr, wie es weitergehen sollte.

Als er sich nach der Komplet zum Gehen anschickte, beschloss er, wach zu bleiben, sich den Juden endgültig aus dem Kopf zu schlagen und dafür am Fall Montaillou zu arbeiten. Im Grunde ging es um ein und dieselbe Geschichte: Baruch und Clergue - zwei Männer unterschiedlichen Glaubens, die sich erdreisteten gegen den Strom der Katholischen Kirche zu schwimmen ...

Zurück in seinen Gemächern, entledigte er sich der Oberkleidung und schlüpfte in seinen leichten, indischblauen Seiden-Bliaud. Doch kaum, dass er die Schärpe umgebunden, im geschnitzten Sessel Platz genommen, etwas gegessen und einen Becher Wein getrunken hatte, sprang abermals Prudentius herbei. Der Kater räkelte sich eine Weile auf den gelb-grünen Bodenfliesen, sprang dann entschlossen auf des Bischofs Knie. Jacques kraulte ihn und fütterte ihn mit Leckerbissen. Er beneidete diesen schwarzen Teufel, der so zutraulich sein und so sorglos schnurren konnte. »*Aimi los gats!*« Leise redete er auf Prudentius ein, erzählte ihm von der väterlichen Mühle, von den zwei Eseln, die sie früher besessen hatten, von seinen Jugendstreichen und dem hübschen Mädchen, das er während seines Studiums in Paris heimlich geliebt hatte. Dann kam er auf die harten Jahre im Mutterkloster von Morimond zu sprechen. Zum Schluss lobte er Prudentius als den »geduldigsten Beichtvater von Pamiers«.

Endlich schlug er jene Akte auf, in der es um die Vernehmung von Grasida Lizier ging, Pierre Clergues Nichte zweiten Grades. Jacques hoffte, dass die junge Frau nach zwölf Wochen Kerker nun zur Aussage bereit war. Einmal mehr stellte er für sich fest, dass die Libido des Verführers von Montaillou - wie wohl auch sein Wille zur Macht - schier grenzenlos gewesen war. Nachweislich hatte sich Pierre Clergue auch noch um andere, meist unglücklich verheiratete Frauen gekümmert, deren Ehemänner den Beischlaf nicht vollziehen konnten oder wollten. Noch immer belastend war die Zerrissenheit in Montaillou! Die einen Dörfler meinten, Pierre Clergues Gefangennahme rühre sie weniger, als wenn sie ein schlechtgeratenes Lamm verlören, die anderen vermissten ihren Pfarrer schmerzlich, behaupteten, er sei stets gut und gerecht gewesen.

Müde legte Jacques Fournier das Kinn in seine Hände. Was war zu tun? Obwohl er inzwischen einen Subdiakon in Montaillou installiert hatte, schien der Teufel noch immer die Menschen dort oben zu reiten!

EPISODE IV

Du Wächter auf der Zinne, hüte dich
vor deinem eifersüchtigen bösen Herrn.
Der missbehagt uns ärger als die Dämmerung.
Hier unten sprechen unsere Herzen.
Doch Angst
macht uns die Dämmerung, ja, die Dämmerung.

(Raimbaut de Vacqueyras L'alba - Die Morgendämmerung)

Meinetwegen treib's mit dem Priester
Pamiers, Donnerstag, 31. Juli

im Jahre des HERRN 1320

Grasida Lizier war eine blutjunge Frau mit einer Fülle tiefschwarzen Haares, das sich von der grünen Haube kaum bändigen ließ. Als sie - halbwegs sauber gewandet - vor die Schranke trat und sich verneigte, meinte Jacques Fournier eine entfernte Ähnlichkeit mit der Kastellanin auszumachen, doch Grasida besaß auf den zweiten Blick nicht so kluge Augen. Trotz ihrer Blässe, die auf die lange Haft zurückzuführen war, machte sie einen gesunden Eindruck. Als Seelsorger legte Jacques Wert darauf, dass in seinem Gefängnis, je nach dem, was man von den Inhaftierten zu hören hoffte, keiner »verfaulte«, wie dies mitunter in Carcassonne vorkam. Erfuhren vor allem Frauen im Kerker nur Strenge, Druck oder gar die Folter, würden sie später niemals freiwillig mit den ihrigen in den Schoß der römischen Kirche zurückkehren. Und wie wäre es dann am Ende ihres Lebens um ihr Seelenheil bestellt?

»Stimmt es, dass Euer Vater, Pons Rives, Eure Mutter Fabrisse aus seinem Haus verstieß, weil sie Neigungen zu den Lehren der Katharer hatte?«, fragte er bewusst ins Blaue hinein, um sie zu prüfen.

Grasida legte den Kopf schief. »Zu den Katharern? Nein. Hier liegt ein Irrtum vor, Euer Gnaden. Es stimmt, mein *papeta* hat sie davongejagt«, gab sie zu, »aber aufgrund ihrer Anhänglichkeit zur *katholischen* Kirche. Nun, hinter dem Rauswurf steckte vermutlich meine *granette*. Ala Rives hatte ständig Angst vor Verrat, wenn Ihr versteht, was ich damit sagen will. Aber seitdem verdient sich meine Mutter ihren Unterhalt als Weinhändlerin und sie pflegt hingebungsvoll Kranke.«

»Wie alt wart Ihr zu diesem Zeitpunkt?«

»Ich war fünf Jahre alt und wir zogen in unser neues Haus in der Nähe von Les Granges, das unten am Bach von Montaillou liegt. Ihren Wein kaufte meine *mair* in Ax. Die Clergues haben ihr damals ein Maultier zur Verfügung gestellt. Der Pfarrer war ja ihr leiblicher Vetter.«

»Habt Ihr Kenntnis von der Begegnung Eurer Mutter mit dem Notar Guillaume Authiè, als er gerufen wurde, um Na Roche zu häretisieren, die von Eurer Mutter gepflegt wurde? Es heißt, die alte Frau sei in der *endura* gelegen. Der Akt des Perfekten soll in der Scheune ihres Sohnes erfolgt sein.«

»Aber ich weiß gar nicht, ob meine Mutter Na Roche überhaupt gepflegt hat! Sie hatte viel Arbeit mit ihrem Wandergewerbe. Doch den Perfekten Guillaume Authiè hat sie tatsächlich einmal gesehen, als sie bei den Clergues einen Halbliter-Zinnkrug für den Ausschank von Wein holte. Das muss vor ... zwölf Jahren gewesen sein, *vel circa*. An Ostern. Ja, es war das Frühjahr, in dem der junge Guilabert begann, Blut zu spucken. Eine schlimme Krankheit, die fast immer ...«

»Was wisst Ihr über diese Begegnung des Pfarrers mit dem Notar aus Ax? Erzählt nach der Wahrheit!«

Grasida bekreuzigte sich. »Nun, als meine *mair* bei den Clergues anklopfte, wies Na Mengarde sie an, hinaufzugehen, wo sich der Krug befände. Sie steigt also die Stufen hoch und als sie oben ankommt, sieht sie, dass die Tür zum Raum des Pfarrers ein Stück offensteht. Am Fenster, das in Richtung des Fontcanals geht, lehnt Guillaume Authiè. Gekleidet wie ein Perfekt. Er soll ein weißes Gewand getragen haben, Euer Gnaden, und einen blauen Kapuzenumhang. Meine Mutter erinnert sich noch gut, dass sein Mantel in Brusthöhe geteilt und mit blauen Knöpfen versehen war.« Unschlüssig kniff sie die Augen zusammen. »Oder mit roten?«

»Hat sie das Gespräch belauscht, Eure Mutter? Was haben die beiden miteinander gesprochen?«

»Gehört hat sie nichts, denn Bernard Clergue, der *bayle*, kam hinzu und verscheuchte sie.«

Da beugte sich, sichtlich empört, Galhardus de Pomiès zum Bischof hinüber. »Auf ein Wort, Euer Gnaden!«

Fournier lieh ihm sein Ohr.

»Ist es zu fassen«, zischte Galhardus, fahrig an seinen Fingern ziehend, »dass dieser Erzketzer sich im nämlichen Zimmer aufhielt, welches die Clergues ein halbes Jahr später *uns* zur Verfügung stellten, als wir das Dorf verhört haben? Eine Frechheit sondergleichen!«

»Respektlos, gewiss.« Jacques Fournier nickte ernst, inwendig aber schmunzelte er über die Dünkelhaftigkeit des alten Fuchses.

Das Verhör nahm seinen Fortgang: »Grasida Lizier, wie war das mit jenem Handel, der uns ebenfalls zu Ohren kam, bei dem es darum ging, dass der Pfarrer von Montaillou das Recht erhielt, Euch ... zu entjungfern?«

Grasidas Wangen verdunkelten sich. Sie senkte den Blick. »Ja, das stimmt.«

»Wie alt wart Ihr zu diesem Zeitpunkt?«

»Dreizehn oder vierzehn, *vel circa*. Es waren die Wochen der Getreideernte, als jener Handel zwischen meiner Mutter und dem Pfarrer abgeschlossen wurde, daran erinnere ich mich noch.«

»Andere Zeugen behaupten, dass der Pfarrer Euch und Eurer Mutter schon zuvor das Buch der Ketzer vorlas. Erinnert Ihr Euch daran, und hat er Euch bereits bei dieser Gelegenheit nachgestellt?«

»Aber nein. Das heißt, er hat uns aus diesem Buch vorgelesen, er nannte es *calendarium*, aber er hat mich nicht ... berührt.«

»Wie kam er denn auf den Gedanken, Euch besitzen zu wollen? Habt Ihr ihm schöne Augen gemacht?«

Entrüstet schüttelte Grasida den Kopf. »Gewiss nicht, Euer Gnaden, denn der Pfarrer hatte zu dieser Zeit eine Affäre mit Larde Benet, einer verheirateten Frau, und meine Mutter machte ihm deswegen Vorwürfe. Lardes Mann ... nun, der war ein geachteter Wanderschäfer, einer von denen, die in der Lage waren, einem Schaf, wenn es den Drehwurm bekam, den Schädel zu öffnen und den Wurm abzuziehen; und Larde war deswegen viel allein und deshalb ...« Wieder und wieder stopfte sie vergeblich dieselbe lange Strähne unter ihre Haube. »Sie war wirklich einsam und ...«

»Lasst das Nebensächliche beiseite, Grasida. Wie kam es, dass Eure Mutter Fabrisse dem Pfarrer Vorwürfe wegen Larde Benet machte? Wieso nahm sie sich dieses Recht heraus?«

»Sie ... sie duzte Pierre, weil sie mit ihm verwandt war. Mehr als einmal hielt sie ihm seine Sünden vor. *Mit einer Verheirateten schläft man nicht*, sagte sie. *Das ganze Dorf klatscht schon deswegen.* Daraufhin ... nun, daraufhin kam wohl ich ins Gespräch. Ich war ja nicht verheiratet. Noch nicht.«

»Und hat die Mutter mit Euch darüber gesprochen?«

»Aber ja. Sie hat mir zugesichert, dass mir der Pfarrer bald einen ordentlichen Ehemann suchen würde. Dieses Versprechen hat er gehalten. Deshalb habe ich auch rein gar nichts gegen den Pfarrer auszusagen.«

»Nun gut. Zurück zu Eurer Entjungferung. Hat der Pfarrer Euch ... Gewalt angetan?«

Zwei entzückende Wangengrübchen kamen zum Vorschein, als Grasida lächelte. »Aber nein, der Pfarrer ... nun, er kam nicht nach Art der Bauern zu mir, sondern er war zärtlich und sanft, und er hat mir vorher hoch und heilig versichert, dass das, was zwischen Mann und Frau Spaß macht - also sich im Fleische erkennen, wie es in der Heiligen Schrift heißt -, keine Sünde sei.«

Fournier räusperte sich. »Und das habt ihr ihm geglaubt?«

»Ja, das habe ich ihm geglaubt«, wiederholte sie ernsthaft.

Abermals hatte der Bischof Mühe, sich ein Schmunzeln zu verkneifen. Selten war eine Zeugin vor Gericht so offen und redselig gewesen. »Und wo fand dieser angeblich sündenfreie Akt statt?«

»Im Heu, in der Scheune meines Elternhauses. Danach ...«

»Ja? Wo habt ihr euch danach getroffen?«

»Im Haus meiner Mutter. Meistens tagsüber, wenn sie in ihren Geschäften unterwegs war. Das ging so bis zum folgenden Januar. Da hat der

Pfarrer mich mit meinem Mann Petrus Lizier verheiratet, der jedoch vor zwei Jahren verstorben ist.«

»Und der Pfarrer hat Euch nach Eurer Eheschließung in Ruhe gelassen?«

»Aber nein, er schlief noch oft mit mir, mit Erlaubnis meines Ehemannes, aber immer während dessen Abwesenheit. Manchmal, wenn mein Mann am Abend heimkam, fragte er mich: *Nun, hat der Pfarrer was mit dir gemacht?* Und ich antwortete ehrlich: *Ja.* Und mein Mann sagte dann: *Also meinetwegen treib's mit dem Pfarrer. Aber hüte dich vor anderen Männern!* Eigentlich ...« Erschrocken hielt Grasida inne, denn im Saal war es unruhig geworden und de Stephani hatte zur Glocke gegriffen. Verwirrt suchte sie den Blick des Bischofs. Dann, als wieder Ruhe eingekehrt war, unternahm sie einen weiteren Anlauf, ihren Satz zu beenden: »Eigentlich war es ja ...« Doch nun stockte sie erneut, runzelte angestrengt die Stirn, als wenn sie über etwas ins Grübeln geraten wäre.

Fournier, erstaunt über Galhardus' auffallende Zurückhaltung, warf einen forschenden Blick zum Fenster hinaus, wo grauer Dunst die Sonne verhüllte. Dann nahm er die Zeugin wieder ins Visier: »Hattet Ihr kein schlechtes Gewissen, mit Eurem Verhalten Gott verärgert zu haben«, fragte er mit warmer Stimme.

»Eigentlich war es ja keine Sünde, Euer Gnaden«, beteuerte sie, »denn es hat Spaß gemacht mit dem Pfarrer. Wie kann es da Gott keinen Spaß machen? Vor zwei oder drei Jahren, als es *mir* keinen Spaß mehr mit dem Pfarrer machte, habe ich die Treffen beendet. Pierre Clergue hat das verstanden, denn dann wäre es wirklich Sünde gewesen, miteinander zu schlafen. Wenn man keinen Spaß mehr hat, meine ich ... oder?«

Nun kam erst recht im Saal ein Rumoren auf, ein empörtes Raunen und Zischen, das nicht enden wollte. Vergeblich läutete Johannes die Tischglocke. Erst als der Bischof die Hand hob, ebbte das Stimmengewirr ab. Dafür trat eine merkwürdige Stille ein: Der halbe Saal schien auf eine Fortsetzung des »ergötzlichen Schauspiels« zu warten - besser gesagt, auf die Protokollanten, die ihre Arbeit jäh unterbrochen hatten und nun nicht nachkamen. Während Jacques auf das Geräusch ihrer kratzenden Federn achtete, zog er für sich eine Schlussfolgerung aus dem Gehörten: Nicht nur die Rechtgläubigkeit der Menschen im Alion lag im Argen, auch ihre moralische Haltung. Der nichtswürdige Schmeichler Clerque hatte sich seine eigene Religion zusammengesponnen und seine eigene Moral entwickelt. Beides weit entfernt von der Lehre und den Werten, die die römische Kirche verfocht. Aber auch weit genug entfernt vom geistigen Licht des Persers Zoroaster und der ursprünglichen manichäischen Lehre der Katharer, auf die sich einst sogar der Kirchenvater Augustin berufen hatte. Selbst Bogomil schien bereits vergessen. Gut so, dachte Jacques, nicht unzufrieden. Die Katharer waren inzwischen weder Westen noch Osten. Die römische Kirche würde den Sieg davontragen.

Endlich konnte das Verhör fortgesetzt werden, doch Grasida Lizier sträubte sich plötzlich, den Pfarrer über das *calendarium* hinaus zu belasten. Mit ihr hätte Pierre Clergue nie über ernste Dinge gesprochen, behauptete sie, sie sei damals zu jung gewesen. Außerdem hätte man ihr nahegelegt, sich ihm gegenüber dankbar zu erweisen.

Es war wohl dieser letzte Satz, der Galhardus de Pomiès aus seiner vermeintlichen Gelassenheit riss: »*Wer* hat Euch diesen Rat erteilt?«, herrschte er sie an. »Wir wollen Namen hören. Redet!«

Grasida, erschrocken, suchte abermals Rückhalt beim Bischof, der ihr jedoch mit einer auffordernden Kopfbewegung zu verstehen gab, dass sie auf diese Frage antworten müsse.

»Nun, meine Mutter Fabrisse und Donna Azéma gaben mir diesen Rat«, sagte sie leise.

»*Donna* Azéma?«, rief Galhardus mit verächtlicher Stimme. »Höre ich recht? Trägt die Schweinezüchterin inzwischen einen Ehrentitel? Hat der König von Frankreich sie geadelt?«

»Aber man hat sie doch immer so gerufen! Und seit sie Witwe ist, verkauft sie auch Käse, aber nur ganz nebenher.«

»Hoho!«, höhnte er weiter, »und ganz nebenher lag auch sie in den Armen des Pfarrers. Ganz nebenher hat sie auch ihrem Sohn geholfen, gesuchte Häretiker über die Pässe zu bringen, und nicht zuletzt hat sie den Perfekten wertvolle Geschenke gemacht ... Ihr seht: Es kommt alles ans Tageslicht, Grasida Lizier, sagt also besser die Wahrheit!«

»Aber ich weiß nichts als die Wahrheit!«, rief Grasida und sie rang zur Bekräftigung ihrer Worte die Hände. »Mag sein, dass sie den Perfekten ein paar Scheffel Weizen zugesteckt hat, mehr aber nicht! Sie besitzt doch selbst nicht viel, die Azéma. Ständig hat sie sich was ausgeborgt. Bei den Belots, den Benets und anderswo im Dorf. Heute eine *payrola*, einen Kessel, morgen einen Topf. Wer wirklich reich ist, kauft sich seine Küchengeräte doch auf dem Markt in Ax ...«

Jacques Fournier griff ein. »Lasst es gut sein, Grasida Lizier«, sagte er zu ihr, ohne jede Schärfe. Er war sich sicher, dass auch Galhardus verstand. »Es heißt, Eure Mutter Fabrisse und die Witwe Azéma wären zugegen gewesen, als nach dem Tod des alten Pons Clergue, das Haar- und Fingernagelritual vorgenommen wurde, um durch Zauber das *eufortunium*, also das Glück, im Haus zu halten? Was wisst Ihr darüber?«

Grasida schüttelte den Kopf. »Von dieser Heimlichtuerei höre ich heute zum ersten Mal, Euer Gnaden. Wenn Euch Donna Azéma eine Zaubergeschichte aufgetischt hat, so lügt sie. Fragt Brune Pourcel, die ehemalige Magd der Clergues. Sie war zwar beim Tod des alten Pons nicht mehr in Diensten, aber ich weiß, dass sie sein Totenhemd zugenäht hat. Brune wird die Unschuld meiner Mutter bestätigen.«

Der Bischof zog kurz die Stirn in Falten, dann ließ er sich ein bestimmtes Pergament reichen. Er rollte es auf und vergewisserte sich ... Die erwähnte Magd Brune Pourcel, das hatten sie bereits ermittelt, war eine der wenigen Frauen aus Montaillou, die eine ausgesprochen diebische Ader besaß. Nach dem Ausscheiden bei den Clergues im Jahr des HERRN 1303 hatte sie geheiratet und sich danach im Laufe der Jahre das zusammengestohlen, was sie offenbar für sich und ihre vielen Kinder benötigte: Mehl, Brennholz, Rüben, Hanf und Heu. Großmütig schienen die Dörfler ihr Treiben geduldet zu haben, vielleicht der kleinen Kinder wegen, wahrscheinlicher aber, weil Brune die uneheliche Tochter des Perfekten Prades Tavernier war. Vor Gericht hatte sie zuerst unter Eid falsch ausgesagt, später jedoch zugegeben, dass sich ihr Vater vielfach im Wohnhaus oder in der Scheune der Rives versteckt gehalten hatte, unterstützt von seiner Schwester Ala.

Jacques schob die Zeugenaussage beiseite. So mühsam und kräftezehrend die einzelnen Befragungen auch waren, so füllte doch Korn für Korn irgendwann das Maß.

Auf seine letzte Frage, weshalb sie, Grasida Lizier, die Häresie des Pfarrers nicht aus freien Stücken zur Anzeige gebracht hätte, wo er ihr doch aus jenem Buch der Ketzer vorgelesen habe, antwortete die von Natur aus heitere und naive Person wieder freimütig - allerdings mit einem Augenzwinkern -, wenn sie das getan hätte, wäre sie vom Pfarrer und seiner Sippe vermutlich umgebracht worden.

Als Jacques an diesem Abend sein breites Bettgemach aufsuchte, kniete er davor nieder und betete lange. Dann kroch er unter die Laken und zog am Seil die goldverbrämten Vorhänge zu. Beim Beten war ihm das *Oraculum angelicum* des Kyrill in den Sinn gekommen: Ein Engel hatte dem Heiligen Kyrill aufgrund der Sittenverderbnis des Klerus ein mächtiges Strafgericht offenbart. Doch wenn selbst Päpste wie Bonifatius meinten, dass Geschlechtsverkehr und die Befriedigung der Naturtriebe so wenig ein Vergehen sei wie Händewaschen, schien da nicht die göttliche Ordnung zu wanken?

Andererseits befand man sich im sogenannten Babylonischen Exil. Nach Clemens V. residierte nun schon der zweite Papst in Avignon: Johannes, der zweiundzwanzigste seines Namens, der Vorläufer des Antichrist', wie manche meinten. Ihm warf man andere Laster vor:

Jähzorn, Starrsinn, Spottsucht und Simonie - die Käuflichkeit bestimmter Ämter. Es hieß zwar, dass Johannes für sich selbst einfach und genügsam lebe, für die Kirche jedoch Gold auf Gold häufe und damit der Lehre widerspräche, die heute nur noch die Franziskaner verfochten, nämlich, dass Jesus Christus arm gewesen sei. Arm ... Nun ja, Johannes, mit dem er, Jacques, bei seiner Ankunft in Pamiers, sofort eine 15 %ige Erhöhung der Einnahmen für seine Diözese ausgehandelt hatte, unterlag in Avignon weitaus größeren Zwängen. Schließlich musste der Papst nicht das kleine Boot Pamiers, sondern das große Schiff Kirche am Rollen halten. Und die See war stürmisch!

Im Kerker der Inquisition
Les Allemans, Mittwoch, 30. Juli
im Jahre des HERRN 1320

Als Béatris, nach dem Passieren eines Wegkreuzes und mehrerer wogender Hirsefelder, mit zittrigen Beinen vom Maultier absaß und nun vom Zugbrückenhaus aus einen Blick auf das Gefängnis mit seinen vier Ecktürmen warf, schwankte sie: Das furchteinflößende Bauwerk aus gelbbraunem, grob vermauertem Sandstein erinnerte sie nun nicht länger an eine Morchel, sondern an den Donjon von Arques, wo sie sich vor Jahren mit ihrem Bruder Simon getroffen hatte. Im Vergleich zum Arques-Turm war der von Les Allemans jedoch von dunklen Zypressen, einem tiefen Graben und einer schier unüberwindbaren wehrhaften Mauer umgeben. Fenster gab es im Gebäude keine, soviel sie sehen konnte. Nur schmale Schlitze. Unzählige schmale Schlitze ...

Die Tränen strömten ihr übers Gesicht. »Ich bin verdammt«, flüsterte sie. Sie drehte sich nach Bartho um, der hinter ihr schwer atmete, sich ihrem flehentlichen Blick jedoch entzog.

Ein Taubenschwarm flog auf, als ratternde Ketten das schwere Falltor in Bewegung setzten. Kerkermeister Gernotus erschien auf der Brücke - ein beleibter, eisengrauer Hüne, einen gewaltigen Schlüsselbund am Riemen. Begleitet wurde er von zwei Soldaten, die kurzerhand Barthélemy in ihre Mitte nahmen und fortführten. Gernotus wartete, bis die drei außer Sichtweite waren, dann erst forderte er Béatris auf, ihm zu folgen. Mit großen Schritten, so dass sie kaum mithalten konnte, durchmaß er den weitläufigen Vorhof, der mit hochkant gepflasterten Kieseln ausgelegt war. Das zweiflügelige, eisenbeschlagene Tor stand offen. Als Béatris eintrat, konnte sie zuerst nichts sehen, so dunkel war es im Inneren des Turms. Erst als einer der Schließer dem Kerkermeister eine *absconsa* in die Hand drückte, eine Blendlaterne, erkannte sie, dass sich über ihrem Kopf eine weitere Falltür befand. An den Wänden des Wachraumes, in dem sie gestrandet war, hingen furchterregende Werkzeuge und eine Anzahl Ketten und Schilde.

Der Kerkermeister mahnte zur Eile. Sie durchliefen mehrere niedrige Gänge, die kein Ende nehmen wollten, in denen das Laternenlicht sonderbare Schatten an die Wände warf. Fäkaliengerüche, aber auch vereinzelt menschliche Laute drangen aus den Ritzen der Zellentüren, an denen sie vorüberkamen. Neben einem breiten, von mehreren Steckfackeln erhellten Treppenaufgang, der zu einer Art Galerie führte, blieb Gernotus stehen. Er stellte die gebrannte Laterne ab und öffnete die für Béatris vorgesehene Zelle.

Aber ach, sie brachte es nicht fertig, auch nur einen Fuß über die Schwelle zu setzen!

»Nur zu«, brummte der Kerkermeister. Er gab ihr einen Schubs. »Jeder kleine Vogel hat seinen kleinen Mut.«

Im Inneren der Zelle, die etwa zwölf Fuß lang und zehn Fuß breit war, erklärte er ihr, dass der Bischof ihr gewisse Erleichterungen zugestehen würde, weil sie von Adel war. So verfüge ihre Cella über ein ordentliches Gießfass und einen Deckeleimer für ihre Bedürfnisse; außerdem werde die Streu alle sechs Wochen gewechselt. »Für die Sauberkeit und Eure Kost ist ein Schließer zuständig, und für beides müsst Ihr selbstverständlich zahlen«, sagte er. »Den Schließer dürft Ihr nicht ansprechen, ferner ist es Euch verboten, Eure Mahlzeiten gemeinsam mit anderen Gefangenen oder Freigängern im Saal einzunehmen. Sobald Ihr zur Zufriedenheit des Bischofs Eure Aussage gemacht habt, wird man Euch weitere Erleichterungen zugestehen.«

»Die Kosten ...«, warf sie erschrocken ein. »Ich meine, ich habe hier niemanden, der mich von außen versorgen könnte. Meine Töchter wohnen in Pellefort.«

Gernotus hob die buschigen Brauen. »Habt Ihr kein Geld?«

»Doch, aber die Soldaten des Bischofs haben mir die Satteltaschen abgenommen.«

»Wenn man Eure Geldkatze darin gefunden hat, werdet Ihr keinen Grund zur Klage haben. Beim Bischof geht es ehrlich zu.«

Béatris schluckte. Keinen Grund zur Klage sollte sie haben, wo man ihr gerade die Freiheit stahl? Sie in eine Cella sperrte, in die kaum Tageslicht drang? Es drehte ihr fast den Magen um vor Angst. »Und wohin hat man meinen Begleiter gebracht? Den Vikar Barthélemy Amilhac?«

Gernotus überging ihre Frage. Er verließ die Zelle und schloss Béatris ein.

Sie setzte sich auf die Bank mit dem Strohsack, presste die Hände vor den Mund, um nicht aufzuschreien, gab sich Mühe, an nichts zu denken. Es gelang ihr nicht. Sie machte sich vielmehr bittere Vorwürfe, Bartho betreffend. Wie erbärmlich von ihr, ihn in diese Lage gebracht zu haben! Wer würde *ihn* hier versorgen? Wie ein Stachel saß aber auch noch immer der Argwohn in ihrem Herzen. Der Zweifel an Barthos Aufrichtigkeit. Man konnte es drehen und wenden, wie man wollte: Es reimte sich nichts zusammen! In demselben Maße wie es damals gewesen war, als sie sich heimlich mit ihrem Bruder in Arques getroffen hatte. Der Anblick von Les Allemans hatte die Begegnung wieder in ihr hochgespült: Das stundenlange Warten in der zugigen Vorhalle der Burg. Die wachsende Angst, Simon könnte unterwegs den Schergen der Inquisition in die Hände gefallen sein - oder bösartigen Mitounes, wie ihr die Magd einzureden versuchte, die ihr Gesellschaft leistete. Diese Feen, auch die »Wäscherinnen der Nacht« genannt, würden ihr Unwesen in den umliegenden Wäldern und Seen treiben, jungen Leuten auflauern und sie verführen, hatte die Alte behauptet. Jedermann, der in der Abenddämmerung stürbe, fände sich in ihrem Reich wieder, einem Land zwischen Leben und Tod ...

Erst nach Einbruch der Dunkelheit war Simon eingetroffen, hatte kurz mit dem Besitzer der Burg, Gilet de Voisin, gesprochen und sich für dessen Gastfreundschaft bedankt. Danach waren sie im strömenden Regen zu einer großen Domus geritten, die am Rande von Arques lag und einer Familie Peyres gehörte. Dort hatten sie auf Katharerart zu Abend gegessen und dann in einer verschwiegenen Ecke lange miteinander geredet: Über ihre Schwester Ava, die eine Zeitlang unter falschem Namen in Carcassonne gelebt hatte, bevor sie verschwand, und über Béatris' Zukunft an der Seite eines neuen Ehemanns, den Simon für sie hatte suchen wollen. Auf Fragen nach seinem eigenen Leben war freilich keine Antwort von ihm gekommen. Er hatte ihr nicht erzählen wollen oder können, welches Amt er in der Katharischen Kirche ausübte. Es musste ein hohes gewesen sein, denn die Familie Peyres war ihm mit großem Respekt begegnet, fast mit Ehrfurcht. Nicht nur auf die Knie waren sie vor ihm gefallen, um dreimal das *benedicite* aufzusagen, sie hatten ihn richtiggehend »angebetet«.

»*Escoutatz!*«, hatte Simon beim Abschied mit finsterer Miene zu ihr gesagt, »hör mir gut zu: »Vorsicht ist die Mutter der Sicherheit. Du hast mich hier nie getroffen. Du kennst weder den Herrn von Arques noch die Familie Peyres. Zügle deine Zunge auch unserer Schwester Gentile gegenüber, so du sie triffst.« Béatris hatte ihm ihr Wort gegeben, aber nicht damit gerechnet, dass auch Simon spurlos verschwinden könnte ... Ob der Bischof sie auch nach ihm befragte? Béatris schluchzte auf. Tat er es nicht, war Simon tot.

Der Kerkermeister hielt sein Versprechen: Gegen Abend trat seine Frau ein und händigte Béatris eine der Satteltaschen mit Kleidungsstücken aus, die sie für ihre Flucht gepackt hatte. »Damit Ihr vor Gericht einen ordentlichen Eindruck macht, Donna Béatris«, meinte die mollige Frau augenzwinkernd. Sie hieß Honors und war für eine Kerkermeisterin unerwartet gesprächig. Eigenhändig hängte sie all die Hemden und Surcots an lange Nägel, die im Mauerwerk steckten. Zwei Leintücher, die Béatris zuunterst eingepackt hatte, legte sie auf den Strohsack.

Kurze Zeit später brachte ihr einer der schwarzgekleideten Schließer das Abendessen: einen hölzernen Napf mit einem Schlag Hirsebrei - so

143

reichlich, dass Béatris ihn glatt mit den Mäusen hätte teilen können. Aber sie verspürte ohnedies keinen Hunger. Wieder und wieder kreisten ihre Gedanken. Zwar hatte sie Bartho in Puelles versprochen, gegen Pierre auszusagen, doch wer gab ihr die Gewähr, dass man sie danach freiließ? Allein aufgrund ihrer Flucht und der Liebesbeziehung, die sie mit einem Häretiker eingegangen war, drohte ihr der Scheiterhaufen.

Als es vollends Nacht wurde, breitete sie die Laken aus, die so vertraut nach Lavendel und Sonne rochen, und wickelte sich hinein. Leise begann sie zu beten: »*Ave Maria, gratia plena, Dominus tecum, Benedicta* ..., hielt kurz darauf aber erschrocken inne: Pierre hatte nie zur Jungfrau Maria gebetet! Auch so ein Widerspruch, dachte Béatris verzweifelt, verehrte er doch die Madonna von Montaillou. Das könne man nicht miteinander vergleichen, das sei wie Apfel und Birne«, hatte er ihr erklärt. »Unsere Gnadenfrau ist viel älter als die Jungfrau Maria. Ochsen haben sie auf dem Feld entdeckt, beim Pflügen.«

Verzweifelt schlief Béatris über dem Weinen ein.

Das zweite Verhör
Pamiers, Freitag, 1. August
im Jahre des HERRN 1320

Am Freitag, dem Erntefest, brachten zwei fremde bischöfliche Soldaten sie zu Fuß nach Pamiers. Der Weg, angeblich eine Abkürzung, führte durch einen silbriggrauen Olivenhain, in dem sich lautstark die Spatzen zankten. Béatris zitterte vor Angst und hegte nur noch eine Zuversicht, nämlich, dass der Bischof verstand, weshalb sie geflüchtet war. Groß war diese Hoffnung nicht, denn Jacques Fournier ließ sich, wie sie bereits wusste, weder von einem Lächeln noch von Tränen beeinflussen. Und tatsächlich erstickte der Bischof, nach den Vorverhandlungen und nachdem er Béatris den Eid abgenommen hatte, jeden Versuch einer Rechtfertigung, ja, er warf ihr mit harschen Worten Missachtung des Gerichts vor.

»Donna Béatris«, antwortete er ihr kalt, als ihr nach ihrem erneuten *Mea culpa* ungewollt doch die Tränen kamen, »seiner Schande rühmt sich keiner gern. Ihr habt es Euch selbst zuzuschreiben, dass das Hohe Gericht nun von der Annahme ausgeht, Ihr hättet die Wahrheit verbergen wollen.« Auf sein Handzeichen hin verlas einer der Notare eine lange Liste ihrer schuldhaften Vergehen, bis Béatris der Kopf schwirrte. Zusätzlich war sie von einem schneeweißen Leintuch in der Größe eines Registers verunsichert, das neben ihr auf einem Schragentisch lag und irgendwelche Gegenstände verhüllte.

Ein weiteres Mal ermahnte sie der Bischof die volle und reine Wahrheit zu sagen, dann forderte er einen der Gerichtsdiener auf, jenes Laken zu entfernen. Béatris hielt die Luft an vor Schreck, als sie sah, was sich darunter befand. Der Inhalt ihres doppelt genähten Tuches!

»Identifiziert Ihr diese Gegenstände als Euer Eigentum?«, fragte Fournier sie knapp. »Wir haben sie in einer Eurer Taschen gefunden. Lasst Euch Zeit für die Antwort.«

Bis auf das Knacken der Fingergelenke des Inquisitors herrschte angespannte Stille im Saal. Béatris' Blick fiel von einem Gegenstand auf den anderen: Eine kuriose Zusammenstellung, fürwahr. Hatte der Bischof vor, sie ernsthaft wegen Hexerei anzuklagen? Das Messer war harmlos. Zwar hatte Pierre ihr einmal ein ähnliches *canivet* geschenkt, das von einem Perfekten stammte, doch woher dieses kam, konnte sie erklären. Der Spiegel ... nun ja, sie war doch eine Frau! Aber etwas fehlte: Die Geldkatze! Sollte sie den Bischof darauf hinweisen? Sie brauchte das Geld dringend zum Überleben! Vergeblich drehte sie sich nach ihren Rechtsbeiständen um. *Sens valedor*, also ganz ohne Beistand, fühlte sie sich mehr als hilflos. Weder Pater Amiel noch der Archidiakon waren anwesend. Galt sie bereits als *überführte* Ketzerin, bloß weil sie geflüchtet war? Als Ketzerin *und* Hexe?

Mit zittriger Hand deutete sie auf einen kleinen Berg trockener Brotstücke, der sich unter den Gegenständen befand. Entschieden schüttelte sie den Kopf.

»Die sind nicht von mir«, sagte sie leise, aber bestimmt. »Ich weiß nicht, wer sie mir in die Tasche getan hat.« Rasch wies sie auf das nächste Häuflein: ledrigbraune, in sich verdrehte Bändel. »Diese sind mein Eigentum, ja. Es handelt sich um die Nabelschnüre meiner Enkelsöhne. Ich war bei der Geburt dabei und habe sie aufbewahrt, weil mir eine alte Frau, die vor ihrer Taufe Jüdin gewesen war, dazu riet.«

»Und was genau hat diese Frau Euch geraten, Donna Béatris? War sie eine Zauberin? War sie vom Teufel besessen, vom *dyablat*, wie ihn die Dörfler bezeichnen?«

Abermals schüttelte sie den Kopf. »Aber nein, Euer Gnaden. Es ging der Jüdin nicht um *maleficium*, sondern um sattsam bekannte Ratschläge und Hausmittel. Die Frau erklärte mir, dass ich, wenn ich die Nabelschnüre derjenigen Kinder bei mir trüge, die ich besonders liebe ...«, Béatris spürte, wie ihr die Röte zu Kopf stieg, denn sie hatte glatt vergessen, was die Jüdin ihr seinerzeit empfohlen hatte. Was sollte sie jetzt tun? Sie war verloren!

»Weiter!«, donnerte der Bischof.

»Sie sagte ... sie sagte«, setzte sie ihren angefangenen Satz fort, »dass eine Frau, die in Rechtshändel gerate ... nun, sie sagte, dass diese fürderhin keine Gerichtsverhandlung mehr verlieren würde.«

Zuerst herrschte Schweigen im Saal, dann kam Unruhe auf. Vereinzelt sogar Gelächter. Humorloses Gelächter! Béatris' Herz raste. Wieso hatte sie ausgerechnet so etwas gesagt? War sie verrückt geworden? Nun hatte sie wohl alles verspielt. Alles. »Aber da ich bislang nie mit dem Gericht zu tun hatte«, setzte sie rasch nach, »konnte ich die Behauptung der Jüdin nicht auf ihre Wirksamkeit überprüfen.«

Stille im Saal. Vorsichtig hob sie die Augen. Fourniers Miene war undurchdringlich. Doch dann deutete er nur mit einer gemessenen Bewegung auf den nächsten Gegenstand: ein fransiges Leinenstück, das unregelmäßige dunkle Flecken aufwies.

»Fahrt fort, Donna Béatris, aber beachtet: Ihr steht unter Eid, Ihr müsst über alles die reine Wahrheit sagen, auch was Ihr von Euch selbst über Verbrechen gegen den katholischen Glauben wisst. Jede Falschheit wird aufgedeckt werden.«

Béatris nickte beflissen. Der Bischof war gut. Er gab ihr noch eine Chance. »Jenes Tuch ist getränkt vom ersten Menstruationsblut meiner Tochter Philippa. Besagte Jüdin hat mir, als sie von meinen drei Töchtern erfuhr, geraten, es aufzufangen und aufzubewahren. Und als es Philippa vor geraumer Zeit erstmals nicht gut ging, fragte ich sie, was ihr fehlte und sie gestand mir, dass Blut aus ihrer Scham fließen würde. Da fielen mir die Worte der Jüdin wieder ein ...« Béatris hielt inne, ganz außer Atem, so schnell hatte sie gesprochen, denn dieses Mal hatte sie nichts vergessen.

Da stellte doch prompt der gefährliche Galhardus das Knacken mit den Fingergelenken ein, warf ihr einen hellglühenden Blick zu und beugte sich weit zum Bischof hinüber. Die beiden flüsterten miteinander.

»Aber das ist die Wahrheit, Euer Gnaden!«, rief sie dazwischen, wobei sich ihre Stimme vor Verzweiflung fast überschlug.

»Soso, die Wahrheit«, kam es überaus zynisch aus Fourniers Mund. »Und was gedachte die jüdische Kräuterhexe mit dem Blut anzufangen? Ging es um Bannmittel - oder abermals darum, wie man unbeschadet einer Gerichtsverhandlung entgeht?«

So ernst die Sache war - nun brandete Gelächter auf, ja, einer der jungen Schreiber bekam sogar einen Hustenanfall.

Béatris senkte beschämt den Blick, fühlte sich jedoch des Scherzes wegen leichter. »Nein, Euer Gnaden«, entgegnete sie leise, nachdem sich der Schreiber beruhigt hatte. »Es ging abermals um Brauchtum oder vielmehr um Ratschläge, die von alters her von den Großmüttern und Müttern auf die jungen Frauen übergehen. Aber nachdem ich keine Mutter mehr hätte fragen können ...«

»Nun, dann beantwortet ohne Scheu *meine* nächste Frage: Was gedachte die Jüdin - oder Ihr selbst - mit dem Blut anzufangen?«

»Ich will es Euch erklären, Euer Gnaden: Das erste Blut eines jungen Mädchens wird getrocknet und nach der Verlobung in Wein aufgelöst - den man später heimlich dem Hochzeiter reicht, damit dieser ein Leben lang treu bleibt. Einzig aus diesem Grund habe ich den Fleck von Philippas Hemd abgeschnitten und aufbewahrt. Ich wollte wirklich nur das Beste für meine Tochter, Euer Gnaden. Philippa ... nun, sie hat sich zwar kürzlich verlobt, aber, offen und ehrlich: Ich habe mich bislang gescheut, dem Rat der Jüdin zu folgen.« Fast hätte sie nach Luft geschnappt, weil sie wieder so schnell gesprochen hatte. Etwas besonnener setzte sie nach: »Das heißt, ich hätte es auch nicht gekonnt, wenn ich gewollt hätte, weil man mich ja inzwischen verhaftet hat.«

Wieder lachten einige, so dass Fournier warnend die Hand heben musste; und abermals flüsterte der alte Inquisitor dem Bischof etwas ins Ohr, worauf Fournier jedoch ungehalten reagierte.

»Und welchem bösen Zweck sollten die Raukekörner dienen?«, fragte er, nun erneut auf den Tisch deutend.

»Sagt man der Rauke nicht nach, dass sie unkeusche Begierden erwecken soll?«, krähte der alte Inquisitor dazwischen. »Stimmt das?«

Béatris dachte an Othon, ihren verstorben zweiten Mann, der zum Wein tatsächlich manchmal Raukekörner gegessen hatte. Sie hob die Schultern.

»*Que d'ala!* Über solche Dinge weiß ich nichts«, sagte sie. »*Mir* wurde bedeutet, die Raukekörner seien von einem Pilger und hülfen, wie die Eselsleber, gegen die Fallsucht, unter der einer meiner Enkelsöhne leidet. Doch nachdem wir den Knaben in die Kirche von Saint-Paul gebracht haben, hat sich seine Krankheit gebessert. Die Rauke wurde nicht mehr gebraucht. Den Weihrauch hingegen« - nun deutete sie selbst auf das nächste Häuflein -, den führe ich ständig mit mir, weil meine älteste Tochter Condors seit Jahren unter Kopfweh leidet. Ich hatte nie die Absicht, etwas anderes damit anzustellen, Euer Gnaden. Auf meinen Eid.«

Béatris hoffte, das Schlimmste für diesen Tag überstanden zu haben, doch das war ein Trugschluss.

»Zurück zu den Brotstücken«, schnarrte der Bischof plötzlich, »bei denen es sich dem Anschein nach um *tinhols* handelt, also um geweihte Brotstücke, wie sie die Häretiker mit sich herumtragen. Leugnet es nicht. Ihr wisst genau, was gemeint ist.«

»Aber sie befanden sich nicht in meinen Taschen, Euer Gnaden! Jemand muss sie mir untergeschoben haben.«

»Ihr lügt«, sagte der Bischof kalt. »Ihr selbst habt das geweihte Hirsebrot vor Eurer Flucht in Eure Tasche getan.« Dann ging es Schlag auf Schlag: »Antwortet, Donna Béatris, unter Gefahr für Eure Seele: Seid Ihr der Ketzerei schuldig?«

»Nein, Euer Gnaden, auf meinen Eid.«

»Hattet Ihr Beziehungen und Intimitäten mit den Ketzern Authiè oder anderen Häretikern? Verehrt Ihr die Perfekten?«

»Aber nein, auf meinen Eid, Euer Gnaden!«, rief sie. Ihre Hände flatterten. »Mit Ausnahme von dem, was ich bereits im ersten Verhör ausgesagt habe, also über den Notarvertrag, den mein Gemahl mit Peire Authiè abgeschlossen hat, und der Hilfe, die mir die Notare zukommen ließen, als ich meine Mitgift zurückgefordert habe ... Wie gesagt, mit Ausnahme von all dem hatte ich keinen Umgang mit jenen Häretikern. Und nein, ich verehre die Perfekten nicht und habe das auch nie getan.«

»Kennt Ihr andere Personen, lebend oder tot, die mit dem Verbrechen der Ketzerei im Zusammenhang stehen?«

»Nein, auf meinen Eid.«

»Seid Ihr selbst eine Ketzerin?«

»Nein, auf meinen Eid.«

»Ist das die reine und vollständige Wahrheit?«

»Ja, Euer Gnaden. Auf meinen Eid.«

Als sie schon nicht mehr damit gerechnet hatte, kam der Bischof plötzlich doch noch auf den Spiegel und das Messer zu sprechen. Scheinbar hatte er diese Fragen aufgespart, um sie ihr zum Schluss vor die Füße zu werfen.

»Seid Ihr der Zauberei verfallen?«

»Nein. Beide Gegenstände sind nicht für Zauber oder Verzauberungen bestimmt, Euer Gnaden«, antwortete sie mit besonders fester Stimme. Zumindest das war die volle Wahrheit gewesen.

Zurück in Les Allemans fühlte sie sich so erschöpft, dass die Tränen nicht mehr aufhören wollten zu fließen. Wenigstens war die Geldkatze wieder da. Gleich zweimal hatte der Bischof sich von Béatris die fehlende Summe sagen lassen, und irgendwann, nach längerer Aktensuche, war sie von einem der Notare bestätigt worden. Dennoch wollten ihr zwei Dinge nicht aus dem Kopf gehen: Sie war nicht nach Simon befragt worden. Schlimm genug! Aber auch Pierres Name war nicht gefallen. Hatte Bartho sich geirrt? War Pierre am Ende gar nicht verhaftet worden?

Oh, welch schlimmer Schaden!
**Montaillou und Prades
in den Jahren des HERRN 1300 - 1301**

Zwei oder dreimal in der Woche trafen wir uns, Pierre und ich, entweder im Lilienhaus oder in der Domus der Clergues, aber immer in der Angst, entdeckt zu werden. Dass unsere Liebesnächte nicht von Dauer sein würden, ahnte ich erstmals, als Pathau anfing, uns nachzustellen. Versteckt hinter einer Schlehenhecke hatte er Pierre offenbar in der Nacht vor dem Fest aller Heiligen beobachtet, wie er die Hühnerleiter hinabgeklettert war, und ihn dann abgefangen.

»Sprich doch mit deinem Bruder Bernard darüber«, beschwor ich Pierre nach der Messe, denn er sah furchtbar aus, mit einem zugeschwollenen rechten Auge und den aufgerissenen Lippen, und es hatte unter den Gemeindegliedern deswegen Gemurre gegeben. »Er ist der *bayle*. Kann er deinen verrückten Vetter nicht in Gewahrsam nehmen?«

»*Du* bist verrückt, Trice«, zischte Pierre empört, »dann würden die Gerüchte um uns doch erst recht aufflackern. Pathau geriert sich als Tugendwächter. Soll er doch. Wir müssen uns nur vorsehen. Nun, der Junge Jean lebt jetzt unter meinem Dach, er wird mich zukünftig begleiten und die Augen offenhalten.«

Doch es kam noch schlimmer. Aus schlecht verborgener Abneigung wurde offener Hass. Von Pathau aufgehetzt, begannen die *lauzengiers*, die bösen Dorfzungen, uns zuzusetzen. Die eifrigste Hetzerin war die Witwe Azéma. Sie war eifersüchtig auf mich, weil sie Pierre liebte und für sich gewinnen wollte. Und da war auch noch die Familie des Petrus Maurs, unversöhnliche Feinde der Clergues, nachdem Pierre die Pfarrpfründe übernommen hatte. Oft hörte ich ihn sagen, dass er schon dafür sorgen würde, dass die Maurs irgendwann im Gefängnis verfaulten, das ganze Haus. Und der Alten lasse er sicher einmal die Zunge abschneiden. Nun,

Pierre teilte gerne aus, in alle Richtungen. Er gab und nahm. Er drohte und gewährte Schutz. Dabei war es ihm nebensächlich, was die Leute glaubten. Doch die Gerüchte schienen allmählich das Dorf zu entzweien. Das alte Gesetz, das vorschrieb, besser den Mund über bestimmte Dinge zu halten, um sich selbst und die Nachbarn zu schützen, wurde brüchtig. Mein verstorbener Mann Bérenger, der sich strikt daran gehalten hatte, schien diese Gefahr vorhergesehen zu haben.

Ich beschloss in meiner Verzweiflung, hinunter nach Prades zu ziehen, in das kleine Haus, das meine Magd längst für uns hergerichtet hatte.

»Was hält mich hier noch«, klagte ich Pierre mein Leid. »Alle gehen mir neuerdings aus dem Weg, selbst die *commères*, die Klatschbasen.«

Doch Pierre versuchte, es mir auszureden. »Bald verstummen die Mäuler wieder, Trice! Schließlich leben viele Leute in wilder Ehe, und auch Priester bekennen sich öffentlich zu ihren Konkubinen. Auch mein Vorgänger, Petrus von Spera, hatte eine Gefährtin, eine Frau aus Limbrassac. Keiner hat sich daran gestoßen.«

»Ich will aber keine Konkubine sein«, entgegnete ich empört. »Nicht in tausend Jahren! Ich bin von Adel. Wieso vergisst du das immer?«

Pierre senkte den Kopf. »Das bedeutet, du hältst ernsthaft Ausschau nach einem neuen Ehemann?«

Es zerschnitt mir das Herz, doch ich nickte. »Mein Bruder ... er verlangt, dass ich ...

»Dein Bruder? Ich dachte, er lebt im Untergrund?«

»Das hält ihn nicht davon ab, sich Sorgen um mich und die Mädchen zu machen. Er ist ihr Vormund; und so können wir jedenfalls nicht weiterleben. Soll ich am Ende auch meine Kinder in eine fremde Familie geben? Und was geschieht eigentlich, wenn meine Mitgift aufgebraucht ist?« In einer hilflosen Gebärde hob ich die Handflächen zum Himmel. »Wie soll ich Condors und Sclarmunda verheiraten, wenn ich nichts mehr habe, was ich ihnen mit auf den Weg geben kann?«

»So sind dir deine Töchter also wichtiger als ich?« Pierres Stimme klang beleidigt. Ich liebte alles an ihm, doch am meisten - sagte ich das schon? - am meisten liebte ich seine lebhaften dunklen Augen, die unter der hohen Stirn in diesem ernsten Augenblick jedoch eher belustigt dreinschauten.

»Nun, du hast wohl recht«, fuhr er mit großer Geste fort. »Ich bin Pfarrer. Ich kann dich nicht heiraten. Nicht heute und nicht morgen. Ich kann nur dein ...«, er sah sich nach allen Seiten um, ob uns jemand hörte, »ich kann nur dein Beischläfer sein. Und das ist so wahr, wie ein Huhn nicht mehr gackert, nachdem es gebraten ist. So zieh meinetwegen nach Prades, Trice, und halt Ausschau nach einem anderen Mann. Wenn du allerdings von meinem plötzlichen Ableben hörst, so bin ich wahrscheinlich an gebrochenem Herzen gestorben.«

Ich prustete vor Lachen. Das war Pierre.

Ich zog nach Prades - *unter die Wölfe und Hunde*, wie er es mir prophezeit hatte. Und dort sank mir bald erneut das Herz. Meine verbotene Liebschaft, die achtzehn Monate gedauert hatte, war auch hier in aller Munde, und obwohl ich Pierre weder am Tag noch in der Nacht empfing - mein Häuschen war allzu hellhörig und grenzte überdies an die Schlafkammer des Gemeindekaplans -, spürte ich täglich die missbilligenden Blicke der Leute, wenn ich mit meinen Kindern oder der Magd auf den Markt lief oder die Messe besuchte. Ich schämte mich nicht, fühlte mich aber von aller Welt verlassen.

Jener Pfarrer, dessen Haus an die Wände meiner *domuncula* grenzte, war ein hagerer Mann mit harten, hellen Augen, der nur widerstrebend das Wort an mich richtete. Eine kurze Verbeugung, wenn wir uns begegneten, ein »Der Herr segne dich!«, wenn ich das Gotteshaus verließ, das war alles, was er von sich gab. Dass er weitläufig mit den Clergues verwandt war, ja sogar denselben Nachnamen trug, erschwerte mir meinen Neuanfang, aber auch, dass die Leute sagten, er sei ein besonders sittenstrenger Mann.

Eines Tages kam kurz vor der Dämmerung ein Bote mit einer Nachricht zu mir. Ich dachte zuerst an meinen Bruder, der mir versprochen hatte, sich nach einem Ehemann für mich umzusehen, sich aber seitdem nicht mehr bei mir gemeldet hatte. Ich riss das Schriftstück auf, las. Dann setzte ich mich auf die Küchenbank, um nachzudenken. Ich hätte mich freuen müssen, aber ich war zutiefst beunruhigt. Was war geschehen?

»Trice«, hatte Pierre geschrieben, »*ich muss dich sprechen! Es ist wichtig. Mein Schüler wird dich morgen, nach Einbruch der Dunkelheit abholen. Vertraue mir! P.*«

Am nächsten Abend, um die Zeit des ersten Schlafes, saß ich angstbebend in der Foghana. Alles war still im Haus. Sibilia und die Kinder schliefen schon. Als es leise an der Eingangstür klopfte, sprang ich auf und öffnete. Jean stand draußen, den Finger auf den Mund gelegt. Er sagte kein Wort, sondern wies mir mit einem Kopfnicken die Richtung. Ich hängte mir einen Umhang über und folgte ihm gehorsam durch die von einem bleichsüchtigen Mond nur wenig erhellte Nacht. Wohin brachte mich der Junge?

Der Weg führte zum Friedhof. Vor der Kirche des Heiligen Petrus hielt Jean inne. Es war ungewöhnlich still in dieser Nacht, einzig ein Hund bellte aus weiter Entfernung. Der Junge deutete auf die mit Eisenrosetten beschlagene Tür, die ein Stück offenstand. Mit den Worten: »Der Herr wartet drinnen auf Euch, Donna Béatris!«, verschwand er.

Der Herr? Mir war ganz komisch zumute. Ich schöpfte tief Luft, fasste mir ein Herz, stieß die Tür, weil sie quietschte, aber nur so weit auf, dass ich in die Kirche hineinschlüpfen konnte. Im Inneren roch es wie üblich nach Weihrauch und Moder. Ich blieb stehen, lauschte. Mäusetrippeln war zu hören, ein Fiepen, Huschen und Knuspern in allen Ecken - da hörte ich Schritte und schon schloss Pierre mich in seine starken Arme und wollte gar nicht mehr aufhören, mich mit Küssen zu bedecken.

»Still, still, meine Schöne«, sagte er, wann immer er mir Zeit zum Atemholen ließ. Dann verriegelte er die Tür von innen und geleitete mich in Richtung Altar, hinter dem ein Lichtschein zu sehen war. Ich zögerte, doch Pierre zog mich unbeirrt weiter. »Komm, Liebste«, sagte er, »vertrau mir!«

Als ich sah, worauf das erbetene »Gespräch« hinauslief, war ich kaum in der Lage zu sprechen, und es war wahrlich nicht die kalte Luft, die meine Wangen erröten ließ.

»Also wirklich«, zischte ich beim Anblick des Bettzeugs, das Pierre auf dem Boden hinter dem Altar ausgebreitet hatte, »wie können wir so etwas in der Kirche des Heiligen Petrus tun?«

Pierre grinste und hob theatralisch die Hände. »Oh, welch schlimmer Schaden wird dadurch dem heiligen Petrus zugefügt«, spottete er, dann drängte er mich, unter weiteren Küssen, Hochzeit mit ihm zu feiern. Ich wehrte mich zuerst, doch das süße Gift war bereits auf mich übergesprungen. Ich ersehnte, nach was er fieberte.

»Du bist so schön, Trice!«, flüsterte er, als wir beide nackt waren und er mich zu streicheln begann. »Jeder König auf Erden, und trüge er noch soviel Purpur, würde vor Neid auf mich erblassen.«

Ein Mann von hoher Würde
Unac und Luzenac
im Jahre des HERRN 1301

Die Altarkerzenstummel, mindestens zwanzig an der Zahl, die er rings um das Bettzeug aufgestellt hatte, waren längst herabgebrannt, als Pierre mich über einen Schleichweg nach Hause geleitete. Ich hatte ihm in der Kirche erzählt, dass ich am nächsten Tag, einem Sonntag, vor Sonnenaufgang nach Cassou laufen würde, in mein Heimatdorf. Doch ich war noch in den Federn, als es draußen erneut klopfte.

Wieder stand Jean vor der Tür, dieses Mal mit zwei Pferden am Zügel. Sein Herr hätte ihn beauftragt, mich nach Cassou zu geleiten. Es sei zu gefährlich für eine schöne Frau, allein durch die Wälder zu streifen; und weil ich mich so unendlich freute, dass mir Pierre ein Pferd zur Verfügung stellte, ließ ich es zu, dass sein Junge mitkam.

Unterwegs überlegte ich es mir anders. Wir ließen mein Heimatdorf links liegen und ritten, begleitet nur vom Ruf der Kuckucke, durch dunkle Wälder und nebelfeuchte Wiesen weiter bis nach Unac, wo des Sonntags für gewöhnlich die Leute aus dem Caussou-Tal die Messe besuchten. Zu Fuß hätte ich die Strecke nicht gehen mögen, aber ich saß ja wie eine Gräfin hoch zu Ross. Als sich der Wald lichtete und ich vor dem Blau des Himmels den zinnenbewehrten *Torre* der Martinskirche und die wenigen schiefergedecken Häuser von Unac sah, die sich an den Fels schmiegten, ja fast mit ihm verschmolzen, klopfte vor Vorfreude mein Herz. Wie lange war ich nicht mehr hier gewesen!

Ich drückte dem Jungen Geld in die Hand und trug ihm auf, die Pferde beim Müller unterzustellen und dort auf mich zu warten. Bereits auf dem Weg nach oben - das Gotteshaus stand auf einem Felsplateau, umgeben von vom Wind zerzausten Föhren - begegneten mir erste Bekannte, die mich überrascht begrüßten. Weil es noch nicht geläutet hatte, setzte ich mich auf die Bank, die vor der Kirche stand. Irgendwo hämmerte ein Specht. Tief atmete ich durch. Der Ausritt hatte mir gutgetan, und tatsächlich war mit jeder Meile, die ich zurückgelegt hatte, meine Entschlossenheit gewachsen, mein Leben fortan selbst in die Hand zu nehmen. So sehr ich die Liebesnacht mit Pierre genossen hatte - meine Angst vor dem Entdecktwerden war größer. Dass uns über kurz oder lang jemand anzeigen würde, war so sicher wie das Amen in der Kirche. Oben, in Montaillou, da waren die Leute rau und erdhaft, sie respektierten für gewöhnlich die Clerques, auch wenn sie insgeheim über sie herzogen, aber hier unten im Tal verhielt es sich anders. Hier kannte man sich nicht so gut, war nicht täglich aufeinander angewiesen. Hier drohte echter Verrat. Außerdem: Ich war noch jung. Ich wollte mehr. Auch Ansehen und Schutz für meine Kinder - und natürlich ein bisschen Glück für mich selbst. Ich musste endlich wieder Fuß fassen!

Es dauerte nicht lange, da kam sie den Berg herauf, meine liebe Cousine Raymonde, verwitwete Kastellanin von Luzenac. Gerade auf sie hatte ich gewartet. Ich mochte ihre Fröhlichkeit und kannte ihre zupackende Art. Ich eilte ihr entgegen, wir umarmten uns herzlich. Sie war zehn Jahre älter als ich und schon etwas füllig um die Hüften, besaß aber noch jenes rötlichblonde Haar, das stets frech unter ihrer Haube hervorspitzte. Wir waren mitten beim Erzählen, als die Glocke zu läuten begann.

»Und Ihr, liebste Cousine«, fragte mich Raymonde auf dem Weg zum Portal, »Ihr kommt doch aus dem Guten Land, hattet Ihr dort oben Umgang mit den Guten Leuten?«

Erschrocken blieb ich stehen. »Mit den Guten Leuten? Nein, nein«, stotterte ich. »Und wenn es so gewesen wäre, so fehlte mir der Mut, mit ihnen zu reden.«

»Der Mut?« Raymonde zog mich beiseite, hinter eine der knorrigen Föhren. Dort fasste sie mich an den Armen und sah mir in die Augen: »Wenn Ihr sie einmal gesehen und gehört habt, Béatris, werdet Ihr nie wieder etwas anderes hören wollen; und wenn Ihr sie einmal angehört habt, werdet Ihr immer im Zustand der Gnade sein, wohin Ihr auch geht.«

Glücklicherweise fehlte die Zeit, auf Raymondes Worte einzugehen. Ihre Söhne und Schwiegertöchter hatten uns entdeckt. Sie begrüßten mich, dann trat auch ihre Nichte Lorda heran, ein ernstes, mageres Mädchen mit dunklen Locken, das sich artig vor mir verbeugte.

»Lorda wird Guillaume Bayard heiraten«, bedeutete mir Raymonde stolz, worauf das Kind beschämt zu Boden sah. »Er ist Anwalt und Richter von Beruf und zugleich der Kastellan und Verwalter von Tarascon. Wenn man es recht bedenkt: ein guter Mann ... und ein gutes Mädchen!« Raymonde schien recht stolz auf ihre Nichte zu sein.

Ich gratulierte Lorda. Von diesem Hochzeiter hatte ich schon gehört. Bayard sei ein enger Freund der Brüder Authiè, hatte mir Pierre in der Kirche erzählt, ein überzeugter Katharer, und derzeit, nach dem Grafen von Foix, der wohl Mächtigste im ganzen Land. Mit Bayard müsse man sich gutstellen, hatte es geheißen.

Wir betraten das Gotteshaus, das vor kurzem frisch ausgemalt worden war: Prachtvolle Ranken in den Farben karmesinrot, safrangelb und grün. Wie früher nahmen wir auf den für den Adel vorbehaltenen Bänken Platz. Die Dörfler standen, Reih in Reih, unten im Schiff. Vergeblich hielt ich unter den Bauern, Schäfern und Handwerkern nach einem bestimmten Gesicht Ausschau, einem schmalen, schönen Antlitz mit ernsten braunen Augen. Simon trat oft als Schäfer auf. Ich konnte ihn nirgends entdecken. Raymonde, die meine Suche bemerkt hatte, meinte hinter vorgehaltener Hand, auch sie hätte schon lange nichts mehr von ihm gehört.

»Wisst Ihr eigentlich, Béatris, dass auf Cassou ein neuer Verwalter eingezogen ist?«, flüsterte sie mir vor Beginn der Homilie ins Ohr. »Ein unzugänglicher Mann. Seid froh, dass Ihr nicht nach Hause geritten seid. Am Ende hätte er Euch gar nicht empfangen.«

Von der Ansprache selbst nahm ich kaum etwas wahr. Ich dachte unentwegt an Cassou, an meine unglücklichen Eltern und Geschwister. Unsere Burg in fremder Hand zu wissen, das war bitter! Der Verlust war jedoch einzig der Häresie anzulasten, die schon früh bei uns Einzug hielt. Als erster hatte mein Großvater, der Ritter Guillaume de Planissoles, Probleme mit der Inquisition bekommen. Dann sein Bruder. Bald darauf schon mein Vater, meine Schwester Ava - und nun auch noch mein Bruder Simon. *Hat die Häresie erst einmal ein Haus infiziert, ist das Haus auf alle Zeit verloren*, hatten die Leute oben in Montaillou gesagt. Und jetzt zählten sich sogar die Luzenacs zu den Katharern. Von den Guten Leuten und vom Zustand der Gnade hatte Raymonde gesprochen. Unmissverständliche Worte. Ob dieser Richter Bayard hinter ihrer Konversion steckte?

Nach der Messe drängte mich Raymonde, sie auf ihre Burg zu begleiten. Beim Ritt durch den stillen Talgrund trübte es sich ein. Bald wallte und brodelte es aus den ringsum liegenden bewaldeten Bergen. Selbst auf dem Steig hinauf zur Zitadelle, der abenteuerliche Kehren aufwies, begleiteten uns wahre Wolkenungeheuer. Oben jedoch schien heiter die Sonne. Als wir uns in der mit Brombeerranken fast zugewucherten Laube gegenübersaßen, gestand ich Raymonde, dass auch mir die Lehren der Katharer nicht fremd seien. In Montaillou hätte es viele Familien dieses Glaubens gegeben, bestätigte ich ihr, selbst der Pfarrer sei infiziert. Dann aber klagte ihr ihr mein Leid: »Liebste Cousine, ich kann in dieser Ungewissheit nicht weiterleben; ich muss wieder einen angesehenen Mann finden, schon meiner Töchter zuliebe. Außerdem: Der Stolz, den man von Haus aus besitzt, verpflichtet einen doch auch, nicht wahr?«

Raymonde nickte. Sie habe sich so etwas schon gedacht, sagte sie, und bot mir ihre Hilfe an. Nach kurzem Überlegen meinte sie: »Bedenkt man die Sache recht, so fiele mir der Herr von Langleize ein. Er ist vor kurzem Witwer geworden, besitzt eine Burg in Dalou und Herrenhäuser in Crampagna und Varilhes. Aber Ihr müsstet Euch vorsehen, liebe Béatris! Bislang gibt es keine Anzeichen, dass er ... nun, sein Verständnis vom göttlichen Guten ist, was man so hört, nur wenig ausgeprägt. Er ist noch immer rechtgläubig fromm. Aber nachdem Ihr selbst nicht häretisiert seid ...«

Ich fasste nach den Händen meiner Cousine. »Mir fehlt es in der Tat an Mut und Bekennergeist. Ich will nicht eines Tages brennen müssen. Davor fürchte ich mich am meisten.«

Raymonde hob erstaunt die Brauen. »Ihr solltet bei Gelegenheit mit dem Perfekten Prades Tavernier über Eure Zweifel und Eure Furcht sprechen. Kennt Ihr ihn?«

»Flüchtig, nur vom Sehen«, sagte ich. »Es heißt, er sieht den Zehnten als Teufelswerk an, wie auch die Kindstaufe, die Eucharistie und das Ehesakrament.«

»Also, Prades Tavernier kann Euch bestimmt weiterhelfen. Andererseits ...« Sie seufzte. »Käme eine Verbindung zwischen Euch und Othon de Langleize zustande, wäre es klüger, Euer Hin und Her weiter für Euch zu behalten. So wie Ihr es oben in Montaillou gehalten habt, nicht wahr?«

Ich nickte, inständig hoffend, dass mich Raymonde nicht weiter über Pierre Clergue ausfragte.

»Nun, ich werde gleich morgen Erkundigungen einziehen, liebste Cousine«, meinte sie, als das Bimmeln der Essensglocke ertönte. »Im Erfolgsfall sende ich Euch eine Nachricht nach Prades.«

Die sonntägliche Tafel war in der großen Halle mit den Wappenschilden aufgebaut, und nach gutem Brauch fanden sich dort auch alle Bediensteten ein. Von katharischer Zurückhaltung war an diesem Tag nichts zu spüren. Es gab rösches Fladenbrot, in Gallert eingelegte kleine Fische, gebratene Hühner und Täubchen, mehrere Schüsseln mit duftendem Engelwurz-Salat, gedünstete Birnen und zum Abschluss Schmalzgebäck. Jeder nahm vom Tisch, worauf es ihn gelüstete.

Ich trank meinen Weinbecher auf einen Zug leer. Dann neigte ich mich zu Raymonde hinüber und fragte sie leise: »Was für ein Mensch ist Othon de Langleize eigentlich?«

Meine Cousine schmunzelte. »Ein Mann von hoher Würde, das steht fest«, antwortete sie schlicht. »Ruhig, besonnen, einige Jahre älter als Ihr. Kinderlos. Seine Frau war lange krank. Nun ist sie am Bluthusten gestorben. Er hat sehr an ihr gehangen; trauert noch immer. Keine Liebeshändel mit den Mägden, seid also unbesorgt, Cousine.«

Meine Hand zitterte dennoch beim Essen. Denn ich dachte an Verrat. Verrat an meiner Liebe. Verrat an Pierre ... Lag es am zweiten Becher Wein, dass ich beim Abschied ein weiteres Mal mein Interesse an dieser neuen Verbindung bekundete? Ich gestehe: Mir sausten dabei die Ohren.

Auf dem Rückritt nach Prades, bepackt mit einem Beutel voller Früchte, Knollen und Kräuter sowie einem frisch geschlachteten Kapaun, begleitete mich neben Jean auch Raymondes jüngster Sohn Petrus. Er war ein besonders kluger junger Mann, der seit einiger Zeit in Toulouse die päpstlichen Dekretalen studierte.

Noch ein Priester, der zukünftig auf zwei Hochzeiten tanzte?

Dachböden, Taubenschläge und Keller
Les Allemans und Pamiers,
Donnerstag, 7. und Freitag, 8. August
im Jahre des HERRN 1320

Zwei schwülheiße Sommertage, an denen die Verhöre fortgesetzt wurden. Wieder ging es um Fragen, die Béatris schon beantwortet hatte. Aber wehe, sie erinnerte sich nicht an den genauen Wortlaut ihrer ersten Aussagen, dann rieb ihr der Bischof den Widerspruch schonungslos unter die Nase. Nur zögerlich kam sie daher seiner Aufforderung nach, ihre Erlebnisse frei zum Munde heraus zu erzählen. Es verwirrte sie besonders, dass er dabei auch jede Belanglosigkeit, die sie preisgab - oft um Gefährlicheres zu verbergen! - peinlich genau notieren ließ.

Auf ihre Verteidiger konnte sie nicht zählen, obwohl beide wieder im Saal saßen. Den Grund dafür glaubte sie zu wissen: Bartho hatte ihr auf dem Weg nach Puelles verraten, dass sich Anwälte, die einen Häretiker verteidigten, schuldig machten.

Das Verhör am Donnerstag zog sich in die Länge, aber allmählich fand sie ihren Rhythmus und gewann an Sicherheit. Dennoch befürchtete sie ständig das Schlimmste, nämlich, dass Fournier sie ernsthaft auf Pierre ansprach. Offenbar war es noch nicht so weit. Er kam auf bestimmte Dachböden, Taubenschläge und Keller zu sprechen:

»Wir wissen, dass in Montaillou häretische Versammlungen stattfanden«, sagte er. »Habt auch Ihr daran teilgenommen und wenn ja, wer noch? Nennt uns Namen und Orte!«

»Ich weiß einzig vom Hörensagen, dass derartige Zusammenkünfte in Montaillou stattfanden, Euer Gnaden«, antwortete sie lebhaft, »kenne aber weder Ort, Zeit noch Namen. Ich selbst habe an solchen Treffen nie teilgenommen.«

»Wisst Ihr oder habt Ihr gehört, dass die Häuser der Familien Rives und Benet durch einen Geheimgang miteinander verbunden waren? Dieser soll durch eine bewegliche Trennwand vom Haus der Rives' in einen Nebenraum der Foghana der Benets geführt haben.«

Sie schüttelte den Kopf. »Nein, darüber weiß ich nichts.«

»Auch nicht, dass der Perfekt Prades Tavernier, Ala Rives' Bruder, dort heimlich eine katharische Kapelle eingerichtet hat?«

»Nein, auf meinen Eid. Von dieser Kapelle habe ich nie gehört.«

Tags darauf ging es erneut mit Ala Rives und ihrem Bruder weiter. Béatris versicherte auf ihren Eid, sie wäre Ala oft absichtlich aus dem Weg gegangen, nur um nicht mit Prades Tavernier sprechen zu müssen.

»Seid Ihr ihm ausgewichen, weil man ihm nachsagte, er sei ein Perfekt der Katharer?«

»Ja, das habe ich gehört«, antwortete sie. Dann verlegte sie sich wieder auf allgemeines Geschwätz: »Ich weiß nicht, ob es stimmt, was man sich im Tal erzählt, nämlich, dass die Perfekten - wie auch Prades Tavernier - jede Woche drei Tage mit Brot und Wasser fasten und die übrigen Tage zwar Fisch, aber niemals Fleisch essen würden.«

Als Beispiel, weil der Bischof natürlich ein solches von ihr hören wollte, führte sie das weithin bekannte Schicksal der alten Na Roche an, die sich, als es ans Sterben ging, für die *endura* entschieden hatte: »... und als ihr die Magd eines Abends einen Löffel mit Brühe von gepökeltem Schweinefleisch einflößen wollte«, erzählte sie, »da hat sie ihn ihr aus der Hand geschlagen.«

»Und was geschah danach? Bringt Ordnung in die Geschichte!«

Béatris hob die Schultern. »Der Vorfall ereignete sich Jahre nach meinem Weggang von Montaillou. Ich kann darüber nur aus zweiter Hand berichten. Na Roche starb wohl beim ersten Morgenrot, und zur gleichen Stunde sollen zwei Eulen auf dem Dach geheult haben. Da hieß es, das seien die Teufel gewesen, die die Seele der Alten geholt hätten.«

Béatris bekreuzigte sich. »Ich selbst habe das nicht geglaubt, Euer Gnaden, ich habe es unten im Tal gehört«, fügte sie eilig hinzu, denn ihr war beim Reden siedendheiß eingefallen, dass Na Roche die intimste Freundin von Mengarde Clergue gewesen war, von Pierres Mutter. Nicht auszudenken, wenn der Bischof sie nun fragte, *wer* diese Geschichte unters Volk gebracht hatte!

Zum wiederholten Mal wischte sie sich mit dem Unterarm den Schweiß von der Stirn. Die Luft im Saal war stickig und ihre Kehle wie ausgetrocknet. *Heilige Mutter Gottes,* kam es ihr in den Sinn, wenn sie so weitermachte, redete sie sich noch um Kopf und Kragen. Hieß es nicht immer, in einen geschlossenen Mund ginge keine Fliege hinein?

Völlig unvorbereitet konfrontierte sie der Bischof mit einer Aussage ihres Freundes Barthélemy Amilhac. Einer der Notare verlas folgendes: *»Unter meinen Schülern befanden sich zwei ihrer Töchter, Philippa und Ava. Eines Tages bat mich Donna Béatris, sie am Abend in ihrem Haus zu besuchen. Als ich bei ihr war, gestand sie mir, dass sie in mich verliebt sei und mit mir zu schlafen wünsche. Ich willigte ein und wir liebten uns in der Vorhalle ihres Hauses. Danach trafen wir uns noch oft. Ich habe jedoch nie eine Nacht bei ihr verbracht. Stattdessen haben wir immer die Augenblicke abgewartet, wenn ihre Töchter und ihre Magd tagsüber aus dem Haus waren. Dann erst begingen wir die fleischliche Sünde.«*

»Entspricht diese Aussage der Wahrheit, Donna Béatris?«

Sie hob den Kopf und sah Fournier frei ins Gesicht. »Ja, Euer Gnaden. Barthélemy Amilhac sagt die reine Wahrheit. Ich ... ich war nicht mehr so jung, als ich mich in ihn verliebte, aber ich liebte ihn bis ... bis zur Raserei, und ich sehnte mich danach, bei ihm zu sein, auch wenn meine Monatsblutungen bereits aufgehört hatten, als ich ihm zum ersten Mal begegnete.«

»Wie ging es mit Eurer Liebschaft weiter? Erzählt nach der Reihe - und der Wahrheit!«

»Nachdem Guillaume de Montaut, der Pfarrer von Dalou, mich schlechtzumachen begann - ja, er beleidigte mich! -, verließen wir den Ort und zogen ins Bistum Urgell, nach Lladrós. Dort war es gegen eine Gebühr erlaubt, dass Priester eine Ehe eingingen. Wir ließen uns von einem Notar trauen und versprachen uns, in guten wie in schlechten Tagen füreinander da zu sein. Aber es war noch kein Jahr vergangen, als nur noch schlechte Tage kamen. Es gab Streit ums Geld, denn Barthélemy Amilhac verdiente keines in Lladrós.«

Jacques Fournier nickte wissend. »Er soll Euch bei einer dieser Streitigkeiten gedroht haben, alles über Euer früheres Leben in Montaillou aufzudecken?«

Der kalte Schweiß brach ihr aus. Der Einschlag kam näher. Jacques Fournier, der die Geduld eines Wolfes besaß, der seine Beute langsam einkreiste, würde sie mit Pierre konfrontieren, womöglich wartete er nur ab, bis sie selbst, vielleicht versehentlich, jenen Namen aussprach, der ihr längst wie ein Apfelschnitz quer im Hals steckte. »Ja, das stimmt. Aber da gab es nichts aufzudecken.«

»Nun, Barthélemy Amilhac sagt auch, Ihr hättet bei seinen Worten nur gelächelt und ihm erklärt, es gäbe bessere Priester, und diese seien Katharer. Welchen Priester hattet ihr dabei namentlich im Sinn?«

Jetzt hatte er sie am Wickel. Béatris holte tief Luft. »Pierre Clergue«, sagte sie, »den Pfarrer aus Montaillou.«

Der kleine Bischof von Montaillou
**Pamiers, Samstag, 9. August
im Jahre des HERRN 1320**

Ungeachtet der Hitze, die auch am frühen Samstagmorgen im Verhörsaal herrschte, machte Jacques Fournier einen frischen, ausgeruhten Eindruck. Abermals kam er auf die Katharerin Na Roche zu sprechen, die Geschichte mit den Eulen, erklärte er Béatris, hätte auch Brune Pourcel bestätigt, die ehemalige Magd der Clergues. »Ihr müsstet Brune eigentlich gut gekannt haben, denn Ihr seid ja, wie Ihr gestern zugegeben habt, bei den Clergues regelmäßig ein- und ausgegangen.«

»Ja, ich kannte Brune Pourcel«, sagte sie. Weshalb hätte sie dies leugnen sollen?

»Könnt Ihr auch bestätigen, dass Na Roche während ihrer Kerkerhaft in Carcassonne von Mengarde Clergue, der Mutter des Pfarrers, versorgt wurde? Hat Na Mengarde der alten Frau Essen ins Gefängnis gebracht?«

Béatris nickte. »Ja, das habe ich gehört.«

»Nun, zu dieser Zeit wurde Na Roche nachgesagt, sie hätte sich besonders gut in einer Geheimwissenschaft ausgekannt, das Los der Seelen nach dem Tode betreffend. Habt Ihr auch das in Montaillou vernommen, und was wisst Ihr darüber?«

»Das stimmt wohl«, antwortete sie der Wahrheit nach, bevor sie sich wieder in die Halblüge flüchtete: »Aber ich weiß bis heute nicht, was diese Frau darunter verstand. Sie war ja recht alt, redete oft wirr, vergaß vieles. Keiner konnte sich damals einen Reim daraus machen, weder in Montaillou noch unten im Tal.«

Eisern hielt sie dem skeptischen Blick des Bischofs stand. Die Erklärung, die Pierre ihr damals zu Na Roche gab, hatte sie sowieso nie richtig verstanden: Alle Engel seien aus demselben Teig wie die Menschen, hatte er gesagt, wobei die Menschen die Hefe seien, die Engel der

Bodensatz. Um die Leiber von der Materie zu reinigen und die Seelen zu befreien, habe Jesus den Schlüssel zu den Mysterien des himmlischen Reiches auf die Erde gebracht. An *zwölf Äonen* und irgendwelche *Wesenheiten des Lichtschatzes* erinnerte sie sich ebenfalls, aber wie sollte sie das dem Bischof erklären? Besser, sie hielt den Mund.

Wieder wechselte Jacques Fornier das Thema, aber nur, um ihr, nach kurzer Rücksprache mit dem Inquisitor Galhardus, eine viel gefährlichere Frage zu stellen: »Habt Ihr jemals öffentlich geleugnet, dass der ungeborene Christus im Körper der Jungfrau Marie gewesen sei?«

Ihr stockte der Atem. »Geleugnet? Nein. Ich hörte es, aber ich selbst habe nie daran gezweifelt, dass Jesus Christus im Körper der Jungfrau heranwuchs«, sagte sie mit bemüht fester Stimme.

Fournier ließ nicht locker. »Und wo und von wem habt Ihr das Gegenteil gehört?«

Sie schob die Brauen zusammen, zögerte, überlegte. Nach längerem Schweigen - im Saal entstand schon Unruhe - sagte sie mürrisch: »Vermutlich oben in Montaillou.«

»Und vom wem? Waren es abermals die Worte desjenigen gewesen, den die Menschen noch immer den *kleinen Bischof von Montaillou* nennen?«

Totenstille im Saal. Fournier musterte sie prüfend. Johannes grinste schief und Galhardus malträtierte seine Finger.

»Ja, der Pfarrer von Montaillou hat mir einmal von diesem Gerücht erzählt. Diesem Irrglauben«, setzte sie nach.

Der Bischof hatte sie durchschaut. Seine missbilligend herabgezogenen Mundwinkel bewiesen es. Sie solle endlich in sich gehen, donnerte er in den Saal. Nur die Wahrheit würde ihr das Überleben sichern!

»Auf meinen Eid, ich lüge nicht.«

Sie hörte ihn schwer seufzen. »Wir haben ebenfalls vernommen«, insistierte er weiter, »dass der Pfarrer Pierre Clergue Euch gegenüber behauptet hat, die Leute von Montaillou, dank der Inquisition von Carcassonne, fest in der Hand zu haben?«

Bei dieser Frage begannen plötzlich die Beisitzer unruhig auf ihrem Stuhl herumzurutschen. Wieder tat Béatris, als müsse sie sich erst erinnern. Dann schüttelte sie den Kopf. »Dank der Inquisition von Carcassonne? Nein. Ich hörte, wie der Pfarrer einmal sagte, dass er die Leute von Montaillou gut zwischen den Füßen halte, durch die Inquisition der *häretischen* Niedertracht.«

»Der *häretischen* Niedertracht?« Galhardus lachte auf.

Fournier runzelte die Stirn. »Habt Ihr Euch da nicht verhört? Redet der Wahrheit nach!«

»Das hat mich auch überrascht, Euer Gnaden. Auf meine Nachfrage erklärte er mir damals, er sei den Guten Christen nach wie vor wohlgesonnen, aber er wolle sich an ... an seinen persönlichen Feinden rächen. Wer seine Domus angreife, könne nicht sein Freund sein, sagte er, egal was dieser Mensch glauben würde. Er selbst käme später darüber mit Gott überein. Mit Gott. Nicht mit der Inquisition von Carcassonne. Um was genau es dabei ging, wer mit ihm im Streit lag, das weiß ich nicht mehr. Das habe ich vergessen.«

»Ziert Euch nicht länger, Donna Béatris«, rief Galhardus, »Clergue hat bereits alles freimütig aufgedeckt.«

Béatris schluckte. Freimütig? Pierre? Sie wusste nicht, woran es lag, dass sie der Beteuerung des Dominikaners keinen Glauben schenkte.

»Jetzt erzählt uns einmal zusammenhängend von Eurer Liebschaft mit dem Pfarrer von Montaillou«, forderte der Bischof sie nun auf, mit tiefer, salbungsvoller Stimme. »*Ab ovo ad malum.* Wir nehmen uns Zeit. Erinnert Euch, denkt nach, erleichtert Euer Gewissen. Es geht um Eure Seele, hört Ihr, um Eure Seele!«

Béatris saß in der Falle. Ihr Puls raste. Was sollte sie bloß tun? Alles Lavieren schien sinnlos. Jacques Fournier war offenbar fest entschlossen, heute, ja heute, die Lämmer herausgehen zu lassen. Sie räusperte sich, dann begann sie tatsächlich zu berichten. Zuerst stockend, nur jeweils kleine Episoden preisgebend - angefangen vom ersten flüchtigen Kuss im

Beichtstuhl, gefolgt von ihrer Sprödigkeit in den langen Wochen danach. Bald wurde sie mutiger. Sie redete und redete und gab bisweilen, weil es sich nicht immer verhindern ließ, Namen und Vorkommnisse preis, die mit der Häresie zu tun hatten - womit sie unweigerlich auch Pierre belastete. Nur eines beteuerte sie wieder und wieder, nämlich nie selbst eine fremde Lehre geglaubt oder angenommen zu haben. Das war sie sich schuldig. Als endlich der letzte Stein aus ihrer bröckligen Mauer aus Wahrheiten, Halbwahrheiten und Lügen fiel, verdunkelte sich draußen die Sonne.

Im einsetzenden Gewitterregen brachten die Soldaten sie zurück nach Les Allemans. Durchnässt wie sie war, warf sie sich auf den Strohsack. Von allem, was sie vor Gericht ausgesagt hatte, war ein schaler Nachgeschmack von Verrat zurückgeblieben. Nichts weiter. Bis in die Nacht hinein lag sie wie betäubt da, ohne die Kleidung zu wechseln oder etwas zu essen. Sie hasste sich. Als ihr vor Müdigkeit die Augen zufielen, rannte sie im Traum einen steilen Berg hinab, sie rannte, rannte und rannte, lief vor sich selbst davon - wie damals, als sie den herzensguten Othon de Langleize geheiratet hatte, ohne ihn zu lieben ...

Der Ruf der Turteltaube
Crampagna und Dalou
in den Jahren des HERRN 1301 und 1302

Als bekannt wurde, dass ich im Herbst den Edelmann Othon de Langleize heiraten würde, suchte mich eines Tages Bernard Belot aus Montaillou auf, der Sohn der alten Katharerin, die alle »die Belote« nannten. Eine Weile druckste der Mann, der schon auf die Fünfzig zuging, herum, dann rückte er mit der Sprache heraus.

»Ich soll Euch sagen, dass sich das ganze Dorf sorgt!«

»Um mich? Weshalb?«

Er schüttelte den Kopf. »Nein, nicht um Euch, sondern um den Pfarrer. Um Pierre Clergue.«

Ich erschrak. »Ist er krank geworden?«

»Nein, aber am Boden zerstört, weil Ihr nun auch Prades verlassen wollt, Donna Béatris. Er weint um Euch und sorgt sich ... um Eure Seele.«

Ich zog die Stirn kraus. »Um meine Seele? Ist das sein Ernst?«

Belot verdrehte ungeduldig die Augen. »Nun, Ihr wisst doch, was damit gemeint ist! Im Unterland, wohin es Euch bald zieht, gibt es nicht viele Gute Christen. Er legt Euch dringend nahe, Prades Tavernier aufzusuchen und mit ihm zu reden, denn ins Unterland getraut sich derzeit kein Perfekt. Im anderen Fall seid Ihr für immer verloren.«

Ich war fassungslos. »Aber nein«, rief ich. »Richtet Pierre Clergue aus - oder auch Eurer Mutter, so sie hinter Eurem Besuch steckt -, dass ich *keinen* Perfekten rufen werde, auch nicht Prades Tavernier, denn ich werde bald heiraten. Man möge mich in Ruhe lassen.«

Bernard Belot hatte daraufhin wortlos genickt und sich wieder auf den Weg nach Montaillou gemacht.

Eigentlich hätte unsere Verlobungsfeier zum Fest der Heiligen Magdalena stattfinden sollen, doch ein schweres Unglück warf alle Pläne über den Haufen - und mich zu Boden: Gänzlich unvermittelt verstarb meine jüngste Tochter, nachdem sie einen Tag lang nur über leichte Halsschmerzen geklagt hatte. In der Nacht darauf jedoch schwoll ihr Schlund blaurot an, ihre Augen waren ängstlich geweitet, ihre Stirn schweißüberströmt. Sie keuchte, fieberte, schlug bald wild um sich. Ich ließ nach dem Bader rufen, doch ihr Zustand verschlechterte sich noch vor seinem Eintreffen. Obwohl wir in der Kammer nasse Leintücher aufhingen, bekam sie kaum Luft und verfiel in Windeseile. Ich war untröstlich, doch Sibilia, die ihre Ärmchen festhielt, meinte unter Tränen: »Wen der Herr liebt, den ...«

»Nein!«, schrie ich sie an, und ich erinnerte mich unter Schauern, dass Sclarmunda Pierres Patentochter war. »Gott soll sie gefälligst am Leben lassen, sie hat ihm nichts getan!« Doch als ich sah, wie schwer meine Kleine mit dem Tode rang, schickte ich Sibila hinaus und nahm sie selbst fest in den Arm. Ich wiegte und küsste sie. »So geh, mein Liebling«, flüsterte ich ihr ins Ohr, »Gott schütze dich!«

Als ob ein Unglück nicht gereicht hätte, erkrankte am nächsten Abend, nachdem wir Sclarmundas mageren Körper zu Grabe getragen hatten, auch meine Älteste. Aber der Eintritt des Todes hat selbst bei Kindern seine Zeit, Condors genas wieder. Bei ihr zeigte der Aufguss aus der Kleinen Braunelle, den uns der Bader ins Haus gebracht hatte, seine Wirkung.

Am Vortag der Aufnahme Mariaes in den Himmel verließ ich, noch immer schwer gezeichnet von der Trauer um meine liebe Tochter, für immer Prades d'Aillon, an meiner Seite Condors und unsere treue Magd Sibilia.

Das Hochzeitsfest fand in den letzten Tagen der Weinlese statt, während die Hitze wie ein schwerer Teppich über dem Land lag und die Zikaden täglich bis zur Erschöpfung schrien. »Carol«, Othons Landhaus in Crampagna, war nach dem Flüsschen, das am Grundstück vorbeifloss, benannt. Die Hochzeitstafel stand im Hof, und die Mägde hatten sie mit

Farnblättern, kleinen Rosen und Gipskraut geschmückt. Wegen meiner Trauer fand das Fest nur im kleinen Kreis statt: Othons Nichte Mabille war mit ihrer Familie gekommen, meine Cousine Raymonde aus Luzenac, nebst Lorda, deren Hochzeit mit dem Anwalt Bayard im nächsten Frühjahr gefeiert werden sollte. Mein allerliebster Gast war jedoch Gentile, meine Schwester, die gemeinsam mit ihrem Mann Paga aus Limoux angereist war.

»Hast du etwas von unserem Bruder gehört?«, fragte ich sie, als wir unter uns waren, doch sie schüttelte den Kopf. »Keiner weiß, wo er sich versteckt hält«, antwortete sie, »ich befürchte das Schlimmste.« Dann begann sie, auf die Häretiker zu schimpfen. »Wie froh bin ich, dass du dir noch rechtzeitig diesen Katharer-Unsinn aus den Kopf geschlagen hast«, sagte sie, wie es ihre Art war, und sie gratulierte mir ein weiteres Mal zu meinem neuen Mann, der zur rechten Kirche hielte. »Du wirst ein gutes Leben an seiner Seite haben«, meinte sie.

Othon de Langleize war in der Tat ein freundlicher, hilfsbereiter und zuvorkommender Mann, allerdings lachte er nicht oft. Zuerst redete ich mir ein, es läge daran, dass er noch immer um seine Frau trauerte, später erkannte ich, dass es seine Bestimmung war, als ernster Mensch durchs Leben zu gehen. Er verwaltete mit kluger Hand seine Güter, sammelte für sein Herz wertvolle Handschriften, in denen er am Abend bei Kerzenlicht blätterte. Die anfängliche Fremdheit verlor sich bald, wir gewöhnten uns aneinander. Streit gab es keinen, aber wir sprachen auch nicht viel von Liebe, und die Leidenschaft, wenn wir beisammen lagen, kam im Armenhemd daher. Dennoch meine ich aufrichtig sagen zu können: Othon und ich, wir hatten ein gutes Leben.

Im Frühling zogen wir meist mit Sack und Pack in das nahegelegene Dalou, wo Othon eine kleine Burg besaß, die mit ihrer rückwärtigen Seite dem Pech von Dalou und dem Berg Margail zugewandt war. »Nun bin ich wieder Kastellanin«, sagte ich stolz zu meinem Mann, als ich an seiner Seite von den Zinnen hinunter ins Tal sah, worauf er überraschend meinte, er hätte mir gerne ein größeres Schloss zu Füßen gelegt, denn ich sei seine Königin. Als ich diese warmen Worte vernahm, hätte ich mich eigentlich freuen müssen, und das tat ich natürlich auch, dennoch zerriss es mir fast das Herz, weil auch Pierre mich oft als seine Königin bezeichnet hatte.

In Dalou war es dann, als mich im Jahr darauf, um das Pfingstfest herum, erneut der Sohn der Belote aus Montaillou aufsuchte. Angeblich im Auftrag des *bayle*, Pierres Bruder Bernard, händigte er mir meinen alten Ehevertrag aus, obwohl doch die Sache mit meiner *dos*, meiner Mitgift, längst erledigt war. Stirnrunzelnd bedankte ich mich und führte den Mann nichtsahnend in die Foghana.

»Stärkt Euch mit einen Becher Wein, bevor Ihr zurückreitet«, sagte ich zu ihm. Ich nahm den Krug auf und schenkte ihm ein. Er dankte, druckste dann jedoch herum, so dass ich ihn fragte, ob es einen weiteren Grund für sein Kommen gäbe. Daraufhin meinte er ziemlich streng, dass ein guter Baum keine schlechten Früchte tragen dürfe. Vor allem seine Mutter und Ala Rives, aber auch Mengarde Clergue würden sich über die Maßen um mein Seelenheil sorgen. Ich dachte an den Rat meiner Schwester Gentile, mich zukünftig von den Katharern fernzuhalten. Rasch öffnete ich meine Geldkatze und schob Bernard Belot fünf Silbertournois über den Tisch.

Überrascht sah er mich an. »Wozu?«

»Gebt das Geld Guillaume Authiè, für seine Dienste. Und Euch verbiete ich, noch einmal hierher zu kommen. Ich will von den Katharern nichts mehr wissen, richtet das Eurer Mutter, Ala Rives und Na Mengarde aus. Versteht Ihr das? Ein für alle Mal - lasst Euch hier nicht mehr blicken!«

Bernard Belot erschrak sichtlich über meine harschen Worte, so dass er mir schon wieder leid tat. »Das hätten wir nie von Euch gedacht, dass Ihr die Guten Leute so schnell vergessen würdet!«, sagte er vorwurfsvoll, stand auf und ging.

Zutiefst aufgewühlt, nahm ich das nächstbeste scharfe Messer zur Hand und eilte ins Burggärtlein. Am kleinen Brunnen wusch ich mir die Augen aus, dann schnitt ich eigenhändig die wuchernden Ranken des Immergrüns ab. Zwar tat es mir um die blauen Blüten leid, doch Othons Mägde hatten Gewürzpflanzen gesetzt, die bereits unter dem fehlenden Licht litten. Schnell flocht ich aus den Blütentrieben einen Kranz für Condors, die wie so oft im Turm bei den Mägden saß, um ihnen beim Weben zuzusehen.

Auf dem Weg nach oben ging mir Belots Besuch nicht aus dem Kopf. Ich war mir sicher, dass Pierre dahinter steckte. Aber ich wusste, es war ihm nicht daran gelegen, mein neues Leben zu zerstören. Die Lehren der Guten Leute steckten zwar noch immer in meinem Kopf - im Herzen hatte ich sie nie getragen, nie!

Und ich wollte, dass das so blieb. In Othons Burgkapelle stand nämlich eine besonders strenge Madonna, mit bäuerlichem Antlitz, grün-rot bemaltem Gewand und übergroßen schneeweißen Händen. Diese kleine Figur war mindestens so alt wie diejenige von Montaillou. Auch wenn seit Jahrhunderten schon der Wurm an den Madonnen nagte, waren sie doch weitaus mehr als ein simples Stück Holz, wie die Perfekten behaupteten. Ich selbst hatte es mir zur Pflicht gemacht, Othons Madonna einmal in der Woche mit dem guten Olivenöl einzureiben, ihren Thron zu putzen, bis er glänzte, und den kleinen Altar mit frischen Blumen zu schmücken.

Wieder war es zur Zeit der Weinlese, als Othon sich nach Foix aufmachte, um mit dem Grafen Grundstücksangelegenheiten zu besprechen. Er war noch keine zwei Tage abwesend, als mich meine Magd beiseite nahm. »Besuch aus Montaillou«, meinte Sibilia vielsagend.

Ich blies die Wangen auf. »Ist der Belot schon wieder da? Ich habe es ihm doch verboten!«

»Nicht der Belot. Der Junge des Pfarrers steht draußen im Hof, dieser Jean. Er sagt, er hätte dir eine Nachricht zu überbringen.«

Mit fliegenden Händen öffnete ich den Brief. Er befinde sich derzeit auf der Synode zu Pamiers, schrieb mir Pierre, und würde mich morgen gern besuchen, auch um mir Grüße von meiner Schwester Gentile auszurichten ... Ich bemühte mich um Fassung, denn letzteres war mit Sicherheit gelogen.

»Er kommt hierher, nicht wahr?«, sagte Sibilia, die Hände empört in die breiten Hüften gestemmt.

Ich nickte, tiefrot im Gesicht. »Es steht zu befürchten. Morgen schon. Was rätst du mir? Es darf keiner sehen, dass er ...«

»Nun, wenn ich es einrichten kann, will ich ihn als meinen Neffen ausgeben. Die Knechte und Mägde deines Mannes geht sein Besuch nichts an.« Sie klopfte mir auf die Schulter. »Sei tapfer und mach dir keine Sorgen, Béatris!«

Pierre Clergue erschien am späten Nachmittag, sofort nach dem Ende der Synode. Eine Zeitlang hatte Sibilia vom Turmfenster nach ihm Ausschau gehalten und ihn dann am großen Brunnen abgefangen. Sie hatte ihn umarmt, wie man das unter Verwandten tat, und ohne Umweg in die Foghana geführt, wo sie ihn mit Wein und Mandelgebäck bewirtete. Als ich mich hinzugesellte, ließ sie uns allein.

Anfangs saßen Pierre und ich uns befangen gegenüber, unterhielten uns über dies und das, vor allem über die Nachbarn in Montaillou, doch es war wie ein Gespräch unter Fremden. Sclarmundas Tod, vom dem er gehört hatte, trieb ihm Tränen in die Augen und er meinte, er hätte sein ganzes Vermögen gegeben, um sie zu retten. Es tröste ihn nur eines, sagte er, dass ihre Seele nun bei Gott sei. Irgendwann richtete er mir Grüße von seiner Mutter Mengarde und seinem Bruder Bernard aus, und dann - mit einem ersten Augenzwinkern - auch solche »aus Limoux«, obwohl er, wie ich es mir schon gedacht hatte, gar nicht dort gewesen war. Gentile hätte ihm vermutlich auch die Tür gewiesen.

Zuletzt überreichte er mir »Gentiles« Geschenk: ein Hemd aus feinem Linnen, wie man es für gewöhnlich in Barcelona herstellte, über und über mit prachtvollen Stickereien in karmesinrot, safrangelb und grün versehen.

»Wie schön!«, sagte ich leise. »Die Farben und Muster stimmen mich heimisch. Sie erinnern mich an die Kirche von Unac.«

»Gefällt dir das Hemd wirklich, meine Schöne?« Pierres Augen blitzten vor Stolz. »Es ist aus Kambrik, einem Stoff, wie sie auch die Brüder Authiè tragen. Ich habe lange danach gesucht. Ach, wärest du doch noch oben bei uns, du hättest es an Peter und Paul zum Kirchweihfest tragen können. Jeder hätte dich darum beneidet!«

Ich nickte stumm, den Blick auf das Hemd gerichtet. Alles in mir sehnte sich nach einer Umarmung, aber ich wollte Pierre nicht ermutigen. Doch kaum gedacht, stand er auf, trat um den Tisch, zog mich hoch, schloss mich fest in seine Arme - und ich gestehe, ich verhielt mich in diesem Augenblick wie ein blutjunges Ding. »Bitte nicht hier«, piepste ich verzagt, zugleich raste mein Herz wie das eines Sperlings.

»Wo dann?«, drängte er.

»Ich weiß nicht. Nach oben können wir nicht, da sitzen die Mägde am Webstuhl, auch Condors, und sie kennt dich. Aber vielleicht«, flüsterte ich, »vielleicht unten im Sotula?«

»*Hélas*«, schnaubte da Pierre belustigt, »besser der Weinkeller als der Heuboden! Ich habe einen gnadenlosen Herrn namens Liebe.«

»Warte!« Ich eilte nach draußen, doch meine gute Sibilia hatte sich wohl schon selbst den Kopf in dieser Herzensangelegenheit zerbrochen. Schweratmend stieg sie gerade aus dem Keller, und ich sah, dass an in ihrer hochgerafften Schürze und an ihrem Busen Reste von Streu hingen.

»Ich bleibe oben auf der Falltür stehen, halte Wache!«, flüsterte sie mir zu.

Es roch modrig, als wir die Leiter nach unten stiegen, wo tatsächlich, zwischen zwei Weinfässern, frisch aufgeschüttetes Stroh lag und eine jener Felldecken, mit denen man sich im Winter auf der Burg die Beine wärmt. Als wir die Falltür zuklappen hörten, fielen wir uns in die Arme, wiegten uns lange Zeit hin und her. Ich weinte vor Erleichterung, fühlte mich wie befreit. Glücklich. Zuhause.

Pierre zog mir die Haube vom Kopf und löste meine Flechten, bis mein Haar mir wie Pech über Schultern und Rücken fiel. Er band die Schleifen meines Gewandes auf, entblößte meine Schultern, meine Brüste, und küsste mich zärtlich. Dann entledigte er sich seiner Stiefel und Beinlinge und breitete, nur noch in Hemd und Bruche, die Decke aus. Dabei stimmte er einen frommen Hymnus an, »für alle Wohlerzogenen annehmbar«, wie er spöttisch meinte: *»Den Ruf der Turteltaube hört man über unserem Land«*, sang er leise mit seiner schönen, warmen Stimme, *»steh auf meine Liebe, komm eilends, komm herab vom Libanon: ich will dich krönen!«*

Pierre war Pierre. Unwiderstehlich. Als ich mich ihm hingab, spannte sich mein Leib unter ihm wie ein Bogen.

Neun Monate nach dem Liebesakt im Weinkeller der Burg von Dalou gebar ich meinem Gemahl Othon ein gesundes, wunderschönes Mädchen. Ich nannte es Ava, nach meiner Schwester, von der es seit Jahren kein Lebenszeichen gab.

Die Seelenboten
Les Allemans und Pamiers, Dienstag, 12. August im Jahre des HERRN 1320

»Im Glauben der Häretiker kommt man der Erlösung näher als in irgendeinem anderen Glauben«, hatte ihr Pierre in Montaillou oft eingeschärft. Jedermann müsse diese Wahrheit erfahren ...

Jedermann? Béatris folgte schweren Herzens der Kerkermeisterin, als diese sie am Dienstag bei Tagesanbruch zu einem weiteren Verhör abholte. War Pierres »Wahrheit« nicht längst dabei, sie beide auf den Scheiterhaufen zu bringen? Was hatte ihr denn seine respektlos dahingeworfene Versicherung gebracht, dass es keine Sünde sei, unter dem Zwang der Notwendigkeiten zu lügen - wenn doch der Bischof von Pamiers ihr jede Lüge an der Nasenspitze ansah?

Munter wie ein Springteufel aus dem Stiefel, konfrontierte Fournier sie an diesem Morgen mit der Aussage einer Zeugin aus Montaillou, deren Namen er nicht nannte. Wieder pflückte er nur bestimmte Details heraus, um sie Béatris vorzuhalten, Dinge, die ihn aber offenbar stark interessierten:

»Donna Béatris«, begann er mit fester Stimme, »es heißt, man habe Euch oben in Montaillou, womöglich gar am Fest der Reinigung der Jungfrau, sagen hören, dass die Leiber der Menschen wie Spinnenweben vernichtet würden, da sie ja Teufelswerk seien. Wie könnt Ihr, nach dieser ketzerischen Rede, die so ganz unter dem Einfluss der Notare Authiè und Eures ehemaligen Geliebten Pierre Clergue steht, noch weiter leugnen, eine Häretikerin zu sein?«

Béatris erschrak, versuchte auszuweichen: »Die Authiès habe ich nie predigen hören, Euer Gnaden, das habe ich vor Gericht schon mehrfach versichert und das nehme ich auch heute wieder auf meinen Eid. Die Ansicht jedoch, dass die Leiber unwiderruflich dahinwelken - Ihr nennt das Häresie - teilen mit mir viele Menschen. Überall behaupten sie es. Im Gebirge, im Tal, im ganzen Land. Ich selbst würde die Auferstehung des Leibes ja gern glauben wollen, es wäre mir ein Trost, wahrhaftig, doch wie soll es den Seelen der Toten möglich sein, am Jüngsten Tag in dieselben Knochen zurückzukehren, die einst ihre waren?«

Es waren bei Gott nicht ihre eigenen Gedanken, die sie in ihrer Not zum Besten gab, aber es waren die einzigen, die ihr in diesem Augenblick einfielen. »Allerdings«, fuhr sie fort, in der Furcht, ihre Erklärung könnte zu kurz gesprungen sein, »allerdings gibt es auch Geschichten, die das glatte Gegenteil behaupten.«

Sofort hakte Fournier nach. »Welche Geschichten?« Scheinbar an jeder noch so kleinen Dummheit interessiert, die oben in Montaillou irgendwann gesagt oder begangen worden war, beugte er sich weit über den Richtertisch.

»Ich meine ...«, sie zögerte, »ich meine die Geschichten, die man sich über die Seelenboten erzählt.«

Der Bischof furchte die Stirn, warf einen fragenden Blick auf seine Beisitzer, die unwissend mit den Schultern zuckten. Einzig der Adamsapfel des dürren Johannes hüpfte auf und nieder.

»Welche Seelenboten? Sprecht!«

»Da gibt es angeblich eine Frau, die in Belcaire im Bistum Alet wohnt. Es heißt, sie könne sehen, wie die Teufel die Seelen der Bösen über Felsen und Abgründe geleiten, um sie schlussendlich von den Felsen hinabzustürzen.«

»Soso«, der Bischof rieb sich das Kinn, »und wie sollen diese Seelen ausgesehen haben?«

»Also, die Frau - ich kenne sie nicht, ich habe das nur gehört, Euer Gnaden -, sie behauptet, auch die Seelen hätten einen Leib, und wenn die Teufel sie in die Tiefe stürzten, würden diese Seelenleiber aufheulen vor Schmerzen. Dennoch könnten sie niemals sterben.«

»Die Seelen der verdammten Toten sollen richtige Leiber besitzen?«

Der Bischof, nun die Lider gesenkt, lächelte maliziös, wie bei einer Scherzfrage.

Béatris hob die Schultern. »Das wird so behauptet. Ich selbst weiß es nicht, auf meinen Eid. Nie habe ich eine solche Seele gesehen. Es heißt jedoch, jene Seelenleiber seien in Lumpen gekleidet, überdies halb verwest und voller Wunden, dennoch würden sie schöner aussehen als lebende Leiber. Vielleicht sind es ... Glorienleiber?«

Mit einem Krachen hieb Galhardus de Pomiès die Faust auf den Tisch. Er schnaubte entrüstet, worauf Fournier ihn mit einem Blick strafte.

»Weiter! Woher habt Ihr diese Aussage?«

Rasch setzte Béatris nach: »Bei meiner Seel, ich selbst glaube nicht, dass das stimmt, Euer Gnaden! Auch kenne ich, wie ich schon sagte, den Namen jener Frau nicht, die diese Geschichten in die Welt gesetzt hat. Und das, was ich früher einmal zuhause in Cassou hörte, als ich mich mit meinen Eltern auf einer unserer Wiesen aufhielt, bezweifle ich heute ebenfalls.«

»Zuhause in Cassou? Redet ohne Scheu, Donna Béatris!«

»Nun, die Wiese wurde gerade gemäht, da erzählte einer der Schnitter, ein Mann aus Tignac, dass mit dem Tod alles aus sei, weil sich Himmel und Hölle bereits hier auf Erden befänden. Für die Glücklichen, hat er gesagt, sei die Erde bereits das Paradies, und die Hölle durchlitten diejenigen, denen es im Leben dreckig ginge ...«

Erneut gärte es im Inquisitor. Er tuschelte mit dem Bischof - worauf letzterer ihn ungehalten anfuhr: »So tut, was Ihr nicht lassen könnt! Wer allzu rasch handelt, dem wird's mangeln.«

Galhardus winkte einen der Schreiber zu sich heran und ließ sich ein Pergament aushändigen. Er rollte es auf und konfrontierte Béatris mit dem Namen eines bestimmten Mannes aus Tignac, den die Inquisition vor zwei Tagen zufällig ebenfalls verhört hätte. *Er* müsse der Mann von der Wiese sein, und sie solle dies vor Gericht bestätigen.

Doch der Name sagte Béatris nichts. »Ich war damals viel zu jung, um mir den Namen zu merken«, warf sie mutig ein, »wenn ich ihn überhaupt hörte.«

»Der Name ist sowieso nebensächlich«, meinte Fournier unwirsch, »denn es handelt sich um einen Wahnsinnigen und Zauberer, der Euch seinerzeit diese Lüge aufgebunden hat.«

Béatris bekreuzigte sich.

»In der Tat«, setzte der Inquisitor gewichtig nach, während er das Pergament zurückreichte, »auch dieser Mensch wird brennen, und die Teufel werden ihn mit Leib *und* Seele dahinraffen!«

Béatris hatte das Gefühl, keine Luft mehr zu bekommen. Die Teufel ängstigten sie weniger als der angedrohte Scheiterhaufen. Ganz steif stand sie da, in Erwartung der nächsten unheilvollen Frage. Da brach der Bischof zur Verwirrung aller das Verhör für den heutigen Tag ab. Er schien verärgert zu sein.

Fast enttäuscht verließ Béatris in Begleitung der Soldaten den Saal. Dabei hätte sie dem Hohen Gericht noch eine weitere interessante Geschichte auftischen können, allerdings eine, die dem Bischof noch mehr geärgert hätte: Ein solcher, von ihr angesprochener Seelenbote lebte nämlich mitten in Pamiers, unter Fourniers Augen. Seinen Namen - Arnaud Gélis - hätte sie natürlich nicht preisgegeben.

Dieser Gélis behauptete allen Ernstes, er sei in der »anderen Welt« gefallenen Rittern auf ihren Streitrössern begegnet. Mit bis zum Nabel gespaltenen Leibern hätten sie ohne Rast, Tag um Tag, kämpfen müssen. Nur bei Einbruch der Dunkelheit hätten sich die Wunden geschlossen, um im Morgengrauen, vor der nächsten Schlacht, wieder aufzuplatzen. Ganz nach Katharerart behauptete Arnaud Gélis, dass dies die Hölle sei für alle Menschen, die sich auf Erden für Gewalt und Waffen entschieden hätten. Angeblich hatte er in jener »anderen Welt« auch einen Erzdiakon getroffen, den vier riesige Höllenhunde gepeinigt hätten, als Strafe dafür, dass er zu Lebzeiten mit den Grundrenten der Kirche gehandelt hatte.

Als Béatris die Geschichten jener Seelenboten zu Ohren gekommen waren, hatte sie sofort an ihre verstorbenen Kinder denken müssen, an Jaufré und Sclarmunda. Die Sache hatte ihr keine Ruhe gelassen und sie hatte nachgefragt, ob Arnaud Gélis in der »anderen Welt« auch Kinder vorgefunden hätte. Die Zuträgerin der Geschichte hatte sie zur Seite genommen und ihr bedeutet, dass die Kinder nach ihrem Absterben den »Ort der Ruhe« aufsuchen würden, zu dem Seelenboten keinen Zutritt hätten. Diese Kinder seien so leicht wie Mohnsamen, hatte sie gesagt, und der Wind blase sie herum, der Wind ...

Hélas, die Liebe einer Mutter ist wohl immer in ihrem Frühling! Kein Wunder, dass Béatris in der darauffolgenden Nacht von ihrer zweitjüngsten Tochter Ava träumte, und diesen »guten Traum« wie einen alten Bekannten begrüßte: Ava, die schönste ihrer Töchter und die klügste. Ava, ihre Turteltaube. Ava, die Pierres Augen besaß ...

Um das Verständnis des göttlichen Guten
Auf Burg Dalou
in den Jahren des HERRN 1302 bis 1308

War die Leidenschaft, die uns verband, Liebe oder Wahn? Pierre kam meiner dringlichen Bitte nach und sah von weiteren Besuchen auf der Burg meines Gemahls ab. »Das musst du mir in die Hand versprechen«, hatte ich ihn beim Abschied im Weinkeller angefleht, »ich weiß, ich vergehe, ich sterbe, wenn ich dich nicht mehr sehen kann, aber ich darf das Othon nicht antun. Er ist ein guter Mann.«

Pierre war ganz ernst geworden. »Dann versprich du mir, nicht weiter von unserem Glauben abzufallen. Du gehörst zu uns, zu den Guten Christen, und deine Pflicht ist es, auch andere auf diesen Weg zu bringen. Sie zu retten. Der halbe Adel steht auf unserer Seite. Deine Cousine aus Luzenac, auch ihre Söhne, ja, selbst der Kastellan von Junac und Stephania von Châteauverdun, von der ich dich herzlich grüßen soll. Einzig dein Gemahl scheint davon unberührt zu bleiben. Rede mit ihm!«

»Aber wie soll ich das machen, Pierre? Othon ist überzeugter Katholik, ein treuer und redlicher Mann, kein Eiferer, und ich bin nicht geschult genug, um ihn auf unsere Seite zu ziehen. Ist das etwa meine Schuld, wenn sich mir der Heilige Geist nicht offenbart hat? Vermutlich bin ich zu schwach oder zu ... ängstlich.«

Da zog mich Pierre noch einmal in seine Arme. »Du bist nicht schwach, Liebste, aber lass. Ich nehme die Sache selbst in die Hand; ich rede mit den Authiès oder mit Prades Tavernier.«

Es kam tatsächlich nach einiger Zeit zu zwei, drei heimlichen Zusammenkünften, doch die Ketzerreden stießen bei meinem Gemahl auf taube Ohren. Es genüge ihm, der Herr von Langleize und ein guter Katholik zu sein, sagte er. Außerdem habe er schon immer die Armen, Leprösen, Witwen und Waisen unterstützt. Mitleid sei kein Privileg der Häretiker.

Einzig, dass die Perfekten Gewalt und Blutvergießen ächteten, rang ihm Respekt ab. »In dieser Hinsicht ist das Katharertum auf dem richtigen Weg«, sagte er einmal zu mir, »denn Rom ist zu einer Kirche der Vergeltung geworden. Aber aus der Wespe kann auch wieder eine Biene werden. Ich gebe die Hoffnung nicht auf.«

Wann immer Othon sein Tagwerk vollendete, zog er am Glockenstrang. Gemeinsam mit den Mägden und Knechten suchten wir die Burgkapelle auf, knieten vor der Schutzfrau nieder, beteten das *Ave Maria* und bekreuzigten uns. Danach setzten wir uns in die Foghana, wo wir zu Abend aßen. Wir waren eine glückliche Familie, und das, was mich einst zu den Katharern gezogen hatte, so redete ich es mir mit der Zeit ein, hatte nur mit Pierres Anziehungskraft und seiner Zungenfertigkeit zu tun gehabt - und natürlich mit den zahlreichen Einflüsterungen, denen ich als junges Ding in Montaillou ausgesetzt gewesen war.

Sieben gute Jahre gingen so ins Land, die wir abwechselnd in Varilhes, Crampagna oder Dalou verbrachten. Jahre, in denen ich Pierre nicht sah und nichts von ihm hörte, aber es verging trotzdem kein Tag, an dem ich nicht an ihn gedacht oder für sein Seelenheil gebetet hätte, Katharer hin, Katharer her. Als es sich abzeichnete, dass Othon - ich hatte ihm zwei Jahre nach Avas Geburt ein weiteres Mädchen geschenkt, das wir Philippa nannten - zu kränkeln begann, suchte er zu meiner Überraschung plötzlich selbst um ein Gespräch mit den Notaren Authiè nach. Aber es ging ihm darum, mich und die Kinder nicht unversorgt zurückzulassen. Ein zweites Mal würde mich niemand aus einer Burg vertreiben, versicherte er mir.

Erst als es mit ihm zu Ende ging und ich an seinem Krankenlager saß und weinte, griff er nach meiner Hand und zog mich näher zu sich heran. »Ich habe von meinem Vater gehört, dass keine andere Krankheit so unheilvoll ist wie die Ketzerei«, sagte er leise, »selbst die Lepra nicht.«

Ich spürte, wie ich mich inwendig wappnete. »Wieso war dein Vater dieser Meinung gewesen?«

»Weil die Häresie, wenn sie einmal ein Haus infiziert hat, erst nach vier Generationen wieder verschwindet. Oder gar nicht. Heute morgen habe ich zum ersten Mal gespürt, dass der Tod nahe ist. Mein Herz wird täglich schwächer. Deshalb bitte ich dich, mir mehr über den sonderbaren Glauben der zwei Welten zu erzählen.«

Ich erschrak. »Aber Othon! Ich bin so rechtgläubig wie alle hier im Haus. Das weißt du doch!«

Mein Gemahl lächelte müde. »Wenn es ans Sterben geht, liebe Béatris, ist Offenheit und Ehrlichkeit angebracht. Du hast in Montaillou unter Häretikern gelebt, hast lange Zeit an das geglaubt, was sie lehren, und hast es gut vor mir verborgen. Ich werfe dir das nicht vor. Du musstest auch an deine Kinder denken. Doch jetzt berichte mir, was du über den Glauben der Katharer weißt. Hab keine Angst, niemand wird davon erfahren. Ich nehme dein Geheimnis mit in den Tod.«

Ich seufzte tief, aber ich vertraute Othon. »Wir alle sind dem Irdischen verfangen, was uns die Wirklichkeit zu sein scheint. Die Wahrheit ist aber das Gegenteil: Das Himmlische ist die Realität und das Irdische nur ein Abbild davon. Das Irdische vergeht, das Überirdische dauert ewig.«

Über Othons Wangen liefen zwei Tränen. Ich küsste sie ihm fort. »Das Himmlische ist die Realität«, wiederholte er. »Das will mir gefallen. Rede weiter, meine Liebe!«

»Die Katharer sagen auch, dass die menschlichen Seelen nichts anderes sind als die abtrünnigen Engel, die im Ursprung der Welt aus dem Himmel verbannt wurden.«

»Nun, die Geschichte des Engelsturzes findet sich auch in der Heiligen Schrift. Das ist nichts Neues. Aber wie interpretieren die Katharer diese Geschichte?«

»Sie glauben, dass sich das Gottesvolk aus drei Teilen zusammensetzt: dem Körper, der Seele und dem Geist - welcher den beiden ersteren vorsteht. Aus diesem Grund ist der Geist heilig zu nennen. Im Himmel, also vor dem Fall der untreuen Engelseelen, war der Geist ihr Führer und

Hüter gewesen. Er allein blieb standhaft, als sich die Seelen vom Teufel verführen ließen und dann den Rückweg nicht mehr fanden.«

»Bis Jesus Christus kam und ihnen den Weg aufzeigte, nicht wahr, Béatris?«

Ich nickte. »Johannes der Täufer hat Jesus angekündigt, als er sagte: *Ich habe euch mit Wasser getauft, aber er wird euch mit dem Heiligen Geist taufen.*«

»Wie geht das mit der Geisttaufe vonstatten?«

»Es muss vor dem Tod eine Hochzeit geben, eine Vereinigung von Seele und Geist. Zu Lebzeiten bleibt die Seele ja ständig im Leib, der Geist hingegen kommt und geht. Wie der Wind. Er beeinflusst die Träume und das Denken des Menschen. Stimmen irgendwann Seele und Geist im Guten überein, so ruft man einen Perfekten, der die ´Tröstung` vornimmt. Dann wird die ewige Hochzeit gefeiert.«

»Wie spürt man denn, ob die Seele für die Vereinigung mit ihrem Geist reif ist?«

»Sie ist bereit, wenn sie nichts Gegenteiliges von ihrem Geist will - und der Geist nichts Gegenteiliges von seiner Seele.« Ich küsste Othons heiße Hand.

Er nickte bedächtig. »Worte, die auch der Notar wählte, als er mich besucht hat. Leg dich zu mir, meine Liebe«, sagte er. »Diese Einsicht ist ein Segen für jeden Menschen, der dem Tode nahe steht. Wisse, dass ich gestern nach einem Perfekten schicken ließ. Ein Guter Christ soll auch mich trösten und hinübergeleiten in die Ewigkeit. Ich bin müde. Ich will kein zweites, drittes oder viertes Mal auf die Erde zurückgeworfen werden. Ich will frei sein. Endlich frei.«

Ich hielt den Atem an vor Überraschung. Dann jedoch kamen mir Bedenken.

»Aber wenn du wider Erwarten gesunden würdest, Othon, was willst du dann tun? Nach der Geisttaufe, meine ich. Du ... du weißt vielleicht nicht alles über die Katharer?«

»Doch, doch. Die *endura*. Allerdings hungert und dürstet es mich schon jetzt nicht mehr, meine liebe Béatris. Mein Leib gibt Ruhe, seit er sich auf die Geisttaufe vorbereitet.«

Ich dachte besorgt an jene Leichen, die oben in Montaillou heimlich auf dem Feld der Belots begraben worden waren, ehemalige Katharer, viele aus Coustaussa, die nur zum Sterben gekommen waren. Eine offizielle Bestattung kam für Häretiker natürlich nicht infrage. Zu gefährlich. Aber wie würde das mit Othon werden?

»Mir liegen noch zwei Dinge am Herzen«, fuhr mein Gemahl fort. »Sobald unsere Töchter das verständige Alter zum Lateinlernen erreicht haben, bring sie zum neuen Vikar. Barthélemy Amilhac soll sie unterrichten.«

Ich setzte mich auf. »Aber Othon! Du willst dich trösten lassen, hältst dich zu den Guten Christen, und verlangst von mir, dass ich Ava und Philippa von einem Katholiken erziehen lasse?«

Othon nickte. »Es ist zu ihrem Schutz. Dein Vater hat seinerzeit nicht anders gehandelt.«

»Na gut«, sagte ich - mit einem *unguten* Gefühl im Magen. »Ich verspreche es dir. Und deine zweite Herzensangelegenheit?«

»Betrifft dich selbst, Béatris. Du bist noch immer eine junge, leidenschaftliche Frau«, sagte er mit müdem Lächeln, während draußen die Schatten länger wurden, »dennoch bitte ich dich, dich nicht mehr mit Pierre Clergue zu treffen. Er bringt dich in Gefahr. Dich und unsere Kinder.«

Ich wich zurück. Othon wusste von Pierre und mir? Wer hatte es ihm erzählt?

»Das Herz spricht für gewöhnlich nicht«, sagte Othon in mein Schweigen hinein, »aber es ahnt voraus.«

Ich rechtfertigte mich nicht, küsste ihm nur wieder dankbar die Hand. »Es soll alles so geschehen, wie du willst.«

Am Abend darauf traf ein mir unbekannter Perfekt mit zwei weiteren

Katharern ein, seinen *filii minor*. Alle drei waren als Hausierer verkleidet. Als sie das Krankenlager betraten, trugen sie bereits die für solche Zeremonien vorgeschriebene Kleidung: einen dunkelblauen Kapuzenmantel über einem dunkelgrünen Gewand. Auch in Montaillou, im Haus der Belots, hatte ich einmal grüngekleidete Vollkommene gesehen. Früher, so hatte mir Pierre erzählt, hätten die Perfekten Schwarz getragen, nur schwarz, und lange Bärte hätten sie gehabt. Heute würde man sich rasieren, um nicht aufzufallen.

Ich vollführte vor den Katharern die dreifache kniefällige *adoratio*. Die *filii minor* rückten einen Tisch ans Krankenlager und bedeckten ihn, nach dreimaliger Verbeugung, mit einem weißen Leintuch. Anschließend wuschen wir uns alle siebenmal die Hände, um auch wirklich rein zu sein, und knieten nieder.

Ich selbst war in Montaillou bei der Zeremonie des *consolamentums* nie zugegen gewesen, aber ich hatte natürlich das eine oder andere aufgeschnappt. Der Perfekt zog das Evangelium des Johannes aus seiner Brusttasche, ein dünnes, schwarzes Buch. Feierlich legte er es auf den Tisch, betete sieben Vaterunser. Dann trat er mit dem Buch ans Bettlager.

»*Benedicite parcite nobis*«, stieß Othon vorschnell seine Bitte um den Segen hervor. Man verzieh es ihm, denn er hatte bereits Mühe, die Augen offenzuhalten.

»Die heilige Taufe, durch die der Heilige Geist verliehen wird«, sagte der Katharer, »wurde bewahrt von der Zeit der Apostel bis zum heutigen Tag, und sie ist von Perfekt zu Perfekt bis hierher in die Burg von Dalou gelangt; und so wird es weitergehen bis ans Ende der Welt. Und Ihr, Othon de Langleize, sollt nun vernehmen, dass der Kirche Gottes die Macht verliehen ist, zu binden und zu lösen, die Sünden zu vergeben und sie zu behalten, wie Christus im Johannes Evangelium sagt.«

»*Parcite Nobis*«, antwortete Othon schwer, »ich bitte Gott, die Katharische Kirche und euch alle, für meine Sünden um Verzeihung.«

»Durch Gott und von uns und von der Kirche sind sie Euch vergeben«, antworteten die drei Katharer mit einer Stimme - worauf der Perfekt den Prolog des Johannesevangeliums verlas. Anschließend legte er das Buch und zugleich seine rechte Hand auf Othons Haupt. Auch die *filii* legten ihm die Hand auf. Bei den Worten, die sie beim *consolamentum*, das nun folgte, sprachen, ging es darum, Gott zu bitten, dass er seinen Diener annahm und ihm den Heiligen Geist schickte.

Im Anschluss an die Zeremonie machten wir untereinander »und unter dem Buch«, wie es hieß, Frieden.

Noch einen Tag und eine Nacht verweilte ich in Othons Nähe, bis er bei Tagesanbruch friedlich in meinen Armen verstarb. Er war ein braver, ein anständiger und gütiger Mann gewesen, auch wenn das Feuer der Begeisterung nicht in ihm gebrannt hatte. Nach gutem Brauch schloss ich ihm die Augen und besprengte sein Gesicht mit Wasser. Als ich ihm die Nägel und Haare schnitt, beobachtete ich gebannt, wie sich sein Gesicht im Tod entspannte. Bald lag ein edler Marmorglanz auf seinen Wangen, alle Unebenheiten, alle Rötungen und Risse waren verschwunden. Ja, Othon war frei. Er hatte seine Krankheit und das Jammertal überwunden. Es war richtig gewesen, dass er die Perfekten rief. Wenn jemand verdiente, im Paradies aufgenommen zu werden, dann Othon.

Am Nachmittag rief ich unsere Töchter in die Kammer und im Anschluss daran all die Mägde und Knechte und zuletzt die vielen Menschen, die sich draußen auf dem Burghof versammelt hatten, um Othon die letzte Ehre zu erweisen. Großherzig hatte er sowohl der örtlichen Kirche wie auch den Katharern eine noble Spende zukommen lassen.

Signa und Miracula
Pamiers, Montag, 19. August
im Jahre des HERRN 1320

»Fünf Zeugen belasten den Priester, drei seinen Bruder«, zählte Galhardus auf, nachdem er dem Bischof eine Liste vorgelegt hatte. »Zwei haben widerrufen.«

»Was ist los, Bruder Galhardus?«, fragte Fournier, ohne auf das Verzeichnis einzugehen. »Ihr seht heute so kummervoll aus, habt rote Augen!«

»Sie jucken unerträglich, Euer Gnaden«, klagte der Inquisitor. »Schon seit drei Tagen. Es ist eine Qual. Als wenn jemand sie verhext hätte!«

»Wenn Ihr Euch so unwohl fühlt, Bruder, weshalb legt Ihr Euch dann nicht zu Bett und ruft einen Arzt?«

Doch der Inquisitor schüttelte nur eigensinnig den Kopf. »Es wird mir bald besser gehen. Einer unserer Novizen ist nach Limoux geritten. Das dortige Brunnenwasser ist bekannt für seine Heilkraft bei Augenleiden. Gesegnet sei die Schwarze Marceillerin!« Er bekreuzigte sich und kam dann wieder auf die Zeugen zu sprechen. Man müsse vor dem nächsten Verhör der Kastellanin eine Zusammenfassung aller bisherigen Zeugenaussagen vornehmen, meinte er, die entzündeten Augen zusammenkneifend. »Die der Weinhändlerin wiegen besonders schwer. Sie hat seinerzeit Clergue im Gespräch mit Authié beobachtet. Sie ist aber auch eine zuverlässige Zeugin, die Zauberbräuche betreffend. Pierre Clergue hätte den Haar- und Nagelzauber beim Tod seiner Eltern veranlasst, das sagt sie unter Eid. Dann haben wir noch die Aussagen des Schäfers Benet und die unseres Spions in Montaillou, Petrus Azéma.«

Der Bischof hob die Brauen. »Ihr führt allen Ernstes unseren ehemaligen *familiares* als Zeugen an? Ich wundere mich. Ist Euch entgangen, dass ich Azéma kürzlich überführt habe? Anstiftung zur Falschaussage dulde ich nicht. Selbst dann nicht, wenn diese Person mit mir verwandt wäre. Im Fall Montaillou geht es zudem nicht nur um Häresie oder Zauberei, sondern auch um persönliche Fehden, Streitigkeiten, um Wiesen und Schafherden oder meinethalben auch um Liebeshändel. Das alles gilt es bei der endgültigen Urteilsfindung zu berücksichtigen, Bruder Galhardus. Aber noch sind wir nicht so weit.«

Der Inquisitor hob die Hände. »Selbstverständlich, Euer Gnaden. Was Petrus Azéma betrifft - er ist ja in Haft - so dachte ich, man könnte seine Aussagen vielleicht doch berücksichtigen ... schließlich wiegt Zauberei so schwer wie der Besitz häretischer Bücher, wofür wir aber ebenfalls schon zwei Zeugen haben. Auch Barthélemy Amilhac sei nicht vergessen. Ohne den Reliquiendieb würden wir wohl auf der Stelle treten. Jeder hat seinen Preis.«

»Nein. Nicht jeder«, widersprach ihm Fournier. »Aber was ist mit jenem Zeugen aus Ax, der uns angezeigt hat, dass Pierre Clergue eigenmächtig und gegen Geld - *einhundert solidi!* - einem verurteilten Ketzer erlaubt hat, das Schandkreuz wieder abzulegen? Dieser Vorwurf wiegt schwer.«

»Leider hat der Zeuge aus Ax widerrufen, wie auch einige der Weiber, die dem Pfarrer hörig waren. Umso wichtiger ist es, der Kastellanin noch einmal gründlich auf den Zahn zu fühlen.«

»Dann gibt es also auf Eurer Seite noch begründete Zweifel an Clergues Schuld?«

»Ein klares Nein. Auch wenn er keinen Perfekten angebetet hat und bei keiner Handauflegung persönlich anwesend war - er kommt uns aufs Feuer.«

Fournier rieb sich das Kinn. »Clerque war vorsichtig. Er scheint nur mit Donna Béatris offen über seine häretischen Überzeugungen gesprochen zu haben. Ihr hat er vertraut. Von anderen Häretikern hat er sich, wie wir heute wissen, öffentlich distanziert, einige sogar selbst angezeigt. Etliche Verhaftungen, die ihm zugeschrieben wurden, gingen jedoch von

Carcassonne aus. Dafür können wir ihn nicht belangen.«

«Fehler sind unvermeidlich, Euer Gnaden! Clergue hatte eben überall seine Finger drin. Aber die Anklage lautet ja auf Häresie *und* Zauberei. Man könnte also, nur zur Untermauerung der bisherigen Beweise ...«

Jacques fühlte, wie sich sein Gesicht rötete. »Einspruch!«, rief er. »Unterschätzt die Menschen nicht. Sie glauben bei weitem nicht wahllos an Zauberdinge, und nicht alles, was uns seltsam erscheint, ist gleich Zauberei. Unbestritten gibt es *Signa* und *Miracula*, wundersame Zeichen Gottes, die aber dennoch richtig gedeutet werden müssen. Viele Vorkommnisse, in denen vor allem ihr Dominikaner Zauberei zu erkennen glaubt, beruhen auf altem Brauchtum, auf Volks- oder Aberglauben - dem selbstredend der wahre Glaube gegenübersteht. Ihr zweifelt? Ha! Nicht einmal Ihr selbst seid davor gefeit!«

Erstaunt legte der Inquisitor die Hand aufs Herz. »Ich? Wie meint Ihr das, Euer Gnaden?«

Jacques lachte auf. »Nun, jedes Mal, wenn Euch Prudentius über den Weg läuft, warte ich insgeheim darauf, dass Ihr Euch bei seinem Anblick bekreuzigt.« Er trat ans Fenster und sah hinaus. Die Sonne ging eben unter und der ganze Himmel leuchtete rosenrot. »Reinster Aberglaube«, sagte er leise.

Galhardus gesellte sich zu ihm. »Ich bin ein alter gebrechlicher Mann, Euer Gnaden, und das, was ich im Augenblick glaube, ist, dass dieser freche Kater mich eines Tages zu Fall bringen wird! Aber Eure kühne These gibt mir zu denken. Ihr seid also der Meinung, der Nagelzauber, das Aufbewahren von Nabelschnüren und Monatsblut *et cetera* bedeutet im Grunde nichts anderes, als wenn man sich vor einem schwarzen Kater bekreuzigt, *respectivus* fette Schweine für Speck nur an Vollmond schlachtet?«

Jacques grinste. Mitunter gefiel ihm der alte Fuchs. »Oder wenn man Schafe einzig bei zunehmendem Mond schert, ja, das meinte ich. Das hat nichts mit Zauberei oder Magie zu tun. Die Menschen halten nur ihrem

Brauchtum die Treue.«

»Und das Phänomen der *superstitio*, der Überglaube sozusagen? Die vermaledeiten Seelenboten, die Wahrsagerei, Amulette? Dies alles gilt es doch auszumerzen, Euer Gnaden! Mit Feuer und Schwert, wenn es denn sein muss!«

»Da müssten wir uns aber zuvor kräftig an die eigene Nase fassen, Bruder Galhardus!«

Der Dominikaner blies die Wangen auf. »Was meint Ihr jetzt schon wieder?«

»Nun, erinnert Euch an die Schabmadonnen, die wir Kirchenleute den frommen Frauen vorlegen, damit sie sich ein wenig heiligen Staub abkratzen können, um es daheim übers Gemüse zu streuen. Unsere Kirche toleriert diese Art von Gläubigkeit. Ich sage nicht, dass *mir* das gefällt. Aber wie sieht es in Eurem Herzen aus? Gedenkt Ihr, als Inquisitor, zukünftig all diese Frauen aufgrund ihrer naiven Heiligenverehrung aufs Holz zu bringen? Führt Euer Weg zum Paradies etwa durch Feuer und Blut?«

Jacques beobachtete aus den Augenwinkeln, wie Galhardus zögerte, dann umständlich ein Mundtuch aus seiner Pluviale zog und sich die Augen damit betupfte ... Entschlossen trat er an sein Pult und zog aus einem verborgenen Fach ein Buch hervor. Er schlug es auf, blätterte.

»Hier!«, sagte er und winkte den Alten zu sich, »schon Gregor von Tours berichtet von der wundersamen Wirkung des Staubes vom Grabmal des Heiligen Martin. Ich lese es Euch vor: *O du unbeschreibliche Mixtur, unaussprechliche Spezerei, Gegengift über alles Lob ... das alle ärztlichen Rezepte in den Schatten stellt, jedes Arom an süßem Duft übertrifft, das den Unterleib reinigt wie Skamoniensaft, die Lunge wie Ysop und den Kopf wie Bertramwurz ...* Hätte nach Eurer Betrachtungsweise nicht auch der Heilige Gregor von Tours brennen müssen?«

Galhardus de Pomiès steckte das Tuch weg. Er räusperte sich und sagte dann mit eisiger Stimme: »Vergesst nicht, dass es immer auch Menschen geben wird, die sich von einem hölzernen Abbild des Teufels Späne abhobeln!«

Gefährliche Fragen
**Pamiers, Donnerstag, 22. August
im Jahre des HERRN 1320**

Zu Beginn des achten Verhörs brachte Fournier Béatris in höchste Verlegenheit, denn er fragte sie plötzlich nach der Häufigkeit ihrer fleischlichen Zusammenkünfte mit Pierre Clergue. Die Röte schoss ihr ins Gesicht, als sie sah, wie die Augen der zwei Beisitzer erwartungsfroh aufleuchteten. *Heilige Mutter Gottes!*, dachte sie und dann trotzig: *Und wenn schon! Pierre war mein Glück, meine Liebe!*

Sie räusperte sich. »Nachdem ich mich ihm während der Oktave der Heiligen Peter und Paul erstmals in meinem Haus hingegeben hatte«, hörte sie sich sagen, sogar laut und deutlich, »kam Pierre Clergue in der Folge zwei oder drei Mal in der Woche in mein Haus. Ich selbst ging in der ganzen Zeit zweimal zu ihm, in seine elterliche Domus, um mich dort mit ihm zu vereinigen.«

»Keine weiteren Zusammenkünfte? Ich will die Wahrheit wissen, Donna Béatris!«

»Der Pfarrer erkannte mich auch fleischlich im Jahr des HERRN 1299, in der Nacht vor Weihnachten.«

Ein empörtes Zischen von allen Seiten.

Fornier hob streng die Brauen. »Obwohl er am nächsten Tag die Messe las und ohne vorher gebeichtet zu haben?«

Sie nickte. »In dieser Nacht sagte ich zu ihm: ´Wie kannst du eine solch schwere Sünde begehen und in der Heiligen Nacht mit mir schlafen wollen?` Doch er tat meine Vorhaltungen beiseite, beschwor mich allerdings, vor anderen Priestern bei der Beichte zu schweigen.«

Bei der Beichte zu schweigen? Sie erschrak. Wieder war ihr, in der törichten Hoffnung, von der nächsten Frage abzulenken, eine gefährliche Bemerkung nur so herausgesprudelt.

»Hat der Pfarrer Euch in diesem Zusammenhang etwa eingeredet, dass Gott die Fähigkeit von den Sünden zu binden, von den Priestern genommen und sie den Häretikern übertragen hat?«, fragte der Bischof lauernd.

»Nein, auf meinen Eid. Aber er sagte einmal, die Kraft der Absolution liege einzig in der Hand Gottes.«

»Habt Ihr ihn nicht gefragt, weshalb er dann als Priester selbst die Beichte hörte und die Absolution erteilte?«

Sie nickte. »Er antwortete mir, auch wenn es nutzlos sei, so müssten er und andere Priester es dennoch tun, denn wenn sie es nicht täten, würden sie ihre Einkünfte verlieren. Niemand würde ihnen etwas geben, wenn sie sich nicht an die Weisungen der Kirche hielten.«

»Sagte er nicht auch, dass nur das Auflegen der Hände eines Perfekten auf den Kopf des Sterbenden die Menschen erlösen und ins Himmelreich führen würde?«

»Daran erinnere ich mich nicht.«

»Wart Ihr je bei einer solchen Rezeption anwesend?«

»Nein, das war ich nicht. Auf meinen Eid.«

Als nächstes fragte er sie, ob sie je gehört hätte, dass sich Pierre Clergue, der Pfarrer, für alles rächen werde, was jemand gegen ihn gesagt hätte.

»Nein, das habe ich nie gehört.«

»Und Ihr, Donna Béatris, hattet Ihr irgendwann persönlich Angst, dass er oder sein Bruder Euch etwas antun könnte?«

»Aber nein, Euer Gnaden, niemals!«

Ob auch ihre Magd Sibilia die häretischen Aussagen des Pfarrers in ihren Haus vernommen hätte, war seine nächste Frage. Auch dies verneinte sie, worauf Fournier völlig aus dem Zusammenhang heraus wissen wollte, ob sie jemals von jemandem gehört hätte, dass Gott zehn Welten geschaffen und der Teufel zehn andere Welten, und dass in all diesen Welten das Böse gegen das Gute kämpfen würde?

»Nein, auch das habe ich nie gehört.«

»Hat der Pfarrer von Montaillou einmal von der Existenz der Seele eines Verstorbenen im Körper eines Tieres gesprochen? Glaubt Ihr an eine solche Wiedergeburt?«

Béatris zögerte. »Wenn es sich so verhalten sollte, was ich selbst nicht glaube, dann war dieser Verstorbene zu Lebzeiten sehr schlecht gewesen.« Sie straffte die Schultern. »Der Pfarrer hat es mir einmal an einem Beispiel erläutert: Die Seele eines Mörders fährt in den Körper eines Ochsen. Der Ochse wiederum hat einen harten Herrn, der ihn schlecht weidet und mit einem großen Stachel quält. Und als jener Ochse stirbt, tritt seine Seele in den Körper eines Pferdes, dessen Herr es jedoch gut nährt ...«

Fournier hob die Hand. »Und was geschieht im weiteren mit dieser Seele? Habt Ihr auch darüber Kenntnis erhalten?«

Béatris nickte. »Die büßende Seele, so erzählten es welche oben in Montaillou, an deren Namen ich mich nicht erinnere, muss auf ihrer Wanderung durch die Leiber irgendwann in den Körper eines Perfekten eingehen. Erst danach kehrt sie in den Himmel zurück. Aber ich weiß nicht, ob das stimmt, Euer Gnaden.«

Da schob Galhardus dem Bischof abermals ein Pergament über den Tisch, auf dem jedoch, wie Béatris erkennen konnte, nur wenige Zeilen standen.

Fournier, die Stirn gerunzelt, las, nickte. »Habt Ihr auch gehört, wie sie sagen, dass der Teufel, von Stolz und Neid erfüllt, gegen Gottes Willen diese Welt gemacht hat und sich Gott gleich fühlt?«

Noch bevor Béatris antworten konnte, erfasste sie ein Schwindel, ja, sie hatte mit einem Mal Mühe, sich auf den Beinen zu halten. Lag es an der Hitze? Wurde sie krank? Sie bat um einen Becher Wasser. Nachdem sie sich erfrischt hatte, schöpfte sie tief Luft. »*Perdon?* Könnt Ihr mir die letzte Frage noch einmal stellen, Euer Gnaden? Mir geht es gerade nicht so gut. Ich habe den genauen Wortlaut vergessen.«

Fournier kam ihrer Bitte nach.

»Nein, Euer Gnaden«, antwortete sie leise, »ich habe nur gehört, dass der Teufel alle sichtbaren Dinge gemacht hätte. Warum er sie machte, weiß ich nicht, auch nicht, ob er sich Gott gleich fühlt.«

»Habt Ihr gehört, dass sie sagen, dass die Schriften des Alten Testaments nicht von Gott sind?«

Béatris seufzte. Sie hatte gute Lust, nur noch »*Non! Non! Non!*« zu rufen, um das Verhör endlich hinter sich zu bringen, aber sie wollte nicht verstockt erscheinen. »*Que d'ala*«, verneinte sie ... »Doch, jetzt erinnere ich mich! Einmal, da meinte der Pfarrer von Montaillou, dass alle Schriften, mit Ausnahme der Evangelien und dem Vater Unser, *affitilhas*, also Lügen seien.«

Galhardus zischte hörbar »gnostische Irrlehre!«, doch Fournier ließ sich scheinbar davon nicht beirren.

»Habt Ihr den Pfarrer oder andere je sagen hören, dass Christus gestorben sei?«

Kurz überlegte sie. »Der Pfarrer sagte, dass Christus ... in der Tat *gekreuzigt* worden sei, aber ich erinnere mich nicht, dass er gesagt hätte, dass er tot war.«

Da richteten sich die Beisitzer wie zwei Schlangen drohend auf: »Hat er gesagt, dass Jesus Christus von den Toten *auferstanden* ist?«, rief Galhardus de Pomiès.

»Er sagte in der Tat, dass Christus auferstanden ist, aber ich kann mich nicht erinnern, dass er sagte, er sei von den Toten auferstanden.«

Der im Saal aufbrandende Lärm legte sich erst, nachdem Fournier interveniert hatte. Nun ergriff wieder er das Wort. Messerscharf kam die nächste Frage: »Hörtet Ihr ihn sagen, dass Christus das Gute und das Böse im Jüngsten Gericht scheiden würde?«

»Ja.«

» ... dass alle Menschen mit ihren Leibern auferstehen würden?«

»Nein.«

» ... das Jesus Christus einen Scheinleib besessen und nicht wirklich gegessen und getrunken habe?«

»Nein.«

» ... dass das Töten von Tieren ebenso verboten ist wie das Töten von Menschen?«

»Ja.«

»Dass spätestens auf dem Sterbebett der Schwache sein Verhältnis zu Gott in Ordnung bringen muss?«

»Ja.«

Ja. Nein. Ja. Nein ... Béatris musste sich am Tisch festhalten, so übel war ihr, so hilflos fühlte sie sich. Schäbig aufgrund ihres Verrats.

Endlich erbarmte sich der Bischof und beendete das Verhör. Doch in ihrer Cella, da setzten die Gedankenknechte Fourniers Arbeit fort. Ja, selbst noch in der Nacht, im gefährlichen Labyrinth ihrer Erinnerungen, schoben, packten und wendeten sie: Ja. Nein. Ja. Nein. *Que d'ala!* Nichts.

Die Schwarze Jungfrau von Marceille
Dalou und Limoux
im Jahre des HERRN 1308

Zwei Tage nach Othons Bestattung klopfte es in den Abendstunden ans Burgtor. Der Perfekt begehrte Einlass. Es sei wichtig, ließ er mir über Sibilia ausrichten. Ich hatte mich schon schlafengelegt, sprang aber sofort wieder aus dem Bett.

Der Katharer, an diesem Tag wie ein Schäfer gekleidet, saß bereits in der Foghana. Er grüßte mich und bat um ein Gespräch unter vier Augen.

»Meine Bedienstete Sibilia ist meine Vertraute in allem«, sagte ich zu ihm, denn ich wollte nicht in den Verdacht geraten, in der Nacht fremde Männer zu empfangen. »Was führt Euch zu mir?«

»Ein Sturm braut sich zusammen«, raunte er mir zu. »Die Knechte der Inquisition haben die Passhöhen zum Alion besetzt, um Fluchtversuche zu vereiteln. Gerade nimmt man sich Montaillou vor. Das halbe Dorf ist schon verhaftet. Die Leitung hat Pater Polignac, der Kerkermeister von Carcassonne. Sie haben die Dörfler in die Burg gebracht, um sie dort zu verhören, und es gehen Gerüchte, auch Euer Name stünde auf der Liste. Seid also auf der Hut, Donna Béatris, jetzt wo Euer Gemahl tot und Euer Schutz löchrig ist. Unsere Feinde sind übermächtig. Die Schergen der Inquisition haben ihre Ohren überall.«

Mein Name sollte auf der Liste der Inquisition stehen? Ich grübelte die halbe Nacht über diese Warnung nach. Wenn Pierre tatsächlich so gute Verbindungen nach Carcassonne besaß, vor allem zu diesem Polignac, wie er sich mir gegenüber gebrüstet hatte, würde er hoffentlich Mittel und Wege finden, meinen Namen von der Liste zu streichen! Aber sicher konnte ich mir nicht sein. Vielleicht hatte sich das Blatt in Montaillou gewendet und die Clergues waren entmachtet worden.

Sollte ich vorsichtshalber mit Lordas Ehemann in Verbindung treten?

Guillaume Bayard, Anwalt und Richter, war derzeit der mächtigste Mann im Land, obwohl er selbst Katharer war. Es hieß, er habe seinerzeit auf der Burg von Tarascon dafür gesorgt, dass der alte Graf von Foix, Roger-Bernhard III., auf seinem Totenbett von keinem Geringeren als Peire Authiè ´getröstet` wurde. Allerdings, wie man hörte, mit nachfolgender Beisetzung nach römisch-katholischem Ritus ... So hatten wir es auch mit Othon gehalten, damit kein Verdacht auf uns fiel.

Gleichwohl, es konnte einem derzeit nichts Schlimmeres widerfahren, als wenn die Inquisition Verstorbene *posthumus* als Ketzer bezeichnete, sie ausgrub und öffentlich verbrannte, nur um an den Familienbesitz zu gelangen. Manchmal schleiften die Schergen selbst halbverweste Leichname vor aller Augen über die Marktplätze. Nachdem die Inquisition immer maßloser geworden war, musste ich ernsthaft befürchten, dass sich der eine oder andere in Montaillou zu Aussagen verleiten ließ, die nicht nur Pierre, sondern auch mich in Gefahr brachten.

Als der Morgen graute, hatte ich einen Entschluss gefasst. Ich rief meine Magd. Die gute Sibilia hatte sich ebenfalls gesorgt. Ihre Wangen waren bleich und die Augen vom Weinen gerötet.

»Wir reiten nach Limoux zu meiner Schwester«, sagte ich.

Sibilia erschrak. »... Wir?«

»Ja, du, ich und die Kinder. Paga den Post, Gentiles Mann, ist über jeden Zweifel erhaben. Dort sind wir für eine Weile in Sicherheit.«

Um die Mittagszeit desselben Tages war es soweit. Sibilia erklärte allen, der Tod des Herrn hätte mich krank gemacht. Freilich übertrieb sie, indem sie behauptete, ich litte an schleichendem Fieber, Schwermut und schwarzer Galle, und es machte mich verlegen, als mich plötzlich alle mieden. Aber Othons Tod entschuldigte mich.

Noch in der Nacht, nach dem Weggang des Perfekten, hatte ich eine schriftliche Anweisung für die Verwaltung unserer Güter verfasst. Zwei Knechte begleiteten uns auf dem Ritt, ein Packpferd mit dem Nötigsten am langen Zügel.

Limoux: Schon von weitem sahen wir die Dächer der großen Domus meines Schwagers, all seine Werkstätten, Scheunen und Taubenhäuser. Helles Hämmern war zu hören, das Geräusch aneinanderschlagenden Eisens. Paga den Post gehörte nicht nur dem Rat der Stadt Limoux an, er handelte auch erfolgreich mit Gewürzen, Nähnadeln und Rasiermessern, selbst solchen für Aderlässe. Mit seinen jüngeren Brüdern betrieb er ferner die väterliche Böttcherei. Unzählige Gesellen, Mägde und Knechte standen in Diensten dieser angesehenen Familie.

Wir ritten durch das Torhaus in den rechteckigen Hof, wo geschäftiges Treiben herrschte. Neben einem kleinen Löschteich lag ein mannshoher Berg dicker Stämme. Vier mal zwei Gesellen sägten gerade dünne Bretter, andere fertigten Fassbänder an oder türmten Dauben zum Trocknen auf. Neugierig beäugte man uns.

Gentile kam aus dem Haus gelaufen, noch bevor wir absaßen. Sie stieß einen Schrei aus vor Überraschung und schlug dabei die Hände über dem Kopf zusammen - worauf das Federvieh das Weite suchte.

Im Grunde war es Leichtsinn, ausgerechnet bei Gentile unterschlüpfen zu wollen, nachdem die Herren Inquisitores nur ganze zwölf Meilen entfernt, in Carcassonne saßen. Früher hätte sich eine adelige Dame wie ich es war, in vergleichbarer Notlage ins nächstgelegene Kloster geflüchtet, sich dort vielleicht sogar eingekauft. Doch welche Sicherheit konnten mir die Benediktiner der Abtei Saint-Hilaire bieten, die seit dem Kreuzzug gegen die Häresie selbst der Ketzerei verdächtig waren?

»Othon ist tot. Sein Herz war krank. Ich brauche deine Hilfe, liebste Schwester«, sagte ich zu ihr, nachdem wir uns umarmt hatten.

Gentile drückte mich fest an sich. »Das tut mir sehr leid. Othon möge in Frieden ruhen!« Dann hob sie skeptisch die Brauen und bewies, dass sie noch immer die Gabe - oder den Fluch? - besaß, in die Köpfe anderer sehen zu können: »Bist du wieder ins Gerede gekommen? Geht es noch immer um diesen Pfarrer?«

Ich hob die Schultern. »Ich weiß nicht ...«

»Komm mit!« Sie zog mich in den Kräutergarten, der ans Hinterhaus grenzte. »Hier kann uns niemand hören. Rede!«

»Man hat mir eine Warnung zukommen lassen. Oben in Montaillou geht was vor. Die Inquisition scheint das halbe Dorf verhaftet zu haben, bis auf die Kinder.«

Gentile sah mich erschrocken an. »Mein Gott, und bei uns in Limoux haben sie kürzlich zwei Ketzer verhaftet. Perfekte. Die sind zwar wieder entkommen, noch vor dem eigentlichen Verhör, aber ...«

»Weißt du ihre Namen?«, flüsterte ich.

»Prades Tavernier und einer der Notare aus Ax.«

Ich hielt den Atem an vor Überraschung.

»Der Verräter wurde ermordet«, fuhr Gentile fort. »Furchtbare Geschichte. Nun, die Perfekten haben sich viel zu lange in Limoux sicher gefühlt. Kein Wunder, wenn der Herr von Arques sie schützt. Sein eigener *bayle* ist Katharer. Also, wie du siehst, Béatris, auch hier bei uns gibt es keine Sicherheit. Ich weiß von Leuten, die mit jenen Perfekten in Kontakt standen. In Panik haben sie sich auf den Weg zum Papst gemacht, um ihm ihre Verfehlung einzugestehen. Die Angst vor dem Scheiterhaufen hat sie aus der Heimat fortgetrieben.«

»Das habe ich nicht gewusst, Gentile. Es tut mir leid.«

»Jetzt sag schon die Wahrheit«, fuhr sie mich plötzlich an. »Bist auch du auf der Flucht? Sind sie hinter dir her?« Sie packte mich an den Armen, rüttelte mich.

»Aber nein, beruhige dich, Schwester. Allerdings, nun, ich muss dir noch etwas gestehen. Othon hat sich vor seinem Ableben häretisieren lassen.« Ich hob beschwörend die Hände. »Nicht auf meine Veranlassung hin, bitte glaub mir das, Gentile! Es war sein eigener Wunsch gewesen.«

Jetzt war Gentile empört: »*Was* hat Othon getan?«, rief sie viel zu laut, so dass einige Arbeiter zu uns herübersahen. »Bei allen Heiligen, wie töricht! Warum hast du ihn nicht daran gehindert? Ist dir entfallen, was uns blühte, als Vater verhaftet wurde? Unsere ganze Familie ist auseinandergefallen. Diese verfluchte Häresie! Also, wenn sich die Sache mit Othon herumspricht, Béatris, dann ist dein Leben soviel wert wie ... nein, so eine bodenlose Dummheit. Ich weiß wirklich nicht, was ich dazu sagen soll.«

»Hör zu, Gentile. Wir reiten zurück, noch heute. Ich will euch nicht in Gefahr bringen. Ich dachte nur, unter dem Schutz deines Mannes ...«

»Was du bloß immer denkst, Béatris!« Gentile schüttelte ärgerlich den Kopf. »Paga ist im übrigen gar nicht da«, sagte sie nach einer Weile mürrisch. »Er kehrt erst zum Fest aller Heiligen zurück, seine Brüder kümmern sich um die Böttcherei. Warte!« Sie eilte zum Flechtzaun hin.

»Gib acht, Sibilia, dass die Kleinen nicht in den Teich fallen«, rief sie meiner Magd zu, die das Abladen der Satteltaschen überwachte. »Treibt die Gänse in den Pferch, Kinder, und dann lauft ins Haus, es gibt Hirsebrei und Pflaumenmus.«

Als sie zu mir zurückkam, lächelte sie mich schief an, wie es ihre Art war, dann legte sie fürsorglich ihren Arm um meine Schultern. »Du kannst vorläufig hier bleiben, Béatris, ich lass dich nicht im Stich! Aber kein Wort zu den anderen.«

Ich nickte. Verstand nur zu gut ihre Ängste, denn Pagas Familie war groß, in seiner Domus herrschte ein ständiges Kommen und Gehen. Bei den Mahlzeiten saßen täglich dreißig bis vierzig Personen um den Tisch.

Alle, auch Gentiles Schwiegereltern, ihre Schwäger und Schwägerinnen, begrüßten uns herzlich. Meine Mädchen fühlten sich unter ihren gleichaltrigen Basen sofort heimisch.

Zupackend, wie Gentile war, unterbreitete sie mir am nächsten Tag einen listigen Plan, dem ich mich nicht entziehen wollte, weil er zu meinem Besten war:

Bei Einbruch der Dunkelheit machten wir uns zu Fuß auf den Weg zur

Kapelle der Schwarzen Jungfrau von Marceille. Das Pilger-Kirchlein lag auf einem Hügel außerhalb von Limoux, mitten im freien Feld und umgeben von hohen Pinien. Auf halber Strecke hatten wir auf Gentiles Betreiben hin in der Straße des Heiligen Jakob Halt gemacht und eine alte Dame namens Jacotte abgeholt, die vor einem schiefen Häuschen, das neben der Pilgerherberge lag, bereits auf uns wartete.

»Stell dich krank, Béatris«, hatte mir Gentile zuvor eingeschärft. »Stütz dich schwer auf meinen Arm und stöhne. Alle müssen mitbekommen, dass es dir schlecht geht. Du brauchst Zeugen, wenn du vor der Schwarzen Madonna auf die Knie fällst, um deine Rechtgläubigkeit unter Beweis zu stellen.«

Ich tat mein Bestes, trank noch vor dem Eintritt in das Gotteshaus aus der hohlen Hand vom heilkräftigen Brunnenwasser und benetzte damit dreimal mein Gesicht. Zuvor hatte mich die alte Jacotte beim Arm gefasst und auf die lateinische Inschrift oberhalb des mit Öllichtern erhellten Heilbrunnens aufmerksam gemacht.

»Quisquis haec aquam bibit - si fidam addit - iam salvus erit«, las sie mir stockend vor. »Jeder, der dies Wasser trinkt, wenn ihn Glaube durchdringt, das Heil sich erringt!«

Ich reihte mich hinter Jacotte und Gentile in die Schlange der Beichtkinder ein und bekannte einem jungen Minderbruder der Franziskaner meine Sünden, allerdings nur unvollständig, um mich nicht zu gefährden - und damit auch Gentile. Anschließend zeigte ich wahre Reue und erhielt die *indulgentia*, den Erlass der Sündenstrafen, auch weil ich an diesem Abend zu Fuß zur Schwarzen Madonna gepilgert war.

Als ich ein weiteres Mal vor ihrer Statue niederkniete, fühlte ich mich plötzlich wie befreit. Die Marceillerin, wie Gentile sie zärtlich nannte, war so ganz anders als die strenge Schutzfrau von Dalou: Sie lächelte verschmitzt unter dem Spitzenschal, den sie trug, und das machte mir nun wirklich Mut.

Als Paga den Post nach acht Wochen seine Rückkehr ankündigte, bat ich Gentile am späten Nachmittag um ein Gespräch.

»Nicht, dass ich deinem Mann aus dem Weg gehen will, Gentile«, sagte ich zu ihr. »Es ist nur an der Zeit wieder nach Hause zu reiten. Ich muss nach dem Rechten sehen. Inzwischen befürchte ich nicht mehr, dass man hinter mir her ist. Andernfalls hätte man mich längst benachrichtigt. Ich lasse morgen packen.«

Gentile, die in ihrer Kammer mit einem Stickzeug am Fenster saß, wandte sich an Sibilia, die neben ihr das Spinnrad bediente. »Lass uns bitte für eine Weile allein«, sagte sie.

Meine Magd nickte und erhob sich.

»Weshalb schickst du Sibilia hinaus? Ist etwas vorgefallen?«, fragte ich beunruhigt, als wir unter uns waren.

Gentile nickte ernst. »Das kann man so sagen. Seit zwei Tagen trage ich diese Geschichte mit mir herum. Ich hab mich nicht getraut, mit dir darüber zu reden.«

Mir schwante nichts Gutes. »Geht es um Pierre Clergue? Hat man ihn verhaftet?«

»Nein. Er ist auf freiem Fuß. Die Inquisition hat ihm wieder nichts anhaben können. Auch sein Bruder ist unbelastet. Die Familie hat allerdings einen Toten zu beklagen. Der alte Pons ist gestorben. Es heißt, unzählige Leute seien aus dem ganzen Land nach oben gepilgert, um ihm die letzte Ehre zu erweisen ... Aber ich wollte auf etwas anders hinaus. Kennst du eine Familie Maurs aus Montaillou?«

Ich nickte. »Erbitterte Feinde der Clergues. Was ist mit ihnen?«

»Man hat den alten Maurs und seine beiden Söhne verhaftet und nach Carcassonne gebracht. Seitdem herrscht wohl offener Krieg zwischen ihnen und den Clergues. Einer der Maurs-Söhne, Guillaume, kam freilich wieder frei. Doch was tut er? Er sieht rot. Überzeugt, dass Clergue die Verhaftung veranlasst hat, schwört er Rache. Er verkauft einen Großteil seiner Schafe, ganze einunddreißig Stück und besticht mit dem Erlös zwei königliche Dienstleute. Gemeinsam fälschen sie eine Vorladung der Inquisition ... Warte ab, Béatris, es kommt noch dicker! Als die Dienstleute vor Pierre Clergue erscheinen, um *ihn* zu verhaften, bricht dieser in schallendes Gelächter aus. Die Dummköpfe haben das Inquisitionssiegel an die falsche Stelle gesetzt! Clergue setzt nun seinerseits mit Hilfe seines Bruders die untreuen Dienstleute fest. Er erwirkt einen neuen Haftbefehl für Guillaume Maurs und ächtet ihn während der Sonntagsmesse offen als Ketzer ...« Gentile seufzte schwer. »Béatris, ich weiß, dass dein Herz noch immer an diesem Mann hängt. Wenn du morgen nach Hause reitest, wird er vielleicht wieder mit dir in Verbindung treten. Du bist ja jetzt Witwe. Frei. Das hat sich bestimmt herumgesprochen. Willst du wirklich in seine gefährlichen Händel hineingezogen werden? Du und deine Kinder? Ich ... ich muss dir nämlich noch etwas sagen ...«

»Was? Sprich!« Mein Herz hämmerte.

»Also ... es geht das Gerücht, dass sich der Pfarrer in den Bädern von Ax mit bestimmten Frauen trifft.«

Ich zog die Nase kraus. »Das ist nichts Neues. Weiter!«

»Nun, die alte Jacotte, du hast sie kennengelernt, sie bezeichnet diese Frauen als Huren, weil sie sich heimlich in der Nacht, in dunklen Kapuzenumhängen, in Clergues Kammer schleichen, um ihm gefällig zu sein. Aber ... es sind keine gewöhnlichen Huren.«

»Sondern?«, meine Stimme klang spröde, ich hörte es selbst.

»Es ... es handelt sich um angesehene Frauen, die er sich offenbar gefügig gemacht hat.«

Ich schloss die Augen, holte tief Luft. »Gibt es Namen?«

Gentile nickte. »Na Maragda, Jacqueline den Tourte und Alissende Pradon; du müsstest sie kennen. Jacotte behauptet sogar, es gäbe *keine* Frau in Ax und auch nicht in Montaillou, die er nicht besitzen könne.«

»Noch etwas?«, sagte ich unwirsch. Am liebsten wäre ich davongelaufen, aber ich wusste, Jacotte übertrieb nicht. Ich selbst kannte Pierres Sinnenlust. Doch jetzt kannte ich auch die Namen seiner Geliebten, und diese Namen hatten plötzlich Gesichter. Die genannten Frauen waren oft bei mir zu Gast gewesen, auf Burg Dalou, wenn Othon auf Reisen war. Wir hatten zusammen gelacht, gesungen, manchmal sogar Schach gespielt. Nun, es tat weh. Sehr weh. Ich konnte die Tränen nicht länger zurückhalten.

»Heilige Magdalena!«, zischte Gentile. »Wie pflegt Paga zu sagen: *Liebe bringt wohl selbst Esel zum tanzen!*«

»Bist du jetzt fertig mit deinen Nachrichten? Ich will packen.«

Gentile schüttelte den Kopf. »Geh noch einmal in dich, Schwester! Wer sich zum Schaf macht, den frisst der Wolf. Pierre Clergue ist ein solcher Wolf. Er bringt dich in Gefahr, denn seine Feinde sind inzwischen zahlreicher als seine Freunde. Sie könnten sich auch an dir rächen wollen. Aber wenn du wirklich darauf bestehst, nach Hause zu reiten, mache ich dir einen Vorschlag: Lass Condors hier bei mir. Sie ist in einem Alter, in dem man ihr nichts mehr vormachen kann. Ziehe sie nicht in deine Geschichten hinein. Ich verspreche dir, ich will sie halten und lieben wie meine eigenen Töchter, und ich werde ihr irgendwann einen tüchtigen Mann suchen, der sie achtet. Du hast mein Wort!«

Ketzerische Geheimnisse
**Pamiers, Sonntag, 25. August
im Jahre des HERRN 1320**

Als Béatris drei Tage später, am Tag des Heiligen Ludwig, zum neunten Mal vor Bischof Fournier stand, um auszusagen, hatte sie Fieber. Schon während der Heiligen Messe, die sie unter Aufsicht besuchen durfte, war ihr ein Kälteschauer nach dem anderen über den Rücken gelaufen.

Der Inquisitor Galhardus machte den Anfang und sagte ihr auf den Kopf zu, dass der Pfarrer von Montaillou ihr eingeredet hätte, Fruchtbarkeit käme aus der Fettigkeit der Erde und nicht von Gott. Clergue selbst hätte dies zu Protokoll gegeben.

»Dann bestätige ich es«, antwortete sie, »aber ich bin mir nicht sicher. Denn ich kann mich nicht mehr daran erinnern.«

Fournier griff ein: »Erklärte er Euch auch, dass Gott nur reine Geister geschaffen hätte und der Satan die anderen Dinge auf Erden?«

»Auch daran erinnere ich mich nicht mehr.«

»Aber, aber! Ihr seid seine *concubina* gewesen, wie konntet Ihr da seine gottlosen Worte vergessen?«

In einer hilflosen Geste hob sie die Hände. »Pierre Clergue sprach ständig von Gott, Euer Gnaden, doch seine Worte waren nie gottlos. Nie! Er hat mir einmal die Geschichte vom Fall der ungetreuen Engel erzählt. Ihre Verdammnis. Sie steht in der Heiligen Schrift«, fügte sie mit äußerstem Nachdruck hinzu. »Wie kann sie da falsch oder gottlos sein!«

Statt einer Antwort kam die nächste Frage: »Wie hat Pierre Clergue Euch überreden können, seine Geliebte zu werden, wo er doch Pfarrer war? Ihr selbst seid von Adel. Hattet Ihr kein Schamgefühl?«

»Doch, das hatte ich«, antwortete sie leise, »denn meine Eltern und auch meine Pflegeeltern haben mich Sitte und Anstand gelehrt. Außerdem habe mich ihm drei Monate widersetzt. ´Wie könnt Ihr mich auffordern, Eure Geliebte zu werden`, habe ich zu ihm gesagt, 'lieber würde ich mit vier fremden Männern schlafen, als mit einem einzigen Priester!' Doch er ließ meine Einwände nicht gelten. Er gab mir zu verstehen, dass die Sünde nicht größer wäre.«

Fournier runzelte die Stirn. »Nicht größer als was?«

»Nicht größer, als wenn man mit einem gewöhnlichen Mann schläft.«

»Und das habt Ihr ihm geglaubt?«

»Zu dem Zeitpunkt ja. Ich ... ich war jung, hatte von diesen Dingen nur wenig Kenntnis.« Beunruhigt beobachtete sie, wie Galhardus schäbig grinste.

»Hattet Ihr denn keine Angst, von einem Priester ... schwanger zu werden?«, fragte der Bischof.

»Doch«, sie nickte, peinlich berührt. »Ich hatte sogar große Angst schwanger und damit entehrt zu werden. Ich sagte zu ihm, ich wäre völlig verloren, wenn mir das zustoßen würde. Er beruhigte mich und erzählte mir von diesem besonderen Kraut, das eine Schwangerschaft verhüten würde.«

»Ein Zaubermittel?«, erkundigte sich Galhardus lauernd.

»Aber nein! Ich fragte ihn, ob es das gleiche Kraut sei, das die Kuhhirten über den Milchkessel legten, in den sie das Lab getan haben. Dieses verhindert, dass die Milch dick wird. Aber darum handelte es sich angeblich nicht.«

»Also doch ein magisches Kraut?!«

Erschrocken sah sie auf. »Der Pfarrer meinte, ich solle mir keine Gedanken machen, um welches Kraut es sich handele, wichtig sei nur, dass es diese besonderen Eigenschaften besäße. Und immer, wenn er mich fleischlich zu erkennen wünschte, trug er dieses Kraut bei sich, eingewickelt in einen kleinen Leinensack von der Größe und Länge einer Unze. Oder ... oder wie mein kleiner Finger.«

»Und was hat er mit dem Leinensack angestellt?«

»Er war an einer langen Schnur befestigt, die der Priester mir um den

Hals legte, während wir uns liebten; und dieses Kräuterding hing mir zwischen den Brüsten hinab bis ... nun, bis zur Öffnung meines Leibes. So vereinigte er sich mit mir, niemals anders. Erhob sich der Priester, gab ich es ihm zurück.«

Galhardus' Gesicht verfinsterte sich. »Gesteht! Ihr habt dieses Zauberkraut später auch mit anderen Männern geteilt, nicht wahr?«

Sie verneinte, machte dann aber ein halbes Zugeständnis: »Einmal bat ich den Pfarrer, mir das Kraut zu überlassen, aber er schlug es mir aus. Er sorgte sich, dass ich mich mit einem anderen vereinigen könnte. Womöglich mit Pathau, seinem Vetter, mit dem er im Streit lag.«

»Pierre Clergue wollte Euch also ganz für sich haben?«, fragte der Bischof.

»Ja, Euer Gnaden.« Béatris nickte. »Damals lebte mein Vater noch und der Pfarrer wollte mich auch seinetwegen nicht in Schande bringen. ´Später, nach dem Tod deines Vaters`, sagte er zu mir, ´würde ich mich glücklich schätzen, wenn du von mir schwanger würdest.`«

Wieder wechselte der Sachverhalt: »Wart Ihr nicht auch die Freundin der Damen Stephania und Catalana von Châteauverdun, die man ebenfalls wegen Häresie verurteilt hat?«

»Nein, gewiss nicht, auf meinen Eid. Allerdings war Stephania zu meiner Hochzeit in Montaillou eingeladen, wo sie auf der Burg getanzt hat. Danach hatte ich mit den Damen keinen Umgang.«

»Und nun gebt endlich zu, dass Euch der Pfarrer Pierre Clerque in den ketzerischen Glauben eingeweiht hat«, drängte der Inquisitor.

»Eingeweiht?«, rief sie zornig aus - es brach aus ihr heraus, was am Fieber liegen mochte. »Nein. Ich bin in keinem anderen Glauben unterwiesen worden als dem katholischen, wo ich meine Zufriedenheit gefunden habe, und das habe ich auch stets so gesagt.«

Doch nun glaubte selbst der Spindeldürre eingreifen zu müssen: »Donna Béatris«, zischelte er, »dem Hohen Gericht ist zu Ohren gekommen, dass der Pfarrer von Montaillou Euch auftrug, den katharischen

Perfekten zu helfen. Ihr habt ihnen Geld, Getreide und Mehl zukommen lassen. Stimmt das? Sagt die Wahrheit!«, rief er eifernd und mit hocherhobenem Zeigefinger, als wenn er sich am Tag des Heiligen Ludwig einen besonderen Verdienst hätte erwerben wollen.

Sie atmete tief durch. »Ich habe diese kleinen Spenden zur Familie Clergue gebracht, wie es der Brauch in unserem Dorf war, und ich vertraute wie alle anderen dem Pfarrer, dass sie gut angelegt wären.«

Der Bischof, der für einen Augenblick das Gesicht in seine Hände gesenkt hatte, als wenn er betete, forderte sie nun mit getragener Stimme auf, ein weiteres Mal, und zwar im genauen zeitlichen Zusammenhang, all das dem Gericht darzulegen, was ihr in Montaillou wiederfahren war. »Lasst Euch Zeit zur Beichte«, meinte er, »es mag Eure letzte sein.«

Béatris' Atem ging schneller. Ihre letzte Beichte? Was bedeutete das? Würde heute noch ihr Urteil gefällt werden? Sie bat um einen Stuhl, ihr sei nicht wohl, sagte sie, sie hätte Fieber, was in der Familie läge. Auch bei ihrer Mutter hätten sich oft die schlechten Säfte mit dem Blut vermischt. »Man läuft Gefahr, daran zu sterben.«

Auf Fourniers Anweisung brachte ihr einer der Gerichtsdiener einen Dreibeinhocker, und als sie endlich saß, reichte man ihr noch einen Becher Wasser. Nachdem sie sich erfrischt hatte, fühlte sie sich tatsächlich besser. Sie sammelte sich kurz, holte dann weit aus, sorgfältig jedes Wort abwägend, um sich nur ja nicht in Widersprüche zu verwickeln. Als sie nach eigenem Ermessen nahezu alle Abläufe säuberlich dargelegt hatte, meinte sie abschließend:

»Ich zögerte fürwahr lange, mich mit dem Pfarrer einzulassen, denn es hieß im Dorf, dass eine Frau, die fleischlich von einem Priester erkannt war, niemals das Gesicht Gottes sehen könne. Daher ...«

Da unterbrach sie der Bischof jäh, wollte von ihr wissen, ob sie ihre Bedenken seinerzeit auch Pierre Clergue mitgeteilt und was jener darauf geantwortet hätte.

Sofort roch sie die Falle. Sie rutschte auf dem Hocker zur Seite, griff abermals nach dem Becher, der aber bereits leer war.

Fournier gab keine Ruhe: »Redet! Nach der Wahrheit! Was hat er erwidert?«

Unwirsch schob sie die Brauen zusammen. »Er hat zu mir gesagt, ich wäre dumm und ignorant«, antwortete sie leise.

»Hebt Eure Stimme, man kann Euch nicht hören!«

»Er sagte, ich sei dumm und ignorant«, rief sie nun laut in den Saal, »und ein Mann bliebe ein Mann, gleich ob Pfarrer oder Schweinehirt. Die Sünde sei allemal dieselbe!«

Sie bekam noch mit, wie der Spindeldürre einen entsetzten Schnaufer ausstieß, dann brach ihr der kalte Schweiß aus. Ihr wurde schwarz vor Augen. Sie sank in sich zusammen und kippte seitlich vom Stuhl.

Als sie am späten Nachmittag in Les Allemans wieder zu sich kam - man hatte sie mit einem Karren zurückgebracht -, saß Honors, die Frau des Kerkermeisters, neben ihr und kühlte ihr die fieberheiße Stirn und die aufgeschlagene Oberlippe mit kaltem Wasser.

Da fiel Béatris wieder ein, was sie zuletzt im Verhörraum mit unziemlicher Lautstärke gesagt hatte, und sie hätte am liebsten tot sein mögen. Ja, Pierre hatte recht behalten, sie *war* dumm. Strohdumm sogar. Schließlich kam es nicht nur darauf an, *was* man sagte, sondern auch, wie man sich dabei verhielt. Nun stand das Urteil des Bischofs wohl fest: Sie würde brennen. Vermutlich an Pierres Seite. Nun, wenigstens das ...

Als es Nacht wurde, schien das Fieber sie inwendig verbrennen zu wollen, zugleich schlotterte sie vor Frost. Schließlich zwang die Kerkermeisterin sie, einen kleinen Becher mit Theriak zu trinken. Béatris war es gleich, ob die teure Medizin anschlug oder nicht. Andererseits ... Sie kicherte. Der Gedanke, dem Hohen Gericht eines auszuwischen, indem sie starb, noch bevor das Holz für den Scheiterhaufen geschlagen war, gefiel ihr. Sie hörte sich selbst eine ganze Weile närrisch lachen.

Hab den Mut, ein Narr zu sein
Varilhes

in den Jahren des HERRN 1308 bis 1310

»Wer sich zum Schaf macht, den frisst der Wolf!«, hatte Gentile mir mit auf den Heimweg gegeben. Das hatte mich fast so schwer getroffen wie der Abschied von meiner lieben Condors. Während wir im Nieselregen durch das an Zypressen reiche Hügelland ritten, redete ich kein Wort. Zum Schutz vor der Nässe, aber auch, um mit mir ins Reine zu kommen, hatte ich mir die Kapuze meines fellbesetzten Umhangs tief ins Gesicht gezogen. Erst als Ava, die mit Sibilia auf dem Maultier ritt, zu weinen begann, weil ich ihr nicht antwortete, und Philippa, die mit mir auf meiner Stute saß, in ihre Klage einfiel, riss ich mich zusammen und sang ihnen jenes fröhliche Lied vor, das mich Pierre vor Jahren gelehrt hatte und dessen Kehrreim lautete: *Trag die Kappe willig, hab den Mut, ein Narr zu sein, klug zu sein ist billig!*

Nun, wenigstens lachten die Kleinen jetzt wieder und trällerten selbst, obwohl auch sie schon halb durchnässt waren.

»Mach dir nichts aus der Nörgelei deiner Schwester«, raunte mir Sibilia zu, als sie zu mir aufschloss, »sie meint es nicht so. Es gibt eben eine Zeit, die nass macht und eine, die trocknet.«

Sibilia hatte recht. Aber ich konnte auch die Sorge meiner Schwester verstehen. Allgemein waren die Zustände im Land beängstigend. Beim Abschied hatte mir Gentile »für den Ernstfall«, wie sie sagte, einige Silbertournoir zugesteckt, sowie eines der teuren Rasiermesser, mit denen Paga handelte. »Für den Wert dieses Messers«, hatte sie mit einem verunglückten Lachen gesagt, »könntest du dir einen ganzen Tag lang einen herrschaftlichen Diener dingen!«

Nachdem ich Othon auf dem Sterbebett versprochen hatte, mich von Pierre fernzuhalten und auf meine gesellschaftliche Stellung zu achten, ordnete ich noch vor Wintereinbruch unser Leben neu. Wir zogen nach Varilhes ins Herrenhaus, nicht zuletzt der verlässlichen guten Freunde wegen, die dort wohnten.

Im Jahr darauf, wieder stand der Winter vor der Tür, wurde ich ernsthaft krank. Es begann mit Mattigkeit und Frösteln. Nach und nach gesellte sich Fieber hinzu, allerdings nur jeweils am dritten Tag - wie es früher bei unserer Mutter gewesen war. Gentile hatte mir davon erzählt. Hinzu kam, dass ich meine Tochter Condors noch immer schmerzlich vermisste und auch ihretwegen an vielen Tagen weinte.

»Nun, täuscht man eine Krankheit vor«, meinte Sibilia, um mich aufzumuntern, »so folgt sie einem wohl auf dem Fuße!«

Es war dies nicht allein ... Einige Tage vor Ausbruch des Fiebers hatte ich vom schrecklichen Tod der Notare Authiè erfahren. Im Abstand von einem halben Jahr waren sie festgenommen und verbrannt worden. Auch dass ihre ganze Familie samt Frauen und Kindern verhaftet worden war, hatte mich völlig aufgebracht. Zeitgleich mit dieser Nachricht war eine Frau aus Prades vorbeigekommen, um mir etwas zu erzählen, von dem sie offenbar annahm, dass es mich interessierte: Pierre hatte sich neben all seinen Liebschaften ein blutjunges Ding ins Bett geholt: Grasida, die Tochter der Weinhändlerin Fabrisse - und natürlich kannte ich sie. Als ich Montaillou verließ, war Grasida Vier oder Fünf gewesen, *vel circa*. Ein schmutziges verlaustes Mädchen, dem ständig der Rotz aus der Nase lief.

Hab den Mut, ein Narr zu sein?

Es tat weh. Höllisch weh.

Als um Ostern herum die Fieberschübe seltener wurden und der Appetit zurückkam, kümmerte ich mich mit der Unterstützung meines Knechtes Michel wieder vermehrt um unsere Güter. Eines Morgens war ich anwesend, als unser Schäfer ins Gespräch mit Sibilia und Michel kam. Frei heraus erzählte er, es ginge das Gerücht, dass sich der Pfarrer von Montaillou die Witwe Mengard Buscailh aus Prades hätte kommen lassen. »Er tat, als müsse er sie vor dem Richter des Grafen von Foix verhören«, lachte der Schäfer, »aber er hatte anderes mit ihr im Sinn. Er wollte ihr unter die Röcke gehen.«

Sibilia warf mir gerade noch einen warnenden Blick zu. Als wir später unter uns waren, sagte sie: »Mein Entschluss steht fest, Béatris. Ich koche noch heute rostige Nägel ab, um uns vor diesem *fusica*, diesem Hexenmeister aus Montaillou, zu schützen. Ich lasse ihn nicht mehr in deine Nähe und bin jetzt froh, dass Condors bei deiner Schwester lebt.«

Ihre Worte schnitten mir noch tiefer ins Herz. Nie hätte sich Pierre um Condors bemüht. Das hätte ich auch gar nicht zugelassen. Aber war das überhaupt noch »mein« Pierre? Der Mann, der mir im Weinkeller von Dalou das Lied von der Turteltaube sang? Der mir, als wir uns nach dem Liebesakt in den Armen hielten, erklärte, dass es kein gut und kein schlecht gesetztes Wort gäbe, an das man sich, sobald ein Troubadour es in ein Lied eingebunden hätte, nicht erinnern würde? Aus welchem Grund wurde Pierre immer rastloser in der Verfolgung seiner Lust?

Das viele Grübeln bekam mir schlecht, das elende Wechselfieber kehrte zurück und haftete an meinem Blut wie Honigtau.

Im Spätherbst besuchte er mich überraschend. Ava saß an meinem Bett, als Sibilia ihn hereinführte, mit verkniffener Miene.

»Wie hab ich dich vermisst, Pierre!«, stieß ich Sibilia zum Trotz hervor, worauf sie sich wortlos umdrehte und uns allein ließ.

Pierre lächelte. Er legte in aller Ruhe sein Wams und sein Barett ab und setzte sich dann in Avas Beisein ebenfalls auf mein Bett. Er fasste nach der Hand der Kleinen.

»Würdest du bitte die Kammer verlassen, Ava? Ich muss mit deiner Mutter unter vier Augen reden ...«

Sichtlich verwirrt eilte mein Täubchen hinaus.

»Nun, wie fühlst du dich in deinem Herzen«, fragte er mich.

»Schwach und ängstlich«, antwortete ich, »denn ich wage es noch immer nicht, zur Beichte zu gehen.«

»Tu es auch weiterhin nicht, meine Liebste. Du weißt: Nur Gott allein kann uns vergeben. Außerdem läuten die Totenglocken noch lange nicht für dich. Du wirst bald wieder gesund werden.« Nach einem tiefen Seufzen erzählte er mir, dass seine Mutter gestorben sei. »Ich habe sie eigenhändig bestattet. Neben dem Altar, was den Frömmlern im Dorf natürlich missfiel. Aber sie hat das verdient, weil sie so viel Gutes für alle im Dorf getan hat. Für die Unsrigen, für die Frommen und auch für die Ewignörgler und Besserwisser. Sie hat dich übrigens sehr gemocht, weißt du das?«

Mir schwirrte der Kopf. Na Mengarde bestattet? In Notre Dame de Carnesses? War Pierre verrückt geworden? Nun, ungeweihte Ketzererde kam für diese »Heilige« natürlich nicht infrage!

»Das tut mir sehr leid«, sagte ich leise. »Ich meine, dass sie gestorben ist. Sie hinterlässt bestimmt eine große ... Lücke in Montaillou und in deinem Herzen.«

Pierre fasste nach meinen Händen. »Eine noch größere hast du in meinem Herzen hinterlassen, als du fortgegangen bist! Und heute muss ich feststellen, dass du im Unterland so mager wie eine Rehgeiß geworden bist.« Er setzte sich neben mich, küsste mich zärtlich, zwickte mir mit den Fingern ein wenig Röte in die Wangen und trug mir dann ernsthaft auf, mehr zu essen und stets guten Wein zu trinken, damit ich wieder zu Kräften käme. »Ich will dich nicht auch noch verlieren, meine Liebste!«

Ich hatte gerade antworten wollen, als es lautstark klopfte und Sibilia mir durch den Türspalt hindurch bedeutete, sie hätte im Kaminzimmer Feuer machen und Wein und Gebäck auftragen lassen.

»Nun, was eine Frau will, davor zittert Gott«, meinte Pierre grinsend. Er half mir auf und stützte mich auf dem Weg durch den Flur.

»Um auf mein Befinden zurückzukommen ...«, sagte ich, als wir in den großen Armlehnstühlen vor dem Kamin saßen und Wein tranken, »beantworte mir doch eines, denn ich denke ständig darüber nach: Wenn es stimmt, dass das *Ich*, also die unsterbliche Seele, den Menschen steuert wie ein Schiffer das Schiff, weshalb hat der Gute Gott nicht auch für einen gesunden und unsterblichen Leib Sorge getragen?«

Pierre verzog belustigt den Mund. »Nun, er hat diese Aufgabe dem Teufel überlassen, der sie jedoch, seien wir ehrlich, mehr schlecht als recht erledigt hat!«

Ich lachte ebenfalls. »Das stimmt. Als Sachwalter hat er versagt. Eigentlich fühlen wir Menschen uns nur deshalb so zerrissen, weil wir nicht genau wissen, wohin wir gehören. Wir tun Gutes. Wir tun Schlechtes ...«

»Wir sind frei, uns zu entscheiden, Béatris!«

»Aber weshalb hat uns Gott nicht eine Freiheit zugesellt, die nicht zum Bösen verleitet, sondern immerfort nur Gutes will?«

Pierre schenkte sich noch einmal nach. Er sinnierte lange. Irgendwann meinte er, darüber müsse ich mir in meinem Zustand nicht auch noch den Kopf zerbrechen. »Die Gründe sind unerforschlich«, sagte er. »Vielleicht muss das Böse ja da sein, damit man vom Guten weiß ... Jetzt sieh mich nicht so argwöhnisch an, Liebste«, fuhr er fort, »irgendwann werden wir uns alle von den Fallstricken befreien, die uns auf Erden binden. Und es wird eine neue Geburt sein, eine bessere ...«

»Ist das dein Ernst?«, fragte ich spöttisch nach. (Nur mit ihm konnte ich so reden!) »Und wie muss man sich diese bessere Geburt vorstellen? Eine Geburt völlig ohne Schmerzen?«

»Ah, ihr Frauen wollt euch einfach nicht mehr plagen, wenn ihr erst einmal geboren habt!«, gab es mir Pierre zurück. Er lachte. »Keine Angst. Nur die erste Geburt ist eine Geburt des Leibes, voller Schmerzen - ein Vorgriff auf das harte Leben hier auf Erden. Die letzte Geburt wird anders sein, schön und leicht, denn sie ist geistig und führt hinauf zu Gott ...«

Wir redeten lange an diesem Tag, auch über die Leute von Montaillou, und trennten uns nach Einbruch der Dunkelheit als gute Freunde. In der darauffolgenden Woche ließ mir Pierre ein wunderschönes geschnittenes

Glas zukommen und zwei Kolben *zacara*, aus dem Land der Mauren. Die beiliegende Nachricht bewies mir, dass er Sibilias mürrisches Gesicht richtig gedeutet hatte:

Und wenn sie dir von einem hohen Berg sagen, er sei niedrig, so musst du das nicht glauben, Trice!

Die Liebe schillert in vielen Farben
Varilhes, Dalou und Lladros
in den Jahren des HERRN 1310-1320

Kopfzerbrechen bereitete mir nach Pierres Weggang eine sonderbare Geschichte, die er mir anvertraut hatte. Es war um den jüngsten Sohn meiner lieben Cousine Raymonde de Luzenac gegangen, jenen netten jungen Mann, der mich seinerzeit auf dem Ritt zurück nach Prades begleitet hatte. Statt in Toulouse fleißig Theologie zu studieren, war er auf aufgrund von Spielschulden offenbar zum Verräter an der Katharischen Sache seiner Familie geworden. Im vergangenen Sommer nach der Grasmahd, so Pierre, sei dieser »Wirrkopf« mit einem von ihm selbst zusammengestellten Trupp und einem Rechtfertigungsschreiben der Inquisition von seinem Wohnsitz in Comus losgeritten. Gekleidet wie ein Holzfäller, mit einem langen braunen Schäfermantel und einer Axt über der Schulter, wäre er oben in Montaillou aufgetaucht, um eine Befragung durchzuführen. »Glaub mir, Trice«, hatte mir Pierre versichert, »Bernard und ich, wir waren außer uns vor Zorn, denn unsere Quelle in Carcassonne hatte uns nicht wie im Jahr zuvor, als die Inquisition das ganze Dorf umzingelte, gewarnt.«

»Und was geschah dann? Gab es abermals Verhaftungen?«

Pierre machte eine wegwerfende Handbewegung. »Nur wenige, darunter allerdings Pons Rives und die Benete. Ich konnte ihnen nicht helfen. Doch während Luzenac und seine Männer das Haus der Belots durchsuchten, gelang es mir, auf unseren geheimen Wegen, Prades Tavernier und Arnaud Vital, den Flurwächter, zur Flucht zu verhelfen.«

Ich war erschüttert. »Prades Tavernier war an diesem Tag oben in Montaillou? Wie leichtfertig! Meine Schwester hat mir erzählt, man hätte ihn in Limoux verhaftet. Aber er sei wieder freigekommen. Weshalb ging er denn nicht außer Landes?«

Pierre hatte nur mit den Schultern gezuckt und gemeint, selbst der Besonnenste mache mitunter Fehler. Das Leben ginge weiter ...

Ja, das Leben ging weiter - doch nach Pierres Besuch war mein Liebster mir nun wieder so nahe wie früher. Es war fatal: Ich konnte nicht mit ihm, aber auch nicht ohne ihn leben. Um seine unsichtbare Gegenwart länger im Haus zu halten - und mich im Abschiedsschmerz zu suhlen! - verbot ich Sibilia am nächsten Morgen, die Läden zu öffnen. Immer weiter redete ich in meinem Kopf mit ihm, erzählte ihm dies, berichtete ihm jenes. Ich tadelte ihn bitter und verzieh ihm milde. Um die Mittagszeit kam Sibilia erneut in meine Schlafkammer. Sie riss ungeduldig die Läden auf, um frische Luft herein und »den unruhigen Geist« hinauszutreiben, wie sie meinte.

Sie zankte mit mir. »Du musst auf andere Gedanken kommen, Béatris. Im Studierzimmer deines Mannes stehen zwei Truhen, angefüllt mit Büchern und Traktaten. Willst du, dass die Mäuse sie fressen, bevor du sie gelesen hast?«

Ich tat, was mir Sibilia ans Herz legte, kümmerte mich nach meiner Genesung auch wieder um Othons Güter, unterrichtete meine Mädchen, las viel - freilich stets in der Hoffnung, irgendwann Pierre doch noch einmal wiederzusehen, denn er hatte es mir versprochen. Aber er besuchte mich nicht mehr, und ich erfragte nichts, weil ich bestimmte Wahrheiten scheute.

Bis zum Ende des Jahres 1315 lebten wir unbehelligt und ohne größere Zwischenfälle in Varilhes. Im darauffolgenden Januar heiratete meine Tochter Condors nach Pelleport, das in meiner Nähe lag. Gentile hatte Wort gehalten: Mateu war ein tüchtiger junger Mann. Natürlich rechtgläubig. Aber das Wichtigste war für mich, dass Condors ihn aufrichtig liebte. Wenigstens sie sollte glücklich sein.

Nach dem Hochzeitsfest zog ich mit Ava und Philippa nach Dalou, wo ich sie fortan jeden Morgen zum Vikar brachte, damit er sie Latein lehrte.

Ich hatte es Othon versprochen. Barthélemy Amilhac, dessen Haus direkt neben der Kirche lag, war mir schon früher aufgefallen, aber nachdem ich in den Jahren zuvor nur selten die Messe in Dalou besucht hatte, waren wir nie ins Gespräch gekommen. Mit einem Mal war dies anders. Jeden Morgen, wenn ich die Mädchen zu ihm brachte, leuchteten seine Augen auf. Er lachte verlegen und versuchte, mich mit schönen Worten am Weggehen zu hindern. Das gefiel mir und mich überkam das Verlangen, ihn zu küssen. Dass er um Jahre jünger war als ich ... nun, die Liebe schillert in vielen Farben. Mit Pierre und dieser jungen Grasida hatte dies nichts zu tun. Ich genoss die Aufmerksamkeit, die mir der Vikar zukommen ließ, fühlte mich wieder jung und begehrenswert. An einem Montag, an dem die Kinder und Sibilia in Pelleport waren, lud ich ihn zu mir auf die Burg ein und gestand ihm noch am selben Abend meine Zuneigung.

Die Juden sagen, der Wolf verliere seine Haare, aber nie seine Natur: Bartho stellte sich als guter Liebhaber heraus, auch erging er sich wie Pierre gern in wortreichen Erklärungen. Aber das, was er sagte ... Nun, disputierten wir ernsthaft miteinander, wollte er, dass ich dachte, was er dachte. Mit einem Wort: Barthélemy war rechthaberisch und vor den Kindern tat er fromm. Dennoch hielt ich an der Beziehung fest, weil ich die Einsamkeit hasste und ihn fleischlich begehrte.

Wir waren vorsichtig, trafen uns stets heimlich. Bis jemand gegen uns hetzte. Erstmals hegte ich den Verdacht, dass Othons Nichte Mabille dahinter stecken könnte. Aber ich hatte keinen Beweis. Nun begann alles von vorne: Kopfrücken, Gerede und Gezische, wenn ich mit den Mädchen die Kirche betrat. Aber erst als der Pfarrer von Dalou, Barthos Vorgesetzter, mich öffentlich eine Hure und eine schlimme Ketzerin nannte, mieden mich fast alle im Ort. Ich war verzweifelt. Schwierigkeiten mit der Inquisition waren das letzte, was ich brauchen konnte.

Am Pfingstfest des Jahres 1316 fassten wir den Plan, nach Lladrós zu ziehen, wo es Priestern nach der Tradition gestattet war, mit ihren Haushälterinnen oder *focarias* eheliche Gemeinschaft zu pflegen, allerdings ohne kirchliches Sakrament. Der Vorsicht halber teilte ich vor der Abreise meinen Besitz in vier Teile auf. Drei Teile überschrieb ich mit Hilfe unseres Notars meinen Töchtern als *dos*, als Mitgift.

»Schließlich hat alles einmal anderen gehört, bevor es wieder zu anderen zurückkehrt«, hatte Pons Pole, der den »Scheinverkauf« in die Hand genommen hatte, augenzwinkernd gemeint.

Auf seinen Rat hin, behielt ich das Herrenhaus in Varilhes, nebst dazugehörigem Grund, denn schließlich brauchte auch ich ein Auskommen.

Als alles geregelt war, brachte ich, wie zuvor mit Condors und Mateu abgemacht, Ava nach Pelleport, wo sie zukünftig leben sollte. Sibilia und Michel blieben in Varilhes zurück.

Endlich machte ich mich mit Philippa, meiner Jüngsten, auf den Weg nach Lladrós. Bartho, der vorausgeritten war, wartete in Vicdessos auf uns. Gemeinsam ritten wir weiter, bis wir nach Tagen - und der schwindelerregenden Überquerung des Port de l'Artigue - völlig erschöpft das Pallars-Tal erreichten.

Ehrlich gesagt: Lladrós mit seinen unwirtlichen schwarzen Steinhäusern gefiel mir nicht. Es war öde dort, aber wir waren glücklich. Endlich konnten wir Tag und Nacht beisammen sein, endlich fühlten wir uns sicher. Wir schürten fleißig das Feuer unserer Liebe, konnten manches Mal unser Glück kaum fassen - und übersahen dabei unsere Schwächen und Fehler.

Man sagt zu Recht, das Geld der Armen vergeht wie Tau in der Sonne. Nachdem Barthélemy in Lladrós keine Arbeit fand und mein Vermögen schwand, passte sich auch unsere Leidenschaft dem leeren Beutel und der kargen Landschaft an. Genau ein Jahr später, wieder in der Pfingstoktav, ging unsere Ehe in die Brüche: Zuvor waren bitterböse Worte gefallen, bei denen es auch um Montaillou gegangen war, denn ich hatte im Streit Bartho an den Kopf geworfen, dort glücklicher gewesen zu sein als hier.

Philippa erging es ähnlich schlecht wie mir. Sie hatte Heimweh, vermisste Ava. Als die Kunde uns erreichte, dass Condors ihr erstes Kind geboren hatte und dieses kränkelte, stand unser Entschluss fest: Wir nahmen Abschied voneinander und von Lladrós.

Bartho trat eine Stelle als Pfarrverweser zuerst in Carcassonne und später in Sainte-Camelle an, wo er wieder eigenes Geld verdiente; ein Jahr darauf zog er als Vikar ins nahe gelegene Mézerville. Wir beschlossen, Freunde zu bleiben, in guten wie in bösen Tagen.

Bei meiner Rückkehr erfuhr ich, dass Condors erneut schwanger war und ihr Erstgeborener schwere Krämpfe bekam. Philippa zog in Avas Kammer, und auch ich verbrachte viel Zeit in Pelleport. Das zweite Kind kam gesund zur Welt - dem Himmel sei gedankt! - und die Fallsucht des älteren Knabens besserte sich mit der Zeit. Beide Enkelsöhne bereiteten mir viel Freude. Als sie verständiger wurden, nahm ich sie manchmal für ein, zwei Tage zu mir nach Varilhes, wo Sibilia sie dann nach Herzenslust verwöhnte.

An den Abenden jedoch, an denen mir einzig Othons Bücher Gesellschaft leisteten, vermisste ich schmerzlich die Zweisamkeit mit Bartho. Das Jahr in Lladrós hatte mich vieles gelehrt, aber auch zerbrechlicher werden lassen. Doch als ich bei Epikur las, dass »Seelenfrieden« das höchste Gut sei, gab ich mir alle Mühe, in meiner neugewonnenen Würde als Großmutter ein beschauliches, ruhiges Leben zu führen.

Es hätte mir gelingen können. Wenn da nicht Pons Pole hereingeschneit wäre, um mich zu warnen ...

EPISODE V

Leb wohl, ich kann nicht länger bleiben,
muss widerwillig von dir gehn, Geliebte.
Wie peinigt mich die Dämmerung!
Wie weh tut ihr Erscheinen!
Überlisten
will uns die Dämmerung, ja, die Dämmerung.

(Raimbaut de Vacqueyras L'alba - Die Morgendämmerung)

Herbststürme
Pamiers, Herbsttage
im Jahre des HERRN 1320

Jacques Fournier hatte eine scheußliche Nacht hinter sich. Der erste Herbststurm war über Pamiers hereingebrochen, stundenlang hatte der Wind geheult, sogar Läden abgerissen und Bäume entwurzelt. Mit starken Kopfschmerzen war er aufgewacht und hatte sich noch vor der Matutin Blutegel an die Schläfen setzen lassen. Erst nach der Laudes ging es ihm besser, doch auf dem Weg von der Kapelle in die Bibliothek, wo er sich ein wenig ausruhen wollte, passte ihn ausgerechnet Galhardus ab und stahl ihm erneut Zeit und Kraft.

»Ein kurzes Wort noch zu Pierre Clergue, Euer Gnaden«, drängte er. »Wir stellen uns gerade die Frage, wie wir ihm doch noch ein Geständnis entlocken können.«

Überrascht blieb Jacques stehen. »Sagtet Ihr nicht, Ihr würdet bereits ausreichend sicher sein?«

Der Inquisitor rieb sich die Nase. »Geradezu erdrückende Indizien, ja doch. Nur leider kein Geständnis und noch immer kein Beweis, dass er selbst häretiziert wurde. Man schlägt mir vor, die Folter anzuwenden. Beim Prokurator des Leprosenhauses hat sie auch zum Erfolg geführt. Ich jedenfalls plädiere dafür. Ist Clergue unschuldig, so wird Gott ihm schon Kraft und Standhaftigkeit schenken.«

Fournier senkte die Mundwinkel. »Keine Folter! Verbeißt Euch nicht in diesen Gedanken. Unsere Verhörmethoden sind zuverlässiger als diejenigen des königlichen Leutnants, den wir in diesem Fall hinzuziehen müssten. Außerdem ...«, nun verzog er belustigt den Mund, »was würden Daumenschrauben beim Pfarrer von Montaillou noch bewirken!«

»Aber Euer Gnaden! Er hat ein ganzes Dorf ins Unglück gestürzt«, rief der Dominikaner leidenschaftlich.«

»Eher waren wir es doch, die in Montaillou mehrfach alles durcheinandergebracht haben, nicht wahr?«, sagte Fournier, sich nachdenklich das Kinn reibend. »Was geschah denn wirklich im Jahr des HERRN 1308? Da ließ Carcassonne es abermals zu, dass die Clergues obsiegten und ihre Macht behielten. Vierundzwanzig Jahre habt ihr die Brüder nun gewähren lassen! Und wie verhält sich Clergue vor uns? Er schweigt. Rechtfertigt sich nicht, ja, er bettelt nicht einmal um Gnade. Schicksalergeben liefert er sich uns aus. Warum tut er das? Könnt Ihr es Euch denn nicht denken?«

Galhardus verneinte.

»Nun, ich will es Euch sagen, Bruder. Er schweigt, weil er nicht dumm ist. Er weiß genau, seine Zeit ist abgelaufen.«

Die Pagen öffneten die Tür zur Bibliothek, doch Galhardus machte noch immer keine Anstalten, sich zu verabschieden. Jacques Fournier dachte freilich nicht daran, ihn hereinzubitten. Wie Gabriel vor dem Himmelstor blieb er im Türrahmen stehen, während draußen erneut hörbar der Wind tobte.

»Aber Euer Gnaden, Clergue ist ein Anbeter der *avaritia* und *luxuria*, und er ist ein Betrüger. Bruder Gui sagt, der Betrüger ist wie die Biene. Sie hat Honig im Mund und Galle im Schwanz ... So leicht darf uns Clergue mit seinem Schweigen nicht davonkommen. Die Folter wäre in seinem Fall das geeignete Mittel, ein Geständnis zu erzwingen.«

Langsam riss Jacques der Geduldsfaden, in seinem Kopf hämmerte es wieder.

»Fraglos!«, herrschte er ihn an. »Aber zu seinen Gunsten ist zu sagen, dass bei aller Gier und Eitelkeit immer auch sein Herz sprach. Selbst seine ehemaligen Geliebten hassen ihn nicht, obwohl er sie in diese Lage gebracht hat. Das muss doch auch Euch zu denken geben, Bruder Galhardus!«

»Gleichwohl ist die Häresie ein schweres Verbrechen, und wir Dominikaner haben die heilige Pflicht, sie um jeden Preis ...«

»Ja, ich weiß. Aber wer immer Zugpferd war, muss auch einmal zum Esel werden!« Fournier legte seine Hand auf die Schulter des Inquisitors. »Lasst es gut sein für heute, aber merkt Euch eines: Hier in Pamiers, unter meinem Vorsitz - unter dem Vorsitz des Fuchses, nicht des alten Fuchses! -, verhält es sich so: Wir lehnen die Folter ab und wir sind für Bestechung und Geldgeschenke nicht zugänglich. Solche Versuche verfangen erst gar nicht bei uns. Nicht einmal die Bitten von Freunden achte ich höher als meine Amtspflichten. Zugleich aber dürfen alle Beschuldigten und Zeugen, auch diejenigen, die hartnäckig schweigen, auf Barmherzigkeit hoffen. Das ist ihr gutes Recht. *Ich will Barmherzigkeit und nicht Schlachtopfer*, sagt der HERR. Wer allerdings überführt und schuldig ist, der wird auch bestraft werden«, fuhr er mit festerer Stimme fort. »Die Strafhöhe wiederum liegt in meinem Ermessen.« Er seufzte. »Zugegeben, Euch und Euren Brüdern in Carcassonne gefällt die bischöfliche Kontrolle nicht. Aber wenn wir nicht zugleich unseren eigenen gefräßigen Stall ausmisten, die Korruption, die Willkür und die Vetternwirtschaft an den Pranger stellen, wird sich nichts ändern und der HERR wird dereinst uns alle bestrafen.«

Galhardus' Augen flackerten. »Freilich, das steht zu befürchten«, meinte er schnaufend und trat von einem Fuß auf den anderen. »Doch wie würdet Ihr das angehen wollen, Euer Gnaden? Das Ausmisten, meine ich. Ich möchte zwar nicht neugierig erscheinen, aber ...« Erneut drängelte er in Richtung Bibliothek.

Fournier wich nicht zurück. »Nun, säße ich in Avignon auf dem Papststuhl - was Gott verhüten möge! -, würde ich zuvörderst mit Strenge die Ämterbesetzung reformieren, danach die Verwaltung und das Mönchtum. Damit wäre ein erster Schritt getan. Und nun, Euch einen gesegneten Tag!«

Der Freigänger
**Les Allemans, Herbst und Winter
im Jahre des HERRN 1320**

Im Laufe des Oktobers entdeckte Béatris erstmals, dass in Les Allemans außer ihr noch andere Frauen aus Montaillou eingekerkert waren und sich unter diesen bereits Freigängerinnen befanden. So erkannte sie eines Abends die Stimmen von Alazais Faurè und ihrer Mutter. Die beiden gingen mehrmals an Béatris' Zellentür vorüber, lachend und miteinander streitend. Einmal fielen die Namen »Fabrissa« und »Grasida«, womit vermutlich die Rives gemeint waren, Mutter und Tochter. Ein anderes Mal hörte sie eine Stimme, die sie an die ehemalige Magd der Clergues erinnerte, an Brune Pourcel.

Béatris selbst hatte seit dem 25. August, an dem sie vor dem Hohen Gericht zusammengebrochen war, den Himmel nicht mehr gesehen und fragte sich nun ständig, weshalb man ihr die Freigänge untersagte, wenn doch auch ihre Verhöre offenbar vorüber waren. Hatte sie denn nicht ihre Pflicht getan? Sollte sie in ihrer Cella verschimmeln? Oder hielt man sie aus einem bestimmten Grund von den anderen fern?

An einem dieser düsteren Tage, an denen sie untätig herumsaß, eingehüllt in ihre Decke, grübelnd, sinnierend, am Abend nie wissend, was der Morgen brachte, nachts ständig hochschreckend, klopfte es zu ungewohnter Zeit an ihrer Tür. Als sie fragte, wer da sei, vernahm sie zu ihrer Überraschung die Stimme von Bernard, Pierres Bruder. Ihr wurde ganz heiß. Sie sprang auf, verhedderte sich in ihrer Decke, wäre fast gestürzt. Endlich kniete sie sich auf den Boden.

»*Bonjorn*, Bernard!«, rief sie durch den Spalt an der Türschwelle. »Wo kommt Ihr her? Hat man auch Euch verhaftet? Wo steckt Euer Bruder?« Viele Fragen strömten aus ihr heraus.

»Was glaubt Ihr denn, wer hier die ganze Zeit über für Euch gesorgt hat?«, gab ihr Bernard spitzzüngig zur Antwort. »Seid froh, dass der Prozess gegen mich noch nicht formell eröffnet ist. Ihr wärt längst an Eurem Fieber gestorben, wenn ich nicht alles für Euch getan hätte. Erst gestern habe ich Gernotus und seiner Frau wieder die Wolle von vier Schafen gebracht ...«

»*Perdon?* Aber ich habe selbst Geld genug«, antwortete sie stolz, erzürnt über Bernards Dreistigkeit.

»Euer eigenes Geld ist aufgebraucht, Béatris. Und auf Eure Güter hat es der Bischof abgesehen. Ich beschütze etliche Frauen hier in Allemans, auch solche, die nichts mehr besitzen und zusammengepfercht mit anderen in einem einzigen Raum dahinvegetieren. Sie alle wären schon tot, wenn ich mich nicht für sie verwendet hätte. Auch für Euch will ich das weiterhin tun«, sagte er. »Allerdings nicht ohne Gegenleistung.«

»Gegenleistung? Was meint Ihr damit?«

»Ich muss meinen Bruder freibekommen«, raunte er durch den Türspalt, »aber das gelingt nur, wenn alle Zeugen und Zeuginnen - auch Ihr! - ihre Aussagen gegen ihn widerrufen. Einige haben das schon getan. Es geht wieder voran für uns, zumal zwei unserer schlimmsten Gegner verhaftet wurden, der Spion Petrus Azéma und dieser verfluchte Verräter Calhaco.«

»Calhaco? Der Name sagt mir nichts.«

»Dankt dem Himmel dafür, Béatris! Ein Schwein aus Tarascon. Notar! Azéma und Calhaco müsst Ihr beim nächsten Verhör belasten! Nehmt zurück, was Ihr über Pierre gesagt habt, und zeigt *sie* als Ketzer an! Der eine hat unsere Zeugen eingeschüchtert, der andere ist seit Jahren unser gefährlichster Widersacher.«

Erschrocken wich Béatris zurück. »Seid Ihr allein dort draußen, Bernard, oder befindet sich jemand in Eurer Nähe?«, fragte sie vorsichtig.

»Beruhigt Euch. Niemand kann uns hören. Macht Euch keine Sorgen, es geht wirklich aufwärts mit uns, nachdem ich einige Bekannte und Freunde des Bischofs bestochen habe. Dreihundert Pfund an den Herrn von Mirepoix, damit er sich für Pierre verbürgt. Seiner Frau Constanze - sie ist eine Tochter des Grafen von Foix - habe ich ein Maultier geschenkt. Weitere hundertfünfzig Pfund habe ich seinem Schwager zugesteckt. Der Graf von Foix hat uns bereits unsere Güter gesichert, auf Lebenszeit. Alle anderen wollen Bittbriefe schreiben, alle! Nur Amilhac, Euer Liebhaber aus Mézerville, mag nicht widerrufen, obwohl ich ihm schon um Maria Magdalena herum hundert Goldgulden Erfolgshonorar versprochen habe. Könnt Ihr nicht mit ihm reden?«

»Ich? Ich habe doch keine Verbindung zu ihm«, antwortete sie, während ihr Herz wie verrückt klopfte. »Ich weiß nicht einmal, wo er steckt. Die Namen, die Ihr genannt habt ... Also, diesen Notar kenne ich tatsächlich nicht. Und Petrus Azéma habe ich seit zwanzig Jahren nicht mehr gesehen. Womit sollte ich die beiden denn belasten? Mit Lügen? Sagt mir lieber, wo sich Euer Bruder befindet!«

»In der Abtei von Mas-Saint-Antonin. Er ist dort Freigänger und es geht ihm gut. Alles eine Sache des Geldes! Auch Gernotus erlaubt mir hier viele Freiheiten. Manchmal steckt mir seine Frau sogar den einen oder anderen Zellenschlüssel zu, damit ich Aug in Aug mit einem der Gefangenen reden kann. Euer Amilhac befindet sich zwei Stockwerke über Euch, doch der hat nichts Besseres zu tun, als seine Stundengebete zu sprechen«, sagte er abfällig. »Aber ich kann veranlassen, dass Gernotus Euch noch heute zu ihm führt. Redet mit Eurem Liebhaber. Er muss widerrufen, er muss!«

»Nein«, sagte sie rasch. »Das will ich nicht. Wenn das herauskommt, brennen wir alle miteinander, zuvörderst Euer Bruder, aber auch Ihr selbst! Außerdem, was soll er denn widerrufen? Er konnte doch gar nichts Belastendes über Pierre erzählen. Er war nie in Montaillou. Er weiß nichts.«

Das wütende Gelächter, das Bernard daraufhin ausstieß, endete mit einem verzweifelten Schluchzer, und das machte ihr nun wirklich Angst.

»Er weiß nichts?«, heulte Bernard. »Habt Ihr vergessen, was Ihr

Amilhac auf Eurer missglückten Flucht anvertraut habt? Unverzüglich hat er alles dem Bischof weitererzählt. Jedes Wort!«

Béatris war entsetzt. »Woher wollt Ihr das denn wissen!«

»Ich erfahre alles, was vor Gericht gesprochen wird«, raunte er ihr zu. »Mein Bruder hingegen hat Euch mit keinem Wort belastet. Nichts Unheilvolles kam aus seinem Mund, nichts. Pierre war Pate Eurer verstorbenen Tochter, und er liebt Euch noch immer. Ich weiß es! Ihr habt also viel gutzumachen.«

Nichts Unheilvolles sollte aus Pierres Mund gekommen sein? Wer log denn nun? Bernard oder die Beisitzer des Bischofs, die Dominikaner. Und was war tatsächlich mit Bartho? Hatte er geredet, um seinen Hals zu retten? Wieder sah sie die Nachmittagsszene in Mas-Saint-Puelles vor sich: Barthélemy im Gespräch mit diesem seltsamen Augustinermönch. Und sie dachte auch an sein ständiges Drängen, ihm doch endlich alles über Pierre zu erzählen.

»Ich meine, Ihr lügt, Bernard«, sagte sie dennoch. »Dass Barthélemy Amilhac so hinterhältig ist, glaube ich Euch nicht.«

»*Hélas*, Ihr täuscht Euch in ihm«, meinte er mit sich erneut überschlagender, ja, beleidigter Stimme. »Amilhac ist der bocksfüßige Pan! Aber noch ist nicht alles verloren. Ihr müsst widerrufen! Auch Pierre will es so ...«

»Aber der Bischof bekommt jede Lüge heraus!«, rief sie gedämpft. »Ich kann Euch nicht helfen!«

Nun schien Bernard wirklich am Ende zu sein, denn sie hörte ihn sogar weinen. »Steht Pierre bei, Béatris!«, flehte er, »Ihr habt ihn doch einmal geliebt. Es geht dem Bischof nur um Geld, nicht um den Glauben. Es geht ihm um den Zehnt auf den Viehbestand. Er ist gierig, will uns alle ausbluten lassen. Das andere ist vorgeschoben. Deshalb ist jedes Mittel recht, um ihn ... «

»Schweigt, Bernard und lasst mich in Ruhe. *Adishatz!*« Sie zitterte am ganzen Leib, als sie sich zum Strohsack zurückschleppte.

Bernards Besuch sollte nicht der letzte an diesem Tag gewesen sein. Gänzlich unvermittelt klopfte es zu nachtdunkler Zeit erneut an ihre Tür.

»Bernard Clergue will mit Euch reden!«, flehte nun eine weibliche Stimme. »Er bittet Euch darum, zu widerrufen!«

»Wer seid Ihr denn? Ich kenne Euch nicht!«

»Grasida Lizier, die Tochter von Fabrisse Rives! Meine Mutter kennt Euch gut. Sie ist die Weinhändlerin, Ihr wisst schon! Pathaus' Schwester. Pathau ist übrigens vor zwei Tagen gestorben.«

»*Silenciós!*«, rief Béatris verächtlich, »lass mich schlafen!«

Als endlich Ruhe eingekehrt war, dachte sie trotzig, dass sie Pathaus wegen ganz sicher keine Träne vergießen würde. Aber welches Geständnis konnte sie denn jetzt noch - nach neun Verhören! - ablegen, ohne als Lügnerin dazustehen? War es nicht vielmehr so, dass Bernard mit seinen Drohungen und Bestechungsversuchen den Bischof erst recht aufbrachte? Zog er denn nicht in Erwägung, dass auch hier, in Allemans, ein Spion saß, der über die Machenschaften der Clergues Buch führte?

Béatris kam nicht zur Ruhe, fand keinen Schlaf. Sie war ja durchaus bereit, ein Opfer für den ... treulosen Pierre zu bringen, doch ehrlich, wie sollte sie das bewerkstelligen? Heulen, jammern, klagen vor dem Bischof? Täuschen? Lügen? Unschuldige belasten?

Die gefürchtete Morgendämmerung kroch bereits durch den Mauerschlitz, als sie sich fragte, weshalb Pierre ihr, wenn er ihr schon etwas mitzuteilen hatte, keine *schriftliche* Nachricht zukommen ließ? Als Freigänger im Kloster - die Welt war wirklich ungerecht! - sollte es ihm doch möglich sein, an Tinte und Federkiel zu gelangen!

Himmel, irgendetwas stimmte nicht ...

Blauer Schnee
Les Allemans,
Januar im Jahre des HERRN 1321

Es war in der dritten Januarwoche, als es auch noch dem letzten Inhaftierten von Les Allemans dämmern musste, in welch »brenzliger« Lage er sich befand, gleich, ob Freigänger oder nicht: Mitten in der Nacht hatten die Schließer - begleitet von königlichen Soldaten mit Kienfackeln in der Hand - die Zellen aufgeschlossen und den Insassen befohlen, sich schweigend im langen Flur vor der Waffenkammer zu versammeln. Ratternd wurde das Fallgatter hochgezogen, dann ging es im Gänsemarsch hinaus auf den Hof, die Soldaten mit den Fackeln voran.

Béatris, aufs Äußerste beunruhigt, kniff die Augen zusammen, als sie ins Freie trat. Es hatte geschneit, und der Schnee auf den umliegenden Mauerzinnen und den Zypressen schimmerte im Mondlicht so blau wie ein Waidstein. Gierig atmete sie die frische Luft ein. Da hörte sie einen gellenden Schrei. Der Zug der Gefangenen stockte. Hatte es einen Aufstand gegeben? Einen Befreiungsversuch?

»*Arrestar!*« Der Schlüsselbund schepperte, als sich Gernotus an Béatris und anderen vorbeidrängte. Sie stellte sich auf die Zehenspitzen. Was war hier eigentlich los? Das Fackellicht der Soldaten fiel auf eine Tribüne, auf zwei mit Tuch bespannte Karren und einen schneebedeckten, merkwürdig zerrupften Haufen, der einem Elsternest glich. Da begriff sie endlich. Zwar hatte sie am Nachmittag von draußen Stimmen, Pferdewiehern und das Rollen von Rädern gehört, aber ... Womöglich hatte es zu diesem Zeitpunkt noch gar nicht geschneit? *Hélas*, was grübelte sie übers Wetter nach, die einzige Frage, die sich stellte, war doch, *wer* hier brennen sollte! Als sie an Pierre dachte, geriet kurz ihr Herz aus dem Takt.

Der von den Bergen kommende Fallwind war schneidend. Béatris stülpte sich die Kapuze über. Schwaden siedenden Peches zogen durch den Hof. Sie beobachtete, wie einige Soldaten das schneebedeckte Borkendach des Scheiterhaufens abtrugen. Andere entluden die Karren, schleppten trockene Äste und Zweige herbei, sowie ballenweise Werg - Hanffasern, die sonst zum Abdichten benutzt wurden.

Der Kerkermeister kehrte zurück, erklärte mit barscher Stimme, alle Gefangenen hätten sich rings um den Holzstoß aufzustellen. »In gebührendem Abstand!«, schrie er, selbst ganz aufgeregt. »Und dann kniet nieder und sprecht eure Gebete.«

Keiner murrte, niemand begehrte auf. In Gefangenschaft lernte man, sich zu beugen, zu schweigen.

Folgsam setzte sich auch Béatris in Bewegung. Der Schnee knirschte unter ihren Füßen. Beim Näherkommen fiel ihr Blick auf einen eisernen Käfig, in dem sich drei Menschen befanden, in gebückter Haltung auf ihren Hacken kauernd. Der Kleidung nach waren es zwei Männer und eine Frau. War sie es, die so geschrien hatte? Dass einer der Männer Pierre war, schloss Béatris erleichtert aus.

Die Prozession stockte. Rechts und links von ihr sanken die Gefangenen in den Schnee. Um nicht aus der Reihe zu tanzen, kniete sie sich ebenfalls nieder, der Tribüne gerade gegenüber. Leise fiel sie in das Gebet der anderen ein: »*Gloria Patri et Filio et Spiritui Sancto* ... , doch die Worte kamen gedankenlos über ihre Lippen, denn sie nutzte zugleich die Gelegenheit, um aus den Augenwinkeln heraus nach bekannten Gesichtern Ausschau zu halten. Aber wie hätte sie Bernard oder Bartho erkennen können, wenn diese wie alle anderen die Köpfe gesenkt hielten? *Am weißen Atem vielleicht, der den Mündern enströmte?*, dachte sie höhnisch.

Die *büne* füllte sich mit schwarzen Umhängen: Dominikaner! Das lange Outrage-Kreuz mit den Folterwerkzeugen Christi, das sie mit sich führten, schwankte bedrohlich im Wind. Flankiert von einem Schwarm weihrauchkesselschwenkender Novizen deklamierten die Pater die vorgeschriebenen Gebete. Dann wurde das Messopfer gefeiert. Die schmerzerfüllten Strophen der Gesänge, der Qualm des siedenden Peches, vermischt mit dem des Weihrauchs, trieben Béatris das Wasser in die Augen.

Gernotus betrat das Gerüst. Der Kerkermeister, der sich inzwischen in einen schweren Umhang aus schwarzer Wolle gehüllt hatte, trug ein Barett mit Ohrenklappen. »Auf Befehl des Königlichen Leutnants«, rief er, »der selbst nicht hier sein kann, wird nun der Stellvertretende Inquisitor von Carcassonne die Namen dreier rückfälliger Ketzer und die jeweiligen Urteilssprüche verlesen.«

Béatris blickte auf, als Galhardus de Pomiès auf die *büne* stieg. Sonderbar. Ein Jude begleitete ihn, erkenntlich am spitzen Hut. Waren hier auch Juden eingekerkert? Da fiel ihr ein Name ein: Baruch! Barthélemy hatte ihr in den Weinbergen von Mas-Vieux von einem Juden erzählt, der ebenfalls in Pamiers vor Gericht stand.

Der alte Inquisitor entrollte das Pergament ...

Von Jean und Huguette de Vienne, beide gläubige Waldenser, hatte Béatris nie zuvor gehört, den zweiten Mann jedoch kannte sie. Es handelte sich um einen der Forts aus Montaillou. Dieser Mann hatte damals der Häretisierung eines fünfzehnjährigen Jungen beigewohnt, der sterbenskrank gewesen war. Bei seiner letzten Vernehmung, so der Inquisitor, hätte Guillaume Fort abermals die Auferstehung des Leibes geleugnet und sich kürzlich, vor einer großen Versammlung kirchlicher Würdenträger, erneut zu seiner Häresie bekannt.

Der »Glaubensakt« begann, und es schneite wieder.

Einer der Königlichen schloss den Käfig auf und zerrte die Verurteilten hoch. Ohne Gegenwehr traten sie zum Scheiterhaufen, wo eine Leiter lehnte. Nacheinander stiegen sie aufs Holz, aus dem wie ein großer Besenstiel der Brandpfahl ragte.

Bittere Galle kam Béatris die Kehle hoch. »Heilige Mutter Gottes, steh ihnen bei!«, flüsterte sie, während ihr der Schnee ins Gesicht wirbelte.

Die Soldaten, die die Katharer oben in Empfang nahmen, banden die Ketzer an den Pfahl. Dann sprangen sie hinab.

Begleitet von mehreren Novizen, die gleichermaßen mit den schaukelnden Weihrauchkesseln und ihren vom Wind aufgebauschten Röcken kämpften, traten drei Dominikanerpater heran. Der in der Mitte segnete den Scheiterhaufen mit dem Schwarzen Kreuz, dann drückte er es dem größten Novizen in die Hand, ließ sich im Gegenzug eine brennende Kienfackel geben und legte das erste Feuer.

Béatris starrte zu den Todgeweihten hinauf, über deren Lippen - es war nicht zu fassen! - kein Laut kam.

Das Feuer tat sich schwer, schließlich war es kalt und feucht. Wieder und wieder bestrichen die Soldaten das Holz mit Pech. Erst nachdem sie mehrere Strohbündel angezündet und obenauf geworfen hatten, begann es zu brennen. Bald fraß sich das Feuer wütend durchs Holz. Der Scheiterhaufen indes wehrte sich. Wie der Meiler eines Köhlers spie er beißenden Rauch aus, der sich überall im Hof verteilte. Zwei lange Spitzen zogen gen Pamiers.

Obwohl das Schneetreiben und der Qualm ihr nahezu die Sicht nahmen, konnte Béatris schemenhaft die Verurteilten sehen. Als die Flammen ihre Körper erreichten, lösten sich die Fesseln, worauf sie vor Qual die Arme hochrissen. Da schoss mit einem lauten Huiii heiße Luft nach oben, bis hinauf zu ihren Köpfen. Ein Aufschrei ging durch die Reihen der Zuschauer und dann ...

Entsetzt wandte sich Béatris ab. Wie alle anderen keuchte und hustete sie, kühlte sich mit Schnee die brennenden Augen, würgte, weil es ihr vom fetten Gestank den Magen hob, übergab sich zuletzt in den Schnee. Beim Aufsehen stellte sie fest, dass es selbst den Dominikanern so erging. Eine schaurige Nacht: Rauchfässer sanken zu Boden. Novizen rannten davon, andere heulten laut, lagen sich in den Armen oder spien ebenfalls. Vergeblich versuchten die Patres, den Nachwuchs zu beruhigen. Doch als auch noch das Schwarze Kreuz in den Schnee krachte und sich dessen Träger kreischend davon machte, gaben sie auf.

Das Schauspiel wurde abgebrochen, die Schließer trieben die Gefangenen zuerst in den Wachraum und dann in ihre Zellen zurück.

Steif vor Kälte, selbst die Tränen zu Eis erstarrt, kroch Béatris unter ihre löchrige Decke. Im Gewirr ihrer nächtlichen Träume trat eine sonderbare Gestalt hervor, im Sturzflug begriffen und begleitet von blauen Schneeflocken und einem Schwarm schwarzer Vögel: Der Teufel! Aber woher kam bloß dieser seltsam friedselige Ausdruck auf seinem Gesicht? Friedselig oder gar ... glückselig?

Béatris riss sich gewaltsam aus ihrem Traum, setzte sich zitternd auf. Wie konnte der Teufel zufrieden und glücklich sein, wenn ihm gerade drei Katharer entwischt waren? Es sei denn ... es sei denn, Pierres Lehre fußte auf einem Irrtum, und die Katharer waren gar nicht im Paradies, beim Guten Gott, angekommen, wie man es ihnen versprach, sondern geradewegs in der Hölle!? Was stimmte denn nun und was nicht? Befremdlich empfand sie es auch, dass der Unaussprechliche in ihrem Traum jenem schwarzen Marmorengel glich, den sie vor Jahren, an Othons Seite, in der Kirche von Rius de Menerbés bewundert hatte. »Es handelt sich um Luzifer, den Gefallenen Engel«, hatte Othon ihr erklärt. »Ein Werk des Meisters von Cabestany«.

Nun, es war wie es war. Besser, sie ging diesem glückseligen Traumteufel aus dem Weg und blieb den Rest der Nacht wach. Die Welt schlief sowieso nie. Den Mauerschlitz vor Augen, zog sie die noch immer kalten Beine an ihren Körper, knetete und rieb ihre Füße, um sie zu wärmen. Als endlich die Morgendämmerung eintrat, juckten und brannten ihre Zehen, ihr Kopf hämmerte zum Zerspringen, in ihrem Herzen saß die blanke Angst.

Der *actus fidei* hatte aber offenbar auch bei Bernard Clergue schiere Höllenfurcht ausgelöst. Wann immer er in den nächsten Tagen an Béatris' Zelle klopfte, besorgt *cossi va?* durch den Türspalt rief, sich nach ihrem Befinden erkundigte, hustete sie laut, um ihm keine Antwort geben zu müssen.

Pierres Bruder jedoch versetzte den halben Turm in Aufruhr. Einmal hörte sie beim Dahindösen, wie eine Gefangene ihm eine unflätige Antwort gab. Darauf Bernard lautstark: »Wie konntet Ihr vor Gericht nur sagen, mein Bruder habe Euch fleischlich erkannt? O Hündin, Ihr seid wirklich schändlich, weil Ihr Euch zur Hure macht, ohne es gewesen zu sein!«

Vom Husten und Fieber gebeutelt, halb dumpf im Kopf und unendlich traurig, verbarg sie sich unter ihrer Decke, fest entschlossen, zu sterben.

»Ich bin dem Tode näher als dem Leben«, flüsterte sie, wann immer Honors sich besorgt über sie beugte. Die Kerkermeisterin rieb unermüdlich Béatris' Zehen mit einer Salbe ein, goss Weidenrinden gegen das Fieber auf, verwöhnte ihren Schützling mit hellem Brot und warmem Hypocras. Regelmäßig ließ sie Streu und Strohsack wechseln, wusch und flickte sogar ihre Kleider, und in das kleine Kohlebecken, das ein Schließer gebracht hatte, warf sie jeden Abend vor dem Weggehen noch eine Handvoll Wacholderreiser, damit sich der Husten löste.

Am Festtag des Heiligen Polycarpe entwirrten sich Béatris' Träume, die Erkältung wich, das Fieber sank. Aber es fehlte ihr weiter an Lebensmut.

Dann kam ein Morgen, an dem sich ein Sonnenfinger durch den Mauerschlitz in ihre Cella stahl, ein kleiner hoffnungsvoller Fleck, in den sie ganz verzaubert ihre Hand hielt. Ein verzweifeltes Lächeln stahl sich in ihr Gesicht. Nun wusste sie, die Bäche hatten noch immer ihren Lauf, das Leben ging weiter ... doch wie? Mit ihr oder ohne sie?

Credo, quia absurdum est?
**Pamiers, Januar und Februar
im Jahre des HERRN 1321**

Nach dem viel zu üppigen Mahl - gebratene Drosseln, Wachtelmus und Gänsepastete, sowie Käseküchlein und ausgebackene Äpfel - zog sich Jacques Fournier in seine Gemächer zurück. Träge stand er in der Fensternische, um frische Luft zu schnappen, wobei er auf das verschneite Pamiers hinabblickte. Früher hatte die Stadt Apamea geheißen, benannt nach einem Ort in Syria, wo der Heilige Antonin im Alter von zwanzig Jahren von den Heiden zerrissen und in einen Fluss geworfen worden war. Doch dann war ein Wunder geschehen. Ein echtes Wunder, kein Betrug! Die Glieder des Märtyrers hatten sich im Wasser wieder zusammengefügt, worauf Christen seinen Leib hierher in Sicherheit brachten. Zufrieden reckte Jacques das Kinn vor. Ein wahrer Kirchenschatz, diese Reliquien! Grundlage für den Reichtum von Pamiers, seiner Stadt.

Beim Schließen des Fensters entdeckte er eine Spinne, die in der Nische an einem silbrigen Faden hing. Nun, so wie Gott den Leib des Antonin wieder zusammengeflickt hatte, spann das kugelrunde Geschöpf wieder und wieder sein Netz. Spinnen waren fleißig, sie gaben nie auf. Wie Bernard Clergue, der in seiner Verzweiflung mehreren Kardinälen und bedeutenden Mitgliedern der Kurie Bittbriefe gesandt hatte. Oder wie Bruder Galhardus, der ihm mit seinem Starrsinn zusetzte. Heute hatte er, Jacques, von der heimlichen Errichtung eines Scheiterhaufens erfahren müssen. Nicht etwa in Carcassonne - nein, in Les Allemans, in seiner Diözese! Wutentbrannt hatte er Galhardus Vorhaltungen gemacht. Doch der dominikanische Hund hatte - blanke Schadenfreude in den Augen! - nur gemeint, die Inquisition hätte ein Exempel statuieren wollen, um den Druck auf die Liebhaberinnen des Pfarrers zu erhöhen, die ihm noch immer die Treue hielten. Ein Exempel, ha! Hielt Carcassonne den

Bischof von Pamiers für einen Narren?!

Jacques lehnte sich mit dem Rücken an die Wand, starrte trüb vor sich hin, den hohen Magen reibend, der ihn drückte. Leise begann er zu singen: »*Miserere mei, Deus, secundum magnam misericordiam tuam* ...« Dabei dachte er an früher, an zuhause, sah sich vor dem Mühlenhaus stehen, die Umrisse der bewaldeten Berge bewundernd, darüber die schmale Mondsichel. Dieses tröstliche Bild, begleitet vom würzigen Geruch des Ginsters und der Rosmarinbüsche und untermalt vom Gesang der Zikaden, war sein diskreter Rückzugsort.

»*Im Geheimen lehrst du mich Weisheit*«, sang Jacques etwas munterer weiter, nachdem sich die Luft in seinem Magen leise ihren Weg nach draußen gesucht hatte. Und nun saß er in Gedanken im Geäst des schattigen Maulbeerbaums, über Gott und die Welt nachdenkend. Rief die Mutter aus dem Fenster, verhielt er sich still. Vernahm er indes ihr fröhliches Lachen aus der Nähe, sprang er vom Baum, um sie zu erschrecken. Beim letzten Verhör war ihm eingefallen, an wen ihn Donna Béatris' Gewohnheit, die schwarzen Brauen so eigentümlich zusammenzuschieben, erinnerte: Genauso zweifelnd und mit schiefgelegtem Kopf hatte Mutter ihn betrachtet, wenn er seine Beinkleider zerrissen oder eine Ziege verloren hatte.

»*Schlachtopfer willst du nicht*«, schmetterte Jacques jetzt weiter, » ... *an Brandopfern hast du kein Gefallen* ...« Ah, die liebe Mutter! Klein, dunkelhaarig, beherzt. Rosige Wangen. Freilich, allzu fromm war sie nicht gewesen, dafür hatte sie ihn gelehrt, alle Menschen zu achten, auch die Sünder und diejenigen, die den Guten Glauben hatten. Keine dreißig Jahre alt war sie gewesen, als das Antoniusfeuer sie dahinraffte. Eine Zeitlang hatte er deswegen mit Gott gehadert. Nichts mehr von ihm wissen wollen. Doch im Jahr darauf, als er ins Kloster Boulbonne eintrat und bei den Zisterziensern Latein lernte - was Mutters Wunsch gewesen war (der Vater hatte gewollt, dass er die Mühle übernahm), kam er auf andere Gedanken. Das Latein Cäsars, auf dem das Kirchenlatein gründete, faszinierte ihn gerade wegen der Nüchternheit und Klarheit. Jahre später war er nach Paris gezogen, hatte dort Theologie studiert und das Studium mit dem Doktorat abgeschlossen ...

Als es unvermittelt an der Tür klopfte, schrak er auf. War es denn schon so weit?

Der Page öffnete - und der vermaledeite »Zündler« trat ein.

»Wer sonst!«, seufzte Jacques ergeben, aber so laut, dass Galhardus es hören musste.

»Euer Gnaden«, japste der Inquisitor unbeeindruckt, »es gibt Neuigkeiten. Es steht zu befürchten, dass sich der unselige Disput mit dem Juden noch weiter in die Länge zieht.«

Fournier gähnte verhalten. »Soso! Will uns Baruch etwa heute weitere Beweise vorlegen, die Einzigartigkeit Gottes betreffend?«

»Nun, in seinen Kopf kann niemand sehen«, meinte der Inquisitor, jetzt schulterzuckend, »aber die Spitzfindigkeit der Juden ist legendär. Sie sind Erzketzer, treulos und schlau. Ich möchte Euch, sozusagen als der ältere Fuchs - aber nur, wenn es Euch genehm ist - eine kleine Hilfestellung geben, bevor wir den Verhörraum aufsuchen.«

Jacques Fournier seufzte. »So redet schon, Bruder Galhardus, aber fasst Euch kurz, ich bin heute nicht gut auf Euch zu sprechen.« Er ließ sich die Mozetta umhängen und den Hut reichen.

»Also, man sagt den Juden nach«, begann Galhardus seinen Sermon, »sie hätten ein bestimmtes Gebet unter ihren Schriften - eine Verhöhnung, eine wahre Blasphemie gegenüber uns Christen. Sie beten nämlich folgendermaßen ... Er senkte die Stimme zu einem Raunen: »Gott, unser Herr, König auf ewig, der du mich nicht als Christen oder Heiden erschaffen hast ... Habt Ihr das gehört? *Nicht als Christen!*«, betonte er. »Wobei sie das Wort gar nicht in den Mund nehmen, sondern den Begriff geschickt umschreiben. Ferner sind sie aufrichtig bestrebt, jeden Christen zu verderben, wo immer sie ...«

»Es reicht, Bruder Galhardus. Ich verstehe.«

Jacques stieg an diesem Tag bedächtiger als sonst die breite Treppe hinunter. Ein Schläfchen hätte er halten sollen, statt zu singen und zu träumen! Überhaupt zog sich die Judensache unverhältnismäßig in die Länge. Baruch, gelehrt und geschult, war kein leichter Gegner. Doch was jenes Judengebet betraf, auf das ihn Galhardus aufmerksam gemacht hatte, so irrte dieser. Es ging dabei nicht um Blasphemie, also Gotteslästerung, sondern einzig um Rufschädigung. Das sollte doch ein Dominikaner unterscheiden können! Aber was half es, auch noch darauf herumzureiten. Jacques war entschlossen, sich weder von Galhardus noch vom Juden Baruch an der Nase herumführen zu lassen. Dessen ungeachtet war er zuversichtlich, dass sich auch mit den Juden allgemein irgendwann alles zum Guten wenden würde. Und vielleicht, ja, vielleicht, würde es ihm ja gerade heute gelingen, dass Baruch - in der falschen Annahme, die christliche Taufe hätte ihn beschmutzt - nicht öffentlich wie ein Hund zu seinem Erbrochenen zurückkehre.

Doch zu seiner Verblüffung schien sich darum schon ein anderer gekümmert zu haben.

Baruch verbeugte sich vor dem Hohen Gericht und antwortete auf die Eingangsfrage des Bischofs, wie es denn heute um seinen Glauben stünde, folgendes:

»Ich habe noch einmal gründlich nachgedacht, Euer Gnaden, und alle Schriften wieder und wieder studiert. Es gibt zu dem Streitfall Trinität nichts mehr zu sagen. Wohlgemerkt, ich habe die Dreieinigkeit nie geleugnet, ich habe nur nicht verstanden, wie so etwas möglich sein sollte. Heute gebe ich zu, dass mich die Autorität der Heiligen Schrift besiegt hat: Ich bin bereit, das zu glauben, was ich zuvor nicht verstand: Vater, Sohn und Heiliger Geist sind die richtigen Namen der göttlichen Personen gemäß der Schrift. Jesus Christus ist der Logos und der Messias, und er ist wahrhaft Gott und Mensch.«

»Und das Wort wurde Fleisch und wohnte unter uns ...«, zitierte Galhardus de Pomiès auffällig laut aus dem Neuen Testament.

Fournier spürte, wie sich der Ärger abermals auf seinen Magen legte. Er runzelte die Stirn, schwieg ein paar Atemzüge lang. »Meister Baruch«, fuhr er mit strenger Stimme fort, »ich frage Euch jetzt letztmalig: Glaubt Ihr nun ernsthaft, dass Christus von der Jungfrau Maria empfangen und geboren wurde, dass er den Tod für uns und unser Heil erlitten hat, dass er in die Hölle hinabgestiegen, am dritten Tag erwacht und in den Himmel aufgefahren ist? Und dass er wiederkommen wird, die Lebenden und die Toten zu richten? Lasst Euch Zeit, bedenkt Eure Antwort!«

»Ja, das glaube ich.« Baruch, seltsam blass und zittrig an diesem Tag, nickte, und als Jacques Fournier ihm noch weitere Glaubensbeweise abverlangte, bestätigte er auch diese.

Er wolle, so Baruch zum Schluss, zukünftig nicht mehr »Baruch« genannt werden, sondern wieder »Johannes«; er wolle kein Jude mehr sein, sondern ein Christ.

In Fournier jedoch wuchs der Zweifel. Baruchs Verwandlung vom Saulus zum Paulus hatte lange gedauert - und war jetzt doch zu schnell gegangen! Wer oder was steckte dahinter, dass der Jud heute das eine sagte und das andere im Herzen dachte? Dass er mit etwas hinter dem Berg hielt? Hatte Galhardus ihm den Stock gezeigt? Ihm gar mit der Folter oder dem Scheiterhaufen gedroht? Oder hatte Baruch inzwischen bei Tertullian die Lösung für sein Problem gefunden: *Credo, quia absurdum est* - Ich glaube, weil es absurd ist? Weil es jeglicher Vernunft widerspricht? Hielt er insgeheim noch immer das Wort vom Kreuz für dummes Geschwätz? Nachdenklich strich sich Jacques über sein Kinn. Das Törichte an Gott war weiser als alle Menschen, dennoch ... Raimundus Lullus kam ihm in den Sinn: *Gott kann durch Glauben UND Einsicht mehr gelobt werden, als durch Glauben allein.* Nun, eine ähnlich kluge Erkenntnis hätte er, Jacques, eigentlich auch von Baruch erwartet, doch der Jude ließ offenbar jegliche Einsicht vermissen.

Verstimmt schob der Bischof die Akten zusammen. Vielleicht war es wirklich an der Zeit, dass dieser Fall zum Abschluss kam. In Pamiers schlossen die Leute schon Wetten ab, wer den Streit gewinnen würde.

Jacques zeigte Milde. Er atmete hörbar auf und reichte Baruch die Hand. »Dann lasst es uns allen bekannt machen!«, befahl er, bevor er den Saal verließ.

Seid klug wie die Schlangen
Les Allemans,
im Jahre des HERRN 1321

Am frühen Abend des ersten warmen Frühlingstags führte die Kerkermeisterin Béatris in den Hof, um ihr dort, mit einer kräftigen Lauge aus Seifenkraut, die verklebten Haare zu waschen. Ihr schlechter Gesundheitszustand hatte dies nicht früher zugelassen. Der Mond warf schon sein erstes Licht auf das weit herabgezogene Brunnendach, als Honors sie in den Turm zurückbrachte. Im Treppenhaus hielt die Kerkermeisterin unvermittelt inne. Sie legte den Finger auf den Mund, sagte »Pst!« und schob Béatris in eine Kammer, in der ein Kaminfeuer brannte. »Hier könnt Ihr Euer Haar in aller Ruhe trocknen«, meinte sie, griff in die Umhängetasche und drückte ihr Kamm und Spiegel in die Hand. »Ich hole Euch später wieder ab.« Mit diesen Worten zog sie die Tür hinter sich zu, ohne abzuschließen.

Béatris ließ sich auf die Bank fallen, die vor dem Kamin stand. Noch immer zitterten ihre Beine bei jeder Anstrengung, so sehr hatte die Krankheit sie geschwächt. Wo befand sie sich hier eigentlich? In einem Besucherraum? Für die Länge eines Herzschlags hatte sie ihre Töchter in Verdacht, dass sie kommen könnten. Oder vielleicht Sibilia, die schon zweimal hier gewesen war, ohne dass man sie vorgelassen hatte. Sie sinnierte eine Weile über diese Sache nach, dann zuckte sie die Schultern und griff zum Spiegel. *Hélas,* sie war nicht unzufrieden mit dem, was ihr entgegenblickte! Trotz ihrer Magerkeit und Blässe sah sie aus wie früher, es sei denn, das Kaminfeuer täuschte ihr eine Weichheit vor, die sie in der Gefangenschaft längst verloren hatte.

Ihr Haar war schon getrocknet, da saß sie noch immer in der Kammer und fragte sich, wo nur Honors blieb. Freilich, eilig hatte sie es nicht. Hier war es warm und gemütlich ... Sie stand auf, legte ein dickes Scheit nach und warf einen Blick in die mit einem Schaffell bedeckte Truhe, in der sich aber nur einige Eichhörnchenfelle befanden. Auf dem Tisch standen ein Tonkrug, zwei Becher und ein Teller mit einem einsamen Fladenbrot. Frisch gebacken, wie sie mit einem prüfenden Daumendruck feststellte. Sofort knurrte ihr Magen, aber sie wagte nicht, das Brot anzurühren. Es konnte ja nicht für sie bestimmt sein. Neugierig steckte sie ihre Nase in den Krug, schnupperte. Wein! Wie lange hatte sie keinen mehr getrunken. Nur immer diesen allzu gewürzten Hypocras. Sie hob den Krug an die Lippen, kostete. Der Wein war vorzüglich. Ob es auffiel, wenn sie noch einen zweiten Schluck nahm? Die Becher blieben dabei ja unbenutzt. Sie zögerte noch, als sie von draußen Pferdewiehern hörte und dann das Rattern des Fallgitters. Sofort dachte sie, was wohl jede andere an ihrer Stelle auch gedacht haben würde, nämlich, dass der unselige Bertrand doch noch ein Treffen zwischen ihr und Bartho eingefädelt hatte. Schon vernahm sie Schritte im Treppenhaus, dann schwang unter dem Knarren der Lederriemen die schwere Tür zur Kammer auf.

Erschrocken wich sie zurück, als sie sah, wer dort, im honiggelben Wams und dunklen Beinlingen, in der Tür stand. Sie traute ihren Augen nicht.

»Du hier?«, stieß sie nach einer Weile halblaut hervor, äußerlich und innerlich errötend wie ein junges Ding und zugleich bebend vor Freude.

Pierres Mund verzog sich zum Spott. »*Bon ser!* Hast du etwa einen anderen erwartet?«, fragte er dreist zurück.

»Hier in Allemans? Aber nein«, antwortete sie. Sie konnte den Blick nicht von ihm abwenden. Freilich, auch Pierre war gealtert, das im Nacken gebunde Haar grau und schütter, doch in seinen schräggestellten Augen, da funkelte es unternehmungslustig wie früher. Wie konnte das nur sein?

Er zog die Tür hinter sich zu. Dann trat er näher, breitete weit die Arme aus. Béatris ließ sich hineinfallen. Sie weinten und lachten zugleich, bedeckten ihre Wangen und Münder mit Küssen, lösten sich irgendwann nur deshalb voneinander, um sich gegenseitig zu versichern, keinen Tag älter geworden zu sein. Vielmehr wären die Jahre an ihnen vorübergezogen wie ein einziger Tag. Haft und Verhöre seien anderen Leuten widerfahren, meinten sie. Nicht ihnen. Nein, ihnen nicht! Sie beide waren für immer jung. Rein. Mit all dem Schmutz um sie herum hatten sie nichts zu tun!

»*Cossi va?*«, fragte Pierre zärtlich, nachdem sie sich endlich schweratmend auf der Bank niederließen. »Ich habe gehört, du warst wieder krank? Ich habe mir Sorgen gemacht.«

Sie lächelte. »Es geht mir schon viel besser. Und dir?«

Pierre ging nicht auf ihre Frage ein. »Trice! Trice!«, sagte er stattdessen mit warmer Stimme, während das Kaminfeuer seine linke Wange zum Leuchten brachte. »Wie habe ich dich vermisst. Lächle, bitte! Ich will dein Gesicht noch einmal aufleuchten sehen wie tausend Sterne. Schon immer kam deine Freude aus deinem Herzen. Und mein Herz hat immer nur dir gehört, nur dir! Warum hast du mich damals nur verlassen, um ins Tiefland zu ziehen? Keine andere Frau konnte dich je ersetzen. Ah, wir hätten fortgehen sollen aus Montaillou. Wir hätten ein Kind bekommen können, irgendwo in einem freien Land. In einem Land, in dem für jedermann die Goldene Regel gilt: *Alles nun, was ihr wollt, dass euch die Leute tun sollen, das tut ihr ihnen auch.*«

»Dieses Land gibt es nicht«, sagte Béatris traurig.

»Nicht auf Erden, stimmt.« Er griff ihr mit beiden Händen ins Haar und zog ihren Kopf wieder ganz nah zu sich heran. »Es ist so wohlig hier bei dir«, flüsterte er ihr ins Ohr. »Lass es uns noch einmal tun, Trice! Ein letztes Mal.«

Béatris stutzte. »Was meinst du?«

»Lass uns die Liebe vollziehen«, sagte er schlicht - ohne *Flaterie*, ohne Schmeichelei. »Fühlst du dich stark genug für ein Fest der Venus? Ich verspreche dir, zärtlich zu sein!«

Béatris fand keine Antwort, auch keine Zeit zum Nachdenken, denn schon rollte eine Welle der Erinnerung durch ihren Schoß, köstlich wie die Erfüllung selbst. Ihr Leib bäumte sich auf vor Verlangen, ihr Atem ging schneller. »So nimm mich«, flüsterte sie.

Pierre lachte dunkel. Rasch entledigten sie sich ihrer Kleider, und nachdem sie sich in alter Vertrautheit, also gänzlich ohne Scham, betrachtet hatten, taten sie das, was ihnen Freude bereitete.

Als Pierre, mit schwerem Atem noch, die Becher füllte, fragte ihn Béatris, wie es ihm gelungen sei, hierher zu kommen. »Bewacht man dich denn nicht im Kloster?«

»Nicht innerhalb der Mauern, da kann ich mich als Priester frei bewegen. Das erstaunt dich? Nun, schließlich hat man mich bislang weder exkommuniziert noch verurteilt. Ein Kloster ist zudem kein Gefängnis.« Er reichte ihr den Becher und brach ihr ein Stück Brot ab. »Sie wollen mich weichklopfen, aber das wird ihnen nicht gelingen. An Flucht ist dennoch nicht zu denken. Draußen im Hof warten die Königlichen auf mich - und die tragen Waffen. Formal besuche ich hier nur meinen Bruder, um familiäre Angelegenheiten zu regeln.«

Béatris schob Becher und Brot beiseite, nahm Pierres Gesicht in ihre Hände, strich mit den Fingern über die zwei tief eingekerbten Falten zwischen seiner Nase und den Mundwinkeln, küsste ihn zärtlich auf den Mund.

«Wie hat es bloß so weit kommen können, Pierre?«, sagte sie, irgendwie verwundert. »Und was geschieht jetzt mit dir?«

Pierre hob die Schultern. »Nun, ich will dir die Wahrheit sagen. Ab morgen bin ich im Wettlauf.«

»In einer *corrida*? Aber mit wem denn bloß? Mit dem Bischof?«

»Gewissermaßen. Ich habe mich für die *endura* entschieden, noch heute Abend wird man mich häretisieren. Alles ist schon vorbereitet. Ich hatte dich nur noch einmal sehen wollen, bevor mir ein Perfekt die Hände auflegt - und mir nach und nach die Kräfte schwinden.«

Jetzt erst dämmerte es ihr. Béatris taumelte rückwärts, so dass Pierre nach ihr greifen musste, um sie zu halten. Ihre Augen weiteten sich. »Du willst dich zu Tode hungern?«, stieß sie empört hervor. »Kampflos aufgeben? Aber wieso denn?«

»Nun die Inquisition liegt auf der Lauer. Sie wartet auf den entscheidenden Fehler meinerseits, um mich festnageln zu können ... Ach, Trice, ich habe viel Gutes getan in der Vergangenheit, aber auch schwere Fehler gemacht. Dennoch - im Vergleich zu anderen hatte ich ein mehr als auskömmliches Leben. Ja, das hatte ich. Durchaus.« Er neigte den Kopf und sah sie von unten her verschmitzt an. »Obwohl du mich verlassen hast! Und wenn jetzt alles zu Ende geht, zu Ende gehen muss, dann will ich auf meine Weise sterben. Eines Guten Christen würdig. Verstehst du das?«

»Nein, das verstehe ich nicht!« Béatris hob entrüstet die Hände. »Du willst doch nur vor der Zeit sterben, weil du befürchtest« - sie biss sich auf die Unterlippe -, dass dich der Bischof aufs Holz schickt. Im anderen Fall ... «

»Haben sie dich auch gezwungen, zuzusehen?«

Sie nickte unter Tränen. »Es war schrecklich! Mitten im Schnee und dann ... die Leiber. Sie haben gekocht! Wirklich, sie haben gekocht, bevor sie ... es war grauenvoll.«

Pierre verzog den Mund. »Nun, der Bischof und seine Handlanger aus Carcassonne werden sich an der Rauchfackel *meines* Leibes nicht ergötzen. Das verspreche ich dir. Ich hoffe und bete, Jacques Fournier lässt mich noch eine Weile im Kloster schmoren, bis er zu seinem Urteil findet. Eine *endura* braucht Zeit.«

»Aber noch ist nicht alles verloren«, rief sie, ganz außer sich vor Angst. »Dein Bruder, er sucht Gegenzeugen. Außerdem behauptet er, der Graf von Foix stünde hinter euch. Noch immer. Kann er denn nichts tun, um dich zu retten?«

Pierre machte eine wegwerfende Handbewegung. »Mein Bruder

ereifert sich, ich weiß, doch damit bringt er nur sein eigenes Leben in Gefahr. Er kann sich nicht damit abfinden, dass unsere Macht gebrochen und unsere Domus am Ende ist. Bald auch finanziell - woran er keine geringe Mitschuld trägt. Vierzehntausend Solidi hat er bereits an hohe Geistliche, darunter den Archidiakon von Pamiers und den Probst von Rabat, einen Freund des Bischofs, bezahlt, um meine Freilassung zu erbitten. Doch dumpfer Trotz bewirkt nur das Gegenteil, das habe ich gelernt. Einen Jacques Fournier, gerade weil er nicht unter den Herrenlaunen gewisser Prälaten leidet, besticht man nicht und man führt ihn auch nicht so leicht hinters Licht. Darüber hinaus sind auch dem Grafen von Foix die Hände gebunden. Ich gebe dir einen dringlichen Rat, Béatris: Schenke meinem Bruder kein Gehör! Sag auch den anderen Frauen, so du sie siehst oder mit ihnen sprechen kannst, sie sollen *nicht* widerrufen, sondern bei ihren Aussagen gegen mich bleiben. Bei der Wahrheit! Im anderen Fall bringt auch ihr euch aufs Holz. Niemand soll sich mir gegenüber verpflichtet fühlen. Niemand! Fürs Märtyrium sind sowieso nur wenige geschaffen. Wenn du aber den Bischof gnädig stimmen willst, Liebste, dann tu es für dich! *Seid klug wie die Schlangen*, sagt Matthäus.«

Seid klug? Béatris schloss für einen Moment die Augen. Das hatte ihr auch Bartho geraten, seinerzeit in den Weinbergen oberhalb des Klosters. Aus freien Stücken solle sie Clergue und die anderen Katharer verraten, um ihren Kopf zu retten. »Aber ich bin doch selbst der Ketzerei verdächtig«, sagte sie; »und ich weiß inzwischen, dass jeder, der vor einem Inquisitionsgericht steht, auch irgendwann verurteilt wird. Wie sollte ich mich da durch Klugheit retten können?«

»Nun, mit einem Freispruch darfst du nicht rechnen, aber vielleicht mit einer Strafminderung.«

»Und wie sollte ich das anfangen?«

Pierre lachte leise auf, wie er es oft tat. »Sei schmiegsam, meine Kleine! Geschmeidig. Schwöre auf die Evangelien. Beteure, dass du nie ernsthaft an die Häresie geglaubt hast. Oder sag, dass du längst das wieder glaubst, was auch die Heilige Kirche Gottes glaubt.«

»*Arrê!*«, sie atmete schneller. »Heißt es nicht auch in der Heiligen Schrift, *ihr sollt ohne Falsch sein, wie die Tauben?*«

»Ach Trice, meinst du, Jacques Fournier würde nicht lügen, wenn es um *sein* Leben ginge? *Alle Menschen lügen,* sagt schon der Psalmbeter ... Was haben sie dir über mich erzählt, in Pamiers, beim Verhör?«

»Nun, die Dominikaner beteuerten mehrfach, dass du gegen mich ausgesagt hättest. Ich habe ihnen das nicht abgenommen, dachte aber an die Schreckenskammer, die sich unter dem Dach des Bischofsturm befinden soll. Unter der Folter gesteht bekanntlich jeder.«

»Da stimme ich dir zu, aber so war es nicht. Man ließ mich nicht quälen, folglich habe ich dich auch nicht belastet. Mit keinem Wort, Trice. Im Gegenteil. In jedem Verhör, wann immer dein Name zur Sprache kam, habe ich beteuert, dass dir der Gute Glaube im Grunde nichts bedeutet hat. Und das stimmt doch auch, nicht wahr? Du hast die Lehre der Zwei Welten nie ernst genommen, hast mir nur gefallen wollen. Sag das dem Bischof!«

Als Béatris schwieg, beugte er sich vor und ergriff ihre Hände. »*Escoutatz!* Hör mir gut zu, Trice. Gelingt es dir, dein Leben zu retten, so ist auch mir geholfen, denn dann kann ich nach meinem Tod in dir ein bisschen weiterleben. Das würdest du mir doch gestatten, oder? Von dir nicht vergessen zu werden, ist alles, was ich mir auf Erden noch wünsche. Bei dir zu sein, in dir zu sein. Mit dir zu lachen, mit dir zu weinen. Mit dir zu reden, mit dir singen.«

Béatris jedoch entzog ihm ihre Hände. »Aber ich dachte immer, du predigst die Abkehr von der Welt des Teufels! Wie geht das zusammen? Sterben wollen und weiterleben?« Sie verzog den Mund. »Befürchtest du vielleicht, dass man dich im Himmel zu Tugendwerken zwingt? Siehst du dich dort als Einsiedler in der Wüste? Oder niedergedrückt vom Überdruss? Angeödet vom süßen Gesang der Engel? Pierre Clergue, lass dir eines sagen: Das ist wenig gottgefällig! Ein Gran Demut vor dem Himmelstor stünde dir gut zu Gesicht.«

Pierre lachte rauh. »Trice, Trice, noch immer läuft dein Mundwerk wie geschmiert. Ein gutes Zeichen. Versprich mir in die Hand, alles zu tun, damit du freikommst. *Du* sollst leben!« Auffordernd streckte er ihr seine Rechte entgegen.«

Béatris, voll unruhiger Spannung, zögerte, doch dann schlug sie ein. »Gut, ich will es versuchen, aber dass du selbst den Tod herbeilocken willst, zerreißt mir das Herz. Warum schwörst *du* nicht ab? *Seid klug wie die Schlangen.* Appelliere doch an den Papst. Vielleicht ... vielleicht können wir beide ja tatsächlich in ein anderes Land ...«

Doch Pierre schüttelte nur den Kopf. »Es ist zu spät. Jacques Fournier will meinen Tod nicht, das spüre ich«, sagte er, »aber er weiß zuviel über mich - und ich zuviel über die Machenschaften der Inquisition. Lass es mich dir erklären: Unter den zwölf Zeugen, die gegen mich ausgesagt haben, befinden sich zehn Frauen. Keine hat mich von sich aus angezeigt. Keine hat Rachegefühle gezeigt, keine Eifersucht. Das haben wir herausbekommen, mein Bruder und ich. Einer der beiden männlichen Zeugen jedoch, Guilleaume Mathei, ist kein Geringerer als ein bezahlter Spitzel. Seine Aussage wiegt demzufolge schwerer, als die der anderen. Und er wird niemals widerrufen.« Pierre hob die Achseln. »Außerdem bin ich in den Augen der Inquisition ohnehin doppelt schuldig.«

»Wie meinst du das?«

»Weil ich Priester bin - ohne mich der römischen Kirche für immer unterworfen zu haben. Für solche Menschen folgt auf den Schuldspruch unweigerlich der Tod. Also ist es an der Zeit, das zu tun, was getan werden muss. Ich werde mich nicht aufhalten lassen. Von niemandem. Ich will Stärke zeigen, nach den Jahren der Schwäche. Stärke, um endlich das Heil zu erlangen.«

Er beugte sich vor und küsste ihr zärtlich die Tränen von den Wangen. »Sei nicht traurig, Liebste. Denk daran: *Ein neues Spiel vertreibt die Dämme-*

rung, ja, die Dämmerung.«

Sie sah ihn irritiert an. »Was redest du von Dämmerung? Die Nacht ist doch längst hereingebrochen!«

»Die Morgendämmerung meine ich. Das Canso des großen Raimbaut. Entsinnst du dich nicht? Ich habe dir das Lied einmal vorgesungen, oben auf deinem Balkon in Montaillou. Im Lilienhaus, als der Morgen graute.«

Da fiel es ihr wieder ein, und die Erinnerung ging ihr unter die Haut. »*L'alba* - die *Morgendämmerung*«, schluchzte sie auf, »aber ja! Mein Gott, mir ist, als wäre es erst gestern gewesen ...«

»Dann lass uns gemeinsam die Morgendämmerung vertreiben, Trice. Du liebst mich?«

Sie nickte stumm.

»Nun, ich dich auch. Und unsere Liebe ist es, die meiner Seele die Kraft gibt, diese Welt zu verlassen. Dennoch ist sie wild entschlossen, dich wiederzusehen. Irgendwann, irgendwo gibt es ein neues Spiel für uns.«

Abrupt erhob er sich. »Und nun, leb wohl, Liebste, ich kann nicht länger bleiben.«

Da warf sie sich ihm erneut schluchzend in die Arme. »Ein neues Spiel?«, rief sie, ganz außer sich vor Kummer. »Wird sie mich denn erkennen, deine Seele, wenn es soweit ist?«

»Aber ja, Trice. Seelen altern nicht und sie vergessen nichts. Ihre Erinnerungen, ihre Sehnsüchte - nichts geht verloren, besonders die Liebe nicht.«

Das Urteil
Les Allemans,
im Jahre des HERRN 1321

Herrschte tatsächlich ein unversöhnlicher Zwist zwischen Gott und dem Teufel, wie Pierre immer behauptet hatte? Der Kontrast sei zu groß, hatte er ihr erklärt: »Hier die Erde, ein stinkendes Beinhaus in einem Meer von Tränen und Kot und dort der Himmel - ein Rosenbett für die geretteten Seelen. Zwei Welten ohne Verständigung. Schwarz oder Weiß. Man muss sich entscheiden, spätestens vor dem Tod.«

Vor dem Tod. Tagelang sinnierte Béatris über Pierres Vorhaben und seine Worte nach - und verlor dabei die eigenen. Die Angst um den Geliebten ließ das Fieber zurückkehren, es wütete schlimmer denn je.

Erschrocken meldete Gernotus dies dem Bischof, woraufJacques Fournier - vielleicht in der plötzlichen Furcht, seine wichtigste Zeugin könne ohne Absolution sterben? - die letzte Anhörung mit anschließender Urteilsverkündung auf den nächstfolgenden Sonntag anberaumte. Sollte der Gefangenen zum Laufen die Kraft fehlen, ließ er Gernotus ausrichten, so müsse sie mit einem Karren nach Pamiers gebracht werden.

Als es soweit war, kam Honors, um Béatris zu waschen und frisch anzukleiden. Sie kämmte ihr Haar, flocht es zum Kranz und steckte es unter die Haube. Zum Schluss kniete sie sich nieder und knüpfte ihr die guten Bundschuhe zu. »Jetzt seht Ihr nicht mehr wie ein gerupftes Huhn aus, Donna Béatris«, meinte sie lachend, während Gernotus selbst ihr einen Teller mit weißem Brot und einen Tiegel mit Thymianhonig auf den Tisch stellte, damit sie rasch zu Kräften käme, wie er sagte.

Béatris gehorchte. Der Honig tat ihr gut, doch als sie den Karren vorfahren hörte, wies sie den Fieberrindenwein zurück. »Wozu das bittere Zeug?«, klagte sie. »Ich sterbe doch sowieso bald.«

»Das glaube ich nicht«, meinte Honors mit fester Stimme. »Wir Frauen haben ein zähes Leben, und Ihr habt inzwischen gelernt, Euren eigenen Schatten auszuhalten. Verschwendet also Euer bisschen Kraft nicht mit Selbstmitleid. Trinkt, und ich begleite Euch zum Verhör! Ich weiche vor Gericht nicht von Eurer Seite, das verspreche ich.«

Die Fahrt den Castella-Hügel hinauf war anstrengend. Das Sonnenlicht blendete sie, und der Karren rumpelte, dass ihr alle Knochen weh taten. Vor dem Stadttor fühlte sie sich besser, das Fieber war wohl gesunken, und sie beschloss, ihr Bestes zu geben, um Fournier gnädig zu stimmen.

Beim Betreten des Bischofsturms wimmelte es an diesem Tag vor Menschen, es schlug ihnen ein penetranter Geruch nach Kohl und Urin entgegen. Prompt hob es Béatris den Magen. Sie hielt sich die Hand vor den Mund, würgte. Honors, auf alles vorbereitet, zog aus ihrer Tasche eine Phiole mit Rosenwasser. »Hier, haltet es Euch unter die Nase«, sagte sie, strich ihr dann ein letztes Mal das Gewand glatt und half ihr die Treppe hoch, die zum Großen Gerichtssaal führte.

Als die Saaldiener von innen die Tür aufstießen, huschte unvermittelt ein kleiner schwarzer Schatten heraus. Kreischend vor Schreck machte er einen Satz zur Seite und flitzte dann mit gesträubtem Fell und eingekniffenem Schwanz die Treppe hinab.

»In Dreiteufelsnamen!«, zischte die Kerkermeisterin, hochrot im Gesicht. »Was war das denn? Habt ihr dem Vieh gerade den Prozess gemacht?«

Die Saaldiener grinsten.

Im Verhörsaal herrschte eine ähnliche Betriebsamkeit wie unten. Bunt gemischt, standen Kleriker, Notare, Juristen und Mönche beisammen, darunter auch Béatris' Rechtsbeistände: Amiel, der Pfarrer von Pellefort, und der »Rabe von Mallorca«, wieder in kostbares Schwarz gekleidet. Pater Amiel, der sein Augenmerk offenbar auf die Tür gerichtet hatte, eilte sogleich auf Béatris zu, reichte ihr besorgt den Arm und führte sie zur Anklagebank, wo sie sich erschöpft niederließ. Dort erteilte er ihr bis zum zweiten Läuten die »allerletzten Instruktionen«, wie er sagte, denn er hatte sich zuvor mit Guillaume Séguier, dem Prior des Klosters der hiesigen Prediger, beraten, sowie mit Master Bernard Gaubert, einem bekannten Juristen.

Béatris nickte zu allem, merkte aber erst wieder auf, als Amiel erzählte, dass sich heute auch der Oberste Inquisitor von Carcassonne eingefunden hätte, Jean de Beaune, um sich ein Bild von ihr zu machen.

»Und auch Eure Töchter befinden sich in Pamiers. Sie haben mit ihrem ganzen Besitz für Euch gebürgt, Donna Béatris, damit Ihr nicht wieder flieht.«

Ihr Herz schlug schneller. »Seid unbesorgt, Pater, ich habe nicht vor zu fliehen!«

Nun läutete zum dritten Mal die Sitzungsglocke. Jacques Fournier trat ein, begleitet von seinen Beisitzern. Der Bischof trug violett und seine Mitra. Die Schultern bedeckte eine hermelinbesetzte weiße Mozetta. Zu seiner Rechten nahm der von Amiel angekündigte Jean de Beaune Platz. Hager und sehr ernst, sehr streng. Sein Stellvertreter, Galhardus de Pomiès, saß nun auf dem Stuhl des Spindeldürren, der seinerseits bei den Notaren Platz genommen hatte.

Nach einem langen Gebet, das Béatris im Stehen über sich ergehen lassen musste, eröffnete Fournier die Verhandlung. Der Archidiakon von Mallorca trat vor und erbat für Béatris die Erlaubnis, sich während des Verhörs aus gesundheitlichen Gründen setzen zu dürfen, was der Bischof nach Rücksprache mit dem Obersten Inquisitor großmütig gewährte. Nach einer weiteren kirchenrechtlichen Belehrung verlas einer der Notare ihre seither gemachten Aussagen.

»Und nun gebe ich Euch, kraft meiner apostolischen Autorität, ein letztes Mal die Gelegenheit, weitere Personen anzuzeigen oder bereits beschuldigte Personen wieder zu entlasten«, sagte der Bischof daraufhin ernst, jedoch in Ruhe und ohne Zorn oder Eifer.

»Ich ... ich möchte ... ich will niemanden anzeigen, Euer Gnaden«, antwortete Béatris, holprig und mit einer kratzigen Stimme wie nach dem Verzehr unreifer Beeren, »noch möchte ich jemanden entlasten. Doch nachdem ich aus meiner schweren Krankheit mit einem besseren Gedächtnis aufgewacht bin, habe ich erkannt, dass es ursprünglich nicht der Pfarrer Pierre Clergue, sondern der verstorbene Raymond Roussel war, der seinerzeitige Verwalter meines Gemahls, der mich in Montaillou in die Häresie eingeweiht hat. Er hat mich mehrfach dazu angestachelt.«

Der Bischof ruckte auf seinem Stuhl nach vorne und hob erstaunt die Brauen. »Erklärt Euch näher!«

»Wohl aus Scham oder mir heute unerfindlichen Gründen habe ich diese Geschichte verschwiegen«, sagte sie und berichtete dann weitgehend der Wahrheit nach, wie Roussel ihr nachgestellt, sie bedrängt und wiederholt angefleht hätte, ihren Glauben zu wechseln und mit ihm in die Lombardei zu fliehen. »Obwohl ich sein Ansinnen abwies«, fuhr sie fort, »hat er sich in einer der Nächte darauf in meinem Bett versteckt, um mit mir zu schlafen und mich gefügig zu machen. Doch als ich laut nach meinen Mägden rief, ergriff er die Flucht. Von ihm hörte ich erstmals, dass Gott die guten Geister geschaffen hätte und die Welt das Werk des Teufels sei«, beendete sie den Bericht.

»Habt Ihr mit Eurem Ehemann über den Vorfall gesprochen?«

Sie schüttelte den Kopf. »Nein, denn ich befürchtete, mein Mann würde glauben, dass ich mit Roussel Unehrenhaftes getrieben hätte. Bérenger von Roquefort war sehr misstrauisch. Er konnte auch sehr ... hart sein.«

»Ihr habt damals also im Geheimen auf die Lehren dieses Ketzers gehört?«

»Ja, das habe ich. Zuerst nur aus Neugierde. Dennoch lehnte ich alles ab, was Roussel mir unterbreitet hat, weil ich im Herzen meinem Glauben treu bleiben wollte. Selbst Pierre Clergue, mit dem mich nach dem Tod meines Gemahls eine starke Zuneigung verband - ich habe Euch dies der Wahrheit nach angezeigt -, konnte an meinem Glauben nicht ernsthaft rütteln. Im Jahr des HERRN 1301 brach ich auf eigenes Bestreben hin alle Brücken in Montaillou ab.« Ein Hustenschauer schüttelte sie, aber ihr Kopf war mit einem Mal klar. »*Alle* Brücken!«, bekräftigte sie. »Denn da zog ich ins Tiefland und heiratete wieder.«

Fournier, der aufmerksam gelauscht hatte, sah sie jetzt vorwurfsvoll an: »Wenn es sich so verhielt, wie Ihr heute erzählt habt, Donna Béatris, weshalb seid Ihr dann nach Eurer ersten Vernehmung mit dem Pfarrverweser Barthélemy Amilhac geflohen?«

Sie hatte geahnt, dass er sie das noch einmal fragen würde, und sich trotz ihres Fiebers in der Nacht zuvor darauf vorbereitet: »Ich floh aus Angst, weil ich an meinen Vater dachte, der seinerzeit wegen Ketzerei verurteilt worden war. Und ich wusste, dass allein meine Familie und meine enge Verbindung zum Pfarrer Pierre Clergue mich verdächtig machen würden. Daher suchte ich die Nähe zu Barthélemy Amilhac, um mich mit ihm - denn er ist ja ebenfalls Priester - zu beraten. Ich fragte ihn, ob es zweckmäßiger sei, zu fliehen, als vor Euch auszusagen. Er sagte zu mir ´Fühlt Ihr Euch schuldig?` Ich sagte, nein, und dass er das wissen würde, wenn ich etwas in dieser Art begangen oder gesagt hätte, denn wir hatten ja ein Jahr wie Mann und Frau zusammengelebt. Aber meine Angst war zu groß, und ich packte heimlich meine Taschen. Ich plante, mich bei meiner Schwester Gentile in Limoux zu verstecken. Von Belpech aus ließ ich Barthélemy Amilhac noch einmal rufen, doch er gab mir abermals den dringlichen Rat, mich zu stellen, denn ich war ja unschuldig. Er folgte mir zwar nach Mas-Saintes-Puelles, um mir beim Kauf eines Packpferdes behilflich zu sein, forderte mich aber auch dort wiederholt auf, nach Pamiers zurückzukehren. Der Bischof sei ein gerechter und gnädiger Mann, sagte er, er würde mir kein Unrecht tun. Ja, auf meinen Eid - das hat er mir viele Male versichert. Ich bereue seit langem zutiefst, nicht auf seinen Rat gehört zu haben.« Wieder wurde sie von einem Hustensturm geplagt.

Das Hohe Gericht steckte die Köpfe zusammen.

»Raymond Roussel, der Verwalter Eures verstorbenen ersten Gemahls, hat Euch also in die Häresie eingeführt«, wiederholte der Bischof, nachdem sich Béatris wieder beruhigt hatte. Seine Stimme klang seltsam gereizt. »Dieser Mann, verheiratet und vorbestraft wegen Ketzerei, besaß die Dreistigkeit, der jungen Frau seines Brotgebers häretische Lügen aufzutischen.«

Béatris nickte. »Ja, so war es.«

»Benennt uns weitere Beispiele für sein Vorgehen.«

Sie überlegte kurz. »Als er mich drängte, ihm im Glauben nachzufolgen und ich ihm von meiner Angst vor dem Scheiterhaufen berichtete, da erzählte er mir, die Guten Christen würden das Feuer nicht spüren. Es schade ihnen nicht, selbst wenn es sie tötete. Das Feuer mache sie im Gegenteil frei. Er hat auch behauptet, dass die Seelen von Männern und Frauen durch neun Körper wandern würden, bis sie im Körper eines Guten Christen angelangt seien. Und einmal hat Roussel gesagt, dass ein Kamel nicht durch ein Nadelöhr gehen und ein reicher Mann nicht erlöst werden könne. Ja, es gäbe überhaupt keine Erlösung für die Reichen, hat er behauptet, und auch nicht für Könige, Fürsten, Prälaten oder Ordensleute.«

Da hob Galhardus de Pomiès, der bislang geschwiegen hatte, die Hand und meinte mit seinem schönsten Inquisitorlächeln, Roussel habe wohl angenommen, dass der Himmel nur für ihn und die Armen der Sekte der Guten Christen offenstehe.

Béatris, die nicht wusste, ob sie etwas erwidern sollte, warf einen beunruhigten Blick auf Honors, die aber bloß mit offenem Mund da saß und lauschte.

»Nun, Raymond Roussel ist tot«, sagte der Bischof, ohne auf den Inquisitor einzugehen. »Wir können ihn nicht mehr befragen. Kann jemand das, was er Euch damals unterbreitet hat, bezeugen?«

Béatris schüttelte den Kopf. »Der Verwalter ... nun, er war vorsichtig.

Ich erinnere mich nicht, dass jemand unsere Gespräche mitbekommen hätte, Euer Gnaden. Und in seinen Kopf konnte ich genausowenig sehen wie in sein Herz, denn ich hatte keine Gefühle für ihn. Roussel war mir gleichgültig. Anders verhielt es sich, als ich nach dem Tod meines Gemahls den ... Pfarrer kennenlernte.« Sie fasste sich an den Hals, atmete tief durch, und schloss für einen Moment die Augen.

»Donna Béatris, Ihr seid krank, wie man sehen und hören kann. So antwortet jetzt nach der Wahrheit, denn es geht um nichts Geringeres als um Eure Seele: Habt Ihr später die falschen Geschichten Eures Liebhabers Pierre Clergue geglaubt und glaubt Ihr sie noch immer?«

Sie öffnete die Augen, seufzte schwer. »Auf meinen Eid: Ich glaubte sie teilweise, aber nur für ein halbes Jahr, *vel circa*. Später habe ich sie nicht mehr geglaubt, denn da hörte ich in Crampagna gemeinsam mit meinem zweiten Mann die Predigten der Dominikaner und der Franziskaner und wohnte unter rechtgläubigen Christen. Wie ich schon beim ersten Verhör bekannte, habe ich meine alten Sünden, darunter auch die Sache mit Roussel, einem der Minderbrüder in Limoux gebeichtet, um nicht dereinst im Fegefeuer dafür büßen zu müssen. So wahr ich hier vor Euch spreche, ich bin nicht die Ketzerin, die Ihr in mir sehen wollt. Ich kann nicht das glauben, was ich nicht liebe.«

Bei diesen, teilweise von Pierre empfohlenen Worten blickte sie dem Bischof erneut tief in die Augen, die jedoch so unergründlich schwarz wie ein Bergsee waren, dann erhob sie sich sogar: »Euer Gnaden«, sagte sie mit fester Stimme, »ich bedaure zutiefst, dass ich für kurze Zeit von den Irrlehren der Häretiker verblendet wurde. Ich schwöre jeglicher Häresie ab und verspreche, nie mehr zu fliehen und zukünftig den katholischen Glauben zu wahren und zu verteidigen, so gut ich das kann. Auch bin ich bereit, nicht nur meine Person, sondern zugleich mein Eigentum - mein Hab und Gut - zu verpflichten, und die Buße, die Ihr mir wegen meiner früheren Verfehlungen auferlegen werdet, anzunehmen. Gott möge sich meiner erbarmen.«

In der leisen Hoffnung, ihre Sache so gut wie möglich verfochten zu haben, bekreuzigte sie sich und nahm wieder Platz.

Verstohlen drückte ihr Honors die Hand.

Während sich das Hohe Gericht zur Beratung zurückzog, geleitete man Béatris und mehrere andere Gefangene, die vor ihr befragt worden waren, in einer feierlichen Prozession durch die Straße der Franziskaner und das Tor der Diebe - bis hinüber zum Inquisitionsfriedhof Saint-Jean. Der Weg fiel ihr nicht leicht, obwohl sie sich auf Honors stützen durfte. Ein launisch kalter Wind trieb an diesem Tag sein Unwesen, obwohl die Sonne schien und die Luft nach Frühling roch. Schwalben schossen über ihren Köpfen hin und her.

Auf dem Kirchplatz von Saint-Jean, wo, wie Honors ihr erzählte, früher ebenfalls Menschen verbrannt worden waren, sollte sie ihr Urteil erfahren. Außer dem Königlichen Leutnant und seinen Soldaten waren auch viele Kleriker, Mönche und Novizen anwesend. Das neugierige Volk stand hinter einer Barriere. Alles wartete auf die Ankunft des Hohen Gerichtes.

Wie in der blauen Schneenacht kniete Béatris neben ihren Mithäftlingen nieder, ins Gebet versunken. An eine wie auch immer geartete Zukunft zu denken, versagte sie sich - bis sie in der Zuschauermenge ihre Töchter erblickte. Es durchfuhr sie wie ein Nadelstich zu sehen, wie blass und verhärmt sich ihre Mädchen aneinanderklammerten, während der Wind in ihre Umhänge fuhr. Ava, das Täubchen, schickte ihr eine Kusshand über den Platz, die beiden anderen winkten.

Zaghaft nickte Béatris.

Nach dem *Sermo* des Bischofs und der anschließenden Vereidigung durch den Königlichen Leutnant wurden die einzelnen Richtersprüche verlesen. Doch Béatris' Kopf war so leer, dass sie ihr Urteil beinahe nicht mitbekommen hätte. Es lautete: »Fortdauer des *murus largus*, der einfachen

Kerkerhaft, auf unbestimmte Zeit, um als reuiger Sünder Buße zu tun.«

»Heilige Muttergottes, danke!«, flüsterte sie, als Honors ihr bereits freudig die Hand drückte.

»Seid bloß froh«, meinte die Kerkermeisterin auf dem Rückweg nach Allemans. »Hätte der Bischof Euch an den Leutnant ausgeliefert, würde Gernotus noch in der Nacht Bäume schlagen müssen.«

Dass Béatris ihre Zelle fortan aber ausgerechnet mit Grasida Lizier teilen musste, über die dasselbe Urteil gesprochen worden war, empfand Béatris als demütigend. Sie hätte viel lieber allein sein wollen - mit ihrer Angst um Pierre.

Die Zeit ist wie ein Maultier
Les Allemans,
in den Jahren des HERRN 1321 bis 1322

Seltsam gleichmütig kehrte Béatris in ihre Cella zurück. Sie beklagte allerdings sehr, dass man es ihr verwehrt hatte, mit ihren Töchtern zu sprechen. So musste sie sich mit dem Bild in ihrem Kopf begnügen, wie sich die Mädchen, gegen den Wind stemmend, wieder auf den Heimweg nach Pelleport gemacht hatten. Obwohl nun auch sie Freigängerin war, nahm Béatris von sich aus keinen Kontakt mit den anderen Gefangenen auf. So wie die Dinge lagen, war es jetzt ihre Pflicht, mit geziemender Besorgnis - warum mussten Frauen immer Sorgen haben? - an Pierre zu denken. Ihm im Geiste beizustehen. Wie groß war wohl die Spanne Zeit, die ihm noch blieb?

Es waren Turteltauben, die im Turm von Allemans Nester bauten, die ihr das Warten verkürzten. Jeden Morgen, wenn ihre Zellengefährtin Grasida nach dem Entlausen mit ihren widerspenstigen Locken kämpfte, stellte sich Béatris vor den Mauerschlitz, lauschte dem *Ruh-Ruh* der Vögel und dachte dabei sehnsüchtig an früher. Oft summte sie das Lied, das Pierre damals im Weinkeller der Burg Dalou gesungen hatte: »*Den Ruf der Turteltaube hört man über unserem Land* ...« Ein kleiner Trost würde es ihr sein, dachte sie, wenn Pierre im Kloster von Saint-Antonin ebenfalls dem Gurren zuhörte. Denn dass es auch dort Tauben gab, wusste sie.

Grasida indes verdrehte die Augen über Béatris' »Gehabe«. Sie kräuselte die Nase und spottete, jeder hier in Allemans wisse, dass sie, die Kastellanin, die Krone trüge. Es stelle sich nur die Frage, wie diese beschaffen sei.

»*E Donna*«, fuhr sie mit ihrer aufreizenden Stimme fort, weil Béatris ihr keine Antwort gab, »sagt mir eines: Würdet Ihr Euch der Clergues wegen freiwillig aufs Feuer begeben?«

Béatris schwieg weiter.

»Ich jedenfalls nicht«, setzte Grasida nach, »aber ich habe vor dem Bischof auch nicht den Mund so weit aufgemacht wie andere.«

Jetzt konnte sich Béatris nicht länger zurückhalten. »Meinst du damit mich?«, zischte sie.

Grasida zuckte die Schultern. »Nun, Bernard Clergue, der zweifelsohne die Kaiserkrone trägt, weil er sich hier überall frei bewegen kann, behauptet, wir alle seien *wegen Euch* in dieses große Unglück geraten! Aus diesem Grund drängt er darauf, dass ich Euch zum Reden bringe. Ihr sollt dem Gericht nachträglich anzeigen, dass Azéma und Galhaco Euch veranlasst hätten, falsche Zeugnisse gegenüber Pierre abzulegen.«

»Ah!«, fauchte Béatris verächtlich. »Bernard weiß nicht mehr, was er sagt. Ich für meinen Teil lasse mich nicht darauf ein!«

»Nun, ich auch nicht. Zwar hat mich Azéma tatsächlich mehrmals aufgefordert, über den Pfarrer die Wahrheit zu sagen, aber zu einer echten Falschaussage hat er mich nicht gedrängt ... Wisst Ihr eigentlich, mit wem Bernard ständig zusammensteckt? Mit Eurem letzten Liebhaber, diesem Vikar Amilhac. Sie teilen sich sogar eine Zelle, oben, im zweiten Stock, sind dicke Freunde.«

Béatris traute ihren Ohren nicht. »Wie bitte? Du lügst!«

»Nein, überzeugt Euch selbst! An den Nachmittagen sitzen sie in schöner Eintracht auf der Plattform des Turms, um sich zu sonnen. Mit Blick auf die heimatlichen Berge! Und da reden sie und reden. Schmieden Pläne, wen sie noch weichklopfen können, um den Pfarrer zu entlasten. Gestern haben sie es bei Alazais Faure versucht. Das ist die Nichte des kürzlich im Hof verbrannten Ketzers. Bernard will, dass sie leugnet, die Hure des Pfarrers gewesen zu sein und auch abstreitet, dass Pierre ein Anhänger der Häresie war. All diese Lügen, sagt er, seien auf Azémas Mist gewachsen. Doch Alazais beharrt weiter darauf, vor Gericht die Wahrheit gesagt zu haben. Nun wirft er ihr vor, sie hätte ihren eigenen Onkel aufs Holz gebracht.«

»Guillaume Fort war doch ein Rückfälliger!«

»Ja, schon! Aber er wäre wohl kein zweites Mal verhaftet worden, wenn Alazais bei Gericht nicht von der verunglückten Häretisierung ihres blutspuckenden Bruders erzählt hätte. Kennt Ihr die Geschichte? Als Prades Tavernier mitten in der Nacht ankam, um den Jungen zu trösten, war er schon hinüber. Alles voller Blut, Ihr wisst schon! Und der Onkel, der ist als Zeuge dabeigewesen. Nun, dass Alazais gleichermaßen auf ihrer Aussage beharrt, mit dem Pfarrer geschlafen zu haben, das zumindest kann ich gut verstehen. Ihr doch auch, oder? Da gibt es nichts zu leugnen ...«

Wieder schwieg Béatris. Zumindest wusste sie jetzt, wer die »Hündin« war, die Bernard am Tag nach dem ´Glaubensakt` im Treppenhaus so wüst beschimpft hatte. Das Rätsel um Barthélemy war damit jedoch noch nicht gelöst. Abermals deutete vieles darauf hin, dass er ein bischöflicher Spion war. Hatte man ihm eine mildere Strafe in Aussicht gestellt, wenn er nun Bernard aushorchte? Sie konnte es nicht fassen!

»Warum seid Ihr bloß immer so maulfaul«, nörgelte Grasida.

»Weil ich von den Ereignissen, Machenschaften und Liebschaften, die nach meinem Weggang aus Montaillou passiert sind, nichts weiß«, gab Béatris ihr schroff zu verstehen. »Aber ich will Alazais Faure dennoch einen Rat geben. Sag ihr, wenn du sie siehst, sie soll auf der Hut sein und nicht widerrufen!«

Grasida nickte eifrig. »Das will ich tun. Ich weiß gar nicht, was sich Bernard davon verspricht. Er sagt ja selbst, dass die ganze Bettelei beim Bischof nicht verfängt. Jeder weiß, dass es die Clergue-Domus war, in der sich die Perfekten oft aufgehalten, gegessen und getrunken haben, und auch, dass der Pfarrer selbst sie durchs Dorf und die verschiedenen Häuser geführt hat.« Sofort hob sie abwehrend die Hände: »Nicht, dass *ich* das vor dem Bischof ausgesagt hätte, Donna Béatris!«

Béatris biss sich auf die Unterlippe. Eine obskure Krone saß ganz sicher auch auf Grasidas Kopf. Es würde sie wundernehmen, wenn

Fournier die Freimütigkeit der jungen Frau nicht ausgenutzt hätte!

Ein bisschen sonnte sich Béatris bei dem Gedanken, dass im Turm niemand außer ihr wusste, was Pierre vorhatte. Doch dieses Geheimnis musste unter allen Umständen im Gefängnis ihrer Gedanken bleiben, selbst wenn sich die Sache noch Monate hinzog. Das hatte sie Pierre versprochen.

Sie begann zu rechnen ... Die längste *endura* von der je die Rede war, hatte zwölf Wochen gedauert, und diese Katharerin war alt und gebrechlich gewesen und hatte bis zu ihrem Tod nur kaltes Wasser zu sich genommen. Wie stand es da um einen Mann, der weitgehend gesund und noch keine Fünfzig war? In Freiheit geboren, in Freiheit sterben? Würde Pierre die *endura* überhaupt durchhalten?

Wieder und wieder durchlebte Béatris die Stunde, die sie mit ihm im Kaminzimmer hatte verbringen dürfen, und die Angst um den Geliebten drückte sie fast zu Boden. Während Grasida weiterhin ungebremste Redseligkeit an den Tag legte, wurde sie selbst immer stiller.

Der Sommer und der Herbst gingen mit einer fast spürbaren Langsamkeit ins Land, nichts tat sich. Doch die Zeit ist wie ein Maultier, sie schreitet fort, niemals zurück: Als Béatris am späten Abend des 10. Oktobers, einem Samstag, einen grauenhaften Aufschrei im Turm vernahm, wurde ihre Angst zur düsteren Gewissheit: Es war zu Ende. Pierres Seele hatte die Schwelle des Todes überschritten.

Béatris starrte ins Leere, die Arme um den mageren Leib geschlungen.

Pierres Bruder hingegen befand sich am Rande des Wahnsinns: »Tot ist nun mein Gott und mein Lenker«, schrie er, »die Verräter Azéma und Galhaco haben ihn umgebracht! Pierre war mein ein und alles, nichts bin ich ohne ihn, nichts! Ich werde ihn nie mehr wiedersehen ...« Ein Schwall endloser Worte ergoss sich durchs Treppenhaus, bis der Kerkermeister Bernard lautstark zurechtwies. Weil die Rüge jedoch nicht verfing, ließ sich auch noch Gernotus' Frau vernehmen:

»Bertrand Clergue«, rief Honors mit fester Stimme, »Ihr macht ja mehr Lärm als zwei Schreihälse! Könnt Ihr denn nicht um Euren Bruder so trauern, wie die Guten Menschen für gewöhnlich um ihre Nächsten trauern?!«

Wie die Guten Menschen? Mit einem Mal ging Béatris ein Licht auf. Was war sie nur für eine Närrin gewesen! Hatte am Ende Pierre selbst dafür gesorgt - gewissermaßen als Schutzherr der Leute von Montaillou und mit seinen Verbindungen nach Carcassonne - dass Gernotus und Honors, zwei Anhänger der Katharer, hier ihr Brot verdienten?

Als Bernard endlich still geworden war, stimmte einer der männlichen Gefangenen das *Adishatz Cameradas* an. Der Sänger legte seine ganze Seele in das bekannte Abschiedslied - und der halbe Turm fiel in den Gesang ein. Jetzt flossen Béatris' Tränen reichlich, und selbst Grasida, die neben ihr am Boden kauerte, die Finger wie im Krampf ineinander geflochten, schluchzte leise. Am Ende der letzten Strophe fielen sie sich um den Hals und verziehen einander, dass sie sich zu Beginn ihrer Zellengemeinschaft so wenig geschätzt hatten.

In den Wochen nach diesem tiefen Bruch geschah nichts, außer dass fast täglich ein ewig gleichbleibend graues Dämmerlicht durch den Wandschlitz fiel. Das stille Absitzen der Trauer beanspruchte Béatris' ganze Kraft. Sie dachte nur immer eines: Wunden konnten auch wieder heilen! Nur gegen Abend, wenn ihre Beine zu kribbeln begannen, suchte sie Honors auf, um sich für kurze Zeit auf den mondstillen Innenhof begleiten zu lassen. Nach ihrer Rückkehr plauderte sie immer eine Weile mit Grasida, dann schlief sie meist erschöpft ein, so als hätte sie einen langen Ritt hinter sich gebracht.

Ein neues Spiel?
Pamiers, 4. Juli
im Jahre des HERRN 1322

Fast zwei Jahre nach ihrem ersten Verhör kam Béatris frei, doch der Bischof legte ihr auf, bis ans Lebensende die gelben Stoffkreuze zu tragen. In zwiefacher Ausfertigung warf man sie ihr in Pamiers vor die Füße. Das eine Kreuz war auf die Brust zu nähen, das andere auf den Rücken, jedes zweieinhalb Handflächen lang.

Béatris beschloss, das Schandmal in Würde zu tragen. Frei zu sein war besser als der beste Kerker.

Unter derselben Auflage entließ der Bischof am nämlichen Tag auch Grasida und deren Mutter Fabrisse, sowie Guillemette Clergue, Pierres ältere Schwester.

Wir Frauen sind zäh!

Der Zeuge Barthélemy Amilhac verließ Les Allemans als freier Mann, ohne jede Bußauflage. Großherzig gewährte ihm die Kirche sogar die Gnade, seine Verweserstelle in Mézerville wieder aufzunehmen. Béatris trug Barthélemy nichts nach. Schließlich war er ihretwegen verhaftet worden.

Sie ließ Pamiers hinter sich, durchquerte den silbriggrauen Olivenhain, in dem sich noch immer die Spatzen zankten, kehrte hingegen ein letztes Mal nach Les Allemans zurück, wo es in ihrer Cella bald nach der Angst anderer Menschen riechen würde. Sie bedankte sich bei Gernotus und Honors, sagte ihnen *Adishatz* für immer. Danach machte sie sich zu Fuß und nur mit dem, was sie auf dem Leib trug, auf nach Pellefort.

Schritt für Schritt. So einfach war das plötzlich. Wie einatmen und ausatmen. Selbst die Morgendämmerung würde ihr zukünftig keine Angst mehr machen, dessen war sie sich gewiss. Das wenige, was sie noch besaß - das Herrenhaus in Varilhes, eine kleine Schafherde, einige Äcker und

Wiesen - fiel an die Inquisition und den Grafen von Foix, als zuständigen souveränen Landesherrn. Sibilia, Michel, die beiden anderen Knechte und den Schäfer würde sie in Pelleport bei Condors und Mateu unterbringen. Nur gut, dass sie ihren Besitz rechtzeitig aufgeteilt hatte, im anderen Fall wären nun Othons Güter allesamt verloren.

Und sie selbst? Sollte sie, als ob nichts geschehen wäre, stillschweigend Ihre Pflichten als treusorgende Mutter und Großmutter wieder aufnehmen?

Oder doch besser ein neues Spiel beginnen? In ihrem Alter? Béatris lächelte. *Auch wenn die Trauben schrumpelig werden, verlieren sie nicht ihren Geschmack*, hatte Pierre bei seinem Besuch gemeint und ihr augenzwinkernd vorgeschlagen, sich später als Weinhändlerin zu verdingen, wie zuvor Fabrisse Rives. Dieser kaum ernst gemeinte Vorschlag gefiel ihr so wenig wie der, ein weiteres Mal bei ihrer Schwester Gentile in Limoux unterzuschlüpfen. Wahrlich, wenn sie ein neues Spiel begann - Ketzerschandmal hin oder her! - dann würde ihr etwas Besseres einfallen.

»*Trag die Kappe willig*«, sang sie gegen das Rauschen der Ariéja an, die den sonnengetränkten Weg über Berg und Tal begleitete. Sie sang aus voller Lebenslust, und mit einem Mal war ihr, als marschierte Pierre neben ihr her. Er legte den Arm um ihre Schultern, zwinkerte ihr zu und fiel dann mit seiner schönen, kräftigen Stimme in den Kehrreim ein:

»*Hab den Mut ein Narr zu sein, klug zu sein ist billig!*«

EPILOG

"In allem aber ohne gleichen
Ragte der stolze Papstpalast.
Auf seinem steilen Felsen thronend
Berührte er die Wolken fast;
Bis in den Himmel recken sich
Aus der Gewölbe Riesenrücken
Die Türme, sieben an der Zahl,
Aus ungeheuren Quaderstücken."

(Frederic Mistral)

Avignon im Jahre des HERRN 1336

Avignon schlief schon. Wie immer vor dem Zubettgehen bewunderte Papst Benedikt XII. im Schein der Kerzen die gelb und grün gebrannten Bodenfliesen in seinen Privatgemächern. Es war sein ausdrücklicher Wunsch gewesen, dass man sie auch hier in Avignon verlegte. Einmal, weil sie ihm gefielen, zum anderen, weil sie ihn an sein Wirken als Bischof von Pamiers erinnerten - und natürlich an den langwierigen, aber erfolgreich abgeschlossenen Prozess gegen die Ketzer. Längst war auch Montaillou zur Ruhe gekommen, die Domus der Clergues für immer zerschlagen. Zwar hatte sich der rätselhafte Pfarrer auf »Katharerart« davongemacht, doch der Prozess gegen seinen Bruder konnte entgegen aller Widerstände abgeschlossen werden: Bernard Clergue, ebenfalls protegiert von der Inquisition von Carcassonne, hatte bis zu seinem frühen Tod im Kerker geschmort.

Jacques - noch den Geschmack der Flusskrebse auf der Zunge - ließ sich auf der Bettkante nieder. Er schlüpfte aus den Korkpantoffeln und bewegte die nackten Zehen auf und ab, was ihm nach dem langen Arbeitstag, der hinter ihm lag, gut tat. Er sah an sich hinab. Es war nicht zu leugnen: Seit er die Tiara trug, hatte er Fett angesetzt. Hieß es nicht, wahre Mäßigung zeige derjenige, der sich im Angesicht einer opulenten Tafel zurückhielt? Nun, leider kam das Beste immer erst zum Schluss! Das hatte früher schon seine Mutter gewusst. Merkwürdig ... In letzter Zeit, wenn er manchmal an sie dachte, legte sich über ihr liebes Gesicht frech das Antlitz der Kastellanin. Woran das wohl lag? Wirklich nur am Schwung der schwarzen Brauen? Eines freute ihn nach wie vor: Er hatte die Seele der schönen Béatris doch noch gerettet! Mit ihrem Bruder sah es gänzlich anders aus: Der Hüter der Geheimen Worte war noch immer unauffindbar. Vermutlich tot.

Jacques legte die Schärpe seines silberbestickten Bliauds ab, dann den

Mantel und den Fischerring. Sollte er jetzt nach dem Leibdiener läuten? Oder besser warten?

Er nahm seinen Gedankenfaden noch einmal auf: Der Abschied von Pamiers. Ärger über Ärger. Vor allem mit dem alten Fuchs, mit wem denn sonst! Zuerst hatte Galhardus, unterstützt von Jean de Beaune, bockbeinig darauf bestanden, sämtliche Prozessakten nach Carcassonne zu überführen. Sonderbar genug. Und dann, nachdem er, Jacques, sich *ex officio* durchgesetzt hatte, fehlte plötzlich ein Band. Ausgerechnet jene Niederschrift war verschwunden, in der Pierre Clergue zum ersten und einzigen Mal frei über seine Verbindungen zur Inquisition von Carcassonne geredet hatte. Der halbe Turm, sämtliche Schreiber, Übersetzer und Notare hatten nach der Akte gesucht. Vergebens. *»Wie vom Erdboden verschluckt, Euer Gnaden!«*, hatte Galhardus scheinheilig genäselt.

Nun, es war entschieden an der Zeit, auch die Dominikaner zu reformieren!

Der Heilige Vater schlüpfte unter die seidenen Decken, räkelte sich zurecht, bis er wieder ins Sitzen kam, und zog am Glockenband.

Dass er nach dem Streit die verbliebenen Prozessakten ins bischöfliche Register eingereiht und später hierher in Sicherheit gebracht hatte, war eine richtige Entscheidung gewesen. Sie lagen inzwischen wohlverwahrt im neuen Papstturm, in der *thesauraria*, dem Teil der Schatzkammer, in dem sein Briefwechsel mit den Mächtigen der Welt aufbewahrt wurde und wohin er auch seine privaten Bücher sowie die Akten über den Juden Baruch gebracht hatte. Avignon. Demnächst stand ein weiterer Bauabschnitt an. Es würde aber noch Jahre dauern, bis alles fertig war. Die endgültigen Pläne, die man ihm heute Morgen vorgelegt hatte, zeigten einen prachtvollen, vierflügeligen und festungsartigen Palast, der sicher einmal das schönste und mächtigste Haus der Welt werden würde.

Er schmunzelte, dachte an den Tag vor zwei Jahren, als man ihm die päpstlichen Insignien angelegt hatte. *»Ihr habt einen Esel gewählt*, hatte er in aller Bescheidenheit den Kardinälen versichert. Die einen legten ihm dieses Wort tatsächlich als Zeugnis seiner Demut aus, die anderen als Bekenntnis des unbesonnenen Geplappers seiner Dummheit. Nun, heute kannten ihn seine Lämmer besser, die schwarzen und die weißen ...

»Sei wie eine Brunnenschale, die zuerst das Wasser in sich sammelt und es dann überfließend weitergibt!«, zitierte Jacques seinen Ordensgründer Bernhard von Clairveaux.

Da schob sich eine geheime Tür zur Seite. Der Leibdiener trat ein, in den Händen einen silbernen Teller. Benedikt XII. lief das Wasser im Munde zusammen. Die Mandeltörtchen, die der Diener brachte, dufteten köstlich nach Rosenwasser.

Doch, es gefiel ihm hier in Avignon. Bedauerlich war nur, dass Prudentius nicht mehr lebte ...

NACHWORT UND DANKSAGUNGEN

E cric e crac, mon conte es acabat!
(übersetzt: *Und Jacke und Riss, meine Geschichte ist fertig!*)

... sagt Béatris in einer der Nächte in Mas-Saintes Puelles zu ihrem Begleiter Barthélemy. Mit dieser alten okzitanischen Schlussformel beende auch ich meinen Roman, zu dem aber noch einiges zu sagen ist.

Zunächst aus französischer Sicht: Die ehemalige Kastellanin von Montaillou, **Béatrice de Planissoles**, ist in Südwestfrankreich bis heute unvergessen. Sie wurde zum Synonym für eine aufrechte und standhafte Frau.

In **Pierre Clergue** sah der angesehene Katharerforscher René Nelli (1906-1982) sogar den »repräsentativsten und intelligentesten der freien Denker und Revolutionäre Gottes im 14. Jahrhundert«, der im Grunde jedoch »weder wahrer Katholik noch wahrer Katharer« gewesen sei.

Jacques Fournier, der überaus gründliche, pflichteifrige und unbestechliche Bischof, zog im Jahr 1334 mit dem Register MS 4030 und seiner geliebten Bibliothek nach Avignon. **Fournier gilt zuallererst mein Dank.** Ohne seine Durchsetzungskraft wären die Protokolle vielleicht nie in Rom angekommen.

Jedes Zeitalter versucht, die Vergangenheit wiederzuentdecken:
In den Sechziger Jahren des 20. Jahrhundert machte der Katharerforscher **Jean Duvernoy** (1917-2010) das Register MS 4030 erstmals der französischen Öffentlichkeit zugänglich.

In Deutschland wurde das bedeutende Zeitdokument im Jahr 1993 durch das Sachbuch von **Emmanuel LeRoy Ladurie** bekannt: »*Montaillou - Ein Dorf vor dem Inquisitor*«.

Inzwischen haben sich zwei weitere anerkannte Historiker mit dem Fall Montaillou beschäftigt: Die Professoren **Matthias Benad, Bielefeld:** »*Domus und Religion in Montaillou*«, und **René Weis, London:** »*Die Welt ist* *des Teufels«.*

Alle erwähnten Autoren haben mich beim Schreiben inspiriert. Für ihre wertvolle wissenschaftliche Arbeit gilt ihnen mein Respekt und mein aufrichtiger Dank!

Dankeschön sage ich aber auch meinem Lektor und Freund aus Wien, **Hannes Stuber**. Schön, dass ich seit Jahren auf Dich zählen kann, Hannes!

Renate Krause, Puchheim, danke ich erneut für das gewissenhafte Korrektorat und die medizinischen Tipps. Auch meiner Testleserin und Autorenkollegin **Klara Bellis** sage ich an dieser Stelle herzlichen Dank für ihre konstruktive Kritik.

Ein weiteres *Merci* geht an meinen Sohn **Stefan Renè** für Reisebegleitung, Ratschläge, Fotos, Datenkonvertierung und Coverdesign.

Helene Köppel

PERSONEN UND ERKLÄRUNGEN

Personen auf katharischer Seite

Béatris de Planissoles - (geb. nach 1274), Tochter des »Herrn von Cassou« (niedriger Landadel, verurteilter Häretiker). In erster Ehe verheiratet mit Bérenger de Roquefort, Kastellan von Montaillou; in zweiter Ehe mit Othon de Langleize, Ritter; Liebesverhältnisse mit Pathau Clergue; Pierre Clergue und Barthélemy Amilhac. Zwei Söhne, über deren Verbleib nichts bekannt ist, vier Töchter. Im Jahr 1320 Vorladung durch Bischof Fournier nach Pamiers; Flucht nach Mas-St.-Puelles, Verhaftung; Inhaftierung in Les Allemans, insgesamt 9 Verhöre; Urteilsspruch am 8. März 1321; Haftentlassung am 4.7.1322, mit der Auflage, bis zum Tod das Ketzerkreuz zu tragen. Über ihr weiteres Leben ist nichts bekannt.

Sibilia Textoris - Montaillou, Magd der Béatris

Pierre Clergue - (ca. 1275 - 1321), ab 1300 Pfarrherr in Montaillou, reiche, begüterte Familie, Eltern führende Katharer in Montaillou; pflegte enge Verbindungen zur Inquisition von Carcassonne. Zahlreiche Liebesaffären, u.a. mit Béatris de Planissoles und Grazide Lizier; 1320 Verhaftung wg. Häresie; Freigänger im Kloster Saint-Antonin; verst. Oktober 1321, in der Haft, möglicherweise durch *endura*.

Das letzte Treffen von Pierre und Béatris in Les Allemans ist frei erfunden, doch existiert eine Aussage, dass Pierre sich zeitweise tatsächlich auf freiem Fuß befand: Eine Zeugin traf ihn im April 1321 hinter dem *granerium* des Bischofssitzes. Die beiden redeten miteinander, dann ging Pierre weiter. (René Weiß, S. 464 ff). Zu Pierres Predigt über »das Stehlen von Zeit« hat mich der Theologe Wilhelm von Auxerre (um 1230) inspiriert.

Bernard Clergue -, Bruder von Pierre Clergue, zeitweilig *bayle* in Montaillou (bayle=Gerichtsbeamter des Grundherrn, verantwortlich auch für die Verhaftung der im Bezirk ansässigen Ketzer); beeinflusste als Freigänger die Zeuginnen und Zeugen in Les Allemans, um Pierre freizubekommen; verst. im Frühherbst 1324 in Carcassonne, wo er bei Wasser und Brot darbte.

Pathau Clergue - (auch Raymond genannt), Halbvetter von Pierre und Bernard Clergue; Bruder von Fabrisse Rives, der Weinhändlerin, verst. 1320.

Die Brüder Authiè - angesehene und wohlhabende Notare aus Ax-les-Thermes. Katharische Missionare. Nach ihrer Rückkehr aus der Lombardei (1299) bekehrten sie ihre okzitanischen Landsleute erneut zur katharischen Religion. Ihnen zur Seite standen mehrere Missionare, darunter Prades Tavernier und die Adelige Stefania de Châteauverdun. Pierre Authiè wurde am 9. April 1310 vor der Kathedrale Saint-Étienne in Toulouse verbrannt. Sein Bruder Guillaume soll ein Buch mit dem Titel »Vom Glauben der Katharer« besessen haben; er wurde bereits im Jahr 1309 verhaftet und ebenfalls verbrannt.

Prades (Andreas) Tavernier - Weber aus Prades d'Aillon, gab 1295 seine Weberei auf, um sich den Ketzern anzuschließen; floh mit Stefania de Châteauverdun nach Katalonien; Weihe zum Perfekten. Prades Tavernier galt als weniger gelehrt als die Brüder Authiè.

Bérenger de Roquefort - *(verst.1298)*, Kastellan von Montaillou, erster Ehemann von Béatrice de Planissoles.

Guillaume Othon de Langleize - Ritter aus Dalou, zweiter Ehemann von

Béatris de Planissoles; Güter in Dalou, Crampagna, Varilhes; dass er vor seinem Tod häretisiert wurde, ist nicht belegt.

Grazide Lizier - Tochter von Pons und Fabrisse Rives, zeitweilige Geliebte des Pfarrers Pierre Clergue, darunter vier Jahre mit Einwilligung ihres Ehemanns Pierre Lizier.

Pons Rives - Montaillou, verehrte die Perfekten, jagte seine Frau Fabrisse aus Glaubensgründen davon.

Fabrisse Rives - Montaillou, betätigte sich nach dem Rausschmiss aus dem Haus ihres Ehemanns als Weinhändlerin; gab ihre Tochter Grazide dem Pfarrer.

Alazais (Ala) Rives - Montaillou, Grazides Großmutter, Schwester des Perfekten Prades Tavernier - und somit Tante seiner unehelichen Tochter Brune Pourcel.

Alazais Azéma (es gab zwei Familien dieses Namens) - hielt zu den Ketzern; zeitweilige Geliebte des Pfarrers; verbreitete die Neuigkeit über das Verhältnis des Pfarrers mit Béatris; im Dorf »Donna« gerufen; zog nach dem Tod ihres Mannes Schweine auf, handelte mit Käse, leistete den Ketzern Botendienste; schnitt gemeinsam mit Brune Pourcel dem verstorbenen Pons Clergue die Finger- und Zehennägel/Haarlocken ab, um das Glück im Haus zu halten; machte sich auch beim Tod der alten Na Roqua nützlich.

Personen auf katholischer Seite

Jacques Fournier - Zisterzienser; geb. um 1285 in Saverdun, Grafschaft Foix, (1318-1325) Bischof von Pamiers; Fournier begann seine Laufbahn als

Novize im Mutterkloster Morimond / Boulbonne; Studium in Paris; Abt in Fontfroide; Bischof von Pamiers und ab 1326 Bischof von Mirepoix; entlockte als Vorsitzender des Inquisitionsgerichts aufgrund seiner unorthodoxen Befragungsweise den Zeuginnen und Zeugen aus Montaillou und Umgebung auch zahlreiche Details aus ihrem Alltagsleben.

(1334-1342) Papst Benedikt XII.; seine Antwort nach der Papstwahl: »*Ihr habt einen Esel gewählt*« ist belegt. Benedikt XII. trat in Avignon konsequent der Gewinnsucht und Bestechlichkeit entgegen, reformierte die Kurie und drang auf strengere Zucht in den Klöstern. Die Reform des Dominikanerordens misslang ihm jedoch. Während seines Pontifex Baubeginn des Papstpalastes in Avignon. Auf Benedikt XII. geht die päpstliche Bulle *Benedictus Deus* zurück, in der die Gottesschau der Seelen nach dem Tode definiert wurde.

Galhardus de Pomiès - Dominikaner, Stellvertreter des Obersten Inquisitors von Carcassonne. Die Streitgespräche mit Fournier sind frei erfunden.

Jean de Beaune - Dominikaner, Oberster Inquisitor von Carcassonne (1316-1324), Nachfolger von Geoffrey d`Ablis.

Geoffroy d`Ablis - Inquisitor von Carcassonne (1303-1309), ließ im Jahr 1308 die gesamte Bevölkerung Montaillous verhaften, Kinder ausgenommen. Enge Zusammenarbeit mit Bernard Guidonis (Gui), Toulouse.

Bernard Guidonis - (latinisiert für Gui) - Dominikaner, (um 1261-1331); ab 1307 Inquisitor von Toulouse, Autor eines Hand- und Formelbuches für die Beamten der Inquisition mit Schilderung eines »vollkommenen Inquisitors«. Guidonis soll ein Faible für weiße Handschuhe gehabt haben (wasche Hände in Unschuld).

Barthélemy Amilhac - Vikar, Pfarrverweser von Mézerville und Béatrices letzter Liebhaber; wurde des Diebstahls von Reliquien verdächtigt; horchte während seiner Inhaftierung die Gefangenen aus und gab die gewonnenen Informationen am Tag seiner Aussage (14.11.1321) zu Protokoll. Am 4. Juli 1322 Haftentlassung ohne Auflagen; Wiedereinsetzung in den Dienst.

Jacques de Polignac - um 1300, Pater und Gefängnisaufseher der Inquisition in Carcassonne. Angeklagt, sich den konfiszierten Besitz verurteilter Häretiker angeeignet zu haben. Sein Neffe *Hugues de Polignac* trat in seine Fußstapfen.

Gernotus und Sclarmunda (im Roman Honors genannt) - Kerkermeisterpaar von Les Allemans.

Bernard Saisset - Bischof von Pamiers (1207-1308) warf als päpstlicher Legat dem französischen König die Verletzung klerikaler Rechte vor; Anklage wegen Hochverrats und Majestätsbeleidigung, Schuldspruch.

Arnaud Sicre und Petrus Azéma - bischöfliche Spione *(familiares)*; *Pierre (Petrus) Azéma* brachte gemeinsam mit *Pierre de Gaillac* (Galhaco) die häretischen Neigungen des Pfarrers zur Anzeige, worauf Bernard Clergue im Gegenzug Azéma denunzierte. Verurteilt wg. Falschaussage und Zeugenbeeinflussung; verst. 1323 im Kerker.
Sicres zweiter Besuch bei Fournier im Sommer 1320 (Kopfgeldausschreibung) ist belegt.

Raimundus Lullus - (um 1233), Palma de Mallorca, scholastischer Theologe, später Franziskanertertiar; auch *Doctor illuminatus* genannt. Die Bekehrung der Ungläubigen (vor allem der Muslime) war für ihn eine intellektuelle und existenzielle Herausforderung. Unter seinen Werken nimmt die 1308 verfasste *Ars brevis* eine besondere Position ein.

Der Jude Baruch vor Bischof Fournier - Im ersten Verhör (13.7.1320) berichtete der aus Deutschland geflüchtete Jude **Baruch David Neumann** von den Schrecknissen des Hirtenkreuzzugs (Pastoureux) und seiner Zwangstaufe in Toulouse. Er zweifelte an der Richtigkeit dieser Taufe und später auch an der Dreieinigkeit. Das nachfolgende Streitgespräch mit dem Bischof, das dieser ebenfalls akribisch aufzeichnen ließ, dauerte insgesamt 58 Tage (Fragen des Dogmas, der Trinität, der menschlichen oder göttlichen Natur usw.). Überall im Land waren Wetten abgeschlossen worden, wer als Sieger aus diesem Disput herausgehen würde. Jacques Fournier war von seinem Sieg überzeugt. Dass der Jude Baruch dem geschilderten Autodafé beiwohnte, ist frei erfunden, aber nicht auszuschließen).

König Philipp V., genannt der Lange - Kapetinger, war von 1317 bis 1322 König von Frankreich und (als Philipp II.) König von Navarra; ordnete 1321 die Verhaftung aller Leprösen an, nachdem ein Gerücht besagte, sie planten die Vergiftung sämtlicher Brunnen im Süden Frankreichs. In der Folge kam es auch zu Übergriffen auf Juden.

Sonstige Erklärungen

Okzitanien – südliches Drittel des heutigen französischen Staatsgebiets; war zu keiner Zeit eine politische Einheit; 12.-14. Jh. Entwicklung einer hochstehenden Kultur: im künstlerischen Bereich -Troubadourdichtung, auf polit. Gebiet - starke kommunale Selbstverwaltung.

Lingua d'oco - okzitanische bzw. provençalische Sprache, im Mittelalter *roman* genannt, um sie vom Lateinischen und der Sprache der Nordfranzosen *frances* zu unterscheiden; Verbreitung durch die Troubadoure in ganz Europa.

Katharer – bedeutende dualistische Ketzerbewegung, 12. - 14. Jh.; nannten sich selbst *bonshommes/boni christiani* - Gute Menschen, Gute Christen; im Süden Frankreichs, aber auch in der Lombardei zuhause, ebenso in Flandern und in Deutschland (Köln). Nach neuesten Schätzungen zählte eine halbe Million Gläubige zu ihren Anhängern. Dreiteilung der Katharischen Kirche in Gemeinde – Perfekt – Bischof. Enge Übereinstimmung mit dem Manichäismus und der späteren Lehre der bogomilischen Kirchen in Bulgarien; gemäßigte und (ab 1167) auch radikale Richtung (Zwei-Götter-Dogma); bewusst einfaches und gewaltloses Leben der Perfekten und Bischöfe. Den Katharern schlossen sich große Teile des okzitanischen Adels an (vor allem auch Frauen von gesellschaftlichem Rang). Nach den Katharerkreuzzügen von 1209 - 1229, Übernahme weiter Teile Okzitaniens durch die Krone Frankreichs. Trotz blutiger Verfolgung konnten sich die Katharer bis ins 14. Jahrhundert halten. Der im Roman erwähnte Glaubenslehrer *Bogomil:* makedonisch-bulgarischer Dorfpriester, manichäischen Glaubens.

Albigenser – andere Bezeichnung der Katharer. Bis 1167 befand sich in Albi der einzige katharische Bischofssitz in Südfrankreich; daher nahm man fälschlicherweise an, dass hier auch die Zentralgewalt der katharischen Kirche ihren Sitz hätte.

Waldenser – christliche Laienprediger-Bewegung aus dem Süden, gegründet von Petrus Waldes (gest. um 1217), einem reichen Kaufmann aus Lyon, der sein Hab und Gut verschenkte. Das Glaubensbekenntnis der Waldenser wich nicht annähernd so wesentlich vom katholischen ab wie das katharische.

Cagoten (Cagots) – Im Mittelalter streng isoliert und verachtet (u.a. wg. Lepra), vergleichbar mit den »Unberührbaren« Indiens, beheimatet hauptsächlich im Südwesten Frankreichs und im Norden Spaniens. Die etymologische Herkunft des Wortes »cagots« ist nicht gesichert, auch nicht der Ursprung der Cagoten. Näheres in »Talmi« von Helene L. Köppel, S. 450 ff.

Die Geheimen Worte – gemeint sind die *Scripta secreta* der Katharer. (Helene L. Köppel nimmt in ihrem Roman »*Rixende - Das Gold von Carcassonne*« darauf Bezug.)

Die kleine Braunelle (Prunella vulgaris) - wurde im Mittelalter als Heilpflanze bei Diphterie verwendet.

Farandole – provençalischer Schlängelreigen aus dem Mittelalter, nach einem besonderen Bodenmuster, von einem Tänzer angeführt; geht durch Gassen, Felder, Wiesen, Wälder.

Hirtenkreuzzug von 1320 – der zweite der sog. Hirtenkreuzzüge (der erste fand 1251 statt); Ziel war die Bekämpfung der Mauren auf der Iberischen Halbinsel. Auf dem Weg dorthin richtete sich die Wut der Kreuzfahrer vor allem gegen die Juden, nachdem sich Philipp V. geweigert hatte, die »Hirten« zu begleiten. Es kam zu schweren Ausschreitungen.

Lepra oder auch Miselsucht (Misselsucht) – im Mittelalter auch in Europa weit verbreitet. Anzeigen wegen Lepra erfolgten manchmal auch, um jemanden zu diskreditieren oder eine geschäftliche Konkurrenz auszuschalten. Außerhalb von Pamiers befanden sich zwei Leprakolonien. Leprakranke nannte man später auch Cagots.

Maridatge – (okzit.) Eheschließung, Hochzeit, Ehe

Paratge – abstrakter Begriff, in okzitanischen Quellen genannt, Bedeutung: Ehre und Achtung vor der Gleichheit der Seelen; Menschen verschiedenen Standes können eine vergleichbare Ehre und Würde aufweisen. (Keine Gleichberechtigung im heutigen Sinn).

Theriak – spielte von der Römerzeit bis ins 19. Jh eine wichtige Rolle in der Medizin (pflanzliche und tierische Wirkstoffe, Saft aus der Mohnkapsel). Im Mittelalter hatte Theriak den Ruf eines Allheil- und Wundermittels.

Die Inquisitionsprotokolle

Die **Sammlung MS 4269** (Nationalbibliothek, Paris) beinhaltet die Akten der Inquisition unter Geoffroy d'Ablis in Carcassonne; das **Register MS 4030** (Biblioteca Apostolica Vaticana) die Aussagen der Bewohner Montaillous vor dem Inquisitor Jacques Fournier. Ergänzt werden diese Akten durch die **Sentences** der Inquisition von Pamiers, die sich in der British Library unter der Registratur **BM MS 4697** befinden und den **Liber Sententiarum Inquisitionis Tholosanae 1307-1323** (im Anhang von Philipp Limborchs Historia Inquisitionis, 1692).

Orte rund um Montaillou

Montaillou - franz. Gemeinde, Département Ariège; Region Midi-Pyrénées; ehemaliges Lehen der Seigneurie von Alion; das Dorf verdankt seine Berühmtheit dem Werk von Emmanuel Le Roy Ladurie: »Montaillou, ein Dorf vor dem Inquisitor. Reste der ehemaligen Burganlage; Pilgerkirche Notre Dame de Carnesses, in der die Mutter des Pfarrers beerdigt wurde.

- *Prades d'Aillon* - kleiner Ort, im Osten von Montaillou gelegen.
- *Rieux-de-Pelleport* - franz. Gemeinde im Département Ariège.
- *Caussou* - kleine franz. Gemeinde im Département Ariège,

(Geburtsort der Béatrice de Planissoles).
- *Luzenac* - südfranzösische Gemeinde im Département Ariège.
- *Unac* - ein Bergdorf im Département Ariège. Die im Roman beschriebene Kirche existiert noch immer. Das Treffen von Béatrice mit ihrer Cousine Raymonde de Luzenac in der Kirche von Unac ist belegt.
- *Varilhes* - kleine franz. Gemeinde im Département Ariège; südlich von Pamiers gelegen, Reste der Burg, die von Simon de Montfort besetzt worden war.; Herrenhaus des Othon von Langleize.
- *Dalou* - kleine franz. Gemeinde im Département Ariège, Sitz der Burg des Othon von Langleize.
- *Pamiers* - franz. Gemeinde im Département Ariège, ca. 15 000 Einwohner; ehemaliges Lehen des Grafen von Foix. Seit dem Mittelalter Bischofssitz. Der im Roman erwähnte Bischofsturm, die Mauern und anderen Gebäude, sind heute verschwunden. Der Friedhof Saint-Jean, wo Béatrice verurteilt wurde, existiert noch immer. An der Stelle der ehemaligen Kathedrale Notre Dame de Mercadal befindet sich heute die Kathedrale Mas Sant Antonin.
- *Les Allemans* - das ehemalige Gefängnis des Bischofs von Pamiers existiert nicht mehr. Der Ort selbst ist zu finden: La Tour-du-Crieu. Unter dem Dorfplatz sollen sich noch immer unterirdische Verliese und Kerker befinden. (René Weiß, Die Welt ist des Teufels, S. 27) Das Autodafè wurde von mir aus dramaturgischen Gründen vom Festtag des Heiligen Bernhard (20.8.) auf eine Winternacht, und vom Friedhof Saint-Jean/Pamiers nach Les Allemans verlegt.

Weitere Orte
- *Arques* - franz. Gemeinde im Département Aude; im Jahr 1231

im Besitz von Pierre de Voisin. Dessen Sohn Gilles begann im Jahr 1284 mit dem Bau der heutigen Burg und des Dorfes, das als Bastide angelegt wurde. Der Donjon kann besichtigt werden. Im Ort befindet sich das *Maison Déodat Roché*, das Geburtshaus des bedeutenden Katharerforschers; heute Museum. Das im Roman erwähnte Katharerhospitz ist belegt.

- *Ax-les-Thermes* - franz. Gemeinde an der Ariège, nahe der Grenze zu Andorra, bekannt für das Thermalbad.
- *Carcassonne* – oppidum gallicum, größte mittelalterliche Festungsstadt Europas, 24 Kilometer nördlich von Limoux, an der Straße vom Mittelmeer zum Atlantik gelegen. Wohlhabende mittelalterliche Stadt, »Wunder des Südens« genannt, Katharerbischofssitz, Zentrum der Textilproduktion während des *Ancien régime*, heute Hauptstadt der Region und touristischer Anziehungspunkt. Unter Adelaïs von Toulouse einer der berühmtesten Minnehöfe des Südens, Ort höfischer Kultur.
- *Châteauverdun* - kleine franz. Gemeinde im Département Ariège; die Burg aus dem Mittelalter wurde während der Hugenottenkriege zerstört, Reste noch vorhanden.
- *Limoux* - franz. Gemeinde im Département Aude. Die Beichte der Béatrice de Planissolles in der nahegelegenen Kirche *Notre Dame de Marceille* ist belegt; Wallfahrtsort seit 1280. Die im Roman beschriebene Schwarze Madonna existiert noch; musste 2007 restauriert werden, nachdem ihr jemand den Kopf abschlug.
- *Lladros* - Lerida, Spanien, Bistum Urgell.
- *Montségur* – trutzige Pyrenäenburg, etwa 30 km von Foix entfernt, auf 1216 m Höhe. Nach langer Belagerung fiel die Burg 1244 in die Hände Frankreichs. Die Ruine der wieder aufgebauten Burg kann besichtigt werden. (Thematisiert in »Esclarmonde« von Helene L. Köppel)

- *Toulouse* – Hauptstadt der Region Midi-Pyrénées, an der Garonne und dem Canal du Midi gelegen, intakte Altstadt; früher Hauptstadt der Galloromanen und der Westgoten; alte Metropole Okzitaniens, damals von Capitouls verwaltet. Im 12. Jh. zählte der Toulouser Hof zu den zivilisiertesten Stätten des Abendlandes. Es gab Universitäten, an denen mehrere Sprachen gelehrt wurden, u.a. auch Hebräisch - während zur selben Zeit im Norden Frankreichs viele Adelige nicht einmal den eigenen Namen schreiben konnten.

QUELLEN UND ENTNOMMENE ZITATE

- Das Gedicht »L´alba - *Die Morgendämmerung* von Raimbaut de Vacqueyras ist entnommen aus: Poèmes francais - Französische Gedichte, München, 1999
- Benad, Matthias: Domus und Religion in Montaillou, Tübingen, 1990
- Borst, Arno: Die Katharer, Freiburg, Basel, Wien, 1991
- Borst, Otto: Alltagsleben im Mittelalter, Frankfurt a.M., 1983
- Bejick, Ute: Die Katharerinnen, Freiburg, Basel, Wien, 1993
- Brenon, Anne: Des femmes cathares, Editions Perrin, 1992
- Danilo Kis: Ein Grabmal für Boris Dawidowitsch, München, 1983
- Duvernoy, Jean: Inquisition en Terre Cathare, Toulouse, 1998
- Federlin-Weber: Unterwegs für die Volkskirche, Frankfurt 1987
- Fuchs, Karin: Zeichen und Wunder bei Guibert de Nogent, München 2008
- Fuhrmann, Horst: Einladung ins Mittelalter, München, 2000
- Gleba, Gudrun: Klöster und Orden im Mittelalter, Darmstadt, 2002
- Gurjewitsch, Aaron J.: Das Weltbild des mittelalterlichen Menschen, München, 1980
- LeRoy Ladurie, Emmanuel: Montaillou, Ein Dorf vor dem Inquisitor, Berlin, 1993
- Le Roy Ladurie, Emmanuel: Die Bauern des Languedoc, Stuttgart, 1983
- Roché, Deodat: Die Katharer-Bewegung, Stuttgart, 1992
- Roll, Eugen: Die Welt der Troubadours und das Reich der Minne, Stuttgart, 1977
- Rüdiger, Jan: Aristokraten und Poeten, Berlin 2001

- Schubert, Ernst: Alltag im Mittelalter, Darmstadt, 2002
- Shulamith, Shahar: Kindheit im Mittelalter, Düsseldorf, 2004
- Seifert-Pawlik: Das Buch der Inquisition (Bernard Gui), Augsburg, 1999
- Weis, René: Die Welt ist des Teufels, Bergisch-Gladbach, 2001
- Werlitz, Jürgen: Das Geheimnis der Heiligen Zahlen«, Wiesbaden, 2004
- Zeus, Marlies: Provence und Okzitanien im Mittelalter, Karlsruhe, 2007.

KARTE

- Mas-Saintes-Puelles
- Mézerville
- Belpech
- Toulouse ← (Ariège)
- Pamiers
- Pelleport
- Crampagna
- Varilhes
- Dalou
- **Foix**
- Carcassonne
- Limoux
- (Aude)
- Tarascon
- Montségur
- Quillan
- Caussou
- Luzenac
- Unac
- Montaillou
- Prades
- Ax-les-Thermes

N ↑

Recherche in Montaillou - ein Reisebericht

Es war ein eher trüber Tag, als ich am 2. September 2015 von Prades (Pyrénées Oriental) über Marcevol, Puilaurens und Axat nach Montaillou fuhr, um mir einen eigenen Eindruck von meinem zukünftigen Romanschauplatz zu verschaffen. Nun, Montaillou schlief. Klösterliche Einsamkeit in diesem abseits gelegenen, »steinreichen« Pyrenäenwinkel.

Das heutige Montaillou zählt ganze 24 Einwohner. Es liegt ein Stück unterhalb des mittelalterlichen Dorfes, am Fuße des Berges. Beim Betreten des Ortes stößt man zuerst auf das imposante Schlosstor der Familie Montauriol (16. Jahrhundert), geschmückt mit drei bunten Wappen. Das Schloss selber existiert nicht mehr, es wurde im 18. Jh durch Brandstiftung zerstört.

Beim Weitergehen treffe ich auf einige bäuerliche Anwesen und wenig einladende Gebirgssteinhäuser. Die einsame bunte Fähnchenkette, die zwischen den Häusern flattert, erinnert mich an tibetische Gebetsfahnen. Der Vergleich ist erlaubt, denn es gibt Berührungspunkte zwischen Katharertum und Buddhismus: Der Ursprung des katharischen Glaubens geht auf den persischen Propheten Mani zurück, der im 3. Jh. n. Chr. das Denken von Zoroaster, Buddha und Jesus zusammengefasst hat.

Das kleine Informationszentrum von Montaillou ist geschlossen, ebenso die Kirche aus dem 17./18. Jahrhundert. Ein Cafè fehlt. Der Ort scheint wie ausgestorben. Dafür tauchen die ersten Ruinen auf: Klein, geduckt, mit gähnenden Fensterlöchern und grob zusammengenagelten Holztüren, silbriggrau vom Alter. Im 14. Jh. gab es hier fast fünfzig große Familien, die aber teilweise miteinander verwandt waren. Ihre mit Schindeln bedeckten, teils zweistöckigen Häuser zogen sich terrassenförmig bis hinauf zur Burg. Ein Haus über dem anderen, wobei die unterste Häuserreihe eine natürliche Stadtmauer bildete. Das ganze Ensemble - Dorf und

Burg - war früher von Wäldern umschlossen gewesen.

Beim Hinaufsteigen drehe ich mich ständig um. Doch niemand folgt mir. Gespenstische Ruhe. Aber die Stille schärft bekanntlich die Wahrnehmung: Verbirgt sich da was im Schattenwinkel der Ruinen? Unter der Kruste des Mauerwerks, dem Schorf? Vielleicht die Träume der Menschen, die dort einst gelebt haben? Ihre Sehnsüchte, Hoffnungen und Ängste? Ihr Lachen? Ihre Wut? *Pianissimo* - kaum vernehmbar ist dieser Ton aus ferner Zeit!

Ich habe es schon früher erlebt, wenn Bewusstes auf Unterbewusstes trifft, z.B. in Carcassonne, wo »*Rixende*« entstand, in Rennes-le-Château, bei meiner Arbeit für »*Marie*«, oder aber in Arles *(Blut.Rote.Rosen)*.

Steil geht es jetzt nach oben. Rechts ein grasbewachsener Hang, links weitere Spuren alter Besiedlung: Behauener Fels, verfallende und längst verfallene Häuser - darunter vielleicht das Anwesen, in dem *Béatris* nach dem Tod des Kastellans wohnte. Zwischen den Mauerresten Schafgarbe, Brennnesseln und leuchtend gelbe Trollblumen.

Leicht außer Atem erreiche ich den Fontcanal, die Trinkwasserquelle des Ortes, links unterhalb des Burghügels. Das flache Gemäuer liegt geschützt im Wald, direkt am Fußweg nach Ax-les-Thermes. Ich setze mich auf den mit Moos bewachsenen Brunnenrand, um mich auszuruhen. Leise plätschert das Wasser. Es riecht nach nassem Gras und Moder. Ein romantischer Platz. Wie gemacht für Liebesgeflüster und den Austausch häretischer Geheimnisse. Spitzt da oben etwa die Kapuze eines katharischen Perfekten durchs Buschwerk?

Nein, es ist die Donjon-Ruine der ehemaligen Fliehburg, die - 1362 Meter ü. d. M. - wie zwei drohende Finger in den Himmel ragt.

Ich bin neugierig, gebe mir einen Ruck und klettere hinauf - im wahrsten Wortsinn über Stock und Stein, denn die Burgmauern scheinen überall aus dem Felsgestein hervorzuwachsen.

Oben angekommen, halte ich keuchend inne. Meine Beine zittern. Auf den ersten Blick kommt mir die Anlage enttäuschend klein vor. Erst nach dem (nicht ungefährlichen) Abschreiten des buckligen Plateaus und dem Studium einer dort ausgehängten Skizze erkenne ich die tatsächlichen Ausmaße: Um die Burganlage zog sich einst eine fast zwei Meter hohe Mauer, unterbrochen von drei Wehrtürmen, ergänzt von einem Torturm mit Barbakane - und natürlich dem großen Donjon, in dem *Béatris* vermutlich die Feste gefeiert hat, wie sie gerade fielen.

Ich setze mich auf eines der niedrigeren Mauerstücke und halte Ausschau. Das Panorama ist grandios. Die umliegenden Berge, Hügel und Wälder grün, die Wiesen noch saftig. Aber steil. Lange aufgegebene Terrassenfelder und Gärten auf einem benachbarten Hügel hinter mir. Die Bauern von Montaillou waren im 14. Jh. frei gewesen. Es gab keine Leibeigenen. Sie hatten Schafherden und eigenes Land besessen, das sie vererben und verkaufen konnten. Angebaut wurden Hafer, Weizen, Hanf und Flachs, aber auch - man höre und staune - die Runkelrübe, die z.B. im Rheinland erst im 18. Jh eingeführt wurde.

Als unvermittelt die Sonne durch die Wolken bricht, grüßen aus der Ferne schneebedeckte Gipfel, darunter der berühmte *Col de sept frères*, der Sieben-Brüder-Pass. Da ich mich in den Pyrenäen befinde ... Einsamkeit. Stille. Der Fels. Die Steine. Leichtfüßig schritt man in Montaillou nicht herum. *Béatris* musste gutes Schuhwerk getragen haben, wenn sie bergab lief, um eine ihrer ketzerischen Freundinnen aufzusuchen. Oder des Sonntags die Messe:

Notre Dame de Carnesses, die berühmte Pilgerkapelle aus dem 12. Jahrhundert, in deren Dämmerdunkel auch sie betete, befindet sich ein Stück außerhalb des Dorfes, inmitten des Friedhofs. Hier, am Ort »*eines volkstümlichen lokalen Kults eher heidnischer Färbung*« (Ladurie), hat *Pierre Clergue* gepredigt und direkt neben dem Altar *Na Mengarde*, seine katharisch-gläubige Mutter beerdigt. Jeder, der Montaillou besucht, fragt sich, ob ihre Überreste noch heute hier ruhen.

Leider ist auch dieses kleine Gotteshaus verriegelt, ein Schlüssel nirgends aufzutreiben. Die Kühe auf den benachbarten Weiden recken zwar die Hälse, interessieren sich aber nicht weiter für Ketzerei.

Pech gehabt?

Ganz sicher nicht, denn die Geschichten von früher sind auf meinem Weg durch Montaillou ein Stück lebendiger für mich geworden. Auch *Béatris* und *Pierre* ...

Helene Köppel

WEITERE WERKE DER AUTORIN

»Alix - Das Schicksalsrad«

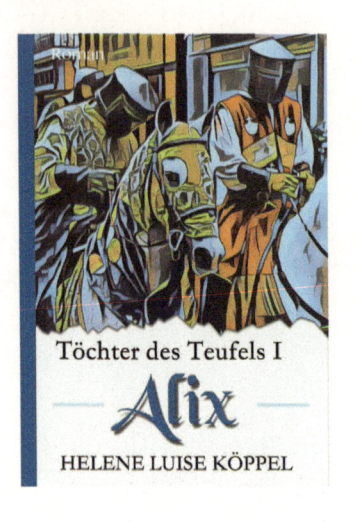

Südfrankreich 1202: Im lebensfrohen, toleranten Okzitanien dreht sich das Rad des Schicksals. Päpstliche Legaten ziehen durchs Land. Sie predigen den Kreuzzug gegen die „Brutstätte der Häresie", die Katharer.
In dieser unruhigen Zeit wird die blutjunge Alix von Montpellier von ihrer Mutter nach Cahors verschachert, an den Hof des für seine Grausamkeit berüchtigten Fürstbischofs Bartomeu. Ihre um ein Jahr jüngere Schwester Inés soll an ihrer Stelle den im Volk beliebten Trencavel heiraten, den Vizegrafen von Carcassonne und Béziers – einen jungen, blonden Mann, von dem es heißt, er lache mit seinen Rittern und Knechten und sei ihnen kaum wie ihr Gebieter.
Lange kämpft Alix gegen das ungerechte Schicksal und ihren geistlichen Widersacher an. Als sie vergilbte Pergamente findet und den wahren

Grund für ihre Gefangenschaft entdeckt, bereitet sie ihre Flucht vor. Ihr Weg führt sie nach Carcassonne, das bereits im Visier der anrückenden Kreuzfahrer steht.

Neben all den verwirrenden Ereignissen, die in den folgenden Jahren auf die junge Frau einstürmen, muss sie auch mit ihren Gefühlen ins Reine kommen, denn Alix liebt ausgerechnet den Gemahl ihrer Schwester. Und ihr Todfeind, der Fürstbischof von Cahors – einer der Finanziers der Kreuzfahrer – sinnt auf Rache.

»Sancha - Das Tor der Myrrhe«

Südfrankreich 1211: Der Albigenserkreuzzug bewegt sich auf Toulouse zu. Die Ketzerei soll getilgt und Südfrankreich annektiert werden. Getrieben vom Wunsch, die bedrohte Stadt ihres blutjungen Gemahls zu retten, macht sich Sancha von Toulouse mit einigen Getreuen auf die Suche nach dem Tor der Myrrhe. Dort soll sich ein Gegenstand befinden, von dem es heißt, er würde selbst Päpste und Könige erschüttern. Simon von Montfort, der charismatische Anführer der Kreuzfahrer und die Tempelritter sind ebenfalls hinter dem Geheimnis her. Jeder bespitzelt jeden. Ein Wettlauf gegen die Zeit beginnt. Kann die Stadt Toulouse gerettet werden?

»ESCLARMONDE - Die Ketzerin vom Montségur«

Im Jahr 1244 schreibt Bertrand von Blanchefort, den sicheren Tod vor Augen, ein Testament, in dem er seine Geschichte erzählt – ein Leben im Zeichen grausamster Verfolgung von Christen durch Christen und der verbotenen Liebe zu einer Ketzerin. Ein Kreuzritterheer zieht im 13. Jahrhundert im Namen des Papstes seine blutige Spur durch Südfrankreich. In dieser grausamen Zeit begegnen sich die Katharerin Esclarmonde und der Tempelritter Bertrand. Ihre Liebe steht unter einem schlechten Stern, denn beide sind durch ein Keuschheitsgelübde gebunden.
Als Bertrand Jahre später unter Einsatz seines Lebens den legendären Schatz des Salomon in Sicherheit bringen soll, trifft er Esclarmonde auf der Festung Montségur wieder, und sie erleben eine Liebe, die über jeden Zweifel erhaben ist.

»RIXENDE - Die Geheimen Worte«

Südfrankreich im Jahr 1299: Ein rostrotes Glühen liegt über Carcassonne, als die blutjunge Rixende die festungsgleiche Stadt zum ersten Mal erblickt. Es könnte ein schlechtes Vorzeichen sein, denn dort soll sie einen ihr völlig fremden Kaufmann heiraten. Außerdem hat sie vor kurzem erfahren, dass ihr Bruder Katharer ist, also ein Ketzer. Die Inquisition ist ihm bereits auf der Spur. Doch all das ist nur der Auftakt gefährlicher Entwicklungen. Mit Billigung des Papstes kerkert die Inquisition einflussreiche Bürger willkürlich ein, foltert und beraubt sie. Weil Rixendes Ehemann als Konsul vermittelt, gerät er selbst in Gefahr. Für Rixende werden all diese Ereignisse um so verwirrender, als eine merkwürdige Prophezeiung auf ihr lastet und eine große Verpflichtung: Sie soll die heiligen „Geheimen Worte" der Katharer in Sicherheit bringen. Überdies muss sie mit ihren Gefühlen ins Reine kommen, denn ausgerechnet ein Inquisitor zieht sie magisch an.

»MARIE - Die Erbin des Grals«

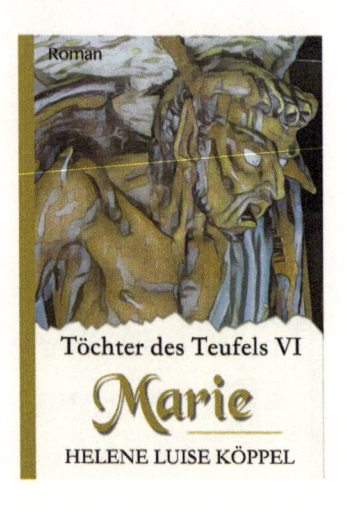

Jedes Geheimnis hat seinen Ort: In der verfallenden Dorfkirche von Rennes-le-Château fand Abbé Saunière 1886 einen Topf mit Goldmünzen, vergilbte Pergamente und unter einer Gruft sogar einen funkelnden Schatz. Die Entzifferung der Pergamente offenbarte nicht nur, dass es sich um den sagenhaften Gral handelte, sondern ließ hinter dessen Geheimnis ein noch gewaltigeres aufscheinen. Saunières zunehmende Besessenheit, die Lösung des Rätsels zu finden, ging einher mit einem äußerst luxuriösen Leben, das er aus dem Erlös des Schatzes finanzierte. Doch wie gefährlich seine Entdeckungen waren, zeigten mysteriöse Todesfälle unter den wenigen Eingeweihten.

Unter der Last ihres Mitwissens begann Marie Dénarnaud, Haushälterin und Geliebte des Priesters, heimlich niederzuschreiben, was er als Geheimnis hütete.

Das faszinierendste an diesem erregenden Roman ist sein authentischer Hintergrund (19. Jh.)

HLK Südfrankreich - Thriller
»DIE AFFÄRE C.«

Die 33jährige Juristin Sandrine fährt nach Toulouse, um das Erbe Ihrer Tante anzutreten: Vergilbte Dokumente, die die Affäre Calas beleuchten, einen Justizskandal aus dem 18. Jahrhundert. Sandrine will den rätselhaften Fall aufklären. Als jemand versucht, sie zu ermorden, merkt sie, wie brisant die alte Affäre ist.

»BLUT.ROTE.ROSEN«

Ein einsames Hotel in den Pyrenäen. Ein Mann, der mitten in der Nacht sein Zimmer verlässt. Auf seinen Schultern eine junge, leblos wirkende Frau. Gebannt beobachtet die Nürnbergerin Steffi Conrad vom Fenster aus die Szene. Als sie sich auf die Suche nach der jungen Frau macht, stößt sie auf eine alarmierende Geschichte – in der sie bald mittendrin steckt!

»TALMI«

In einem dunklen Bergsee in den Pyrenäen verschwindet ein englischer Schatztaucher. Ein Unglücksfall? Mord? Der Polizeipsychologe René Labourd setzt die Befragung in einem nahegelegenen Berghotel fort. Was verheimlichen die Begleiter des Tauchers?

»SALAMANDRA«

Die exzentrische Archäologin Jenna Marx stößt in Jerusalem auf eine verstörende Inschrift. Sie informiert ihre Münchner Kollegin Bernadette und fliegt nach Südfrankreich, um sich mit einem Informanten zu treffen. Nach der Übergabe eines Buches, das sich mit Satanismus beschäftigt, verschwindet Jenna spurlos. Als Bernadette nach ihr sucht, stellt sie fest, dass offenbar jemand die Büchse der Pandora geöffnet hat. Auch Kommissar Claret steht vor einem Rätsel und geht bei seinen Recherchen zunächst in die Irre. Ohnehin ist in den Pyrenäen nichts so, wie es scheint – nicht einmal die Liebe!

Leseproben und spannende Artikel finden Sie auf meiner Homepage: www.koeppel-sw.de

Vielen Dank für Ihr Interesse!